Susanne Mischke

Der Tote vom Maschsee

PIPER

Zu diesem Buch

Im grünlichen Wasser des Maschsees treibt ein kalkweißer Körper. Julia Alexa Wedekin, Tochter aus gutem Hause und Jahrgangsbeste der Polizeihochschule, hat gerade ihre Umzugskisten in Hannover verstaut, als sie schon ihren ersten Fall zu lösen hat. Doch nur der brummige Hauptkommissar Völxen ist froh über die engagierte Unterstützung – endlich kann er sich mehr seiner Schafzucht widmen. Die Kollegen in der Mordkommission dagegen sind skeptisch: Der raubeinige Fernando Rodriguez und die kluge, aber unnahbare Oda Kristensen glauben, dass der Fall eine Nummer zu groß für die junge Kommissarin ist. Denn der Tote im hannoverschen Maschsee ist ein renommierter Psychiater, dem sein Mörder symbolträchtig die Zunge herausgeschnitten hat ...

Susanne Mischke wurde 1960 in Kempten geboren und lebt heute in Wertach. Sie war mehrere Jahre Präsidentin der »Sisters in Crime« und erschrieb sich mit ihren fesselnden Kriminalromanen eine große Fangemeinde. Für das Buch » Wer nicht hören will, muß fühlen« erhielt sie die »Agathe«, den Frauen-KrimiPreis der Stadt Wiesbaden. Ihre Hannover-Krimis haben über die Grenzen Niedersachsens hinaus großen Erfolg.

Susanne Mischke

DER TOTE VOM MASCHSEE

Kriminalroman

PIPER

Mehr über unsere Autorinnen, Autoren und Bücher: www.piper.de

Von Susanne Mischke liegen im Piper Verlag vor:
Hannover-Krimis:
Band 1: Der Tote vom Maschsee
Band 2: Tod an der Leine
Band 3: Totenfeuer
Band 4: Todesspur
Band 5: Einen Tod musst du sterben
Band 6: Warte nur ein Weilchen
Band 7: Alte Sünden
Band 8: Zärtlich ist der Tod
Band 9: Hättest du geschwiegen
Band 10: Fürchte dich vor morgen
Band 11: Eiskalt tanzt der Tod
Band 12: Alle sehen dich
Band 13: Deine Welt wird brennen
Band 14: Wehe, du irrst dich
Band 15: Du musst mir glauben

weitere Kriminalromane:
Töte, wenn du kannst! · Mordskind · Wölfe und Lämmer · Die Eisheilige · Schwarz ist die Nacht · Kalte Fährte · Der Muttertagsmörder · Das dunkle Haus am Meer

Ungekürzte Taschenbuchausgabe
ISBN 978-3-492-25875-3
1. Auflage August 2010
11. Auflage März 2026

Für direkten Kontakt und Fragen zum Produkt
wenden Sie sich bitte an: *info@piper.de*
Umschlaggestaltung: semper smile, München
Umschlagfoto: Hannes Jung
Satz: psb, Berlin
Gesetzt aus der Minion
Gedruckt von ScandBook in Litauen
Printed in the EU

Montag, 16. April

Seit Amadeus fort ist, herrscht wieder Friede. Ein Friede, der sich wie eine Niederlage anfühlt. Völxen ist in nachdenklicher Stimmung. Ein wenig melancholisch sogar.

Der Tag ist warm gewesen, ein Sommertag mitten im April. Über dem jungen Gras der Schafweide hat sich Dunst gebildet, vergoldet von der untergehenden Sonne. Man müsste ein Foto machen, denkt Völxen – grasende Schafe zwischen Obstbäumen, umfriedet von einem malerisch verwitterten Bretterzaun, im Hintergrund die sanft ansteigenden Wälder des Deisters. Eine Amsel flötet herzzerreißend, im Haus jault eine Klarinette.

Letzte Woche hat es Ärger mit Sabine gegeben. Amadeus, der Schafbock, hatte eine Latte am Zaun gelockert, und die Schafe waren in den Gemüsegarten eingedrungen. Nach Völxens Einschätzung hält sich der Schaden allerdings in Grenzen, denn der Gemüsegarten ist um diese Zeit ohnehin nur ein kahler Acker. Was macht es schon, wenn Saaten und Schößlinge ein wenig durcheinandergeraten?

Salomé blökt. Völxen atmet tief durch. Der April riecht nach umgepflügter Erde, Dung und Zierkirschenblüten. Er befindet sich zwar nur fünfzehn Kilometer südlich der Landeshauptstadt, aber dennoch in einer völlig anderen Welt als der, in der er sich tagsüber bewegt: Gewalt, Tod, Akten. Wenn er abends vor der Schafweide steht, kommt ihm diese Tagwelt vor wie von einem anderen Planeten. Umgekehrt geht es ihm ähnlich, und manchmal beunruhigt ihn diese schizophrene Lebensweise ein wenig. Vielleicht, so sinniert er immer öfter, hätte ich Bauer werden sollen, wie mein Großvater. Der war Obstbauer und Pferdezüchter, zu jeder Stunde des Tages, an jedem Tag der Woche.

Nicht dass sich Völxen der Illusion hingegeben hätte, auf

dem Land sei das Leben stets beschaulich und harmonisch. Das nun nicht. Aber anders ist es schon: langsamer, geordneter, überschaubarer. Die soziale Kontrollfunktion einer Dorfgemeinschaft macht es möglich, in dem sicheren Gefühl verreisen zu können, die Nachbarschaft werde ein wachsames Auge auf Haus und Hof haben. Das gilt allerdings auch dann, wenn man nicht verreist. Egal was man tut, es wird kommentiert, nichts bleibt verborgen. Als Völxen die Schafe angeschafft hat, ist er von den Alteingesessenen des Dorfes gutmütig bespöttelt worden. Denn auch nach achtzehn Jahren betrachtet man ihn noch als zugereisten Städter, deshalb verzeiht man ihm die Marotte mit den Schafen, wenngleich das Experiment mit Argusaugen verfolgt wird.

Seit es die Schafe gibt, ist hier, hinter dem Holzschuppen am Zaun, sein Lieblingsplatz. Es hat etwas Entspannendes, beinahe Meditatives, den Tieren beim Grasen und Wiederkäuen zuzusehen. Die Schafe ihrerseits scheinen ihn ebenfalls zu mögen. Zumindest erkennen sie ihn. Wenn er sich nähert, trippeln ihm Doris, Salomé, Angelina und Mathilde freudig blökend entgegen. Vielleicht liegt es auch am Zwieback, hinter dem sie her sind wie der Teufel hinter der armen Seele.

»Schönen guten Abend, der Herr Kommissar!« Jens Köpcke schlurft in seinen ewig verdreckten Gummistiefeln heran, in jeder Hand einen Blecheimer, über dessen Rand sich schillerndes Gefieder auffächert wie ein Blumenstrauß. »Willst einen abhaben?« Köpcke stellt die Eimer hin und wischt sich die Handflächen an der blutbefleckten blauen Arbeitshose ab, ehe er seinem Nachbarn zur Begrüßung die Hand schüttelt.

»Lass mal, Jens, lieber nicht.«

»Die sind ganz frisch. Halten sich noch bis zum Sonntag«, versichert Köpcke. Der Frührentner ist stolz auf seine Kleintierzucht.

»Frag Sabine«, wehrt Völxen ab.

Selbstverständlich hält sich Völxen stets vor Augen, dass Köpckes Viehzeug ein artgerechtes, vielleicht sogar glückliches Leben führt, verglichen mit den Millionen geschundener Kreaturen in den Massenställen dieser Welt. Auch ist ihm klar, dass die Konsumgewohnheiten des Durchschnittsbürgers – also auch die seinen – brutal sind, und nicht etwa sein Hühner schlachtender Nachbar. Dennoch stimmt ihn der Anblick dieser prächtigen bunten Hähne, deren Krakeelen ihm seit Monaten den Wecker ersetzt hat, mit einem Mal traurig.

»Wie kann man bei der Mordkommission arbeiten und so empfindlich sein?« Jens Köpcke schüttelt den breiten grauen Schädel.

Bodo Völxen, Erster Hauptkommissar des Dezernats 1.1.K der Polizeidirektion Hannover und zuständig für *Straftaten gegen das Leben und Todesermittlungen* weiß darauf keine Antwort. Beide Männer stehen schweigend am Zaun und beobachten, wie die Sonne hinter den Kamm des Deisters rutscht.

»Hab gehört, der Schafbock ist weg«, bemerkt Köpcke nach einer geraumen Weile.

»Mhm.«

»Ich hatte mal einen Hahn, der immer auf mich los ist. Wurde nicht alt, das Vieh.«

Völxen nickt bekümmert. Um vom Thema abzulenken, macht er seinem Nachbarn ein Angebot, das dieser nicht ablehnen kann: »'n Bier, Jens?«

Dr. Martin Offermann schielt auf seine goldene Panerai. Viertel nach zehn. Seit über zwei Stunden redet er. Erstaunlicherweise zeigen die gut zweihundert Zuhörer, die sich im Konferenzraum des Courtyard Marriott Hotels am Maschsee eingefunden haben, noch keine Ermüdungserscheinungen. Im Gegenteil, sie hängen an seinen Lippen wie bettelnde Hunde. Wie immer sind es in der Mehrzahl Frauen.

Von Zwängen und Trieben – Typologien von Sexualstraftätern lautet der Titel seines populärwissenschaftlich aufbereiteten Vortrags, den er mit lebendigen Beispielen aus seiner langjährigen Erfahrung als forensischer Psychiater unterfüttert. Diagnostik, Therapeutische Maßnahmen, Gefahrenprognosen, all das interessiert das Publikum sehr, doch am meisten weiß Offermann seine Hörerschaft mit den Schilderungen dessen zu fesseln, was seine Klientel einst anderen angetan hat. Natürlich ist sich der Psychiater darüber im Klaren, dass er damit eine niedere Form des Voyeurismus bedient, doch gleichzeitig genießt er es auch, wenn wieder ein kollektiver Seufzer der Erschütterung durch den Saal geht. Kein Zweifel – Sexualstraftäter sind faszinierend – und er, der Dompteur dieser Bestien, erst recht. Schon wieder sucht die Brünette in der dritten Reihe intensiven Blickkontakt. Sorry, aber er muss morgen früh am Flughafen Hannover sein, ein Symposium in Zürich.

Offermann ist zweiundsechzig, leicht übergewichtig und nicht mehr endlos belastbar. Sexuelle Ausschweifungen gönnt er sich nur noch, wenn er danach ausschlafen kann. Außerdem hat er vor nicht allzu langer Zeit eine eiserne Regel aufgestellt: keine Affären mehr in der eigenen Stadt. Da ist man hinterher viel zu greifbar. Er wird ein Taxi nehmen und schnurstracks nach Hause fahren, allein. Oder zu Fuß gehen, noch ein bisschen Luft schnappen. Obwohl das Hotel ja eine recht gut sortierte Bar hat …

Er fährt seinen Laptop herunter, an der Leinwand hinter ihm verblassen ein paar Kurven und Statistiken, ein Schlusssatz, Beifall brandet auf und hält lange an. Bestimmt wäre ich als Schauspieler oder Entertainer groß rausgekommen, denkt Offermann – nicht zum ersten Mal. In die gängigen Talkshows hat er es auch als Psychiater geschafft. Wann immer ein grässliches Verbrechen ruchbar wird, tingelt er danach tagelang als Experte quer durch alle Sender, vom Frühstücksfernsehen bis zum Talk um Mitternacht.

Ach ja, der Büchertisch. Schon hat sich eine Schlange gebildet, und vor dem kleinen Signiertisch warten bereits drei Frauen mit mehreren Büchern im Arm. Das wird dauern. Sein Mund ist trocken vom vielen Reden. Vielleicht sollte er doch noch kurz in die Bar gehen, auf einen Mojito, nur um die Zunge anzufeuchten.

Dienstag, 17. April

Walter Schmiedel hält das Gesicht in die Sonne und lauscht dem Gesang der Vögel. Im Grunde ist es eher ein ununterbrochenes, mehrstimmiges Geschrei, als wollten die Mitstreiter unter sich ausmachen, wer der Lauteste und Zäheste ist. Schmiedel mag diesen weitläufigen Friedhof, der eigentlich mehr einem mondänen Park gleicht als einem Gottesacker. Der Stöckener Friedhof erinnert an die Welfengärten im benachbarten Stadtteil Herrenhausen. Alte Bäume gibt es hier und zwischen den Grabstätten großzügige Rasenflächen. Siebzehntausend Tote auf fünfundfünfzig Hektar, bedeutende Bürger der Stadt neben zahllosen Unbekannten. Und niemand da, der einen scheucht. Nicht, dass sich Schmiedel bei seinem letzten Job im Stadtarchiv überarbeitet hätte, aber wenn er schon für nur einen Euro die Stunde arbeitet, dann sollte wenigstens kein Stress herrschen.

Mit seiner Abfallzange hebt er ein zerknülltes Papiertaschentuch auf und wirft es in den Sack, der auf seinem Handwagen steht. Seine Aufgabe besteht darin, die Wege und Rasenflächen des kommunalen Friedhofs Hannover-Stöcken sauber zu halten. Sauber von Müll, für das Laub und das Unkraut sind die Gärtner zuständig, das könnte er alleine gar nicht schaffen. Im Winter war wenig zu tun, aber nun häufen sich die Hinterlassenschaften der Besucher von Tag zu Tag: leere Flaschen – die mit Pfand drauf nimmt er natürlich mit –, Blumentöpfe, ausgebrannte Windlichter, Zigarettenschachteln, Plastiktüten, Verpackungen von Schokoriegeln, gebrauchte Kondome – und das, obwohl die Nächte noch kalt sind.

Zehn nach neun, die Sonne gewinnt an Kraft. Zeit für eine Frühstückspause. Er nähert sich dem Ehrengrabmal für die Opfer des Massenmörders Fritz Haarmann. Viel kann da nicht unter dem Efeu liegen, denkt sich Schmiedel. Ein paar Knochen höchstens, die man aus der Leine oder der Ihme gefischt oder im Hinterhof der Roten Reihe Nr. 5 ausgebuddelt hat, dem Wohnhaus des Ungeheuers.

Das Denkmal, ein großer Granitstein, hat die Form eines dreiteiligen Flügelaltars. Auf der mittleren Tafel, die ein Rundbogen ziert, ist das Relief einer Schale mit Feuer zu sehen sowie eine geknickte Rose. Dazwischen findet sich die Inschrift: *Dem Gedächtnis unserer lieben, von September 1918 bis Juli 1924 verstorbenen Söhne.*

Jedes Mal, wenn Schmiedel die Inschrift liest, stört er sich an dem Wort *verstorbenen.* Warum hat man nicht *ermordeten* geschrieben? Auf den beiden äußeren Tafeln sind die siebenundzwanzig Namen der Opfer aufgezählt. Haarmann selbst ist am 15. April 1925 im Gerichtsgefängnis hingerichtet worden, mit dem Fallbeil, früh um sechs. Das hat Schmiedel im Stadtarchiv nachgelesen.

Als er nun vor dem Grabmal steht, bemerkt er etwas Unförmiges, das oben auf dem rechten Steinflügel liegt. Er tritt näher heran. Das ist ein Klumpen Fleisch. Unglaublich, was man hier so alles findet. Kürzlich lagen ein totes Huhn und etliche Kerzenstummel auf einem Grab. Weiß der Teufel, welche Irren sich hier nachts herumtreiben. Aber wer legt einen rohen Fleischbatzen auf ausgerechnet diesen Grabstein? Sollte das ein makabrer Scherz sein, eine Anspielung? Die meisten Überreste von Haarmanns Opfern sind ja bekanntermaßen in den Mägen seiner Zeitgenossen gelandet. Wie ging gleich noch das Lied?

Warte, warte nur ein Weilchen,
bald kommt Haarmann auch zu dir,
mit dem kleinen Hackebeilchen,
macht er Schabefleisch aus dir.
Aus den Augen macht er Sülze,
aus dem Hintern macht er Speck,
aus den Därmen macht er Würste
und den Rest, den schmeißt er weg.

Harte Zeiten, die Zwanziger – die Stadt ein stinkender Moloch, voller Gesindel, Taschendiebe, Schmuggler, Nutten, Schwuchteln. Dazu Inflation, Wohnungsnot, und Tausende arbeitslos. Da ist man froh um jeden Brocken Fleisch und fragt nicht lange nach.

Oder hat hier ein Raubvogel seine Beute verloren? Schmiedel überwindet seinen Ekel und studiert den Klumpen genauer. Blut ist da jedenfalls keines dran. Auch kein Stück Fell oder Federn. Schieres Fleisch, je nach Lichteinfall gräulich bis violett schimmernd. Und es stinkt. Eine Fliege schwirrt ihm um den Kopf, er schüttelt sich. Her mit der Abfallzange. Was immer das ist – am besten schnell weg damit. Er hält inne, als er einen Motor knattern hört. Edwin, genannt der rasende Ede, kommt auf seinem Rasentraktor über die Wiese hinter dem Denkmal getuckert. Schmiedel winkt ihn heran. Der rasende Ede stellt sein Gefährt ab, und zu zweit begutachten sie den Fund. Dann schnauft Edwin in seinen Schnurrbart, kramt sein Mobiltelefon hervor und meint: »Ich glaub, ich ruf lieber mal die Bullen.«

Fernando Rodriguez zupft welke Blätter von der Zimmerpflanze und wirft sie in den Papierkorb. Zufrieden schaut er sich in dem kleinen Büro um. Besser geht es nicht. Zwar liegen auf seinem Schreibtisch noch Akten, Zettel und Stifte, aber schließlich arbeitet er ja hier.

»Sehr brav, sehr ordentlich, die Mama wäre begeistert.« Mit verschränkten Armen lehnt Oda Kristensen im Türrahmen und betrachtet den Raum, den sie drei Jahre lang mit Fernando Rodriguez geteilt hat. Ihren Schreibtisch hat sie schon gestern leer geräumt und die Sachen in ihr neues Büro gebracht, auf der anderen Seite des Flurs. »Endlich ein eigenes Büro. Zwar winzig, aber meins«, hat sie frohlockt. Auch Fernando ist nicht unglücklich darüber. So gut er mit Oda ausgekommen ist, der Gedanke, ihrer Kettenraucherei künftig zu entgehen, hat auch etwas Verlockendes.

Fernando hat Oda während der letzten drei Jahre nicht ein einziges Mal im Rock oder in bunter Kleidung gesehen. Sie scheint ausschließlich schwarze Pullover und schwarze Hosen zu besitzen. Das einzig Farbige an ihr sind die dunkelroten Lippen und die blaugrünen Augen. Selbst das hellblonde Haar wirkt farblos, vielleicht, weil es konsequent und ohne eine verspielte Strähne nach hinten gekämmt ist, wo es einen strengen Knoten bildet.

»Wie wär's mit einem Blumensträußchen?«

»Ist das nötig?«, fragt Fernando verunsichert.

Oda nickt mit todernster Miene.

Fernando winkt ab. Immer wieder geht er Oda auf den Leim. »Meinst du, ich kann die Fahne da hängen lassen?« Er deutet mit einer Kopfbewegung auf die überdimensionale Hannover-96-Fahne, die die halbe Wand hinter seinem Schreibtisch einnimmt.

»Nicht, wenn sie absteigen.«

»Wo denkst du hin? Die schaffen es diese Saison in den UEFA-Cup.«

»Deswegen haben sie auch letztes Wochenende gegen Stuttgart verloren. Mit diesem Trotteltor werden sie in die Geschichte eingehen.«

»Du bist ein Ekel!«, stellt Fernando fest.

Oda wirft ihrem Kollegen eine Kusshand zu.

Der streicht sich durch seine schwarzen Locken, die für Odas Geschmack immer eine Spur zu ölig glänzen.

»Was ist das eigentlich für ein Gestank hier?«, will Oda wissen. »Ich komm mir vor wie im Ashram.«

»Räucherstäbchen. Das Büro riecht ja sonst wie die Havanna-Lounge.«

»Ja, ja, der Zeitgeist meint es nicht gut mit uns Rauchern«, seufzt Oda und macht Anstalten, sich einen Zigarillo anzuzünden.

»Wag es ja nicht! Was willst du eigentlich hier?«

»Die Neue anschauen. Aber wahrscheinlich ist sie noch mit Völxen auf Vorstellungstour.«

»Alexa Julia Wedekin. Affiger Name, was?«

»Dafür kann sie ja nichts.«

Ehe das weiter ausdiskutiert werden kann, nähert sich Hauptkommissar Völxen mit seinem charakteristischen wiegenden Gang. An seinem linken Hosenbein klemmt eine Fahrradklammer. Ihm folgt eine junge Frau in schwarzen Jeans und einer weißen Bluse. Sie ist etwa einen Meter siebzig groß und wirkt schlank, besonders im Kontrast zu Völxens kompakter Silhouette.

»Guten Morgen, allerseits«, wünscht der Dezernatsleiter.

Oda und Fernando erwidern den Gruß. Oda deutet dezent auf ihr Kinn, woraufhin sich Völxen rasch einen Papierfetzen aus dem Gesicht wischt. Der Kommissar rasiert sich seit dreißig Jahren aus sentimentalen Gründen mit dem Rasiermesser seines Großvaters. Für gewöhnlich werden die blutstillenden Klopapierfetzen fortgeweht, wenn Völxen zur S-Bahn radelt, aber manche bleiben mitunter hartnäckig kleben und schaffen es bis zur Dienststelle.

»Darf ich vorstellen: Hauptkommissarin Kristensen, Oberkommissar Rodriguez – und das ist Frau Wedekin, unsere neue Kommissarin.«

Mahagonibraunes Haar umrahmt ein schmales Gesicht mit bernsteinfarbenen Katzenaugen. Unter dem linken Wangenknochen ist eine kleine, halbmondförmige Narbe sichtbar.

Ganz apart, aber nicht sein Typ, stellt Fernando mit Kennerblick und Erleichterung fest. Er hatte in dieser Hinsicht einige Bedenken gehabt, denn wie soll man sich auf die Arbeit konzentrieren, wenn einem eine zu verführerische Frau gegenübersitzt, und das jeden Tag? Diese Wedekin sieht noch jünger aus als die sechsundzwanzig Jahre, die in ihrer Personalakte stehen. Edeltraut Cebulla hat ihm dieses Sekretärinnengeheimnis verraten.

»Willkommen«, sagt Oda, und auf ihrem Gesicht erscheint plötzlich jenes warme Lächeln, das man ihren strengen Zügen nie zutrauen würde und mit dem sie andere stets dazu bringt, ihr viel mehr zu erzählen, als sie eigentlich wollen.

»Ja, willkommen«, wiederholt Fernando artig. »Das ist Ihr – äh, unser Büro.«

Er macht eine einladende Geste, aber die Neue rührt sich

nicht vom Fleck. Worauf wartet sie? Dass ich sie über die Schwelle trage?

»Das Büro könnt ihr später begutachten«, sagt Völxen und fängt plötzlich an zu schnüffeln. »Was riecht hier eigentlich so? Na, egal. Wir haben einen obskuren Fund auf dem Friedhof Stöcken. Fernando, ich möchte, dass du dir das ansiehst. Und nimm Frau Wedekin gleich mit.«

»Um was geht es denn?«

»Der Kollege von der PK Stöcken meint, es liege möglicherweise ein Leichenteil auf dem Haarmann-Stein.«

Im Dienstwagen herrscht Schweigen.

Gut so, denkt Fernando. Leute, die zu viel quatschen, gehen ihm auf die Nerven. Wieso hat Völxen den pensionierten Kollegen Schulte durch eine so junge Polizistin ersetzt? Die muss entweder saugute Noten haben oder saugute Beziehungen. Oder beides.

Eine Ampel schaltet auf Rot, er dreht den Kopf in ihre Richtung, lächelt. »Ich heiße Fernando. Die meisten Kollegen bei uns duzen einander.«

»Jule.«

»Nicht Alexa Julia?«

»Jule«, kommt es mit einer Spur Schärfe in der Stimme zurück.

»Schön. Jule.«

Schweigen.

»Wo warst du vorher?«, fragt Fernando, den die Neugier drückt.

»PI Mitte.«

Das schlimmste Revier, denkt Fernando, da zur Polizei-Inspektion Hannover-Mitte das Rotlichtviertel, Teile der Drogenszene und die meisten Klubs und Diskotheken gehören. »Dann kennst du dich ja aus im Geschäft.«

»Hast du das bezweifelt?«

»Nein, natürlich nicht«, versichert Fernando eiligst.

»Hör zu, ich weiß, dass ich noch recht jung bin und noch

jünger aussehe. Aber davon sollte sich niemand täuschen lassen.« Eine grimmige Falte gräbt sich zwischen ihre Augen.

Überempfindliche Zicke! Fernando presst verstimmt die Lippen aufeinander.

»Seit wann bist du in Völxens Dezernat?«, will nun Jule wissen.

»Seit drei Jahren. Davor war ich beim Rauschgift, ein Jahr lang als Undercover.«

Jule lässt diese Auskunft unkommentiert. Sie ist aufgeregt und versucht es zu verbergen, vor sich selbst, und vor allen Dingen vor diesem Männlichkeitsprotz da neben ihr.

Auch Fernando sagt nichts mehr, bis sie den Parkplatz vor dem Friedhof erreicht haben. Dort parken bereits zwei Streifenwagen.

»Hat sich eklig angehört«, meint Fernando. »Das mit dem Leichenteil. Bin mal gespannt.«

»Keine Sorge, ich kipp schon nicht um«, versetzt Jule. Was glaubt der, wer ich bin? Traut mir wohl überhaupt nichts zu. Ein Leichenteil. Warum ist die Angabe so diffus? Was für ein widerlicher Anblick wartet wohl auf sie?

Oh, Mann, stöhnt Fernando im Stillen. Wäre er nur mit Oda hier oder seinetwegen auch mit Völxen, bloß nicht mit dieser Mimose, die sich ständig angegriffen fühlt. Am besten, man redet gar nichts mehr, dann macht man am wenigsten falsch.

Sie gehen auf den Haupteingang des Friedhofs zu, der in ein imposantes Backsteingebäude integriert ist.

»Was für ein Riesenportal«, staunt Fernando, der sich selten lange an Schweigegelübde hält.

»Es ist Eingang und Kapelle zugleich. Der Friedhof wurde 1891 eröffnet, die Kapelle ein Jahr später«, kommt es aus Jule Wedekins Mund wie auf Knopfdruck.

»Warst du mal Fremdenführerin?«

»Nein. Geschichte interessiert mich einfach.«

Fernando betrachtet die spitz zulaufenden Fenster und Durchgänge. »Ist das gotisch?« Es ist die einzige architektonische Stilrichtung, die er gelegentlich zu erkennen glaubt.

»Neugotisch. Warst du noch nie hier?«

»Nein.«

Ihre Augen werden lebhaft. »Es lohnt sich, nicht nur wegen der historischen Grabmäler. Am schönsten ist der Westteil, er wurde um die Jahrhundertwende nach dem Vorbild eines englischen Landschaftsparks angelegt, mit einem Teich und riesigen Rhododendron-Sträuchern.«

Ehe sie weiter ins Schwärmen geraten kann, werden sie von einem Jüngling in Uniform begrüßt. Fernando hebt lässig die Hand, während Jule Wedekin ihren Dienstausweis zückt, der den Beamten jedoch nicht die Bohne interessiert. Wortlos begleitet er die beiden Kriminaler zum Fundort. Drei Polizisten halten eine Handvoll Leute auf Abstand.

Jule überkommt plötzlich ein Gefühl von Glück und Stolz. Noch vor drei Tagen hätte sie dort gestanden – zumindest theoretisch. Jetzt gehört sie nicht mehr zum Trachtenverein, sondern zu den anderen, zur Kripo. Jetzt ist sie dort, wo sie seit ihrer Kindheit hin gewollt hat. Und dies ist also ihr erster Fall: ein graurosa Fleischbatzen, der auf einem Gedenkstein liegt.

»Darf ich?«, fragt Jule.

»Bitte, gern«, sagt Fernando dankbar, nicht zuletzt, weil das Fleischstück unangenehm riecht. Er reicht ihr ein Paar Latexhandschuhe, denn die Neue hatte noch keine Gelegenheit, sich mit dem Wichtigsten auszurüsten.

Jule überwindet das aufsteigende Ekelgefühl und examiniert den Fund, was ein paar grün schillernde Fliegen zur Flucht veranlasst.

»Und?«, fragt Fernando.

»Eine Zunge.«

»Tier oder Mensch?«

»Mensch.«

»Bist du sicher?«

»Ziemlich. Ich schlage vor, wir lassen sie möglichst rasch in die Rechtsmedizin bringen. Oder willst du den Arzt hierher bitten?«

»Nein. Aber das Fünf-eins-Ka muss her. Das ist die Kriminaltechnik – Erkennungsdienst, Spurensicherung und so«, fügt er erklärend hinzu.

Jule weiß, was das Dezernat 5.1.K tut, aber sie nickt geflissentlich. Sicher meint er es gut. Ein bisschen Imponiergehabe ist bei Männern seines Schlages wohl unvermeidbar.

»Das ganze Gelände muss abgesucht werden, am besten mit Hunden. Vielleicht liegen da noch mehr Teile herum«, meint Fernando. Er wendet sich an die Stöckener Kollegen und bittet sie, den Friedhof für Besucher sperren zu lassen. Dann kämmt er sich mit der Hand durch die Locken, zückt sein Handy und sagt: »Ich frag lieber noch mal den Alten, ehe ich die ganze Truppe hier auflaufen lasse.«

Die neue Kollegin zuckt mit den Schultern.

Wahrscheinlich hält sie mich jetzt für inkompetent, denkt Fernando, während er seinem Chef das Problem schildert.

»Eine Zunge? Von einem Menschen?«, hört er daraufhin Völxen fragen.

»Ja, wir glauben schon. Wir sind natürlich nicht hundertprozentig sicher. Das Ding könnte auch von einem Schaf sein.«

»Ich warne dich!«, knurrt es aus dem Apparat.

»Soll ich die Fünf-eins-Ka anfordern und das Gelände von der Hundestaffel absuchen lassen, falls da noch mehr liegt?«

»Ja klar, was denn sonst?«, schnauzt Völxen.

Bis die angeforderten Einheiten eintreffen, nehmen sich Fernando und Jule die beiden Finder der Zunge, Walter Schmiedel und Edwin Elsemann, vor, die folgsam Rede und Antwort stehen: Nein, sie haben keine verdächtigen Personen gesehen, eigentlich gar niemanden. Nein, gestern hat die Zunge noch nicht auf der Grabstätte gelegen, da ist sich Walter Schmiedel ganz sicher.

Eine halbe Stunde später wimmelt es von Uniformen, Hunden und den weiß gewandeten Beamten der Spurensicherung, die ihre Ausrüstung rund um das Grab aufbauen.

Jule und Fernando beobachten die Männer, die hinter den Hunden langsam und suchend über den frisch gemähten Rasen schreiten.

»Hoffentlich irrst du dich nicht, und das Teil stammt nicht doch nur von einem Tier«, meldet Fernando leise Zweifel an.

»Ich hab mal ein Praktikum in der Rechtsmedizin gemacht. Den Rasenschnitt von heute Morgen sollten wir sicherstellen«, schlägt Jule vor.

»Gute Idee.«

»Ich glaube aber nicht, dass man hier noch was findet.«

»Warum nicht?«, fragt Fernando.

»Da war nirgendwo Blut. Wenn hinter der abgeschnittenen Zunge ein Tötungsdelikt steckt, dann ist es bestimmt woanders passiert.«

»Wenn«, betont Fernando.

Beide verstummen für ein paar nachdenkliche Minuten.

»Du kannst jetzt von mir denken, was du willst, aber ich habe einen saumäßigen Hunger«, gesteht Fernando.

»Ich auch«, bekennt Jule, die ohne Frühstück aus dem Haus gegangen ist.

»Dann lass uns doch ... ach, Scheiße!«, unterbricht sich Fernando und eilt zu einem der Männer in Weiß. »Muss die Zunge noch da liegen?«

»Nein, die kann weg. Wir sind schon fertig mit den Fotos.«

»Schnell, bitte. Da hinten kommt Markstein, der Arsch.«

Zwei Streifenbeamte nehmen den Plastikbeutel mit der Zunge entgegen.

»Das muss ins Rechtsmedizinische Institut. Geht hintenrum raus«, bittet Fernando.

Mit weit ausgreifenden Schritten strebt ein Mittdreißiger auf sie zu. Er trägt Cowboystiefel und sein langer, tief geschlitzter Trenchcoat flattert eindrucksvoll hinter ihm her. Er sieht aus, als wäre er gerade vom Gaul gestiegen und hätte unterwegs den Kopf in einen Brunnentrog gesteckt, aber seine schulterlangen mausbraunen Haare sind nicht nass, sondern fettig. Ihm folgt ein Fotograf, der schon auf dem Weg wild um sich knipst.

»Ich hörte etwas von einem Leichenteil, das hier liegen soll?« Marksteins Wieselaugen mustern auffordernd die Runde.

Niemand antwortet.

»Herr Kommissar, bitte, ein Statement.«

»Wenden Sie sich an die Pressestelle, Herr Markstein.«

Der Reporter wendet sich jedoch lieber an Jule Wedekin: »Oh, ein neues Gesicht bei der Kripo? Darf ich mich vorstellen? Boris Markstein von der *Bild Hannover*.«

Jule nickt ihm zu, macht aber keine Anstalten, sich ebenfalls vorzustellen. Sie hat den Reporter schon öfter an Tatorten erlebt und nicht in bester Erinnerung. Markstein seinerseits hat sie damals in Uniform anscheinend nicht wahrgenommen.

»Sagen Sie bloß, da lag ein Leichenteil auf dem Haarmann-Stein«, schlussfolgert Markstein aus der Szenerie rund um das Grabmal. »Ist ja hammermäßig. Was war es? Nun sagen Sie schon, ich bitte Sie«, umschwänzelt er Jule.

»Sie haben gehört, was Oberkommissar Rodriguez gesagt hat.«

»Eine Zunge. Die junge Dame hat gesagt, das ist eine Zunge. Von einem Menschen.« Das war Walter Schmiedel, der die einmalige Chance gekommen sieht, sein Konterfei in dem von ihm bevorzugten Printmedium zu sehen. »Ich habe sie gefunden.«

Markstein grinst wie eine Muräne in Fernandos Richtung, ehe er sich daran macht, Walter Schmiedel auszuquetschen.

Jule läuft knallrot an. Hätte sie doch bloß vorhin den Mund gehalten!

»Komm, wir verschwinden«, brummt Fernando missgelaunt.

»Und?« Bodo Völxen lehnt an Odas Schreibtisch, auf dem noch die Unordnung des Umzugs herrscht, und schaut sie erwartungsvoll an.

»Was und?«, fragt Oda und räumt weiter Akten aus einer Umzugskiste in ein Regal.

»Wie findest du sie?«

Oda zuckt mit den Schultern. Sie ist ein wenig eingeschnappt – der obskure Leichenteilfund klang interessant, sie wäre gerne mitgefahren anstelle der Neuen.

»Wenn ich beim Einstellungsgespräch dabei gewesen wäre, dann könnte ich jetzt vielleicht mehr über sie sagen«, antwortet

Oda und bemerkt zu ihrer Genugtuung, wie sich Bodo Völxen verlegen über den allmählich immer weiter zurückweichenden Haaransatz fährt.

»Du warst in Urlaub. Hätte ich gewartet, hätte sie uns das FK weggeschnappt.« Das FK ist das Dezernat für Organisierte und Schwerst-Kriminalität.

»War sie denn so begehrt?«

»Allerdings. Sie hat als Jahrgangsbeste an der Fachhochschule abgeschlossen, und von der PI Mitte hat sie durchweg beste Beurteilungen bekommen.«

»Na, dann herzlichen Glückwunsch zu diesem Fang. Wieso fängt sie eigentlich an einem Dienstag an, und nicht schon gestern?«

»Gestern ist sie umgezogen.«

»Wedekin, Wedekin«, sinniert Oda vor sich hin. »Der Name kommt mir bekannt vor.«

»Alter Hannoverscher Stadtadel. Ihr Vater ist Jost Wedekin, Professor für Transplantationschirurgie an der Medizinischen Hochschule. Die Mutter ist Cordula Wedekin, die Pianistin. Sabine hat schon mal mit ihr gespielt.«

»Ein echtes höheres Töchterchen also. Und so was geht zur Polizei?«

»Wenn ich es richtig herausgehört habe, hat sie diese Laufbahn gegen den Willen der Eltern eingeschlagen.«

»Die selbstverständlich wollten, dass sie Medizin studiert«, vermutet Oda.

»Hat sie ja auch«, antwortet Völxen. »Vier Semester. Dann ist sie zur Polizei.«

»Moment mal«, Oda rechnet, »zwei Jahre Medizin, drei Jahre FH, drei Jahre PI Mitte ...«

»Sie hat mit achtzehn Abitur gemacht. Hat wohl eine oder zwei Klassen übersprungen.«

»Heureka, ein Wunderkind. Spielt sie auch Klavier?«

»Du wirst doch keine Vorurteile pflegen, Oda?«

Oda quetscht den letzten Ordner ins Regal, stemmt die Hände in die Hüften und sieht ihren Vorgesetzten streng an.

»Schon gut«, lenkt der ein. »Es klang nur so.«

Ein Zigarillo wird angesteckt, und durch die Rauchwolke sagt Oda: »Nein, ich hege keine Vorurteile. Ich hatte nicht einmal bei Fernando welche, und dem eilte ja durchaus ein gewisser Ruf voraus.«

»Dank deines guten Einflusses auf ihn ist aus ihm ja auch ein recht brauchbarer Kriminaler geworden«, versucht Völxen sich einzuschmeicheln. »Es gab schon lange keine Beschwerde mehr über ihn. Und die Wedekin wird sich alle Mühe geben, da bin ich mir sicher.«

»Natürlich wird sie das. Wahrscheinlich wird sie die erste weibliche Polizeipräsidentin der Stadt.«

»Warum nicht? *Ich* hätte kein Problem damit.«

Völxens Stimme klingt beim letzten Satz ein wenig gereizt, darum lenkt Oda Kristensen ein: »Du hast vermutlich recht. Ich werde alt und stutenbissig. Du wärst ein Schaf gewesen, wenn du nicht sofort zugegriffen hättest.«

Bei dem Wort Schaf zieht ihr Chef die buschigen Brauen über seinen grauen Augen zusammen. »Vorsicht.«

»Apropos. Was macht deine Herde?«, leitet Oda ein kleines Ablenkungsmanöver ein.

»Prächtig geht's denen, ganz prächtig.«

»Ist doch schön.«

»Ja.«

»Aber?«

Vor Oda kann man so gut wie nichts verbergen, zumindest Völxen kann es nicht: »Ich habe Amadeus weggegeben. Den Schafbock. Das Mistvieh hat mich angegriffen, mehrmals. Gegnern mit Hörnern bin ich einfach nicht gewachsen.« Sein bekümmerter Blick wirbt um Verständnis und Absolution.

»Wo ist er jetzt?«

»Bei einem Schafzüchter in der Heide. Der will ihn zur Zucht verwenden.« Völxen atmet schwer. Zucht. Das klingt ja erst mal nach Vergnügen. Aber wie lange? Was passiert, wenn Amadeus mal nicht kann?

»Ist doch in Ordnung. Ein Paradies, sozusagen«, meint Oda.

»Meinst du wirklich?«

Oda grinst.

Resigniert entfernt sich Völxen aus ihrem Büro.

Oda Kristensen dagegen fragt sich, während sie sich den nächsten Zigarillo ansteckt, ob die Wedekin, dieses junge Genie, wirklich zu ihnen passt.

Fast jeden Tag geht Heinrich Hofer mit seinem Terrier Nielsson am Ufer des Maschsees spazieren. Der Rundweg um den See beträgt gute sechs Kilometer, aber Hofer geht meist nur am Westufer entlang und kehrt vor dem Strandbad um. Das Westufer folgt dem krummen Lauf der Leine, und entlang des Flusses findet sich eine nahezu unberührte Wildnis, was besonders der Terrier sehr schätzt. Zu Weihnachten hat Hofer sich selbst eine Digitalkamera geschenkt, und nun plant er die Anfertigung eines Fotokalenders. Den wird er sich in diesem Jahr wiederum zu Weihnachten schenken, denn sonst gibt es niemanden zu beschenken, höchstens den Hund.

Auch heute hat er seine Kamera dabei, während er mit Nielsson unter den Bäumen am Wasser entlanggeht. Ein paar Segler sind auf dem Wasser, der Wind weht kühl aus Nordost. Bald wird es hier noch voller werden, sowohl auf dem Wasser als auch drum herum. Zum Glück gibt es auf dem schmalen Landstück zwischen Fluss und Ufer getrennte Wege für Fußgänger und für Radfahrer. Anderenfalls wären Karambolagen mit Radlern und Inlinern unvermeidlich. So gehen einem nur diese Idioten mit ihren klackernden Skistöcken auf den Wecker, aber von denen sind heute erst wenige unterwegs.

Er betritt einen kurzen Holzsteg und prüft die Perspektive. Ja, von hier hat man einen guten Blick über den See, der an dieser Stelle nur zwei-, dreihundert Meter breit ist. Die Südstadt liegt quasi gleich gegenüber, fast zum Greifen nah ist die Plattform des Restaurants Pier 51, auf der ein Kellner gerade die weißen Sonnenschirme aufspannt.

Interessanter ist allerdings der Blick über die nördliche Hälfte des Sees, hinüber zum schlossähnlichen Prachtbau des Neuen

Rathauses, das so neu auch wieder nicht ist, und zu den verschachtelten Glaswürfeln der Nord-LB.

Hofer bringt die Kamera in Position und wartet auf ein Segelboot, das den Vordergrund des Bildes zieren soll. Nielsson kläfft.

»Sei still, Nielsson. Es geht gleich weiter.«

Aber der kleine weiße Hund gibt keine Ruhe.

Hofer lässt entnervt die Kamera sinken. »Was ist denn?«

Nielsson zieht an der Leine und bellt das Wasser an, das am Ende des Stegs höchstens knietief ist. Hofer sieht nach unten und entdeckt eine helle Fläche, etwa eine Handbreit unter der Wasseroberfläche. Er kneift die Augen zusammen und starrt in ein Gesicht. Obwohl er zurückweichen will, muss er, vor Schreck wie gelähmt, doch hinsehen: gelbgrüne Haut, spärliches dunkles Haar, das wie Seetang auf dem runden Schädel wabert, die Augen des Mannes sind weit offen und wirken gläsern, fast durchsichtig, der Mund ist eine dunkle Höhle. Ein schlammfarbener Mantel schlackert langsam, im Takt der Wellen, um den Leib, die Hände schimmern kalkweiß durch das grünliche Wasser. Unterhalb der Knie ragen die Beine bis unter den Steg, sodass Hofer im nächsten Moment klar wird, dass er sozusagen auf einer Leiche steht.

»Heiliger Strohsack!« Hastig verlässt Hofer den Steg, den widerstrebenden Nielsson hinter sich herzerrend. Nach wenigen Schritten ist er wieder auf dem sicheren Fußweg und begreift nicht, wie die Welt so normal wirken kann. Vögel zwitschern, Radfahrer flitzen ahnungslos an ihm vorbei. Er schaut sich zögernd um. Das silberne Glitzern der wellenbewegten Wasseroberfläche blendet ihn und verwehrt so den Blick auf die Leiche, die da drüben im Seichten dümpelt, ein paar Meter neben dem belebten Fußweg. Eine geradezu surreale Vorstellung. Hofer atmet schwer, greift sich an die Brust. Jetzt bloß keinen Herzanfall bekommen. Zum ersten Mal bereut er es, sich noch immer kein Mobiltelefon angeschafft zu haben. Aber wen sollte er damit normalerweise auch anrufen? Er wendet sich um. Ein Herr in einem Anzug und einem Trenchcoat, ähnlich dem, den die Leiche da unten trägt, nähert sich. Der hat bestimmt so ein Ding in seiner Aktentasche.

»Wo fahren wir eigentlich hin?«

»Was essen.«

Ist das vielleicht eine klare Antwort? Ungehobelter, selbstgefälliger Kerl, grollt Jule innerlich. Denkt wohl, er ist der große Zampano, mit seinen Espressoaugen und den Schmalzlocken. Nein, Junge, das wird sich noch erweisen müssen, ob du genug drauf hast, um auf Dauer den Ton angeben zu können. Apropos Ton: »Und warum haben wir Kerzen und Musik an und rasen wie die Verrückten?«

»Du hast gesagt, du hast Hunger.«

Jule Wedekin ist während ihres dreijährigen Berufslebens als Polizistin zu der Ansicht gelangt, dass es zwei Sorten von Polizisten gibt: Die, die mit einem mulmigen Gefühl verkrampft am Steuer sitzen, wenn sie Blaulicht und Sirene anhaben, und die, die es genießen und vermutlich deswegen Polizist geworden sind. Zu welcher Gruppe Fernando gehört, ist sonnenklar. Sie krallt sich am Sitz fest. Immerhin hat er ihr keine Vorwürfe gemacht, weil sie sich vor den beiden Zeugen verplappert und von der Zunge geredet hat. Aber wer konnte schon ahnen, dass dieser Schmiedel sein Wissen brühwarm an den *Bild*-Reporter weiterleiten würde? Und wie schnell dieser Boris Markstein überhaupt vor Ort gewesen ist. Solche Kerle sind wie Fliegen, die riechen das Aas kilometerweit.

Fernando ist an der Ausfahrt Linden-Mitte vom Westschnellweg abgebogen und kurvt nun mit traumwandlerischer Sicherheit durch die engen Einbahnstraßen. Wenigstens Sirene und Blaulicht hat er inzwischen abgeschaltet.

Aber der Kollege scheint sich in diesem Viertel nicht nur gut auszukennen, er ist hier offenbar auch bekannt. Jedenfalls wird er von einigen Männern auf der Straße gegrüßt. Dann fährt er Schritt und hält kurz an, es gibt einen kleinen Wortwechsel – deutsch, spanisch, ein paar Brocken türkisch. Um ungestört Konversation machen zu können, hat ihr Kollege die Seitenscheibe heruntergelassen. Sein linker Ellbogen in der schwarzen Lederjacke liegt lässig im Fensterrahmen. Machoarsch!

Schließlich parkt Fernando vor einer Einfahrt mit einem Eisentor.

»Was ist damit?« Jule weist auf ein Schild am Tor, das Autofahrern mit dem Abschlepphaken droht.

»Das geht in Ordnung«, sagt Fernando. Die Autowerkstatt hinter dem Tor gehört seinem Freund Antonio, und der kennt die Dienstwagen der PD. Nach Möglichkeit parkt Fernando fast jeden Mittag hier, und gelegentlich tun Völxen und Oda es ihm gleich.

Sie überqueren die Straße und betreten einen karg eingerichteten Laden. Metallregale, Betonfußboden, in der Mitte schnurrt eine Kühltruhe, und am Endes des lang gezogenen Raums steht eine monströse Kühltheke mit frischen Lebensmitteln: Schinken, Käse, Würste, eingelegte Oliven.

Eine Frau in Kittelschürze wieselt hinter der Theke hervor. Ihr Haar ist tiefschwarz, mit grauen Strähnen durchsetzt und zu einem dicken Zopf geflochten, der sich ihren Rücken hinunterwindet. Sie hat sichelförmige Augen, dunkel wie schwarze Oliven, und eine schmale, gebogene Nase. Augen und Nase sind gleich, registriert Jule. Auch der breite Mund zeugt von Verwandtschaft. Nur dass Fernandos Oberlippe gründlicher rasiert ist.

»Fernando, *mi corazón*!« Pedra Inocencia Rodriguez stellt sich auf die Zehenspitzen und küsst ihren Sohn rechts und links auf die Wangen, als hätte sie ihn seit Wochen nicht gesehen. Dann mustert sie Jule mit unverhohlenem Interesse. Fernando stellt seine neue Kollegin vor, wobei er das Wort *colega* betont.

»*Bienvenida*, Jule.« Frau Rodriguez spricht ihren Namen Chule aus, mit einem harten, kehligen Ch. Dann wird auch Jule auf beide Wangen geküsst. Frau Rodriguez' Schnurrbart kitzelt ein wenig, und Jule Wedekin muss dabei an das Gesicht ihrer Mutter denken, das dank High-Tech-Kosmetika und plastischer Chirurgie so straff ist wie ein Bettlaken im Sheraton.

»Was wollt ihr essen? Alles frisch vom Großmarkt.« Ehe sie selbst eine Wahl treffen können, entscheidet Frau Rodriguez: »Ihr habt sicher Hunger. Ich mache euch einen Teller mit allem.« Ihr R klingt wie das Knurren eines Rottweilers.

»Und zwei Kaffee, bitte«, ordert Fernando und fügt an Jule gewandt hinzu: »Du bist natürlich eingeladen.«

»Nein, das möchte ich nicht.«

»Mama wäre sonst tödlich beleidigt.«

»*Exactamente*«, tönt es hinter der Theke hervor wie Donnergrollen.

»Also gut«, ergibt sich Jule.

Ein Korb mit Brot und eine riesige Platte mit Tapas werden auf einen der beiden kleinen Stehtische gestellt.

»Lang zu«, sagt Fernando und greift nach einer scharf aussehenden Wurst und einer in Speck gewickelten Dattel.

Seine Kollegin erklimmt einen der Hocker, probiert den Käse und etwas, das wie eine Pastete aussieht.

»Warum legt jemand eine Zunge auf einen Grabstein?«, fragt sie und spießt dabei eine Olive auf. »Noch dazu auf *diesen* Grabstein.«

»Keine Ahnung. Ich frag mich, wem man sie abgeschnitten hat. Und: tot oder lebendig?«

»Es gab wohl keine Leiche ohne Zunge die Tage?«, erkundigt sich Jule und gestattet sich ein kleines Lächeln.

Wenn sie lächelt, stellt Fernando fest, strahlt sie tatsächlich einen gewissen, wenn auch spröden Charme aus. Vielleicht ist sie doch ganz brauchbar. Zudem scheint seine Mutter sie zu mögen, und die ist wie ein Seismograph. Leute, die Pedra Rodriguez nicht gefallen, erweisen sich früher oder später immer als zweifelhafte Charaktere. Besonders Frauen.

»Nicht, dass ich wüsste«, antwortet er.

»Vielleicht ein makabrer Scherz von Medizinstudenten«, meint Jule.

»Die tun so was?«

Jule zuckt die Achseln. »Es wäre wenigstens eine harmlose Erklärung.«

»Ob es was mit einem der Opfer von Haarmann zu tun hat?«, sinniert Fernando, aber dann schüttelt er den Kopf. »Nein. Die müssten ja heute über hundert sein. Und selbst deren Kinder wären schon über achtzig. Ich glaube, das können wir vergessen, was meinst du?«

»Die werden kaum Kinder gehabt haben. Das waren alles alleinstehende junge Herumtreiber. Pupenjungs.«

»Pupen-was?«

»Haarmann hat sie im Verhör Pupenjungs genannt. *Das waren doch nur Pupenjungs.* Es gab letztes Jahr ein großartiges Schauspiel mit diesem Titel.«

»Ah, ja.« Fernando hat nie davon gehört, wie auch, er geht nie ins Theater. Manchmal leiht er sich ein Video aus. Entweder Action-Streifen oder – aber das würde er niemals erzählen – Bollywood-Filme. Nur seine Mutter weiß von diesem geheimen Laster, denn die beiden wohnen zusammen in der geräumigen Altbauwohnung über dem Laden. Fernando und seine Schwester sind in dieser Fünf-Zimmer-Wohnung geboren worden und aufgewachsen. Vor zwanzig Jahren ist ihr Vater verstorben, und Fernandos Schwester ist inzwischen verheiratet und Mutter eines sechsjährigen Sohnes, sodass nur Fernando und seine Mutter noch über dem Laden wohnen. Es ist eine ganz normale WG, findet Fernando. Leider sehen die Frauen das anders. Sie reagieren ausnahmslos so, als hätte er eine peinliche, unappetitliche Krankheit, sobald sie davon erfahren. Dabei ist Fernando durchaus bereit, auszuziehen und einen eigenen Hausstand zu gründen, sobald ihm die Richtige begegnet. Anmutig und sanftmütig sollte sie sein, mit langen, duftenden Haaren und braunen Mandelaugen mit langen Wimpern …

»Vielleicht stammt die Zunge von einem, der zu viel redete«, mischt sich Jule Wedekins Stimme in seine Tagträume.

»Du meinst, so ein Mafia-Ding?«

»Einer, der der Polizei zu viel erzählt hat«, spinnt Jule den Faden weiter. »Haarmann war ein Polizei-Spitzel in Sachen Schwarzhandel, Einbruch und Hehlerei. Nach seiner Festnahme 1924 hat man der Polizei vorgeworfen, frühen Hinweisen aus der

Bevölkerung nicht nachgegangen zu sein und Haarmann durch seine Beschäftigung als *Undercover* begünstigt zu haben.«

»Klingt weit hergeholt«, bemerkt Fernando.

»Stimmt«, gibt Jule zu. »Es gibt viele Deutungsmöglichkeiten. Es kann auch was mit Schwulen zu tun haben ...«

»Wieso mit Schwulen?«

»Die Pupenjungs.«

»Ah, ja. Vielleicht kann Oda was damit anfangen.«

»Wieso Oda?«

»Sie hat Psychologie studiert.« Ein Hauch von Stolz schwingt in seiner Stimme.

»Sie erinnert mich an meine Ballettlehrerin«, meint Jule zwischen zwei Bissen. »Sie hat so was Strenges.«

Mit einem spöttischen Lächeln sieht Fernando auf Jule herab. »Ballett, ja? Gab's auch ein Reitpferd?«

Jule antwortet nicht.

Ich Idiot, denkt Fernando, hätte ich bloß den Mund gehalten! Jetzt ist sie wieder eingeschnappt, wo das Eis gerade ein paar Risse bekommen hatte.

»Oda ist schon in Ordnung«, sagt Fernando, Jules beleidigte Miene ignorierend.

Pedra Rodriguez bringt den Kaffee. Ihre Gäste haben die Platte fast leer geputzt. »Wollt ihr ein paar *Dulces*?«

»Nein, danke«, lehnt Jule ab.

»Was ist das – das Fleisch mit dem roten Zeug drum herum«, will Fernando von seiner Mutter wissen.

»Schafzunge in Portweingelee.«

Fernando schiebt seinen Teller angeekelt von sich.

Aus seiner Jackentasche erklingt *Hells Bells*. »Mist, das ist Völxen.« Hastig fingert er das Handy aus der Tasche. »Wir sind unterwegs«, ruft er hinein, während seine Mutter über seine Schulter krächzt: »*El comisario! Muchos saludos de mi parte!*« An Jule gewandt klagt sie: »Er war schon lange nicht mehr hier. Früher ist er jeden Tag gekommen.«

»Pscht!«, macht Fernando ärgerlich. »Was? Ja, erwischt. Wir mussten schnell was essen gehen, Frau Wedekin hatte Hunger. –

Ja, ich grüße die Mama.« Nachdem Fernando Völxen noch eine Weile zugehört hat, steckt er den Apparat wieder ein und sagt zu Jule, deren Gesicht zur Faust geballt ist: »Es gibt einen Leichenfund am Maschsee.«

Den Toten hat man nahe dem Ufer abgelegt, die Wege sind abgesperrt. Dr. Bächle macht sich an der Leiche zu schaffen, während weiße Gestalten zwischen dem Fußweg und dem Steg hin und her huschen, Nummernschildchen platzieren, fotografieren, messen. Abwartend und aus einiger Entfernung sieht Hauptkommissar Völxen dem Treiben zu. Oda Kristensen unterhält sich mit dem Rentner, dessen Hund die Leiche entdeckt hat.

Der Tote hat knapp fünfhundert Euro in seiner Geldbörse, außerdem stecken sein Handy und seine Ausweispapiere im Mantel. Dr. Martin Offermann, geboren am 12. Februar 1945, wohnhaft in Hannover-Kleefeld, verrät sein Personalausweis, den Völxen soeben studiert hat. Dahinter klemmen ein paar identische Visitenkarten:

Dr. Martin Offermann – Dr. Liliane Fender
Psychiatrie
Psychoanalyse
forensische Psychiatrie

Auf der Rückseite stehen die Adresse und zwei Telefonnummern, Praxis und privat.

»Bächle, was ist denn nun?«, ruft Völxen ungehalten.

Der Angesprochene richtet sich auf und kommt auf den Kommissar zu. Er ist einen Kopf kleiner als Völxen, und obwohl Justus Bächle erst Mitte vierzig ist, hat er schlohweißes Haar, um dessen Fülle ihn Völxen allerdings beneidet. Sein Gesicht erinnert an einen beleidigten Dackel, was daran liegen mag, dass er stets den Kopf leicht gesenkt hält und einen von unten herauf ansieht. »Pressiert's?«

»Ich schlage hier langsam Wurzeln«, mault Völxen.

»No net hudle.«

»Wie bitte?«

»Nicht so eilig«, übersetzt der Rechtsmediziner und lässt sich dann zu einer ersten Stellungnahme herab: »Todeszeitpunkt geschtern Abend zwischen dreiundzwanzig und vierundzwanzig Uhr. Plus minus eine Schtunde. Tod durch drei Schüsse, zwei in den Bauch, einer ins Herz. Außerdem wurde die Zunge entfernt.« Dr. Bächles Sprechweise hat – neben ihrem unverkennbaren schwäbischen Akzent – etwas Müdes, Schleppendes, als hätte man ihn gerade eben aus seinem Dackelschlaf gerissen.

»Wie entfernt?«, hakt Völxen nach.

»Abg'schnitte'«, präzisiert Bächle. »Wahrscheinlich *poscht mortem*. Die Zunge fehlt.«

»Vermutlich haben Sie die«, sagt Oda, die zu den beiden Männern getreten ist.

»Ich?« Das Dackelgesicht wird bei Odas Anblick ein wenig munterer. Sie ist die Einzige, die ihn einen schwäbischen Leichenfledderer nennen darf, ohne dass er beleidigt ist.

»Heute Morgen wurde eine Zunge auf dem Friedhof Stöcken gefunden. Sie muss mittlerweile bei Ihnen im Institut eingetroffen sein«, präzisiert Völxen.

»Darf ich mal sehen?« Dr. Bächle weist auf Offermanns Personalausweis, den Völxen ihm daraufhin überlässt.

»Gell, ich hab's doch g'wusst!«, sagt er dann und schlägt mit der rechten Faust in seine linke Handfläche. »Des isch der Dr. Offermann.« Bächle schüttelt langsam den Kopf. »Immer so viel g'schwätzt, und jetzt so was.«

»Vielleicht genau deswegen«, murmelt Oda.

»Offermann, Offermann …«, grübelt Völxen. »Woher kenne ich den?«

»Vom Gericht und aus dem Fernsehen wahrscheinlich«, antwortet Oda. »Er ist als Gutachter in Strafprozessen aufgetreten. Sexualstraftaten waren sein Fachgebiet.«

»Schtimmt genau, Frau Krischtensen«, versichert Bächle eilig.

Dem Hauptkommissar dämmert es: »Mein Gott, ja. *Der* Offermann ist das?« Unwillkürlich macht Völxen Anstalten, auf die Leiche zuzugehen, wird aber sofort von Rolf Fiedler angepfiffen: »Nur zu, Völxen! Zertrampel auch du mir ruhig noch die Spuren.«

Völxen flucht leise. Er hasst es, an Tatorten herumstehen zu müssen, und hat sich nach dem Anruf der Leitstelle extra Zeit gelassen. Aber wieder heißt es warten, wie immer.

Wenigstens liefert Fiedler einen kleinen Zwischenbericht: »Am Wegrand lagen Hülsen, Kaliber 9-mm-Parabellum.« Er deutet auf eine Stelle, an der zwei seiner Kollegen gerade Scheinwerfer aufstellen. Ein dritter gießt vor dem Steg Gips aus. Fiedlers Leute würden sicherlich noch einige Stunden zu tun haben. »Die Leiche wurde vom Weg aus die paar Meter da rübergezerrt, zum Steg, und von dort aus ins Wasser geworfen, es gibt Schleifspuren und Faserspuren am Holz.« Die Stelle, von der der Leiter der Spurensicherung spricht, liegt im Schatten eines Ahorns und ist spärlich mit Gras und Unkraut bewachsen. Da es schon länger nicht mehr geregnet hat, ist die Erde zwischen Weg und Wasser ausgetrocknet. Wie kann es da Spuren geben, fragt sich Völxen. Aber die Spezialisten sehen Dinge, die der normale Mensch nicht wahrnimmt, auch das ist immer so. Zum Glück. »Oda, wollen wir eine Kleinigkeit essen gehen?«

Oda steht einen Zigarillo qualmend im grünen Dämmerlicht und scheint den Ausblick zu genießen. Eine Weide ragt übers Wasser und badet ihre Zweige darin. Kleine Wellen platschen ans Ufer, drei Enten nähern sich in der Hoffnung auf Futter, ein Segler gleitet über die silbrige Wasserfläche, im Hintergrund sonnt sich die Silhouette der Stadt.

»Oda, ich rede mit dir!«

»Ein schöner Platz zum Sterben.«

»Aber nicht auf diese Art«, widerspricht Völxen. »Außerdem hatte er um die Uhrzeit, zu der er starb, wenig von der Aussicht. Also komm jetzt, ich hab Kohldampf! Wir könnten mal wieder zu Mama Rodriguez gehen.«

Sie setzen sich in Bewegung. Vor der Absperrung zum Ohedamm steht eine Gruppe Nordic Walker. Die rüstigen Senioren diskutieren mit dem Polizisten: »Aber so sagen Sie uns doch wenigstens, was los ist!« – »Und wie lange dauert das noch?« – »Aber die da dürfen doch auch durchgehen!« Einer zeigt mit dem Stock auf die Kripobeamten.

»Kripo Hannover, es handelt sich um einen Leichenfund, und das dauert noch Stunden«, sagt Völxen, woraufhin die knallbunt gekleidete Meute aufgeregt tuschelnd den Rückzug antritt.

»Diese Stöcke, diese Klamotten«, meint Oda kopfschüttelnd, »wie kann sich ein Mensch so lächerlich machen?«

Völxen sagt nichts dazu.

»Wir gehen ins Marriott«, bestimmt Oda im Weitergehen.

»Nichts da! Bin ich Krösus?«

»Stell dich nicht so an. Du bist eine Besoldungsgruppe über mir.

»Ich muss sparen, ich habe Familie. Frau, Kind, Schafe.« – Die Schafe ... Natürlich hat Sabine recht behalten. »Die werden einen Haufen Geld kosten und mehr Arbeit machen als das Mähen«, hat sie vor einem Jahr prophezeit. »Bestimmt nicht. Schafe sind genügsam und pflegeleicht«, hat Völxen entgegnet. »Du wirst schon sehen.« Ein kleines Vermögen hat er seitdem ausgegeben für bewegliche Elektrozäune, Kraftfutter, Wurmkuren, den Tierarzt, nicht zu vergessen die Gebühren für den Kursus *Schafe selbst scheren.* Es wäre billiger gewesen, den Rasentraktor reparieren zu lassen.

»Wir müssen doch sowieso da hin«, beharrt Oda.

»Gut, wenn es denn sein muss«, lenkt ihr Vorgesetzter irritiert ein.

»Offermann hat dort gestern Abend einen Vortrag gehalten.«

»Und das sagst du mir jetzt?«

»Wann denn sonst?«, erwidert Oda.

Völxen beißt die Zähne zusammen. »Woher weißt du von dem Vortrag?«

»Ich war dort.«

Sie setzen sich in eine windstille Ecke der Terrasse. Völxen telefoniert mit Fernando. Er soll herausfinden, ob Martin Offermann Angehörige hat, ob etwas gegen ihn vorliegt, die übliche Prozedur: »Und dann fahrt in die Praxis nach Kleefeld und redet mit einer gewissen Dr. Liliane Fender, das muss seine Kollegin sein. – Todeszeitpunkt? Mitternacht, plusminus eine. Hat sich die Pathologie schon wegen der Zunge gemeldet? – Die sollen auch die DNA überprüfen. – Ja, Offermann wurde die Zunge raus… Augenblick. Ich meld mich wieder.«

»Was darf es für die Herrschaften sein?«, erkundigt sich ein Mädchen mit einem langen blonden Pferdeschwanz, das an ihren Tisch getreten ist.

»Einen Sommersalat mit Thunfisch und eine große Apfelschorle«, bestellt Völxen.

»Wir haben heute auch Spezialitäten vom Lamm. Lammlachse auf Frühlingsgemüse mit Rucola, Lammkotelett vom Grill mit Folienkartoffel oder die Lammkeule mit Bärlauchkartoffeln und Salatteller.«

»Nein, danke!«, wehrt Völxen entrüstet ab.

»Für mich bitte den gleichen Salat und ein Pils vom Fass, ein großes«, ordert Oda.

Die Bedienung verschwindet.

»Verdammte Lämmerfresserei. Sind wir in Anatolien, oder was?«, regt sich Völxen auf.

»Scher dich nicht drum«, rät Oda.

Ihr Chef schweigt und runzelt die Stirn. Er ist diese ewigen Schafswitze leid und außerdem ärgert er sich, nicht ebenfalls ein Bier vom Fass bestellt zu haben.

»Warum eigentlich Schafe? Warum kein Hund, oder Katzen. Oder Hühner?«, forscht Oda nach.

»Mäht ein Huhn meinen Rasen?«

»Der Rasen ist doch nur ein Vorwand.«

»Schafe sind einfach schöne, archaische Tiere«, rechtfertigt sich Völxen.

»Rülpsende Wiederkäuer.«

»Sie stehen für Sanftheit, Duldsamkeit, Unschuld. Eigenschaften, denen ich im Alltag selten begegne«, fügt Völxen mit einem grimmigen Seitenblick hinzu.

»Opfertiere, Opferlämmer«, assoziiert Oda. »Und das, wo du doch andauernd mit Opfern zu tun hast.«

»Jetzt mach mir hier nicht den Sigmund, ja«, brummt Völxen missmutig.

»Bestell doch auch ein Bier. Ich erzähle es niemandem.«

Völxen klopft sich gegen den Bauch. »Ich muss abnehmen. Wanda hat gesagt, ich sei fett.«

»Töchter sind grausam.«

»Und Sabine hat dazu geschwiegen«, klagt Völxen.

»Ein Waschbrettbauch ist nicht alles. Dafür hast du eine Waschbrettstirn. Auf so was stehen die Frauen.«

»Wirklich? Dann schnapp dir doch den Bächle: Dackelstirn, ledig, promoviert, ein sparsamer Schwabe mit Eigenheim. Nicht zu vergessen: die Witwenrente.«

»Ich werde niemals mehr heiraten, Völxen. Die Ehe ist ein lauwarmer Ort voller Kompromisse.«

Dem weiß Völxen wenig entgegenzusetzen, also schlägt er vor: »Bestimmt wäre der Bächle einer Affäre auch nicht abgeneigt.«

»Ich überlege es mir. Er ist etwas klein. Andererseits – kleine Männer strengen sich mehr an und sind handlicher in der Badewanne.«

Hin und wieder wird man daran erinnert, dass Odas Vater Franzose ist. Die Franzosen, so hat Völxen von Oda gelernt, reden andauernd über *l'amour* und Sex, am liebsten beim Essen, aber auch bei jeder anderen Gelegenheit.

Wenigstens scheint Oda keine Antwort zu erwarten, denn sie sagt tröstend zu Völxen: »Ein bisschen Bauch macht doch nichts, immerhin gehst du stramm auf die fünfzig zu.«

»Hüte deine Zunge«, mahnt Völxen und quittert Odas Hinweis mit dem finstersten Blick, der ihm zu Gebote steht, der jedoch an Oda abprallt wie Wasser an einem Regenschirm. Schließlich seufzt er: »Das ist auch so eine Sache, die ich nicht kapiere. Wann ist das passiert, wann bin ich so ein alter Sack geworden?«

»Ich weiß genau, was du meinst«, winkt Oda resigniert ab. »Ich werde dieses Jahr vierzig.«

»Das ist doch kein Alter.«

»Als ich neulich in Frankreich war, haben mir in zwei Wochen gerade mal zwei Kerle nachgepfiffen. Und beim zweiten Mal war Veronika dabei.«

Die Getränke werden gebracht.

»Prost«, sagt Völxen. »Oder wie sie bei uns auf dem Land sagen: Nicht lang schnacken, Kopf in' Nacken.«

Oda folgt der Aufforderung und nimmt unter dem neidischen Blick ihres Vorgesetzten einen großen Schluck Bier. »Ahh!«, genüsslich wischt sie sich den Schaum von der Oberlippe.

»Wie war denn der Vortrag von Offermann?«, fragt Völxen, dem es ergeht wie dem Pawlowschen Hund.

»Den meisten Leuten hat er gefallen.«

»Und dir?«

»Es ging. Für mich war wenig Neues dabei, außerdem war er mir zu …« Oda sucht nach dem richtigen Wort, »… zu voyeuristisch. Er hat die Taten seiner Klientel recht anschaulich wiedergegeben. Zum Beispiel hat er detailgenau geschildert, wie einer sein Opfer gefesselt, in welchen Stellungen er die Frau vergewaltigt und dass er danach eine mit Benzin getränkte Decke auf sie gelegt und angezündet hat. Ich hatte den Eindruck, dass dieser Mann keinerlei Mitgefühl für die Opfer seiner Klientel empfindet. Als seien sie nur die weißen Mäuse, mit denen man die Schlangen füttert. Für eine Typologie der Täter wäre diese Fülle an Details nicht notwendig gewesen. Aber vielleicht sind es gerade diese grausigen Einzelheiten, die den Nervenkitzel solcher Veranstaltungen ausmachen. Sonst wäre er wohl nicht so populär. Die meisten Besucher schienen ganz angetan.«

»Aber nicht alle.«

»Nein, ein paar wenigen war anzusehen, dass sie wohl ähnlich empfanden wie ich. Schräg vor mir saß eine Frau, die hin und wieder den Kopf schüttelte. Ob jemand hinterher was zu ihm gesagt hat, weiß ich nicht. Ich bin nach dem Vortrag sofort gegangen, ich hatte genug. Einen Moment habe ich mit dem Gedanken gespielt, ihm die Meinung zu geigen. Aber wozu? Bei so einem selbstverliebten Gockel bringt das wenig.«

»Die Veranstaltung ist sicher in der Zeitung angekündigt worden, oder?«

»Ja, klar.«

»Eine Namensliste der Zuhörer wäre wunderbar.«

»Vergiss es. Es gab nur Abendkasse.«

»Wie viele waren da?«, will Völxen wissen.

»Über hundert Leute bestimmt. Zwei Drittel davon Frauen zwischen dreißig und sechzig.«

»Da hast du ja gut reingepasst«, entschlüpft es Völxen, wofür er einen vernichtenden Blick erntet. Plötzlich schlägt sich Oda vor die Stirn. »Ich Idiotin! Ruf Fiedler an. Die sollen seinen Laptop suchen. Er hatte Teile seines Vortrags da drauf.«

Völxen kommt der Aufforderung unverzüglich nach.

»Man kann nicht leugnen, dass Offermann Charisma hat«, meint Oda, nachdem Völxen das Telefonat beendet hat. »Oder hatte. Er sah zwar nicht sonderlich gut aus, aber er strahlte so eine Mischung aus Arroganz und Kompetenz aus, auf die manche Frauen abfahren. Ich wette, dass er das auch ausgenutzt hat.« Oda drückt ihren Zigarillo aus, denn die Bedienung bringt den Salat.

»Sagen Sie bitte, wann öffnet die Bar?«, fragt Völxen die junge Frau.

»So gegen fünf. Aber ich kann Ihnen die Getränkekarte aus der Bar gerne bringen.«

»Danke, das ist nicht nötig«, wehrt er ab. »Waren Sie gestern Abend auch hier?«

»Nein, gestern nicht.«

»Wissen Sie, wer gestern Abend in der Bar gearbeitet hat?«

»Wahrscheinlich der Pascal, so wie immer.«

»Und heute kommt der Pascal auch wieder?«

»Ja, ich denke schon. Am besten, Sie fragen mal den Chef, der macht die Dienstpläne.«

»Danke. Ach, und bringen Sie mir doch auch so ein Bier ...«

»Gern.« Sie eilt davon.

Völxen zieht ein Gesicht, als hätte er Zahnweh. »Ich fürchte, wir brauchen die Presse. Wir müssen alle Besucher fragen, ob jemand Offermann nach Verlassen des Hotels noch gesehen hat, ob nach der Veranstaltung irgendetwas Auffälliges passiert ist. Jeder, der da war, muss sich bei uns melden. Auch die Hotelgäste. Das wird ein Auflauf!«

»Muss sein«, bestätigt Oda. »Das ist doch eine nette Aufgabe für unseren Neuzugang.«

Die Frau trägt ein enges elfenbeinfarbenes Kleid, dem Jule sofort seinen hohen Preis ansieht. Sie ist etwa eins achtzig groß und sehr schlank, eine Perlenkette betont den langen Hals. Das dunkelbraune Haar fällt ihr glatt und seidig schimmernd über die Schultern. Ihr Teint erinnert an Büttenpapier, und Jule spürt in ihrer Gegenwart sofort den Pickel an ihrem Kinn. Da es Fernando offenbar die Sprache verschlagen hat, sagt Jule: »Dr. Liliane Fender?«

»Ja, was kann ich für Sie tun?« Ihre Stimme ist dunkel und hat einen warmen Klang.

»Kripo Hannover, wir müssen Sie dringend sprechen.«

Fernando hat wieder zurück ins Leben gefunden, er stellt Jule und sich vor und hält der Dame seinen Dienstausweis hin.

Dr. Fenders eisblaue Augen werfen einen kurzen Blick darauf, dann sagt sie: »Ich habe gerade eine Sitzung mit einer Patientin. Es dauert noch zehn Minuten, wenn Sie so lange warten wollen?«

Sie führt die Polizisten ins Wartezimmer am Ende des Flurs. Die Praxis befindet sich im ersten Stock eines behutsam renovierten Altbaus aus der Gründerzeit, über den Räumen eines Hals-Nasen-Ohren-Arztes. Blankes Eichenparkett knarrt unter ihren Schritten. Offenbar gibt es keine Sprechstundenhilfe oder dergleichen.

Jule Wedekin bleibt im Wartezimmer stehen und vertieft sich in die Betrachtung zweier Stiche, die etwas verloren an den hohen Wänden hängen. Sie zeigen das mittelalterliche Hannover.

Fernando lässt sich in einem der hellbraunen Ledersessel nieder und zückt sein Telefon. »Wir brauchen hier jemanden vom

Erkennungsdienst ... Ja, wir sind noch eine Weile hier.« Dann blättert er in der Zeitschrift *Psychologie heute*. Ein Männermagazin wäre ihm lieber, oder seinetwegen auch *auto motor sport*, aber dergleichen findet sich hier nicht. Vom Inhalt der Zeitschrift nimmt Fernando ohnehin nicht allzu viel wahr, denn vor seinem inneren Auge ersteht alles überdeckend die harmonische, wohlproportionierte Marmorstatuenfigur von Liliane Fender, zu der ihm nur ein einziges Wort einfällt: makellos. Eine Frau wie eine Göttin.

»Bist du hier geboren?«, stört Jule seine Schwelgereien.

»Ja. Geboren und aufgewachsen in Linden.«

»Woher kommen deine Eltern?«

»Sevilla. Aber schon sie kamen als Kinder hierher. Mein Vater ist seit zwanzig Jahren tot.«

»Deine Mutter ist sehr nett.«

»Ihr Vater war ein Stierkämpfer. In den Dreißigerjahren war er eine ganz große Nummer.« Die Vorstellung von Pedra Rodriguez als Tochter eines Toreros hat etwas Liebenswertes, deshalb beschließt Jule, die Geschichte zu glauben.

»Fühlst du dich mehr wie ein Spanier oder mehr wie ein Hannoveraner?«

»Lindener, wenn schon«, verbessert Fernando und fügt in dezentem hannöverschen Platt hinzu: »Wenn eine Katze im Fischladen jungt, sind das dann Heringe?«

Jule lacht. »Hast du gewusst, dass Linden zu Beginn des 19. Jahrhunderts im Begriff war, ein Garten- und Villenvorort von Hannover zu werden?«

»Tatsächlich?«

»Linden galt als das schönste Dorf im ganzen Königreich. Es gab das Gut Linden mit einem Schloss, und viele kleine Bauernhöfe rund um den Lindener Berg und die Ihme.«

»Ich kenne es nur als Industriestadt. Mein Großvater väterlicherseits hat bei der Hanomag gearbeitet, genau wie mein Vater. Wo wohnst du?«

»In der List. Aber erst seit gestern. Nach der Fachhochschule bin ich wieder zu meinen Eltern nach Bothfeld gezogen. Aber während der letzten Monate hatte ich das Gefühl, dass es höchste Zeit wird, aus dem Nest zu flüchten.«

»In die Psycho-Bronx«, grinst Fernando.

»Wie bitte?«

»Ach, nur so'n Lindener Spruch. Wegen der ganzen Lehrer, Psychologen und BWL-Studenten, die da wohnen.«

Draußen werden Stimmen laut, die Klientin verabschiedet sich, und Dr. Liliane Fender bittet die Beamten in ihr Sprechzimmer. Darin gibt es keine Couch, wie Fernando erwartet hat, nur wieder Ledersessel, hier allerdings in Schwarz. Liliane Fender verschanzt sich hinter einem monströsen Schreibtisch, Jule und Fernando setzen sich in die Sessel ihr gegenüber.

»Frau Dr. Fender, Sie und Dr. Offermann führen diese Praxis gemeinschaftlich?«, beginnt Fernando.

Sie nickt. »Ja. Worum geht es?«

»Wann haben Sie Dr. Offermann zuletzt gesehen?«

»Gestern Nachmittag. Er war nur kurz hier, um ein paar Unterlagen zu holen. Am Abend hatte er einen Auftritt im Marriott und heute ist er nach Zürich geflogen.«

»Was für einen *Auftritt*?«, fragt Jule.

»Einen Vortrag«, verbessert sich die Psychiaterin ohne ein Anzeichen von Verlegenheit. Sie lächelt. Ein paar feine Linien zeichnen sich um ihre Augen und Mundwinkel ab, was Fernando äußerst apart findet. Es macht sie so verletzlich. Er muss sich zusammenreißen, um sie nicht ständig anzustarren.

»Ein populärwissenschaftlicher Vortrag, über Typologie von Sexualstraftätern«, erklärt Liliane Fender. »Sehr beliebt in letzter Zeit. Aber wollen Sie mir nicht endlich sagen, worum es geht?«

Fernando kommt der Bitte nach.

Liliane Fenders Hände, die ruhig auf der Schreibtischplatte gelegen haben, verknoten sich. Ihr Blick zuckt zwischen den beiden Beamten hin und her. »Tot? Im Maschsee? Wieso im Maschsee?«, fragt sie verstört.

»Das wissen wir noch nicht. Nach unseren Ermittlungen hat er keine Angehörigen. Oder wissen Sie von jemandem?«

»Nein. Seine Mutter ist vor zwei Jahren verstorben. Er hat

keine Geschwister und war nie verheiratet. Wie ist er gestorben?«

»Er wurde erschossen. Einzelheiten wird die Obduktion ergeben.«

»Erschossen?« Ihre Augen weiten sich.

»In der Nacht von Montag auf Dienstag, etwa gegen Mitternacht«, präzisiert Fernando.

»Und jetzt wollen Sie bestimmt wissen, wo ich zu dieser Zeit war?«, fragt Liliane Fender. Schrecken und Verwirrung sind aus ihrem Gesicht verschwunden und haben einer kühlen Beherrschtheit Platz gemacht.

»Unter anderem«, nickt Jule.

»Zu Hause. Allein und ohne Zeugen.«

»Sie wohnen wo?«

Sie deutet nach oben: »Hier, über der Praxis. Es ist Martins ... Dr. Offermanns alte Wohnung, die er mir vermietet hat. Er selbst hat sich vor einem halben Jahr eine Wohnung in Waldhausen gekauft.« Dr. Fender nennt die Adresse, und Jule schreibt sie in ihr schwarzes Notizbuch.

»Haben Sie einen Schlüssel zu seiner Wohnung?«

»Nein, aber ich weiß, wo er einen hat. Einen Moment, bitte.«

»Das muss nicht jetzt sein«, ruft Fernando, aber sie ist schon aus dem Zimmer. Es dauert eine knappe Minute, dann ist sie zurück und legt zwei Schlüssel an einer roten Kordel vor Fernando auf den Tisch.

»Danke. Wir sind hier, weil wir mehr über Dr. Offermann erfahren wollen«, sagt Fernando und lächelt die Psychiaterin an. »Wer könnte ihm Böses gewollt haben?«

»Ich weiß es nicht.«

»Woran hat er gearbeitet?«

»Dr. Offermann hat sich in letzter Zeit zusehends auf seine Tätigkeit als Gutachter beschränkt. Und auf seine öffentlichen Auftritte«, fügt sie hinzu.

Schon wieder dieses Wort, bemerkt Jule. Als wäre er ein Zauberkünstler gewesen.

»Was für Gutachten?«, will Fernando wissen.

»Gerichtsgutachten über die Schuldfähigkeit von Gewalttätern, Gefahrenprognosen für Patienten im Maßregelvollzug oder für inhaftierte Straftäter, deren Entlassung oder Vollzugslockerung ansteht, oder die Frage der Sicherungsverwahrung betreffend.«

»Ein heißes Thema«, bemerkt Fernando. »Und nicht gerade eine harmlose Klientel.«

»Ja, aber in der Regel gut aufgehoben.«

»Arbeiten Sie auch mit … äh …?«, fragt Fernando.

»Straftätern? Hin und wieder. Aber mein Gebiet ist die Traumatherapie.«

»Gab es in letzter Zeit Auffälligkeiten? Drohanrufe, Briefe?«

»Nicht, dass ich wüsste.«

»Wurde er von irgendeiner Seite unter Druck gesetzt?«

»Nein, davon ist mir nichts bekannt.« Liliane Fenders Antworten kommen so emotionslos, als würde sie an einer Umfrage teilnehmen.

Jule Wedekin, die lange geschwiegen hat, mischt sich nun in die Befragung ein: »Vorhin haben Sie das Wort *Auftritt* verwendet. Es klang ein wenig despektierlich.«

»Kann sein. Er war oft in den Medien«, antwortet Liliane Fender. »Bei den Fernsehanstalten galt er als *der* Experte in Sachen Sexualstraftäter.«

»Fanden Sie das gut?«

»Es steht mir nicht zu, darüber zu urteilen. Allerdings arbeitet es sich einfacher, wenn das Thema nicht gerade am Hochkochen ist.«

»Wie standen Sie zu Dr. Offermann?«

»Wir sind Partner. Geschäftlich.«

»Und privat?« Jule hält bei dieser Frage sowohl dem Blick ihrer Eiswürfelaugen stand als auch dem vorwurfsvollen Stirnrunzeln von Fernando.

»Privat hatten wir keine Berührungspunkte. Jeder lebte sein Leben.«

»Wir würden uns jetzt gerne mal Dr. Offermanns Sprechzimmer ansehen«, sagt Fernando.

»Natürlich. Es ist nebenan.«

Ein Mahagonischreibtisch dominiert den Raum, und zumindest hier gibt es eine Liege. Ansonsten dieselben Ledersessel wie drüben, eine riesige Kaffeemaschine und ein langes Bücherregal.

Dr. Fender weist auf einen Metallspind. »Da drin sind die Patientenakten. Deren Inhalt ist vertraulich und unterliegt der ärztlichen Schweigepflicht.«

Fernando nimmt dies kommentarlos zur Kenntnis, streift sich Handschuhe über und öffnet nacheinander sämtliche Schreibtischschubladen. Dabei sagt er: »Die Kollegen von der Kriminaltechnik werden gleich kommen und den Raum untersuchen. Es wird nötig sein, auch Ihre Fingerabdrücke zu nehmen, zum Vergleich.«

»Selbstverständlich.«

»Was war Dr. Offermann für ein Mensch?«, fragt Jule.

»Er war ... wie soll ich sagen ... er war eigentlich immer guter Laune – zumindest strahlte er das aus. Er konnte sehr unterhaltsam sein, er hatte gern Leute um sich. Das heißt nicht, dass er die Leute mochte. Er war ein Zyniker. Aber dabei Optimist. Wenn er irgendwo auftauchte, stand er stets kurz darauf im Mittelpunkt. In seinem Beruf war er sehr erfahren.« Nun, da sie ihn beschreibt, schleicht sich doch ein Hauch von Wehmut in ihre Stimme.

»Eitel?«, fragt Jule unverblümt.

Dr. Fender ist nicht erstaunt über die Frage. »Oh ja. Natürlich. So wie alle.«

»Wer alle?«, fragt Fernando dazwischen. Er hat die Durchsuchung des Schreibtisches beendet und hält einen Terminkalender in der Hand.

»Männer. Ärzte. Psychiater. In dieser Progression.«

Jule schmunzelt. »Und sein Privatleben? Hatte er eine Partnerin?«

Dr. Fender atmet tief ein. »Nun, *eine* würde ich nicht sagen. In dieser Hinsicht hielt er es wie ein Seemann. In jedem Hafen eine Braut. Und er kam ja viel herum.«

»Kennen Sie die eine oder andere dieser Frauen persönlich?«

»Nein. Die Damen riefen nur ab und zu hier an, und wenn ich Martin auf Reisen begleitet habe, bekam ich Einiges mit. Vielleicht finden Sie in seinem Kalender da mehr.« Dann fällt ihr doch noch etwas ein: »Das heißt… eine kenne ich. Die hat ihn über ein Jahr lang verfolgt. Das war regelrechtes Stalking. Die Frau hieß Erika Schröder, Gattin eines Internisten aus Hannover. Seither hatte er keine Amouren mehr in der eigenen Stadt. Zumindest hat er das mir gegenüber mal so angedeutet.«

»Er hat also recht offen mit Ihnen über sein Privatleben gesprochen?«, greift Jule den Faden auf.

»Nun, in diesem Fall ließ es sich nicht vermeiden. Die Frau stand ja stundenlang da draußen auf der Straße und rief ständig hier an. Das war auch ein Grund, weshalb er umgezogen ist. Hat gedacht, sie kriegt das nicht raus. Natürlich hat es keine acht Tage gedauert, da lungerte sie schon in Waldhausen vor seiner Tür herum. Aber dann, vor ein paar Wochen, war plötzlich Schluss damit. Martin verstand selber nicht, warum. Hat sich aber gehütet nachzufragen.«

»Hat diese Frau ihm jemals gedroht?«, fragt Fernando.

»Nein, das wohl nicht. Sie war nur ständig präsent. Sie lauerte ihm sogar vor und nach seinen Gerichtsterminen auf und machte Szenen. Einmal hat sie ein Bettlaken entrollt, auf dem stand: Martin, ich liebe dich. Mitten in der Verhandlung im großen Schwurgerichtssaal.«

Fernando muss grinsen, und auch Dr. Fender lächelt. Fernandos Puls beschleunigt sich.

»War sie eine Patientin?«, fragt Jule.

»Nein. Angeblich hat Martin nicht einmal mit ihr gesprochen.«

»Sie glauben das nicht?«, erkundigt sich Jule.

»Oh doch«, versichert Liliane Fender. »Ich kenne das, ich habe Stalker unter meinen Patienten. Oft reicht bei diesen Leuten ein zu langer Blick, eine falsch gedeutete Geste, ein freundliches Lächeln. Vermutlich ist ihm in diesem Fall sein Charme zum Verhängnis geworden.«

»Gab es Fälle von Patientinnen-Stalking?«

»Nein, meines Wissens nicht. Aber wie gesagt, er hatte ja während der letzten Jahre nicht mehr so sehr viele Patienten. Er kam nur noch an ein, zwei Tagen in der Woche und behandelte ein paar Private.«

»Wie, privat?«, fragt Fernando begriffsstutzig.

»Privatversicherte«, erklärt Jule an Dr. Fenders Stelle. Die nickt bestätigend.

Fernando hat das Gefühl, dass sich Jule mit Dr. Fender auf Augenhöhe unterhält, während er nur noch als Randfigur geduldet ist.

Ein melodischer Gong dröhnt durch die Räume.

»Das wird die Spurensicherung sein«, vermutet Fernando.

Dr. Fender steht auf und strebt zur Tür, die Beamten erheben sich ebenfalls. Während die Herren mit ihren Alukoffern die Stufen heraufpoltern, fragt Fernando die Psychiaterin: »Wären Sie bereit, Dr. Offermann im Rechtsmedizinischen Institut zu identifizieren?«

»Sicher. Jetzt gleich?«

»Nein, morgen. Ich sage noch Bescheid.« Fernando lächelt ihr so verheißungsvoll zu, als hätten sie sich gerade zu einem privaten Dinner verabredet.

»Wiedersehen«, sagt Dr. Fender kühl.

Pascal ist Mitte dreißig, klein und kahl rasiert. Nachdem er sich lang und breit über die nächtlichen Vorfälle echauffiert hat, ist er bereit, Auskunft zu geben: »Ja, der Herr Doktor war nach dem Vortrag noch in der Bar. Er kam so gegen elf. Er hat erst ein Bier, dann einen Mojito mit gaaanz wenig Zucker bestellt«, verkündet Pascal, ohne danach gefragt worden zu sein.

»Was ist denn ein Mojito?«, fragt Völxen. Währenddessen bewegt sich seine Hand wie ferngesteuert auf eine Schale Erdnüsse zu, die auf dem geschwungenen Tresen steht.

»Tausend Kalorien«, wispert Oda Kristensen, und Völxen zieht seine Hand so rasch zurück, als befänden sich Skorpione in der Schale.

»Ein Cocktail mit weißem Rum und Minze«, erklärt Pascal und beginnt mit einem weißen Tuch Gläser zu polieren.

»War er allein?«

»Nein, eine Dame hat ihn begleitet. Dem Gespräch nach – man bekommt ja so Einiges mit, wenn die Gäste direkt am Tresen sitzen – war es eine Buchhändlerin. Die ist aber nach einem Bier gegangen.«

»Wann ist Offermann gegangen?«, fragt Oda.

»Viertel vor zwölf. Ich wollte ihm ein Taxi rufen, aber der Ärmste hatte Kopfschmerzen und wollte noch ein paar Schritte spazieren gehen. Tja. Dann ist er weg.«

»Waren noch mehr Leute in der Bar?«

»Ja, es war ordentlich voll. Schließlich haben wir gerade Hannover-Messe. Aber ich erinnere mich an drei Damen, die den Vortrag besucht hatten. Die saßen dort drüben.« Mit einer grazilen Geste deutet er auf eine Gruppe tiefer kognakfarbener Ledersessel. »Die haben hier schon auf ihn gewartet und ihn sofort angesprochen.«

»Was haben sie gesagt?«, will Oda wissen.

»Wie interessant der Vortrag gewesen sei, dass sie jetzt über einige Dinge anders denken, und so weiter. Wenn Sie mich fragen: Der Mann wollte nur noch seine Ruhe. Die Damen sind kurz nach ihm weg.«

»Und sonst? Gab es Gäste, die alleine hier waren?«

»Bestimmt. Wie gesagt, die Bar war gerammelt voll. Am besten, Sie schauen sich mal die Kassenbons von gestern an. Darauf stehen die Nummern der Zimmer, der Kreditkarten und die Uhrzeit, zu der die Gäste bezahlt haben.«

»Gute Idee«, lobt Oda. »Haben auch welche bar bezahlt?«

»Nur die drei Damen. Und der Herr Doktor.«

Pascal legt das Handtuch weg und kredenzt eine Schale Pistazien.

»Danke, Sie haben uns sehr geholfen«, sagt Völxen.

»Nicht dafür. Ciao, ihr Süßen.«

Sie verabschieden sich, wobei der Kommissar einen wehmütigen Blick auf die Erdnüsse und die Pistazien wirft.

»Das war ja ein gaaanz Süßer«, meint Oda, als sie wieder in der Lobby stehen.

Völxen schnauft tief durch. »Also: Wir brauchen die Leute aus der Bar und die Adressen sämtlicher Hotelgäste, auch die von denen, die heute Morgen abgereist sind. Es könnte jemand am See gewesen sein und was beobachtet haben.«

»Die Schüsse müsste doch auch jemand gehört haben«, meint Oda. »Wir müssen in der Jugendherberge nachfragen. Das ist das Gebäude, das dem Tatort am nächsten ist. Und im Pier 51. So ein Schuss muss doch über den ganzen See hallen.« Sie seufzt. »Das sieht nach einem verdammten Haufen Arbeit aus.«

»Der war nicht spazieren, der war auf dem Heimweg«, stellt Fernando im Wagen fest. Er zeigt auf das Display des Navigationssystems. Es ist sein eigenes, zur Ausrüstung des Dienstwagens gehört lediglich ein alter Falk-Plan. Der Stadtteil Waldhausen liegt dort, wo der südlichste Zipfel der Eilenriede ans südliche Ende des Maschsees grenzt.

»Schau. Wäre er auf dem Karl-Thiele-Weg, der am westlichen Seeufer entlangführt und wo man ihn gefunden hat, weitergegangen ...«, sein Finger folgt den Straßen, »... und dann hier ... Riepestraße, Am Landwehrgraben, unter der Hildesheimer durch – wäre er in der Waldhausenstraße rausgekommen. Eine ordentliche Strecke, aber machbar.«

Jule widerspricht ihm nicht. Aber was ändert das?

Doch, Einiges. Ein Spaziergang ist für einen Täter, der ihm möglicherweise nach dem Vortrag auflauerte, nicht vorhersehbar gewesen. Der Nachhauseweg zu Fuß schon eher. Aber warum ist Offermann nicht der belebten, gut beleuchteten Promenade am Nord- und Ostufer gefolgt? Das wäre kein Umweg gewesen. Das Marriott liegt am nordwestlichen Ufer des Sees, Offermanns Wohnviertel diagonal gegenüber, im Südosten. Die zwei möglichen Strecken dürften in etwa gleich lang sein, wobei der schnurgerade Weg am östlichen Rudolf-von-Bennigsen-Ufer entlang bestimmt schneller zurückzulegen ist. Warum wählt der Psychiater das krumme, dunkle Westufer?

Weil er ein Mann ist, erkennt Jule. Er hat keine Angst vor einsamen Wegen, undurchsichtigen Gebüschen. Er denkt nicht wie Frauen: Welches ist der sicherste Weg? Er hat Kopfschmerzen, er will Ruhe und frische Luft und entscheidet sich für den schöneren, ruhigeren Weg.

Die Wohnung des Psychiaters liegt im zweiten Stock einer Jahrhundertwende-Villa, in der drei Wohnungen untergebracht sind, eine auf jeder Etage. Offenbar hatte der Psychiater eine Vorliebe für Altbauten.

Sie schließen die Haustür auf. Jule registriert im Treppenhaus einen muffigen, abgestandenen Geruch, als wäre schon länger nicht mehr gelüftet worden. Beide ignorieren den Aufzug und steigen die hölzernen Stufen hinauf.

Man sieht Offermanns Wohnung an, dass sie erst vor Kurzem neu eingerichtet worden ist, und zwar konsequent in britischem Empire-Stil. Mit den auf Antiquität getrimmten dunklen Möbeln ähnelt sie einer teuren Hotelsuite. Einige Bücher lagern noch in Schachteln, was Jule wiederum an das eigene häusliche Chaos erinnert.

Sie streicht mit der Hand über eine Kommode. »Kaum Staub. Und sehr aufgeräumt. Entweder war er ein Ordnungsfreak, oder er hatte eine Putzfrau. Wir sollten die Nachbarn fragen.«

»Wir sollten vor allen Dingen Handschuhe anziehen, sonst riskieren wir einen Generalanschiss von Fiedler.«

»Sorry. Wer ist Fiedler?«

»Der Chef der Spurensicherung.«

Auch in der Küche herrschen Ordnung und Sauberkeit.

»Schau mal, der hat nicht nur einen normalen Kühlschrank, sondern auch noch einen für Weinflaschen«, stellt Fernando verzückt fest.

»Wenigstens hat er keinen Fusel getrunken«, bemerkt Jule beim Betrachten des Inhalts.

»Unsere Frohnatur hatte übrigens auch ein Fläschchen Kognak im Schreibtisch in der Praxis stehen«, berichtet Fernando und schließt die Tür des Weinschranks. Dann macht er sie wieder auf. Und wieder zu.

»Was tust du da?«, fragt Jule.

»Hör doch mal.« Tür auf. Tür zu.

»Was soll ich hören?«

Tür auf. Tür zu. »Das Geräusch beim Schließen der Tür: Klingt wie ein Rolls Royce.«

»Woher weißt du das?«

»Als Pimpf habe ich in einem Nobel-Autoladen gejobbt. Da durfte ich öfter mal einen waschen.«

Jule verdreht wortlos die Augen und verlässt die Küche.

Im Arbeitszimmer finden sich Autoschlüssel zu einem BMW und das Flugticket nach Zürich. Fernando schaltet den Computer ein. Jule sieht sich im Flur um. Ein Telefon steht auf einer Kommode, der Anrufbeantworter blinkt. Ein Anruf, heute Morgen um acht Uhr:

Grüezi Martin, Anneli hier. Ich hoffe, ich weck dich jetzt nicht auf. Wollt dir nur sagen, dass ich heute Abend ab neun Uhr im Hotel Baur du Lac auf dich warte. Salü!

Frau Dr. Fender hat also nicht übertrieben – in jedem Hafen eine Braut. Ob ihr Vater wohl auch in jeder Stadt, in der er regelmäßig an Kongressen teilnimmt, eine Geliebte sitzen hat? Oder ihre Mutter? Geht sie nach den Konzerten mit dem Dirigenten aufs Hotelzimmer? Was für saudumme Gedanken, Jule! Und selbst wenn, was hat das mit diesem Fall zu tun? Ob ihre Eltern wohl heute Abend anrufen und sie fragen werden, wie der erste Arbeitstag in der neuen Dienststelle verlaufen ist? Und die erste Nacht in der neuen Wohnung? Verdammt, jetzt konzentriere dich gefälligst auf deine Arbeit, ermahnt sich die Kommissarin.

Im Schlafzimmer liegt ein aufgeklappter und halb gepackter Koffer auf dem Doppelbett.

»Sieh an, unter dem Deckmäntelchen der Kunst kann man sich die nettesten Sauereien an die Wände hängen«, stellt Fernando wenig später neidvoll fest, denn die Wände des Schlafgemachs zieren diverse Kohlezeichnungen: weibliche Akte und kopulierende Körper. »Was treibst du da im Schrank?«

»Nichts weiter.« Jule taucht zwischen den Anzügen des Doktors hervor. »Hast du was im Computer gefunden?«

»Bürokram, Korrespondenz mit Kollegen und Behörden und einige Gutachten älteren Datums. Und bei dir?«

»Teure Uhren, Maßanzüge, einen Schuhkarton mit Briefen und Fotos von Damen und einen Stapel Pornohefte.«

»Die nehmen wir mit.«

»Die Hefte?«, fragt Jule.

»Die Briefe. Die Hefte lassen wir Fiedlers Leuten da, die haben ja sonst nur wenig Freude bei der Arbeit. Sag mal: Wie kommt man eigentlich zu einem Praktikum in der Rechtsmedizin?«, fragt Fernando unvermittelt.

»Wie kommst du jetzt darauf?«

»So halt. Wollte ich schon die ganze Zeit fragen.«

»Ich hab mal vier Semester Medizin studiert.«

»Ach.« Fernando ist verblüfft. »Und warum hast du aufgehört?«

»Ich kann kein Blut sehen.«

Fernando schält sich die Handschuhe von den Fingern. »Komm, wir sind fertig hier. Lass uns die Nachbarn wegen der Putzfrau fragen und dann abhauen.«

Zweimal klingeln sie im ersten Stock, aber nichts rührt sich. Sie sind schon auf der Treppe nach unten, als sich die schwere Tür doch noch mit einem Knarren öffnet.

Ein Gespenst steht vor ihnen, gestützt auf einen Gehwagen. Die Frau ist bestimmt an die hundert. Ihr langes, dünnes Haar ist tiefschwarz gefärbt, aber erst von den Ohren abwärts. Der Ansatz darüber ist weiß und klebt fettig an der rosa Kopfhaut. Sie trägt einen Bademantel, dessen ursprüngliche Farbe man vor Schmutz kaum noch erkennen kann. Ein Geruch nach altem Müll breitet sich im Flur aus.

Fernando schaut auf das Türschild. »Frau Mensing?«

Die Alte starrt sie beide an.

»Wir sind von der Polizei. Es geht um Ihren Nachbarn, den Herrn Dr. Offermann.«

Keine Antwort.

»Kennen Sie Herrn Dr. Offermann? Den Mann, der über Ihnen wohnt?«

»Ich wohne hier.«

»Können Sie mir vielleicht sagen, wer bei Herrn Dr. Offermann putzt?«, fragt Fernando.

Putzen ist in diesem Moment ein geradezu absurdes Gesprächsthema, findet Jule, die einen Blick in den Flur der Wohnung erhascht. Er ist angefüllt mit Kartons, leeren Dosen, Tetrapacks.

Fernandos Blick schwenkt Hilfe suchend zu Jule.

»Geh doch schon mal nach unten«, flüstert die.

Mit der Hand vor der Nase wendet sich Fernando dankbar ab. Jule fragt die Frau: »Frau Mensing, wohnen Sie hier allein?«

»Ich bin füffnneunfig.«

Das mochte hinkommen. »Frau Mensing, wer kümmert sich um Sie? Wer geht für Sie einkaufen?«

Leerer Blick aus farblosen Augen.

»Woher bekommen Sie etwas zu essen?«

»Effn. Ja. A'mddeffn«, kommt es aus dem zahnlosen Mund.

»Frau Mensing, haben Sie einen Vormund? Einen gesetzlichen Betreuer?«

»Ich geh nich inf Heim.« Die Augen sind jetzt weit aufgerissen.

»Ist gut, Frau Mensing. Sie müssen keine Angst haben«, sagt Jule und wendet sich ab. Sie wartet, bis sich die Tür wieder schließt und sie von drinnen schlurfende Schritte hört.

Von unten dringt die Stimme Fernandos herauf, der gerade sagt: »Frau Papenburg, es interessiert uns nicht, wer hier wo schwarz arbeitet. Wir ermitteln in einem Mordfall und wollen wissen, wer bei Dr. Offermann geputzt hat.«

»Da kommt jeden Freitag so eine Polin, immer so gegen zehn oder elf. Aber ich weiß nicht, wie die heißt.«

»Ich danke Ihnen«, sagt Fernando.

»Moment noch!«, ruft Jule von der Treppe.

Frau Papenburg, eine zur Korpulenz neigende, stark überschminkte Mittsechzigerin, blickt sichtlich gereizt über Fernandos Schulter.

»Meine Kollegin, Kommissarin Wedekin«, stellt Fernando vor.

»Wer betreut die alte Frau Mensing über Ihnen?«

»Das weiß ich nicht.«

»Wer wäscht für sie, wer kauft ein und wer putzt bei ihr?«

»Ich sagte doch schon: keine Ahnung.«

»Sie wohnen im selben Haus, drei Parteien, und wissen nicht, wer die Frau betreut?«

Das dralle Gesicht wird zitronig. »Ich denke, sie geht selber noch mit ihrem Rollwagen raus.«

»Sie denken?«

»Bis vor Kurzem war das wenigstens noch so«, kommt es schnippisch. »Was glauben Sie? Dass ich den ganzen Tag am Fenster hänge und meine Nachbarn beobachte?«

»Hat sie Verwandte?«, fragt Jule.

»Nein. Die Tochter ist gestorben, vor einem Jahr.«

»Wann haben Sie Frau Mensing eigentlich zum letzten Mal gesehen?«,

»Weiß ich nicht mehr. Sie gehört in ein Heim, wenn Sie mich fragen.« Das Thema ist Frau Papenburg offenbar unangenehm, sie zieht sich immer mehr ins Dunkel ihres Flurs zurück, die Wohnungstür schließt sich Zentimeter für Zentimeter.

»Hat sie einen Vormund?«

»Ja, einen Anwalt. Weiß nicht mehr, wie der heißt«, murmelt Frau Papenburg.

»Wie bitte?«, ruft Jule durch den immer enger werdenden Türspalt.

»Ich kann mich nicht an den Namen erinnern«, behauptet die Frau.

»Aber Sie hat ihn Ihnen gesagt?«

»Ja, damals, nach der Beerdingung Ihrer Tochter.«

»Dann fragen Sie sie doch bitte noch mal danach.«

»Fragen Sie sie doch selber«, kommt es patzig zurück. Frau Papenburg will die Tür gerade ganz schließen, aber im letzten Augenblick schiebt Jule ihren Fuß dazwischen und stößt die Tür zurück. Sie knallt gegen die Wand, Putz rieselt hinab. Frau Papenburg japst vor Empörung.

Jule klemmt sich in den Rahmen. »Nein, *Sie* werden sie fragen. Mich kennt sie nicht. Sie schon.«

»Ich geh da nicht rauf, in diesen Saustall«, verkündet Frau Papenburg und verschränkt trotzig die Arme vor der fülligen Brust. »Was geht Sie das überhaupt an, ich denke, Sie sind von der Mordkommission? Wegen dem Offermann. Mein Gott, so ein feiner Mensch, und jetzt das!«

Sie wendet sich demonstrativ an Fernando, der abwechselnd Frau Papenburg und Jule ansieht und offenbar nicht weiß, ob er sich einmischen soll.

Jule mustert Frau Papenburg aus zusammengekniffenen Augen: »Richtig, wir sind für Leichen zuständig, Frau Papenburg. Für sämtliche Leichen. Und wenn Frau Mensing diesen Sommer durch Ihre Decke tropft, dann sind wir ebenfalls zuständig.«

Frau Papenburgs Kiefer klappt nach unten.

Jule zückt ihr schwarzes Notizbuch und schreibt zwei Telefonnummern und ihren Namen auf ein Blatt. Eine Karte ihrer neuen Dienststelle hat sie noch nicht. Sie gibt den Zettel Frau Papenburg, die eingeschüchtert danach greift. »Ich erwarte Ihren Anruf in den nächsten Tagen. Am besten morgen. Und hier ...«, Jule greift in ihre Gesäßtasche, »... haben Sie zwanzig Euro. Gehen Sie bitte zum Supermarkt, kaufen Sie ein paar Gläschen Babynahrung und was zu trinken und bringen Sie es Frau Mensing hinauf. Aber heute noch. Auf Wiedersehen. Und vielen Dank für die Nachbarschaftshilfe.«

»Was war denn das eben?«, meint Fernando auf dem Weg zum Wagen.

Jule sieht noch immer wütend aus. »Wir hatten im Bezirk Mitte genug Fälle verwahrloster alter Leute, mir reicht's einfach.«

»Ist ja gut«, beschwichtigt Fernando. »Komm wieder runter.«

»War heute was Besonderes los?«, fragt Sabine Völxen nach dem Abendessen. Ihr Mann ist die ganze Zeit über schweigsam gewesen, und dass er lediglich eine kleine Portion vom Zitronenhühnchen gegessen hat, kann ihrer Meinung nach nur zweierlei Ursachen haben: ein Verbrechen, das ihm auf den Magen schlägt, oder seine groß angekündigte Diät. Sie hofft auf Letzteres.

»Ein Toter am Maschsee. Jemand hat ihn gestern Nacht erschossen, ihm die Zunge rausgeschnitten und sie auf dem Friedhof Stöcken auf das Grabmal der Haarmann-Opfer gelegt.« Morgen wird es ohnehin in der Zeitung stehen, und Sabine erfährt die Dinge gern aus erster Hand. Und Wanda sowieso. Nur mit Mühe hat er ihr ausreden können, sich nach dem Abitur bei der Polizei zu bewerben.

»Bizarr«, meint Wanda denn auch prompt mit leuchtenden Augen. »Wer ist der Tote?«

»Dr. Offermann, ein forensischer Psychiater. Wir standen schon zusammen vor Gericht. Er als Gutachter und ich als Zeuge.«

»Der war doch erst neulich wieder im Fernsehen«, erinnert sich Sabine. »Er ist so eine Art Experte für Sexualstraftäter, oder?«

»Genau der.«

»Willst du noch den Schenkel?«, fragt Sabine.

»Nein, danke«, sagt Völxen, obwohl der Anblick des Hühnerschenkels in der Kasserolle kaum zu ertragen ist – so knusprigbraun, so wohlgeformt. Von nur einer Hühnerbrust und einem Flügel wird doch ein Mannsbild wie er nicht satt. Aber die Kalorien … Lieber jetzt verzichten, als nachher auf den Rotwein.

»Gibt es Verdächtige?«, fragt Sabine, während ihr Gatte mit dem Blick eines bettelnden Hundes den Hühnerschenkel verfolgt, der nun auf ihrem Teller landet.

»Bis jetzt nicht.«

»Keine Ehefrau?« Sabine ist stets der Ansicht, dass jede Ehefrau genug Gründe hat, ihren Gatten umzubringen.

»Nein.«

»Dann muss es mit seinem Beruf zu tun haben«, schlussfolgert sie.

»Das mit der Zunge sieht nach Mafia aus«, meint Wanda. »Einer, der zu viel gequatscht hat.«

»Nein, das glaube ich nicht«, widerspricht ihre Mutter. »Aber stell dir vor, so ein Kinderschänder läuft nach ein paar Jahren wegen guter Führung wieder frei herum. Da kann bei Angehörigen eines Opfers schon der eine oder andere Mordgedanke aufkommen, oder nicht?«

»Über Haftzeit und Entlassung entscheidet immer noch der Richter«, gibt Völxen zu bedenken. »Und würde so jemand nicht eher den Täter selbst umbringen?« Er entkorkt eine Flasche Sangiovese.

Wanda bläst sich auf die für sie typische Art eine blonde Haarsträhne aus dem Gesicht. »Habt ihr nachgeprüft, ob eines seiner Schäfchen in letzter Zeit entlassen worden ist?«

»Nein, auf so eine Idee kommen wir Polizisten nicht«, versetzt der Kommissar, während er den Wein in zwei Gläser füllt.

»Der Richter fällt das Urteil«, wiederholt Wanda nachdenklich die Worte ihres Vaters, »aber der Gutachter ist das Zünglein an der Waage. Deshalb die abgeschnittene Zunge«, triumphiert Wanda. »Hey, das passt doch, oder, Dad?«

Dad. Können Töchter heutzutage nicht mehr Papa sagen? »Eine etwas plakative Symbolik, aber nicht ganz von der Hand zu weisen«, muss Völxen zugeben.

»Eine glasklare Botschaft«, findet Wanda.

»Kann sein. Aber jetzt habe ich Feierabend. Was war das eigentlich für ein Huhn?«

»Ein Zitronenhühnchen, hat man das nicht geschmeckt?«, fragt Sabine zurück.

»Ich meine, wo kommt es her?«

»Vom Bauernmarkt in Gehrden. Warum?«

»Ach, nur so. Es war hervorragend.«

Wanda steht auf. »Halt mich auf dem Laufenden, Dad. Und wenn du Hilfe brauchst – du kannst mich jederzeit fragen.«

»Vielen Dank, sehr großzügig.«

»Krieg ich dein Auto, Mum?«

»Wo willst du denn hin?«

»Der Kunstkurs trifft sich in der KGB-Bar.«

»Mitten in der Woche? Du schreibst in einem Monat dein Abitur!«

»Ich bleib nicht lange. Morgen hab ich erst zur Dritten.«

»Meinetwegen«, lenkt Sabine ein. »Null Alkohol, klar? Und dass mir morgen früh noch genug Benzin drin ist. Ich habe um neun eine Vorlesung.« Sabine ist Dozentin für Klarinette an der Hochschule für Musik und Theater.

»Klar.« Wanda schnappt sich den Autoschlüssel.

»Waren wir eigentlich auch so?«, fragt Sabine, nachdem die Haustür hinter Wanda zugeschlagen ist.

»Ich schon«, bekennt Völxen. »Darum ist ja auch nichts Gescheites aus mir geworden.«

Sabine widerspricht ihm nicht. Während der Kommissar den Wein gegen die Lampe hält und im Glas kreisen lässt, kommt er ins Grübeln. Eine Botschaft, hat Wanda gesagt. Serientäter hinterlassen Botschaften. Nein, bitte, bloß das nicht.

Jule Wedekin weiß nicht, wie lange sie geschlafen hat, als sie hochschreckt. Sie hat von ihrem Vater geträumt, und dann war da noch eine riesige Zunge auf einem Tablett in einem Kühlschrank… Sie braucht einen Moment, bis sie erkennt, wo sie ist – die Matratze auf dem Boden, die Umzugskisten um sie herum. Ein Streifen Mondlicht fällt durchs Fenster. Sie hört Geräusche. Grässliche Geräusche. Aufrecht sitzt sie im Bett, halb wütend, halb ängstlich. Verdammt, was ist das? Der Ton schwillt an. Ein Röcheln, ein Ächzen, ein schauriges Tiergebrüll. Es kommt von oben, definitiv. Es wird lauter, die Abstände kürzer. Kann es sein, dass ein Mensch in Ekstase solche Geräusche von sich gibt, fragt sich Jule entsetzt. Wenn ja, dann kann man nur hoffen, dass derjenige kein allzu ausschweifendes Sexualleben führt. Jetzt ertönt ein Röhren, das die Wände zittern lässt. Schon in der ersten Nacht in ihrer neuen Wohnung hat sie eine ganze Weile gebraucht, um sich an die Geräusche in dem Mietshaus zu gewöhnen: an das Knacken von Balken, Schritte im Treppenhaus, das leise Glucksen der Wasserleitungen und das gelegentliche Rauschen einer Klospülung. Aber das jetzt eben – das ist nicht normal, kein menschliches Wesen produziert solche Laute.

Stille.

Hoffentlich war's das, denkt Jule und zieht sich die Bettdecke über den Kopf.

Mittwoch, 18. April

Hauptkommissar Völxen besitzt das größte Büro der Etage, und da es dem Dezernat an einem Besprechungsraum mangelt, hat man eine Sitzgruppe vor das Fenster gequetscht. Dort findet jeden Morgen die obligatorische Besprechung statt.

»Ein eifersüchtiger Ehemann hätte dem sicher was ganz anderes abgeschnitten«, meint Fernando.

Völxen trinkt einen Schluck Kaffee, zieht missmutig die Brauen zusammen und murmelt. »Unappetitlich.«

»Vielleicht war's ein Haarmann-Fan«, spekuliert Fernando weiter. »Es gibt genug Freaks. Ich frag mich nur, warum gerade Fritze Haarmann so populär ist.«

»Haarmann war das Medienereignis der Weimarer Republik«, meldet sich Jule Wedekin zu Wort. »Davor hat man mit solchen Leuten kurzen Prozess gemacht, aber über die Vernehmungen von Haarmann existieren ausführliche Protokolle. Er war der erste Massenmörder, der einen Einblick in sein Innenleben gestattete. Er war nämlich sehr fromm und außerdem überzeugt davon, ein herzensguter Mann zu sein, weil er Jungen von der Straße auflas und zu sich nahm. Dass er sie dann in seine Wurstwaren integriert hat, war in seinen Augen wohl nur konsequent, immerhin war er Schlachter.«

»Mensch soll ja fast wie Pferd schmecken«, merkt Fernando dazu an.

Oda verdreht die Augen. Bisher hat sie geschwiegen, denn sie hat ausgesprochen schlechte Laune. Es fing schon heute Morgen an, als sie im Badezimmerspiegel die Fächer aus Fältchen um Lippen und Augen betrachtet und festgestellt hat: Allmählich sehe ich aus wie ein verwitterter Zaunpfahl. Dann hat ihr auch noch Veronika am Frühstückstisch eröffnet, dass sie ab sofort auf einen Sarg sparen werde, in dem sie zukünftig, anstatt in einem Bett, schlafen wolle. Und nun geht ihr diese Wedekin auf die Nerven. Noch immer führt sie das große Wort.

»Außerdem wählte die Polizei damals einen neuen Weg, um Haarmann ein Geständnis zu entlocken. Er wurde meistens nachts verhört. Oben in den Ecken seiner Zelle hatte man vier kleine Regalbretter angebracht. Darauf stellten die Polizisten die Schädel der vier bis dahin gefundenen Opfer. Sie waren mit rotem Papier beklebt, und dahinter brannten Kerzen. Haarmann wurde in der Zelle angekettet. Außerhalb seiner Reichweite wurde ein Sack hingestellt, in dem sich angeblich die Gebeine der von ihm Getöteten befanden. Die Seelen der Toten, so behaupteten die Polizisten, würden Haarmann nicht zur Ruhe kommen lassen, bis dieser seine Verbrechen gestanden habe. Nach ein paar Tagen hat er dann ein Geständnis abgelegt.«

»Interessant. Davon habe ich bis jetzt nichts gewusst«, bekennt Völxen zwischen zwei Bissen von einem Butterkeks.

Fernando grinst. »So was müsstest du heute mal bringen, da wäre aber was los.«

Oda zieht es vor, sich ihren Teil zu denken: Kaum einen Tag hier, und schon dominiert das Fräuleinwunder unsere Teamsitzung. Hat wohl die halbe Nacht im Internet gesurft, um hier zu glänzen.

»Brav recherchiert und vorgetragen«, sagt sie nun. »Aber könnten wir uns jetzt vielleicht wieder unserem Fall widmen?« Sie ignoriert den missbilligenden Blick ihres Vorgesetzten. An dessen Hals klebt noch ein Rest Rasierschaum und ein Fitzelchen Toilettenpapier. Das bedeutet, dass Sabine vor ihm das Haus verlassen hat, was wiederum heißt, dass er kein Frühstück serviert bekommen hat und natürlich zu faul war, sich selbst eines zu machen. Ergo ist er mit Vorsicht zu genießen, bis er in der Cafeteria war und sich ein fettes Croissant einverleibt hat. Aber Oda ist heute nicht nach Rücksichtnahme. »Und im Übrigen handelt es sich nicht um ein Denkmal für Haarmann, sondern für die Opfer von Haarmann. Was ja wohl ein Unterschied ist«, setzt sie hinzu, lehnt sich wieder zurück und verschränkt bockig die Arme.

Völxen geht nicht darauf ein. »Es kann natürlich sein, dass Offermann einfach nur zur falschen Zeit am falschen Ort war. Dann wird das eine schwierige Sache. Aber daran glaube ich nicht, wegen der Zunge.« Er nimmt einen Schluck aus der Tasse mit den Schafen, einem Mitbringsel von Frau Cebulla, und fährt fort: »Wir sollten prüfen, ob durch ein Gutachten von Offermann ein Täter eine sehr milde Strafe bekommen hat, vorzeitig aus dem Maßregelvollzug entlassen wurde, oder ein Entlassener Proband von Offermann rückfällig geworden ist.«

»Wäre so etwas nicht durch die Presse gegangen?«, fragt Fernando.

»Sicher. Aber es muss ja nicht hier geschehen sein. Offermann war bundesweit tätig.«

»Das kann ja heiter werden«, brummt Oda.

»Was, bitteschön, kann heiter werden?« Völxen findet, dass sich Oda heute Morgen eine Spur zu sehr gehen lässt. Außerdem knurrt ihm der Magen, und die Kekse sind alt und lummelig.

»Verbrechensopfern und deren Angehörigen zu erklären, dass sie unter Mordverdacht stehen.«

»Natürlich werden solche Leute nur dann befragt, wenn sich ein konkreter Verdacht ergibt«, raunzt Völxen. »Frau Wedekin, am besten Sie schnappen sich seinen Computer und seine Unterlagen und gehen alle seine Fälle durch. Wenn möglich auch die dazugehörige Presse.«

Na, toll! Jetzt kriegt das Zuckermäuschen auch noch die Zuckerspur. Nur mit Mühe und zusammengebissenen Zähnen gelingt es Oda zu schweigen.

Völxen dagegen fällt auf, dass Julia Wedekin die Einzige in der Runde ist, die er siezt. Aber er kann dieser jungen Dame nicht gleich das Du anbieten, so etwas braucht Zeit und spezielle Umstände. Oda Kristensen kennt er seit Ewigkeiten, und mit Fernando hat es eine besondere Bewandtnis.

»Hallo? Herr Hauptkommissar? Bist du noch bei uns?«, durchdringt dessen Stimme seine Gedanken.

»Entschuldige. Was war?«

»Ich habe gefragt, wann denn eine Mordkommission eingerichtet wird.«

»Morgen früh um neun, seid pünktlich.«

»... und die Uhrzeit wissen Sie genau? Ah, ja. Es wäre schön, wenn Sie dies noch einmal hier auf der Dienststelle zu Protokoll geben könnten. Der Papierkrieg, Sie wissen ja ... Kristensen ist mein Name. Dezernat 1.1.K.« Oda legt auf und sieht Völxen betont gleichgültig an, der nach kurzem Anklopfen ins Zimmer getreten ist.

»Was Neues?«, fragt er.

»Ein Hotelgast, der sich noch etwas die Beine vertreten wollte, hat exakt um 12.05 Uhr Schüsse gehört.«

»Wenigstens etwas. Was sollte das vorhin, in der Teamsitzung?«

»Was denn?«

»Du weißt schon, was ich meine.«

Odas Unschuldsmiene verfinstert sich. »Warum wird diese Wedekin auf die einzig interessante Spur angesetzt, während ich Hotelgäste abtelefonieren darf?«

»Weil ich sehen will, was sie drauf hat. Und weil ich der Chef bin und die Aufgaben verteile.« So. Das musste mal gesagt werden. Oda scheint sich in letzter Zeit zu sehr als Primus inter pares zu fühlen.

»Selbstverständlich, Chef.« Artig faltet Oda die Hände auf ihrem Schreibtisch. Ihr übertrieben devoter Augenaufschlag macht Völxen vollends rasend. Er stampft aus dem Zimmer, während Oda hektisch einen Zigarillo aus der Packung katapultiert. Kaum dass ein paar gierige Züge ihre Lunge erreicht haben, klopft es erneut zaghaft an die Tür.

»Herein!«

Es ist eine Dame in einem zeltartigen Kleid mit Ethno-Muster. Sie beginnt sofort zu husten. »Ich suche eine Kommissarin Kristensen«, sagt sie, nachdem sie sich beruhigt hat.

»Sie haben sie gefunden.« Oda bläst ihrer Besucherin eine Rauchwolke entgegen. »Schön, dass Sie da sind, Frau Schlömer.«

»Woher wissen Sie …?«, keucht die Besucherin erstaunt.

»Wir sind die Polizei, wir wissen alles«, entgegnet Oda und drückt seufzend ihren Zigarillo aus.

»Die Luft hier ist deutlich besser geworden«, stellt Völxen beim Betreten von Odas altem Büro fest.

Jule ist allein. Mit konzentrierter Miene starrt sie auf den Bildschirm. »Ich sehe mir gerade die Daten aus Offermanns Computer an. Ist aber hauptsächlich Verwaltungskram aus der Praxis drauf. Und ein bisschen Männerschweinkram, das Übliche eben.«

Was meint sie denn damit? Denkt sie, alle Männer haben Pornos auf dem PC?

Völxen muss zu seiner Erleichterung nicht darauf antworten, denn schon stellt sie die nächste Frage: »Hat man seinen Laptop eigentlich noch gefunden?«

»Soviel ich weiß, nicht«, antwortet Völxen. Er schlendert zum Fenster, examiniert die Zimmerpflanze und blickt zum Nachbargebäude hinüber, zu dem über hundert Jahre alten Gefängnis, in dem sich noch heute die Gewahrsamszellen der Polizeidirektion befinden. Dann räuspert er sich und sagt: »Das wird morgen Ihre erste MoKo-Sitzung sein, nicht wahr?«

»Ja.«

»Ja, also … erwarten Sie da noch nicht so viel. Es liegen noch wenig ausgewertete Spuren vor, das LKA braucht für die Feinspuren etliche Tage, manchmal Wochen. Meistens ist am Anfang ein bisschen Show dabei, für den Vizepräsidenten und den Staatsanwalt, und damit man was an die Presse geben kann.«

»Ich verstehe.«

Völxen steht ein wenig verloren herum, während Jules Blick zwischen seinem Gesicht und dem Bildschirm hin- und herwandert.

Sie fragt sich, wieso ihr Chef noch immer da ist.

»Sie dürfen es Oda nicht übel nehmen«, platzt er unvermittelt heraus. »Sie meint gar nicht Sie. Sie ist nur sauer auf mich, weil ich sie nicht in die Personalentscheidung einbezogen habe.«

»Keine Sorge, ich bin nicht so leicht einzuschüchtern.«

»Das ist gut«, nickt Völxen.

»Hat Oberkommissar Rodriguez meiner Einstellung zugestimmt?«

»Den habe ich gar nicht gefragt. Warum? Hat er sich gestern nicht gut benommen?«

»Doch, doch, einwandfrei«, versichert Jule eilig. »Er hat mich sogar seiner Mutter vorgestellt.«

»Ah, Pedra Inocencia Rodriguez. Ein echtes Rasseweib. Wissen Sie, im Gegensatz zu den meisten meiner Kollegen hatte ich noch nie was für Fast Food übrig, und Pedra Rodriguez hat schon Tapas serviert, als hierzulande noch kein Mensch diesen Ausdruck kannte. Außerdem habe ich mich sofort in ihren Schnurrbart verliebt.« Wenn sie lächelt, sieht Kommissarin Wedekin recht hübsch aus, findet Völxen. Man wird ein wachsames Auge auf Fernando haben müssen.

»Wann war das?«, fragt Jule.

»Oje.« Völxen winkt resigniert ab. »Das dürfte bald zwanzig Jahre her sein. Da war ich noch beim Kriminaldauerdienst.«

»Demnach kennen Sie auch Fernando schon sehr lange«, kombiniert Jule.

»Allerdings«. Schon als halbstarken, halb kriminellen Rotzlöffel, fügt er in Gedanken hinzu. Eines ihrer Kennenlern-Gespräche fand gleich gegenüber statt. Manchmal bestimmt nur ein winziger Zufall, auf welcher Seite des Gesetzes einer landet. »Wo ist unser Spanier denn eigentlich?«

»In der Medizinischen Hochschule, bei Offermanns Obduktion.«

Völxens Augenbrauen wandern in Richtung seiner Geheimratsecken. »Der? Freiwillig?«

»Es liegt möglicherweise daran, dass er für danach Dr. Liliane Fender zur Identifizierung ihres Geschäftspartners dorthin bestellt hat.«

»Ist die hübsch?«

»Ja, das kann man so sagen.«

»Dieser Halodri, dieser spanische! Und dann kotzt er wieder.

Verzeihung.« Völxen räuspert sich verlegen und fügt hinzu: »Ich habe nichts gesagt.«

»Ich habe nichts gehört.«

Der Assistent setzt einen tiefen Bauchschnitt, und Dr. Bächle brabbelt etwas von fünf Zentimetern Fettgewebe in sein Diktiergerät. An diesem Punkt ist die Obduktion für Oberkommissar Fernando Rodriguez vorbei. Dabei hat er sich fest vorgenommen durchzuhalten. Das ist ihm auch einigermaßen gelungen, am Anfang zumindest, obwohl der aufgedunsene Leib Offermanns wirklich keinen schönen Anblick bietet. Körpermaße, Eintrittswunden der Projektile, Beschaffenheit und Verfärbungen der Haut, all das war noch erträglich. Aber nun, da Offermann ausgeweidet wird wie ein erlegter Hirsch, überkommt ihn ein Würgereiz. Er flieht aus dem Sektionssaal I und schafft es gerade noch bis zur Herrentoilette des Rechtsmedizinischen Instituts.

Nachdem er sein Frühstück losgeworden ist, drückt er seine kaltschweißige Stirn an die Fliesen. Nein, ich geh da nicht mehr rein! Alles Wichtige wird man erfahren, auch ohne sich der Betrachtung von Eingeweiden aussetzen zu müssen. Der Vorschrift ist entsprochen worden, das muss genügen. Laut Gesetz muss ein Vertreter der Staatsanwaltschaft bei der Obduktion anwesend sein, welcher sich wiederum von einem Vertreter der Kriminalpolizei vertreten lassen kann. Kaum einer im Dezernat kann sich jedoch erinnern, jemals einen Staatsanwalt bei einer Obduktion angetroffen zu haben. Der Kommissar spült sich den Mund aus und wäscht sich Gesicht und Hände. Bis Dr. Fender hier eintrifft, muss sein Teint wieder eine normale Farbe angenommen haben. Tief durchatmen. Denk an was Schönes – Liliane. Selten hat ein Name so gut zu einer Person gepasst. Eine hochgewachsene, zarte Lilie. – Langsam lässt die Übelkeit nach.

»Soso, hier herinnen haben Sie sich verschteckt.« Dr. Bächle betritt den Toilettenvorraum, ein spöttisches Lächeln auf den fleischigen Lippen.

»Und?«, fragt Fernando.

»Drei Schüsse. Der erschte hat den Herzmuschkel tangiert. Danach sind noch zwei in den Unterbauch abgegebe worde.«

»Die reinste Hinrichtung.«

»Ha noi, so würd' ich des net formuliere!«, protestiert der Mediziner. »Ich glaub eher, dass der Offermann nach dem erschten Schuss net sofort umg'falle isch, so wie man es im Fernsehkrimi immer sieht. Er war ja ein gschtandenes Mannsbild, gell.«

»Sie denken, der Schütze ist in Panik geraten, weil sein Opfer auf den ersten Schuss nicht wie erwartet reagiert hat. Daraufhin hat er gleich noch zwei Mal gefeuert?«, vergewissert sich Fernando, dem Bächles Akzent heute besonders ausgeprägt zu sein scheint. Vielleicht liegt es an dem intimen Ort, an dem sie sich befinden.

»Des wär' möglich«, bestätigt Bächle und fährt fort: »Der erschte Schuss war aber dennoch todesursächlich. Die Projektile dürfen Sie mitnähme.«

»Und die Zunge?«

»Die bleibt da.«

»Ich meine … es ist doch seine, oder?«

»Eindeutig. Und es war ein recht scharfes Inschtrument, das man zum Abtrenne benutzt hat.«

»Ein Skalpell?« Liliane Fender ist Ärztin, wenn auch von einer unblutigen Fachrichtung. Aber gelernt ist gelernt.

Bächle legt seine Dackelstirn in tiefe Falten. »Ha noi, so scharf au' wieder net. An der Zunge waren Baumwollfasern. Vielleicht wurde ein Sacktuch benutzt, um sie feschtzuhalte.«

»Was für ein Tuch?«

»Ein Taschetuch aus Schtoff«, nuschelt der Schwabe. »Aber des isch nur eine Vermutung von mir.«

Ein Stofftaschentuch, wie seine Mutter sie benutzt? Wer außer älteren Damen hat heute noch so etwas bei sich, fragt sich Fernando.

»Wann wurde sie abgeschnitten?«

»Etliche Minude nach Eintritt des Todes, genau kann man das net sage. Auf jeden Fall *poscht mortem.*«

Die Schusswaffe, das scharfe Messer, das sieht nach Vorsatz aus – obwohl Fernando genug Leute kennt, die ohne derlei Utensilien gar nicht erst vor die Tür gehen. »Und sonst?«

Dr. Bächle schüttelt bekümmert sein weißes Haupt. »Nix. Wasserleichen sind immer eine Kataschtrophe, was die Spurenlage angeht. Wann kommt denn die Dame zur Identifikation?«

»Um elf. Schaffen Sie das?«

»Ha jo. Bis um Elfe ham mir den scho wieder z'ämegflickt.«

»Achten Sie bitte darauf, dass er den Mund zu hat«, bittet Fernando und geht hinaus auf den Flur. Manche können ja nicht pinkeln, wenn einer zusieht.

»Wie hat Ihnen der Vortrag gefallen?«, fragt Oda, nachdem sie die Personalien von Frau Schlömer aufgenommen hat. Die Inhaberin der Buchhandlung *paperback* ist Mitte fünfzig. Oda hat sie gestern Abend deutlich jünger geschätzt, und auch bei Tageslicht bestätigt sich dieser Eindruck. Anscheinend konserviert Bücherluft. Oder sie hat einfach nicht so viel Stress.

»Geht so. Aber mir muss er ja nicht gefallen. Mir gefällt ja auch nicht jedes Buch, das ich verkaufe.«

»Haben Sie vorgestern Abend viele verkauft?«

»Über fünfzig Stück.« Ein zufriedenes Lächeln kräuselt die ungeschminkten Lippen.

»Haben Sie gehört, was Offermann beim Signieren mit den Leuten gesprochen hat?«

»Nein, ich war durch den Verkauf abgelenkt. Ich habe nicht zugehört, was da geredet wurde. Bis auf den Streit.«

»Welchen Streit?«

»Eine Dame ist an den Signiertisch gekommen und hat Dr. Offermann beschimpft.«

Oda richtet sich auf. »Was hat sie gesagt?«

»An den genauen Wortlaut erinnere ich mich nicht mehr. Sie meinte wohl, er sei selbst nicht besser als seine Klientel. Und er habe überhaupt keinen Respekt vor den Opfern der Verbrechen. Etwas in der Art.«

»Wissen Sie, wer das war? Haben Sie die Frau schon vorher mal gesehen?«

»Ja, im Fernsehen.«

»Im Fernsehen?«, wiederholt Oda erstaunt.

»Es gab mal so eine Talkshow. Ich weiß nicht mehr, vielleicht *Maischberger*, oder nein, es war *Maybrit Illner*. Ist schon ein paar Monate her. Da ist diese Frau zusammen mit Offermann aufgetreten. Sie haben sich in der Sendung in die Wolle gekriegt. Deswegen habe ich mich auch gleich an sie erinnert. Und Offermann hat mir das gestern in der Bar auch noch bestätigt, dass die das war. Sie ist von irgendeiner Opferhilfegruppe, den Namen habe ich vergessen.«

»Weißer Ring?«

»Nein, was anderes. Ich überlege schon den ganzen Morgen, aber es fällt mir nicht ein. Den Namen der Frau hat er auch erwähnt, aber ich habe ihn nicht behalten. Ich konnte ja nicht ahnen, dass das so wichtig werden würde.«

»Macht nichts«, versichert Oda. »Wie hat Offermann auf den verbalen Angriff der Frau reagiert?«

»Souverän. Er hat angeboten, wenn sie wolle, würde er sich später in Ruhe mit ihr unterhalten. Daraufhin ist sie rausgegangen. Dr. Offermann hat sie noch eine hysterische Zicke genannt. Aber nur ganz leise.«

»Hat sie draußen auf ihn gewartet?«

»Nein. Er und ich haben noch zusammen in der Bar was getrunken, da war sie nicht.«

»Worüber haben Sie sich unterhalten?«

»Wir haben über diesen Natascha-Fall aus Österreich gesprochen, und über den Mord an dem Kind, neulich, in Dresden. Darüber, wie man mit solchen Tätern umgehen sollte. Ich habe mich zurückgehalten und ihn reden lassen.«

»Warum?«

»Ich finde, diese ganzen Therapien auf Kosten des Steuerzahlers – das ist doch rausgeschmissenes Geld. Wer so was macht, der verdient keine zweite Chance. Aber das konnte ich dem Mann ja nicht sagen. Deshalb habe ich mich nach einem

Anstandsbier verabschiedet. Ehrlich gesagt, was diese Frau ihm da vorgeworfen hat ... So ganz unrecht hatte sie nicht.«

Oda bedankt sich bei der Buchhändlerin und bringt sie zum Aufzug. Auf dem Rückweg schaut sie im Büro der Sekretärin vorbei.

»Frau Cebulla?«

Die Angesprochene nimmt den Kopfhörer von ihren blonden Flusen. »Morgen, Frau Kristensen.«

»Bonjour, Madame Cebulla. Suchen Sie mir doch bitte die Nummer der Redaktion von Maybrit Illner heraus.«

»Wollen Sie ins Fernsehen?«

»Unbedingt«, antwortet Oda, nun schon deutlich besser gelaunt. Na also. Immerhin schon ein kleiner Erfolg an diesem verkorksten Morgen.

»Ja, das ist er«, sagt Liliane Fender, nachdem Dr. Bächle das Tuch bis zum Hals des Toten zurückgeschlagen hat.

Fernando kann beim besten Willen nicht feststellen, ob Offermanns Tod sie berührt. Jedenfalls bringt sie es fertig, mit dem Rechtsmediziner noch kurz über zerfetzte Gefäße, Schusskanäle und Offermanns *Steatosis hepatis* zu fachsimpeln, ehe sie und Fernando Rodriguez den Sektionsraum verlassen.

Endlich frische Luft. Fernando atmet tief durch, als sie vor der Tür des Instituts stehen.

»Rechtsmedizin hat mich immer interessiert«, bekennt Dr. Fender. »Manchmal bereue ich es, nicht diese Fachrichtung gewählt zu haben. Die Patienten sind so angenehm schweigsam.«

»Aber sie riechen«, gibt Fernando zu bedenken.

»Daran gewöhnt man sich«, meint sie und sieht ihn prüfend an. »Sie haben wieder Farbe bekommen. Ich dachte schon, Sie würden da drinnen umkippen.«

Fernando gewinnt prompt noch mehr an Farbe und lenkt ab: »Sagen Sie, woran hat Dr. Offermann zur Zeit gearbeitet?«

»An den Psychen seiner Patienten.«

»Ich meine, als Gutacher. Hatte er da momentan was zu tun?«

»Ja, allerdings. Der Fall Strauch. Eine heikle Geschichte.«

»Worum geht es dabei?«

Sie setzt sich langsam in Bewegung, während sie berichtet: »Michael Strauch befindet sich seit 1992 in Haft. Seine Strafzeit neigt sich dem Ende zu. Dr. Offermann arbeitete an einem kriminalprognostischen Gutachten für die Strafvollstreckungskammer. Es ging um die Frage seiner Entlassung, oder vielmehr, ob die seinerzeit vom Gericht nicht angeordnete Maßregel der Sicherungsverwahrung nachträglich beantragt werden sollte.«

»Und er hat den Gefangenen am Montag in der Haft besucht?«

»Nein. Am Montag hat er nur mit einer Dame vom Sozialen Dienst der JVA Sehnde geredet.«

»Hatte er denn schon mal mit diesem Strauch gesprochen?«

»Ja.«

»Er hat also erst mit ihm gesprochen, und dann mit dem Personal?«

»Dr. Offermann vertrat die Auffassung, es sei besser, einem Klienten erst einmal unvoreingenommen zu begegnen. Er verließ sich gern auf seine Menschenkenntnis.«

Sie sind fast am Parkplatz angekommen. Ein Flugzeug malt einen Kondensstreifen in den blassblauen Himmel.

»Gab es eigentlich schon mal Pannen?«, fragt Fernando.

»Wie meinen Sie das?«

»Wurde einer rückfällig, den er als harmlos eingestuft hat?«

»Nein, bis jetzt nicht. Aber ein Gutachter, der halbwegs bei Sinnen ist, wird einen Probanden niemals als hundertprozentig ungefährlich beschreiben. Schon gar nicht, wenn es um Sexualdelikte geht. Man zeigt nur eine positive oder negative Tendenz künftigen Verhaltens an. Den schwarzen Peter hat nach wie vor der Richter.«

»Finden, Sie, dass Offermann ein guter Psychiater war?«

»Hätte ich sonst mit ihm zusammengearbeitet?«

»Das heißt ja nicht, dass Sie alles toll fanden, was er gemacht hat.«

»Es steht mir nicht zu, Kritik zu üben.«

»Ich werde es schon nicht rausposaunen.« Fernando setzt sein charmantestes Lächeln auf, was ihm nicht sonderlich schwerfällt, denn so ganz in Schwarz sieht Dr. Liliane Fender auf eine dramatische Weise anziehend aus. Sie trägt eine Bluse mit langen, weiten Ärmeln, die den Ansatz ihres Busens offeriert: sanft schimmerndes Elfenbein. Der enge Rock reicht bis über die Knie, ist jedoch auf der Rückseite großzügig geschlitzt. Mit ihren hohen Pumps ist sie sogar ein winziges Stück größer als Fernando, der seine Körpergröße mit eins achtzig anzugeben pflegt, wobei die letzten fünf Zentimeter Legende sind.

»Das Thema Gerichtsgutachten ist diffizil. Die Gefährlichkeitsprognose ist eine ausgesprochen komplexe Aufgabe, die vom Gutachter eine hohe Kompetenz und vielfältige Kenntnisse verlangt.«

»Und hatte Offermann diese Kompetenzen?«

Sie holt tief Atem. »Wissen Sie, Herr Rodriguez, die Disziplin der forensischen Psychiatrie ist in Deutschland jahrzehntelang fast ohne Forschung ausgekommen. Bis vor etwa fünfzehn Jahren haben die Gutachter zwar Menschen eingeordnet in schuldfähig oder nicht, krank oder gesund, gefährlich oder harmlos – aber es gab keine Erhebungen, die diese Schätzungen belegen konnten. Erst während der letzten Jahre wurden wissenschaftlich fundierte Prognoseinstrumente entwickelt, die sowohl statistische als auch empirisch gewonnene Daten berücksichtigen. Für ein sorgfältiges Gutachten braucht man viel Zeit. Und es gibt noch immer nicht *das* Prognoseverfahren, das allen Anforderungen gerecht würde.«

»Lassen Sie mich raten: Dr. Offermann war einer vom alten Schlag und hielt nicht allzu viel von solchen neumodischen Kinkerlitzchen?« Na also, es geht doch: Sie lächelt. Zähne wie Perlen.

»Im Grunde war er der Überzeugung, dass er aufgrund seiner langjährigen Praxis auf methodische Herangehensweisen verzichten konnte. Wobei man allerdings die Erfahrung auf dem Gebiet der Psychiatrie tatsächlich nicht unterschätzen darf.«

Fernando weiß, was sie meint. Solche Typen gibt es auch bei

ihnen: Leute, die die Fortschritte der Kriminaltechnik und der Informationstechnologie misstrauisch beäugen und sich lieber auf ihre Erfahrung und ihre Instinkte verlassen. Und auch noch triumphieren, wenn sie damit durchkommen.

Sie bleibt stehen, nimmt eine Sonnenbrille aus der Handtasche und lässt ihre Augen verschwinden. Ihre Lippen erinnern an reife Kirschen.

»Gibt es denn keine gesetzlichen Mindeststandards für solche Gutachten?«, fragt Fernando.

»Nein. Es wird von den Gerichten zwar allgemein erwartet, dass eine Expertise auch wissenschaftlich fundiert ist, und sie soll nachvollziehbar und transparent sein. Aber im Gesetzestext finden Sie keine Regelung darüber, wer vor Gericht als Gutachter auftreten darf. In der Praxis sind es Psychiater und Psychologen, aber theoretisch kann ein Richter auch einen Wahrsager mit der Prognose beauftragen.«

»Das ist nicht Ihr Ernst«, staunt Fernando.

»Doch. Leider müssen nicht einmal bei Sexualstraftaten die Gutachter zwingend ausgewiesene Spezialisten für Sexualstraftaten sein. Da tummeln sich allerhand Pseudoexperten, die vor langer Zeit mal studiert, aber sich auf dem Gebiet nie weitergebildet haben und dennoch Gutachten wie am Fließband produzieren. Denn die Nachfrage steigt permanent.«

»Demnach ist es nur dem Zufall zu verdanken, wenn nichts Schlimmes geschieht?«

Sie zuckt mit den Schultern. »Manchmal schon. Aber auch wenn ein gewissenhafter Experte hinzugezogen wird, gibt es keine Garantie. Jede Prognose birgt ein Risiko, das liegt in ihrer Natur. Irrtumslose Prognosen sind nicht möglich, und kein Gewaltverbrecher hat null Prozent Rückfallrisiko. Aber was sollen diese Fragen überhaupt? Schließlich ist Martin doch das Opfer, oder?«

»Es ist möglich, dass der Mord mit seinem Beruf zu tun haben könnte.«

Sie nickt. »Verzeihen Sie. Sie haben sicher auch Ihre Methoden, die für unsereins nicht durchschaubar sind.«

Vorsicht, jetzt verarscht sie dich, sagt sich Fernando und wendet sich wieder konkreteren Dingen zu: »Wofür sitzt dieser Strauch?«

»Sexueller Missbrauch und Totschlag.«

Sie haben den Parkplatz erreicht, der Wagenschlüssel klimpert in ihrer Hand. Ein silberner Peugeot 207 blinkt auf.

»Machen Sie auch solche Gutachten?«, fragt Fernando.

»Gerichtsgutachten? Hin und wieder, ja. Ich war häufig Gutachterin der Nebenkläger, wenn es um die Folgen eines Traumas bei Verbrechensopfern ging.«

»Also hat Offermann die Täter behandelt, und Sie die Opfer«, fasst Fernando, der griffige Formulierungen mag, zusammen.

Sie öffnet die Wagentür. »Wenn Sie das so simpel ausdrücken wollen, meinetwegen.«

Dr. Fender steigt in ihren Wagen.

Tolle Beine, denkt Fernando. Tolle Frau.

»Völxen, ich hab da was.« Oda stellt ihre Kaffeetasse neben Völxens. Er sitzt allein am Tisch, die Cafeteria ist um diese Zeit, halb zwölf, fast leer. »Spätes Frühstück?«

»Genau«, sagt er, während er ein paar Krümel von seiner Krawatte schüttelt. »Lass hören.«

Sie berichtet von dem Streit, den die Buchhändlerin erwähnt hat.

»Das ist doch schon mal was«, meint Völxen zufrieden. »Obwohl es ja ziemlich unklug wäre, mit jemandem vor Publikum einen Streit anzufangen und ihn hinterher zu erschießen.« Aber zum Glück benehmen sich Täter nicht immer intelligent. Sonst hätte sein Dezernat wohl keine so hohe Aufklärungsquote bei Tötungsdelikten vorzuweisen: in manchen Jahren hundert Prozent. Im letzten Jahr blieb von vierundfünfzig Fällen nur einer ungeklärt, ein Mord in Mafiakreisen. Also nichts, was die Öffentlichkeit über die Maßen bewegt.

»Sie hat sich sogar schon vor Millionen Leuten mit ihm gestritten. Bei *Maybrit Illner*. Ich lass mir das Band kommen. Die Frau heißt Irene Dilling, ist vierundfünfzig Jahre alt …«

Völxen, der gerade in ein Croissant gebissen hat, beginnt zu husten.

Oda schnippt ein Stück Blätterteig von ihrem Pullover.

»Entschuldige«, murmelt Völxen, während er sein Jackett und den Tisch säubert.

»Dann werde ich mir diese Dilling mal greifen«, verkündet Oda.

»Nein.«

»Nein?«

»Das mach ich selbst.«

Schweigen.

So, wie Völxen Odas kaum vorhandene Mimik deutet, ist sie nun schwer verstimmt. Eine Erklärung wäre erforderlich, aber etwas in ihm sträubt sich dagegen. Grußlos nimmt der Kommissar sein Tablett und geht.

»Wie war's bei der Obduktion?«, fragt Jule, als Fernando gegen Mittag im Büro erscheint.

»Toll. Und was war hier los?«

»Ich habe rausgekriegt, dass uns Dr. Fender angelogen hat.«

»Wieso?«

»Sie hat uns doch gestern gesagt, sie und Offermann bildeten eine Gemeinschaftspraxis. Jedenfalls redete sie immer von ihrem Partner, nicht von ihrem Chef.«

»Stimmt das nicht?«

»Nein. Noch war sie bei ihm angestellt. In seinem Computer ist ein Vertragsentwurf, einen Monat alt. Demnach sollte die Fender ab Januar 2008 in die Praxis einsteigen. Gegen eine Summe von 140 000 Euro.«

»Oh.« Hat sie wirklich gedacht, dass die Polizei das nicht herauskriegen würde? Warum diese Lüge, fragt sich Fernando und sagt: »Eine lässliche Sünde, würde ich sagen. In der Praxis scheinen sie ja Partner gewesen zu sein, nur eben noch nicht auf dem Papier.«

»Mag sein«, räumt Jule ein. »Aber wie es aussieht, kann sie nun seinen Patientenstamm – seinen Privatpatientenstamm, wohlgemerkt – kostenlos übernehmen. Erzähl mir nicht, dass eine Ersparnis von 140 000 Euro kein Mordmotiv ist.«

»Aber die Zunge.« Fernando wirft seine Lederjacke über die Lehne seines Schreibtischsessels. Die 96-er Fahne an der Wand schlägt sanfte Wellen. »Das sieht doch eher nach einem Ritual aus. Wenn ich jemanden aus Geldgier umlege, dann peng und weg. Dann schnibbel ich doch nicht noch an ihm rum und lege Teile ans andere Ende der Stadt.«

»Das kann ein raffiniertes Ablenkungsmanöver sein. Du hast gehört, wie sie seine Vorträge als Auftritte bezeichnet hat«, erinnert ihn Jule. »Als wäre er ein Zirkusclown gewesen. Möglicherweise empfand sie ihn als eine Schande für ihre Zunft. Oder sie hatten mal was miteinander, und sie hat vielleicht die Stelle nur bekommen, weil sie mit ihm geschlafen hat, und fühlte sich dadurch permanent gedemütigt.«

Aus irgendeinem Grund findet Fernando diese Vorstellung sehr unerquicklich. »Meinst du, eine Frau wie sie hat das nötig?«

»Eine Stelle in einer renommierten Psychiatrischen Praxis mit Chance auf Übernahme – dafür tut man so Einiges.« Ob wohl mein Vater mit seinen Doktorandinnen schläft, durchzuckt es Jule.

»Zuerst müssen wir mal rausfinden, ob der Vertrag tatsächlich von beiden unterzeichnet worden ist. So was läuft doch über einen Notar, denke ich mal«, sagt Fernando und wechselt sogleich das Thema: »Sag mal, du gescheiterte Medizinerin, was ist eine *Steatosis hepatis*?«

»Eine Fettleber.«

Beide grinsen.

»Wie hat die Fender im Institut reagiert, als sie ihn gesehen hat?« Es wurmt Jule ein bisschen, dass sie nicht bei Offermanns Obduktion dabei gewesen ist.

»Sachlich. Wenn da Liebe oder Hass im Spiel waren, dann hat sie es gut verborgen.

»Warten wir's ab«, meint Jule pragmatisch. »Wenn unsere Schöne im Bett des alten Wüstlings war, dann gibt es bestimmt Sekretspuren, die dies beweisen.«

Fernando lässt sich in den Stuhl sinken und seufzt: »Frauen können ja so romantisch sein.«

Jule verkneift sich eine Antwort. Was hat, bitteschön, Romantik bei einer Mordermittlung zu suchen?

Nach einem Gespräch mit dem Vizepräsidenten verlässt Völxen gegen sieben Uhr die Polizeidirektion. Sein Arbeitstag ist jedoch noch nicht zu Ende, zu dem Konzert von Sabines Klarinettenschülern in der Aula der Waldorfschule in Sorsum wird er es daher wohl nicht schaffen. Was er insgeheim nicht allzu sehr bedauert. Er mag die jammernden Töne dieses Instruments nicht, zudem hat Völxen nie den Zugang zu klassischer Musik gefunden, und Klezmer geht ihm erst recht auf die Nerven. Er hört überhaupt wenig Musik, eigentlich fast nur im Autoradio, die ewig gleichen *Classic Rocks*.

Von Sabine sind keine Vorwürfe zu erwarten. Sie beklagt sich nie, wenn er Überstunden machen muss oder zur Unzeit zu einem Tatort gerufen wird. Sie schätzt an ihm, dass er seinen Beruf ernst nimmt, so wie sie den ihren.

Das kleine Einfamilienhäuschen der Dillings am Rand des Misburger Waldes hat sich nicht verändert, nur an der Höhe der Tanne im Vorgarten lässt sich erkennen, dass seit Völxens letztem Besuch etliche Jahre vergangen sind. Der Garten ist gepflegt, eine Rose neben der Haustür zeigt erste Knospen. Vögel lärmen.

Völxen geht durch das Gartentor auf die Haustür zu.

Frau Dilling öffnet die Tür, kaum dass der Kommissar geläutet hat. Als habe sie ihn erwartet. »Guten Abend, Herr Völxen.«

Er hat nicht damit gerechnet, dass sie ihn sofort erkennt. »Guten Abend, Frau Dilling.«

Ohne sich nach dem Grund seines Besuchs zu erkundigen, bittet sie ihn herein. Sie trägt Jeans und ein marineblaues Sweatshirt. Ihr kurzes Haar, früher dunkelbraun, ist grau, offenbar färbt sie es nicht. Seltsamerweise machte sie das nicht älter. Ihr Gesicht ist ungeschminkt, die Haut wirkt, als würde sie viel Zeit an der Luft verbringen. Sie führt ihren Gast in eine helle Küche mit weißen Möbeln. Alles sieht neu aus, jedenfalls anders als damals.

»Kann ich Ihnen etwas anbieten?«, fragt sie.

»Ein Glas Wasser wäre nett.« Ihm ist auf einmal unangenehm warm.

Sie stellt ein Glas Mineralwasser auf den blanken Küchentisch und setzt sich ihm gegenüber. Über ihrem Kopf, auf einem Gewürzbord, steht ein Foto in einem Silberrahmen. Das Mädchen darauf hat ein Buch auf den Knien und schaut auf, als hätte man es an einer besonders spannenden Stelle ins Hier und Jetzt zurückgeholt. An dem leichten Rotstich, der sich trotz der Glasscheibe über dem Foto gebildet hat, erkennt man, dass die Aufnahme schon älter ist.

»Wie geht es Ihrer Tochter, Herr Völxen?«

Es ist ihm unangenehm, hier von Wanda zu reden. Beinahe wünscht er in diesem Augenblick, dass es etwas Negatives zu berichten gäbe. Aber da sie ihn erwartungsvoll und mit fragenden Augen ansieht, antwortet er wahrheitsgemäß: »Gut, danke. Sie macht bald Abitur.«

Frau Dilling nickt nachdenklich. »Ob sie es wohl wissen, unsere Kinder? Ob sie wissen, dass sie die Macht haben, uns völlig zu zerstören?«

»Ich denke, nicht.«

»Ich habe immer in der Zeitung Ihren Werdegang verfolgt, Herr Kommissar.«

»Das ist bemerkenswert«, sagt Völxen verlegen.

»Ach, nein. Leute, die man in so einem Zusammenhang trifft, vergisst man nicht.«

»Es gibt Dinge, die vergisst auch ein Polizist nie.«

Beide schweigen.

Schließlich fragt Völxen: »Wie geht es Ihnen?«

»Mir? Es geht schon. Ich lebe allein. Ich habe einen Halbtagsjob bei einer Bank. Mein Mann und ich – das funktionierte nicht mehr, nachdem … Er ist weggezogen, nach Berlin. Hat eine neue Frau und neue Kinder. Aber ich kann doch hier nicht weg, Sie verstehen das doch?«

Völxen nickt. Natürlich kann sie nicht wegziehen. Es könnte ja ein Wunder geschehen.

»Ich habe meine Aufgaben. Ich engagiere mich ehrenamtlich und politisch.«

»Ich weiß«, sagt Völxen. Und noch während er überlegt, wie er das heikle Thema ansteuern soll, sagt sie: »Ich kann mir denken, warum Sie hier sind. Offermann, nicht wahr?«

»Ja«, erwidert Völxen. »Sie hatten Stunden vor seinem Tod einen Streit mit ihm.«

»Ich war's nicht. Wirklich nicht. Ich fand es zwar obszön, wie Offermann diesen Verbrechern zu öffentlicher Aufmerksamkeit und sogar *Mitgefühl* verholfen hat, aber deswegen bringe ich ihn nicht um.«

»Was haben Sie zu Offermann nach dem Vortrag gesagt?«

»Ich habe ihn aufgefordert, mal mit den Eltern des Jungen, der Anfang dieses Jahres in Dresden von einem mehrfach vorbestraften Sexualstraftäter ermordet worden ist, über Persönlichkeitsrechte von Straftätern zu diskutieren.«

»Was hat er geantwortet?«

»Er hat mich populistisch genannt.«

»Und Sie?«

»Ich nannte ihn einen eitlen Gecken, der sich auf Kosten anderer profiliert und keinen Respekt vor den Opfern hat.«

»Aha.«

»Er meinte, wir sollten uns nach seiner Signierstunde unterhalten, aber ich bin weg. Ich konnte diesen Menschen nicht länger ertragen.«

»Warum sind Sie überhaupt zu dem Vortrag gegangen? Sie hätten sich doch eigentlich schon denken können, was er sagen würde.«

»Da haben Sie recht«, sagt sie und sieht Völxen an. »Aber wissen Sie, seit sechzehn Jahren versuche ich zu verstehen, was in solchen Menschen vorgeht. Ich sehe mir jede Fernsehsendung an, egal ob Talkshow oder wissenschaftlicher Diskurs, und das, obwohl es jedes Mal von Neuem schmerzt. Dr. Offermann war ja hinter seinem eitlen Gehabe ein sehr guter Psychiater. Wenn überhaupt von jemandem, dann war er es, von dem man etwas über das Wesen solcher Täter lernen konnte. Wir waren uns nur absolut uneinig im Umgang mit ihnen. Er beharrte auf dem Standpunkt, dass die Gesellschaft mit einem gewissen Restrisiko leben muss – und das kann ich nicht akzeptieren. Außerdem war ich dort, weil ich Flyer von unserer Gruppe ausgelegt habe.«

»Was ist das für eine Gruppe?«

»Eine Selbsthilfegruppe für Verbrechensopfer und deren Angehörige.«

»Was genau tut die?«

»Wir reden. Wir hören zu. Wir tauschen Adressen von Therapeuten. Wir gehen an die Öffentlichkeit und treten für die Belange der Opfer ein. Auch die der potenziellen Opfer.«

»Was heißt das genau?«

Ihr Gesichtsausdruck wird lebhaft. »Wir fordern ein Gesetz, das sich im Groben an *Jessicas Law* anlehnt. Das ist ein Gesetzespaket, das Schwarzenegger im Jahr 2006 in Kalifornien auf den Weg gebracht hat. Es sieht angemessene Strafen für Sexualstraftäter vor. Wir kämpfen für mehr Schutz der Bevölkerung vor solchen Tätern. Elektronische Fußfesseln zum Beispiel, die Alarm geben, wenn sich so ein Typ in die Nähe von Schulen oder Kindergärten wagt. Wir verlangen, dass die Nachbarschaft davon erfährt, wenn ein entlassener Sexualstraftäter in die Gegend zieht. In England gibt es das bereits.« Sie hat sich in Rage geredet und streicht sich über die erhitzten Wangen.

Völxen wird an einen Fernsehbericht aus England erinnert, in dem der Mob vor einem Haus stand und *Komm raus, du Kinderschänder!* skandierte. Der Mann hatte nach Verbüßung einer Haftstrafe zehn Jahre lang völlig unauffällig gelebt, ohne sich etwas zuschulden kommen zu lassen. Völxen verspürt den Drang, ihr entgegenzuhalten, dass solche Listen erfahrungsgemäß Bürgerwehrinstinkte wecken und zur Lynchjustiz anstiften, dass die Überwachung der Bürger durch den Staat, wie sie in England praktiziert wird, für seine Begriffe schon gruselige Formen angenommen hat, und nicht abzusehen ist, wohin das führt. Und dass man eine Gesellschaft mit elektronischen Gerätschaften nicht vor perversen Sexualtrieben einzelner Mitglieder schützen kann. Doch Irene Dilling ist nun wirklich die Letzte, mit der er über dieses Thema diskutieren möchte. Völxen wird in diesem Moment klar, dass er diese Frau, obwohl sie ihm leid tut, nicht mag. Diese Erkenntnis wiederum bereitet ihm noch mehr Unbehagen.

Offenbar sieht sie ihm an, dass er ihre Meinung nicht teilt, und vermutlich findet sie, dass gerade ihm dies nicht zusteht. Ihre Miene verhärtet sich, und ihr Blick verrät Bitterkeit, als sie sagt: »Jeder, der sich an einem Kind vergreift oder Frauen vergewaltigt, sollte von Vornherein wissen, was auf ihn zukommt, wenn man ihn erwischt. Wenn …«, fügt sie hinzu.

Völxen versenkt sich in den Anblick der Tischplatte. Das Einzige, was man damals von der vierzehnjährigen Karoline gefunden hat, war ihr Fahrrad, zwei Kilometer von ihrem Elternhaus entfernt am Misburger Hafen, der an einem Seitenarm des Mittellandkanals liegt. Völxen befiehlt sich, sich zusammenzureißen. Sein Schuldgefühl, als Mitglied der MoKo Karoline versagt zu haben, darf keinen Einfluss auf die heutige Ermittlung nehmen.

»Es wird so kommen wie mit dem Rauchverbot«, prophezeit Irene Dilling.

»Dem Rauchverbot?«, fragt Völxen verwirrt.

»Ja. Das hat auch vor Jahren in Amerika seinen Anfang genommen, und jetzt sind wir endlich ebenfalls so weit, dieses Übel einzudämmen. Wir Europäer brauchen halt immer etwas länger, bis wir die Zeichen der Zeit erkennen und handeln.«

Völxen hat genug, er will die Befragung hinter sich bringen. »Ist Ihnen irgendwas oder irgendwer aufgefallen an dem Abend?«

»Nein. Und wie gesagt, hinterher sind wir ja gleich weg.«

»Wir?«

»Ich war mit zwei Frauen aus unserer Gruppe da. Die habe ich nach Hause gefahren.«

»Die Namen?«

»Die kenne ich nicht. Zumindest nicht die echten.«

»Wie bitte?«

»Wir verlangen von niemandem, seinen richtigen Namen zu nennen. Wir kommunizieren hauptsächlich über das Internet, da sind echte Namen nicht notwendig. Außerdem möchte ich nicht, dass Sie sie aufsuchen und unter Mordverdacht stellen, so wie mich.«

»Aber irgendwie müssen Sie sich doch gegenseitig ansprechen.«

»Eine nennt sich Ronja, die andere Claire.«

»Sie wissen noch, wo Sie die beiden hingefahren haben?«

»Natürlich. Claire wohnt in der Südstadt – sie wollte jedenfalls dort aussteigen – und die andere Frau im Roderbruch.«

Der Kommissar rechnet: Der Vortrag war um Viertel nach zehn zu Ende. Laut Pascal, dem Barmann, sind Offermann und die Buchhändlerin gegen elf in die Bar gekommen, und Offermann ist etwa um Viertel vor zwölf gegangen. Eineinhalb Stunden. Zeit genug, um die Damen nach Hause zu fahren und noch einmal zurückzukommen. Irene Dilling hat kein Alibi. »Wie fanden Ihre Begleiterinnen denn Offermanns Vortrag?«

Sie zuckt die Achseln. »Ach, ich weiß nicht. Sie waren beide recht schweigsam.«

»Waren das auch Mütter von …«

»Ich weiß nicht, was die beiden zu unserer Gruppe geführt hat. Manche verraten nie, weshalb sie sich *Pro victim* anschließen. Wir drängen niemanden zum Reden. Manche wollen einfach nur das Gefühl haben, etwas zu tun, sie wollen ausbrechen aus der Rolle des ohnmächtigen Opfers. Ich weiß, dass man von uns erwartet, dass wir stumm leiden und die Öffentlichkeit gefälligst nicht mit unserem Schmerz behelligen. Zumindest nicht länger, als so ein Verbrechen in den Schlagzeilen steht. Aber mir hat es sehr geholfen, aktiv zu werden, und anderen geht es wohl genauso.«

»Und welche Aktivitäten beschäftigen Ihre Gruppe im Augenblick?«

»Zurzeit behalten wir den Fall des Herrn S. im Auge und informieren die Öffentlichkeit. Wenn er wirklich rauskommt, werden wir eine Demo organisieren und dafür sorgen, dass es im Blätterwald ordentlich rauscht.«

»Herr S.?«

»Na, dieser Häftling – Michael Strauch ist sein Name. Er hat ein junges Mädchen auf dem Gewissen und soll demnächst entlassen werden. Offermann ist – vielmehr war – doch sein Gutachter in dieser Sache.«

»Woher wissen Sie davon?«

»Wir haben unsere Quellen. Außerdem stand es letzte Woche sogar in der Zeitung.«

Der Kommissar steht auf, wobei er fragt: »Wann und wo finden die Treffen Ihrer Gruppe statt?«

»Einmal im Monat auf dem Faust-Gelände.«

Natürlich, wo sonst. Das Gelände der alten Bettfedernfabrik in Linden-Nord ist bereits seit jeher eine Keimzelle subversiver Aktivitäten. Völxen selbst hat dort schon an Zusammenkünften teilgenommen, bei denen Protestmärsche und *Sit-ins* geplant worden sind. Wofür oder wogegen ist ihm heute nicht mehr geläufig, denn er ist damals hauptsächlich wegen der attraktiven Jutta mitgekommen, in der Hoffnung, dass sie nach dem Klassenkampf noch Lust auf ein wenig Nahkampf in ihrer Hinterhofwohnung in der Gökestraße hätte. Himmel, das ist schon fast dreißig Jahre her.

»Könnte ich so einen Handzettel haben, wie Sie ihn verteilt haben?«

»Natürlich.« Sie geht voraus. Die Flyer liegen im Flur auf der Ablage. Sie drückt ihm einen Stapel in die Hand.

»Einer genügt«, meint Völxen.

»Nehmen Sie nur. Bei Ihnen sind die genau richtig. Verteilen Sie sie ruhig.«

Er nimmt ein paar Zettel entgegen und verabschiedet sich. Erst im Wagen liest er:

Pro victim
Gerechtigkeit für Opfer
Selbsthilfe für Opfer von Gewaltverbrechen
Nicht schweigen, kämpfen!
www.pro-victim.com

Jule Wedekin sitzt am Küchentisch vor ihrer Schreibtischlampe und brütet seit zwei Stunden über dem, was sie in Offermanns Unterlagen über den Fall Michael Strauch gefunden hat. Strauchs persönliche Daten und seine kriminalistische Vorgeschichte hat Offermann aus Ermittlungsakten komprimiert und bereits einigermaßen vorzeigbar ausformuliert: *Von seinen neununddreißig Lebensjahren hat Michael Strauch fast die Hälfte im Justizvollzug verbracht. 1984 gab es eine Verurteilung wegen Körperverletzung und versuchter Vergewaltigung einer Mitschülerin, die zu einer Bewährungsstrafe von achtzehn Monaten führte, welche zur Zeit des zweiten Übergriffs, der im Juli 1986 stattfand, gerade abgelaufen war.*

Ihr Magen rebelliert. Was habe ich heute eigentlich gegessen? Nichts mehr seit der Nussecke vom Vormittag. Der Kühlschrank ist das Einzige, was in ihrer Küche funktioniert. Morgen um acht sollen die Küchenmonteure kommen, hoffentlich werden sie pünktlich sein. Sie kann unmöglich zu spät zur Besprechung kommen, schon gar nicht jetzt, wo Völxen auf ihre Ergebnisse wartet.

Der Inhalt des Kühlschranks erweist sich als sehr übersichtlich: eine Flasche Diätcola, eine Senftube, ein Becher Hüttenkäse. Nicht mal Brot ist im Haus. Sie trinkt einen Schluck Cola aus der Flasche, wobei sie sich selbst zuprostet: Auf die Freiheit, Jule.

Die »Freiheit« ist ein Altbau im Trendviertel List – drei Zimmer, Bad, Balkon. Sie löffelt den Hüttenkäse mit zwei Fingern aus dem Becher, das Besteck lagert in einer der vier Kisten, auf denen *Küche* steht.

Im November 1986 wurde der damals Achtzehnjährige wegen Vergewaltigung und Freiheitsberaubung zu viereinhalb Jahren Jugendhaft verurteilt. Tathergang nach Aktenlage: Herr Strauch lernte die siebzehnjährige Arzthelferin Silvia P. auf dem Hannoverschen Schützenfest kennen. Nach dem gemeinsamen Verlassen des Festes stieg Frau P. gegen zweiundzwanzig Uhr in das Auto von Strauch, einen Opel-Kadett. Er hatte angeboten, sie nach Hause, nach Hannover-Ricklingen, zu fahren. Die Fahrt endete jedoch in einem Kornfeld in der Nähe des Ortes Hemmingen-Arnum, etwa zehn Kilometer südlich von Hannover. Nach Aussage von Silvia P. hat er dort versucht, sich ihr sexuell zu nähern. Als sie sich dies verbat, fing er an, sie zu schlagen. Er fesselte sie mit einem Kabel, das auf dem Rücksitz lag, misshandelte und vergewaltigte sie. Durch das plötzliche Auftauchen eines Mähdreschers wurde er gestört, er stieß die Frau aus dem Wagen, ließ die Verletzte gefesselt auf dem Feld zurück und fuhr davon. Die junge Frau hatte Glück, dass sie nicht unter den Mähdrescher geriet. Sie konnte sich die Autonummer merken, und zwei Tage später wurde der Fahrzeughalter Michael Strauch festgenommen und von seinem Opfer identifiziert. Er gab an, Frau P. sei freiwillig mit zu dem Kornfeld gefahren und habe sowohl die Fesselung als auch den Verkehr gewollt. Dann habe sie plötzlich einen Rückzieher gemacht, und danach sei alles »außer Kontrolle geraten«. Beigelegt ist das ärztliche Gutachten, in dem die Verletzungen von Silvia P. aufgeführt sind: diverse Hämatome, zwei gebrochene Rippen, Würgemale am Hals, Analfissur, Brandwunden vom Zigarettenanzünder.

Jule schluckt. Bestimmt sind Silvia P. dabei erneute Demütigungen nicht erspart geblieben, nach dem Motto: Selbst schuld – ein anständiges Mädchen steigt nicht zu einem Kerl ins Auto, den sie kaum kennt. Wo sie jetzt wohl lebt? Und wie?

Im November 1989 wurde Michael Strauch aus der Jugendhaftanstalt Hameln vorzeitig entlassen. Es folgt eine Aufzählung wechselnder Jobs und Wohnungen in der Region Hannover. Strauch hat nirgends lange gearbeitet und ist etwa alle halbe Jahre umgezogen.

Birte L., eine sechzehnjährige Schülerin, wurde im August 1992 tot auf dem Gleis der Bahnstrecke Hannover–Laatzen gefunden, nachdem sie zwei Wochen lang als vermisst gegolten hatte. Ein Trupp Gleisarbeiter entdeckte die Leiche, ehe ein Zug sie überrollen konnte. Der Körper des Mädchens wies Spuren von Misshandlungen auf. (Siehe Obduktionsbericht) Einige Verletzungen waren schon mehrere Tage alt, einige ganz frisch. Sollte wohl nach Selbstmord aussehen, spekuliert Jule. Als Todesursache nennt der Obduktionsbericht Ersticken.

Jule schließt die Augen. Zwei Wochen. Vierzehn Tage Martyrium. Sie holt tief Atem, dann liest sie die beiliegende Anklageschrift der Staatsanwaltschaft. Strauch hatte das Mädchen vermutlich im Keller seiner Werkstatt festgehalten. Als die Polizei dort eindrang, war der Keller größtenteils ausgebrannt. Am Abend zuvor hatte es dort ein Feuer gegeben. Strauch gab gegenüber der Feuerwehr und der Polizei an, er habe mit Terpentin hantiert und dabei unbedacht eine brennende Zigarette fallen lassen. Spezialisten der Ermittlungsbehörden fanden jedoch Spuren von Brandbeschleuniger an mehreren Stellen des Kellers. Strauch wurde überführt durch Spermaspuren an der Leiche dank des für die damalige Zeit noch recht neuen Verfahrens des DNA-Abgleichs. Im Dezember 1992 wurde Strauch wegen sexuellen Missbrauchs einer Minderjährigen, Freiheitsberaubung und Totschlags zu fünfzehn Jahren Haft verurteilt. Den Mord an dem Mädchen konnte ihm das Gericht nicht nachweisen.

Zum Punkt *Haftverlauf* hat Offermann vermerkt: *keine Unregelmäßigkeiten, insbesondere keine Gewalttaten oder Drogenmissbrauch. Beim Personal wegen diverser Rechthabereien nicht beliebt. Hat mit Erfolg an einem Anti-Aggressionstraining teilgenommen.*

Unter *Bezugspersonen* notierte der Psychiater: *Die Mutter brach nach der zweiten Verurteilung den Kontakt ab, der Vater hat die Familie bereits 1978 verlassen und ist 1997 verstorben. Vor seiner zweiten Inhaftierung 1992 hatte Strauch eine Freundin, Sonja D., mit der er zusammenlebte. Die Beziehung war nicht harmonisch, Strauch fühlte sich von Sonja oft gegängelt. Während der zweiten Strafhaft Brieffreundschaften mit wechselnden Frauen, die ihn auch zeitweilig besuchten. Zurzeit gibt es eine Frau, Irma Kissinger, Verkäuferin, die ihn besucht. Wohnmöglichkeit nach der Haft?*

Bis jetzt ist es Jule nicht gelungen, aus den Unterlagen die wichtige Frage zu klären, wie hoch oder niedrig Offermann die Gefährlichkeit dieses Mannes einschätzte, wie also sein Gutachten ausgefallen wäre. Da war der Lebenslauf des Mannes: seine Schulen, seine Arbeitsstätten, seine Wohnorte. Unter *Zielvorstel-*

lung stand: *S. wollte immer ein Unternehmer werden, scheiterte aber an den Realitäten.*

Einige der Notizen kann sie absolut nicht entschlüsseln. Und kein Internetanschluss, verdammt noch mal! Es macht sie rasend, die fremdartigen Begriffe und Abkürzungen nicht sofort klären zu können.

Entnervt lässt sie die Blätter sinken und reibt sich die Augen. Sie ist müde und aufgedreht zugleich. Und hungrig. Zehn Uhr. Noch viel zu früh zum Schlafen. Hoffentlich geht es heute Nacht etwas ruhiger in diesem Haus zu.

Wahrscheinlich ist das alles ohnehin umsonst. Wer sagt denn, dass dieser Fall etwas mit Offermanns Tod zu tun hat? Aber ausschließen kann man es zum jetzigen Zeitpunkt eben auch nicht, und außerdem erwartet Völxen morgen früh ihren Rapport. Und dazu muss sie dieses verdammte Zeug verstehen. Ihr Magen rumort erneut, sie ignoriert es. Wie hat man das eigentlich früher gemacht, als es noch kein Internet gab? Ganz einfach: Man hat einen Experten gefragt.

Emergency Room ist zu Ende, die Lieblingsserie seiner Mutter. Die schläft nun in ihrem Fernsehsessel, einem hässlichen Möbel, das auf hunderterlei Arten verstellt werden kann. Fernando hat währenddessen in einer Motorradzeitschrift geblättert. Er schätzt den Anblick blutiger Organe nicht, schon gar nicht nach dem Besuch bei Dr. Bächle heute Morgen. Widerlich, wie kann man so einen Beruf ergreifen? Er schenkt sich den Rest aus der Rotweinflasche ein und zappt durch die Programme. Das Handy klingelt.

»Rodriguez.«

»Jule Wedekin. Entschuldige die Störung …«

Er legt die Fernbedienung hin. »Nein, du störst nicht«, sagt er und fügt, vom Rioja beflügelt, hinzu: »Ich kann verstehen, dass du es nicht lange ohne mich aushältst. Geht den meisten Frauen so.« Dass es die meisten auch nicht lange *mit* ihm aushalten und erst letzte Woche wieder eine Liaison ihr Ende per SMS gefunden hat, hat er in diesem Augenblick verdrängt.

»Ich wollte dich nur kurz was fragen.«

Klar doch. Ein Vorwand, um mit ihm auszugehen. Sie hat ihm erzählt, dass in ihrer neuen Wohnung der Herd nicht angeschlossen ist und noch keine Lampe hängt. So etwas sagen Frauen nicht ohne Hintergedanken, auch wenn es ganz beiläufig geklungen hat.

»Ja, wir können gern was trinken gehen.«

»Aber ich ...«

»Ich kann mir vorstellen, wie es dir geht. Du sitzt einsam zwischen Umzugskartons, die Bohrmaschine funktioniert nicht, eine Depression schleicht sich an – da bin ich genau der richtige Mann.«

»Hast du Odas Telefonnummer?«, unterbricht ihn Jule unwirsch.

»Äh ... Oda?«

»Ja, Oda.«

»Moment.« Er sucht sie im Speicher seines Telefons.

»Meinst du, ich kann sie jetzt noch anrufen?«, fragt Jule.

Was, zum Teufel, will sie von Oda? Noch dazu, wo die heute so ekelhaft zu ihr war. »Sicher, klar. Worum geht es denn?«

»Um unseren Fall natürlich.«

Als ob es nichts anderes auf der Welt gäbe. Krankhaft ehrgeizig, diese Frau. »Kann ich dir nicht weiterhelfen? Wir könnten uns in der Pizzeria bei mir um die Ecke treffen, die haben eine super Holzofenpizza. Oder hast du schon gegessen? Man kann dort auch nur ...«

Das Wort Holzofenpizza bringt Jule an den Rand eines Schwächeanfalls. Sie kann den Duft der Pizza tatsächlich riechen ... »Nein, ich brauche Oda«, beharrt sie mit fester Stimme.

»Was hat sie, was ich nicht habe?«, jammert Fernando.

»Ein Psychologie-Diplom«, antwortet Jule.

Oda und Veronika fechten gerade ein Scharmützel über Haare aus, und die Fünfzehnjährige ist froh, als das Telefon läutet.

»Ist für dich. Eine Frau Wedekin.«

Verdammt. Ich hab's übertrieben. Das arme Ding hockt wahrscheinlich seit Stunden zu Hause und überlegt und grübelt, warum ich heute Morgen so gemein zu ihr war. Jetzt hat sie sich Mut angetrunken und strebt nach einer Aussprache von Kollegin zu Kollegin.

Widerwillig nimmt Oda das Telefon entgegen, auf alles gefasst, nur nicht auf die Frage: »Kennen Sie sich mit psychiatrischer Diagnostik aus?«

»Einigermaßen«, antwortet Oda perplex.

»Wären Sie bereit, mir zu helfen? Ich komme mit einigen Begriffen aus Offermanns Unterlagen nicht klar.«

Alle Achtung. Zielstrebig ist sie ja, und nachtragend auch nicht. Oder wendet das raffinierte kleine Biest gerade den uralten Psychologentrick an: Bitte jemanden um einen Gefallen, und er wird dich mögen. Denn niemand gesteht sich gerne ein, Energien an jemanden zu verschwenden, den man nicht leiden kann. So oder so ist Odas Neugierde nun geweckt.

»Okay.«

»Kann ich zu Ihnen kommen?«

Oda nennt ihr die Adresse.

»Sagen Sie – das mag jetzt unverschämt klingen …«

»Nur Mut.«

»Haben Sie irgendwas zu Essen im Haus?«

»Linsen aus der Dose und Fertigpizza sind heute die Spezialitäten des Hauses.«

»Bin sofort da!«

Oda ruft nach ihrer Tochter, die sich gerade in ihr Zimmer verdrücken will. »Veronika, schieb eine Pizza in den Ofen, wir kriegen Besuch. Und lass deine Klamotten aus dem Wohnzimmer verschwinden. Herrgott, ist das ein Saustall hier!«

Bis diese Wedekin aus der List bei ihr in Isernhagen eintreffen wird, bleibt noch etwas Zeit zum Aufräumen. Das ist auch notwendig. Normalerweise unterzieht Oda die Wohnung am Wochenende oder an dienstfreien Tagen einer Generalüberholung, an der Veronika, dieses erzfaule Geschöpf, zwangsweise beteiligt wird. Besuch mitten in der Woche ist nicht vorgesehen. Oda seufzt. Überall liegen Bücher, CDs, DVDs und Zeitungen herum, dazwischen Chipstüten und Klamotten von ihr und Veronika. Der Tisch muss abgewischt werden und die Teller vom Abendessen in die Küche getragen, wo sich schmutzige Gläser und leere Flaschen der letzten drei Tage neben der Spüle versammelt haben. Ihren ausgeleierten Jogginganzug sollte sie auch noch gegen etwas Eleganteres tauschen. Oda ist gerade dabei, als es schon an der Tür klingelt. Verdammt, das waren keine zehn Minuten. Aber sie hat ja gesagt: *sofort.*

»Sprit. Alles Sprit.« Jens Köpckes Arm rudert von rechts nach links. »Die bauen nur noch Sprit an, kein Essen mehr. Mais zum Verfeuern, Raps für Biodiesel.«

Völxen muss seinem Nachbarn recht geben, findet allerdings, dass die vielen gelben Rapsfelder sehr schön aussehen, besonders jetzt, im weichen Licht des Sonnenuntergangs. Goldlichtbehaucht, hat Wanda neulich dazu gesagt. Woher hat das Kind solche Worte? Von diesem neuen Kerl vielleicht, diesem – wie hieß er noch gleich?

»Ich schwör dir, Kommissar, in ein paar Jahren wirfst du keinen Kanten Brot mehr weg.«

»Tu ich jetzt schon nicht. Das kriegen die Schafe«, antwortet Völxen. Ein Mückenschwarm tanzt über dem Zaunpfahl. Die Schafe sind helle Kleckse in der fortgeschrittenen Dämmerung, Kumuluswolken auf Beinen, sie müssen dringend geschoren werden.

»Weißt du, was die neuerdings aus dem Weizen machen?«

Völxen schüttelt den Kopf. Über ihnen schwirrt eine Fledermaus in irrsinnigen Haken durch die Luft.

»Äthanol. Sprit.«

Völxen nickt. Ihm ist nicht nach Reden, er wäre nach diesem anstrengenden Tag lieber ein paar Minuten allein geblieben.

»Pervers. Pervers ist das«, murmelt Köpcke. Dann greift er in den Latz seines Blaumanns und zieht zwei Flaschen heraus. »Auch 'n Herri?«

Völxen nickt.

Köpcke öffnet die Flaschen an der Kante des Zaunpfahls, lauwarmes Herrenhäuser zischt heraus. Schweigend und trinkend sehen sie zu, wie die Mondsichel über den Kirchturm klettert.

Ein Mädchen öffnet die Tür. »Hi«, sagt sie und mustert Jule von oben bis unten.

»Guten Abend, ich bin Jule Wedekin.«

»Vero.«

Sie ist so groß wie Jule und sehr dünn. Das Haar fällt ihr pechschwarz und glänzend bis über die Schultern. Sie hat die blaugrünen Augen ihrer Mutter, sie sind dick mit Kajal umrahmt.

»Kommen Sie rein«, tönt es aus dem Hintergrund. Oda kommt aus dem Schlafzimmer, sie trägt eine Art Hauskleid in ihrer Lieblingsfarbe, es ist gerade geschnitten und reicht bis zu den Fußknöcheln.

»Die Pizza dauert noch. Ich konnte ja nicht ahnen, dass Sie quasi schon vor dem Haus herumlungern.«

»Es ist so idyllisch hier«, meint Jule. »Ein altes Gut, nicht wahr?«

»Ja, aufgeteilt in vier Wohnungen. Wir sind hier raus gezogen, als Veronika ihren Pferdetick hatte. Inzwischen sind Jungs interessanter als Pferde, und sie beschwert sich, dass sie es so weit zu den Diskos hat. Aber jetzt bleibe ich hier.«

Veronika verdreht die Augen und stöhnt. Sie rafft ein paar Kleidungsstücke vom Boden auf und verschwindet damit eine offene Treppe hinauf, die auf eine Galerie führt.

Oda ruft ihr hinterher: »Mach die Sauerei im Bad weg, bevor alles antrocknet!« Dann wendet sie sich an Jule. »Kleiner Mutter-Tochter-Konflikt. Sie hat sich vorhin gerade ihr schönes blondes Haar schwarz gefärbt. Und das halbe Bad gleich mit.«

Offenbar hat Veronika gewisse Farbvorlieben von ihrer Mutter geerbt und lebt sie konsequent aus.

»Was gibt es da zu grinsen?«

»Mir ist nur gerade eingefallen, dass ich sogar mal grüne Haare hatte. Meine Mutter hätte mich am liebsten rausgeworfen«, erzählt Jule.

»Grüne Haare, ja? Hätte ich Ihnen gar nicht zugetraut.« Oda

führt den Besuch in einen großen Raum, der Wohn- und Esszimmer zugleich ist. Es herrscht eine ziemliche Unordnung, die Oda mit den Worten kommentiert: »Das ist ein Schlampenhaushalt, sehen Sie einfach darüber weg.«

Während die Pizza im Ofen bäckt und immer köstlicher riecht, studiert Oda das mitgebrachte Schriftmaterial. »Sieht nicht so aus, als ob er schon zu endgültigen Schlüssen gekommen wäre«, sagt sie am Ende.

»Was bedeutet *RRASOR*?«

»*Rapid Risk Assessment for Sex Offense Recidivism.* Ein Screening-Verfahren, ein statistisches Untersuchungsinstrument zur Einschätzung des Rückfallrisikos. Eine Art Checkliste, entwickelt speziell für Sexualstraftäter«, erklärt Oda. »Inzwischen gibt es einige solcher Verfahren, mehr oder weniger verfeinert. Vielleicht wollte er danach vorgehen. Oder es zumindest so aussehen lassen, damit das Ganze schön wissenschaftlich wirkt.«

»Und was meinte er mit: *Im Gutachten 1992 stellte Dr. Hermann Mager fest, dass S. die Ereignisursachen, die zu seiner Inhaftierung führten, stark externalisiert, so wie er überhaupt sehr zu sozialem und fatalistischem Externalisieren neigt.*«

»Strauch sieht sich selbst nicht als Verantwortlicher seiner Taten, sondern schiebt übermächtigen Anderen – dem Chef, den Eltern, oder dem Schicksal – die Schuld am eigenen Scheitern zu«, führt Oda aus. Jule schielt nach der Pizza, während Oda fortfährt: »So ein Gutachten besteht im Großen und Ganzen aus drei Komponenten: Den Akteninformationen, den Gesprächsergebnissen und dem psychischen Befund. Die Akteninformationen lagen Offermann demnach vor, aber vom Rest finde ich hier nichts.«

»Aber diese Dr. Fender sagte zu Fernando, Offermann hätte schon einmal mit Strauch gesprochen.«

»Hat man Kassetten gefunden oder ein Diktiergerät?«

»Davon ist mir nichts bekannt«, antwortet Jule. Allerdings hat auch niemand danach gefragt.

»Solche Gespräche dauern mitunter mehrere Stunden, und sie werden im Allgemeinen aufgezeichnet. Wenn der Befragte das nicht will, macht man sich zumindest Gesprächsnotizen. Wie soll man sich sonst später an Details erinnern?«

»Klingt logisch«, meint Jule. »Kann höchstens sein, dass die Gesprächsnotizen auf dem Laptop sind, der noch immer verschwunden ist. Das wäre blöd.«

»Also wissen wir momentan auch nicht viel mehr als die Presse«, resümiert Oda.

»Die Presse?«

»Ja. Vergangene Woche stand ein Artikel über einen inhaftierten Herrn S. in der *HAZ*. Ich habe vorhin mein Altpapier durchwühlt und ihn noch gefunden.«

Das erklärt immerhin, warum das Wohnzimmer mit Zeitungen übersät ist.

Oda steht auf und nimmt einen ausgeschnittenen Artikel von der Anrichte, den sie Jule mit den Worten reicht: »Ich kümmere mich inzwischen mal um die Pizza.«

Mörder droht Verwahrung

In einigen Wochen muss die 4. Große Strafkammer des Landgerichts Hannover entscheiden, ob sie für den Vergewaltiger und Mörder Michael S., der sich seit 15 Jahren in Haft befindet, Sicherungsverwahrung anordnet. Im August 1992 hatte das Landgericht den damals 24-Jährigen zu einer Haftstrafe von 15 Jahren wegen Vergewaltigung, Freiheitsberaubung und Totschlags verurteilt, aber keine Sicherungsverwahrung angeordnet. In Kürze soll ein psychiatrisches Gutachten erstellt werden, das dem Gericht als Entscheidungshilfe dienen soll. Verteidiger Hermann Plöger hält ein nachträgliches Wegsperren seines Mandanten für rechtswidrig. Dessen Gefährlichkeit sei schon damals bekannt gewesen, und nur neue Tatsachen könnten etwas an dem 1992 ergangenen Urteil ändern.

Oda stellt die Pizza auf den Tisch, dazu eine geöffnete Flasche Chianti und ein Glas Wasser. »Guten Appetit. Ich geh inzwischen mal im Garten eine qualmen.«

»Mich stört das nicht, rauchen Sie ruhig.«

»Ich rauche nur draußen, wegen Veronika.«

»Ich verstehe«, sagt Jule. Anscheinend liegt Oda die Gesundheit ihrer Kollegen in der Direktion weit weniger am Herzen. Jule muss sich zusammennehmen, um nicht allzu sehr zu schlingen. Als sie mit der Pizza in Rekordzeit fertig ist, schenkt sie sich Rotwein ein.

Oda tritt wieder ins Zimmer, mit ihr ein Schwall kühler, rauchiger Luft.

»Danke. Sie haben mir das Leben gerettet, ich war am Verhungern.«

»Keine Ursache.«

»Wegen des Artikels – das bedeutet doch, dass ein Gutachter schon sehr schwere Geschütze auffahren müsste, um Strauch im Knast zu halten«, fragt Jule und lehnt sich satt zurück.

Oda nimmt wieder am Tisch Platz und sagt: »Die ganze Sache ist eine riesige Schlamperei der Justiz, wenn Sie mich fragen. Die Wahrscheinlichkeit, dass dieser Mann früher oder später rückfällig wird, ist durchaus groß. Um das zu sehen, braucht es keinen Experten. Der Knast allein hat noch keinen geläutert, und in Therapie war der nicht, wenn man mal von diesem einen Alibi-Kurs absieht. Dennoch hat der Richter nach Lage der Dinge kaum eine Chance, Strauch dazubehalten.«

»Es sei denn Offermann hätte etwas herausgefunden, was diese sogenannten neuen Tatsachen schafft«, überlegt Jule. »Dann hätte er jemandem, der Strauchs Freilassung wünscht, wohl im Weg gestanden.«

Oda zuckt die Schultern. »Aber wer sollte das sein? Strauch selbst hat ja ein recht gutes Alibi für die Tatzeit.«

»Vielleicht seine Verlobte«, schlägt Jule vor.

»Möglich. Die sollten wir uns auf jeden Fall ansehen.«

»Was könnte das sein, diese neuen Tatsachen?«, fragt Jule.

»Ein eindeutiger Hinweis auf eine stark gesteigerte Gefährlichkeit. Wenn er in der Haft jemanden angegriffen hätte, zum Beispiel.«

»Aber er war ja ein Musterknabe«, wirft Jule ein.

»Wenn er sadistische Gewaltphantasien äußert oder sogar niederschreibt. Oder wenn er Offermann ein Verbrechen gestanden hat, von dem man bisher nichts wusste«, zählt Oda auf.

»So dämlich wird er nicht sein, oder?«

»Alles schon vorgekommen. Psychiater können manchmal ganz schön raffiniert und hinterhältig sein. Psychologen übrigens auch«, fügt Oda hinzu und sendet ein Raubtierlächeln über den Tisch.

Jule seufzt. »Also werde ich morgen früh praktisch nichts zu erzählen haben.«

»Macht nichts«, sagt Oda und gießt sich vom Chianti ein. »Dieser Strauch ist nur *eine* Spur. Ich nehme morgen die Stalkerin in die Mangel, vielleicht ergibt sich daraus etwas. Polizeiarbeit ist mühsam, Frau Wedekin. Lauter kleine Teilchen, wie bei einem Mosaik. Steinchen für Steinchen, bis sich ein Bild formt. Und manche Steine gehören einfach nicht hinein. Das zu erkennen ist auch wichtig, weil sie sonst das Bild verfälschen und einen vom Wesentlichen ablenken. Sie müssen vor allen Dingen Geduld haben. Das ist anders als im Fernsehen.«

Jule nickt. Eigentlich ist diese Oda doch ganz umgänglich.

»Lesen Sie immer die Akten, den Spurenordner. Wenn Sie tagsüber draußen sind, kriegen Sie nicht mit, was sonst noch gelaufen ist. Aber es ist wichtig, das zu wissen.«

»Danke.«

Oda schenkt ihr Wein nach.

»Was glauben Sie, was hinter der Sache mit der Zunge steckt?«, wagt sich Jule vor.

»Vermutlich hat er zu viel geredet.« Oda unterdrückt nachlässig ein Gähnen.

Jule schießt aus ihrem Stuhl auf. »Oh, ich habe ganz vergessen, wie spät es ist.«

»Nur keine Hektik. Trinken Sie in aller Ruhe aus. Wäre ja schade um den schönen Chianti.«

Jule setzt sich wieder hin, aber nur auf die Stuhlkante.

»Ich glaube, ich war heute Morgen etwas ekelhaft. Ich möchte mich dafür entschuldigen«, sagt Oda.

»Das ist nicht nötig«, wehrt Jule ab.

»Ach, und noch was …«

»Ja?«

»Eigentlich duze ich jeden in der Dienststelle – bis auf die Sekretärinnen.« Oda hebt ihr Glas und streckt es Jule mit einem verschmitzten Lächeln entgegen. Sie stoßen an.

»Auf unseren ersten Fall. Du hast wirklich ein Näschen für den richtigen Zeitpunkt, das muss man schon sagen«, prostet Oda Jule zu.

»Darf ich Sie … dich noch was fragen? Und dann geh ich aber.«

»Nur zu.«

»Wieso bist du bei der Kripo? Ich meine, mit einem Psychologiestudium ließe sich doch auch was anderes anfangen.«

»Mag sein. Aber ich finde, der Job gibt einem genug Gelegenheit für angewandte Psychologie.«

Jule ist im Begriff aufzustehen, da fragt Oda: »Und warum schmeißt ein höheres Töchterchen das Medizinstudium und geht zur Polizei?«

Jule senkt den Blick in ihr Weinglas. Ja, warum? Durch die Verbindungen ihres Vaters wäre ihre akademische Karriere praktisch kaum aufzuhalten gewesen. *Du kannst mit dreißig habilitiert sein, wenn du gut bist.* Und gut war sie. Es wäre so einfach gewesen. Aber Alexa Julia Wedekin wollte es einmal in ihrem Leben nicht einfach. Sie nimmt einen großen Schluck, ehe sie antwortet: »Weil ich es satt habe, mein Leben von meinen Eltern durchplanen zu lassen. Ich will was Eigenes, etwas, das nicht dem Einfluss meines Vaters unterliegt. Einen Beruf, in dem seine Beziehungen und die Tatsache, aus welchem Haus ich stamme, keine Rolle spielen.«

»Und das, denkst du, ist bei uns der Fall?«

»Ich hoffe es«, sagt Jule.

Donnerstag, 19. April

»Wir haben eine Fußspur.« Thies Denninger, Chef des 5.1.K, Kriminaltechnik, heftet ein DIN-A-4-großes Foto eines Gipsabdruckes an die Pinnwand. *Spur Nr. 37* steht am unteren Rand. »Leider gibt es kein Sohlenprofil. Glatte Ledersohle, flacher Absatz.«

»Schade«, murmelt jemand. Sohlenabdrücke von Sportschuhen lassen meistens recht genaue Rückschlüsse auf die Marke zu.

»Wie sicher seid ihr, dass der Abdruck zum Täter gehört?«, fragt Völxen. »Am See ist doch eine Menge los.«

Rolf Fiedler meldet sich zu Wort: »Am Tag schon, ja«, erklärt der Leiter der Abteilung Spurensicherung. »Aber nachts war es kühl und der Boden feucht, deshalb gibt es Abdrücke. Es wurden außerdem mehrere Teilabdrücke direkt neben der Schleifspur sichergestellt. Die Schleifspur konnten wir anhand der Vegetationsverletzungen nachvollziehen.«

»Schön«, freut sich Völxen. »Schuhgröße?«

»Neununddreißig.«

Sekundenlang ist es ruhig.

»Eine Frau«, sagt Richard Nowotny. Er ist ein erfahrener Beamter des Dezernats 1.1.K, der mit seinen achtundfünfzig Jahren am liebsten Innendienst macht. Völxen hat ihn mit der Aktenführung des Falles betraut.

»Nicht unbedingt«, grinst Denninger und schaut Fernando an. »Welche Schuhgröße hast du, Rodriguez?«

»Zweiundvierzig, du Komiker«, faucht Fernando.

»Na, na«, mahnt Eva Holzwarth, die Staatsanwältin.

»Eine Frau, das ist gut möglich«, antwortet Fiedler sachlich. »Der Abdruck ist nicht sehr breit. Das Gewicht der Person beträgt fünfundsechzig bis siebzig Kilo, die Körpergröße muss nach Angaben der Ballistiker um die eins fünfundsiebzig liegen. Die Schüsse wurden aus vier bis fünf Metern Entfernung abgegeben. An den äußeren Balken des Stegs haben wir Blutspuren vom Opfer gefunden. Vermutlich wurde ihm dort die Zunge entfernt.«

»Gibt's schon was zu der Schusswaffe?«, will Fernando Rodriguez wissen.

Thies Denninger schüttelt den Kopf. »Nein. 9-mm-Parabellum, das kann alles Mögliche sein. Das LKA ist noch dran. Die Durchsicht der Praxis, der privaten Wohnräume und des Wagens hat bisher nichts Auffälliges ergeben, allerdings sind wir da noch nicht durch.«

Als Nächstes zählt Oberkommissar Rodriguez die wichtigsten Fakten aus dem Obduktionsprotokoll auf und fügt hinzu: »Die Teilhaberin seiner Praxis, Dr. Liliane Fender, hat ihn identifiziert.«

»Entschuldigung! Dazu hätte ich eine Frage an die Herren von der Kriminaltechnik«, meldet sich Jule zu Wort.

»Ja?«, antworten Fiedler und Denninger im Chor.

»Gab es in Offermanns Wohnung – also speziell im Schlafzimmer – irgendwelche Hinweise auf ein Verhältnis zwischen Dr. Fender und ihrem Chef?«

»Da ist noch nicht alles ausgewertet«, erklärt Thies Denninger, und ein gönnerhaftes Lächeln umspielt seine Mundwinkel. Mit seinen silbergrauen Locken, die ihm bis auf den Hemdkragen fallen, ähnelt er mehr einem Zuhälter vom Steintor als einem Beamten in leitender Funktion. Außerdem hat Jule das Gefühl, dass er ihr auf den Busen starrt. Zugegeben, das T-Shirt, das Mick Jaggers Zunge zeigt, ist für den Dienst vielleicht nicht so ganz ideal, aber sie hat heute früh auf die Schnelle kein anderes sauberes entdecken können.

Fiedler fügt hinzu: »Ihre Fingerabdrücke haben wir im Schlafzimmer nicht gefunden, und auch sonst keine Spuren, wenn Sie verstehen, was ich meine. Er scheint ein solides Leben geführt zu haben, zumindest in den eigenen vier Wänden. Es gibt kaum fremde Fingerabdrücke. Ist eigentlich seine Putzfrau schon gefunden worden? Die sollten wir auch dackeln, nur wegen des Abgleichs.«

»Ich kümmere mich darum«, verspricht Fernando. Er wird ihr wohl in der Wohnung auflauern müssen, falls sie überhaupt kommt. Wenn sie schwarz arbeitet, lässt sie es sicher bleiben.

Daraufhin berichtet Hauptkommissarin Oda Kristensen: »Fast alle Hotelgäste des Marriott sind Teilnehmer der Hannover-Messe. Die meisten waren zur Tatzeit entweder in der Bar oder im Steintorviertel. Oder schon auf ihren Zimmern. Ein Hotelgast und drei Angestellte vom Restaurant Pier 51, das dem Tatort schräg gegenüberliegt, haben um 00.05 Uhr Schüsse gehört. Diese Uhrzeit konnte auch von einigen Gästen der Jugendherberge, die weiter oben am See ein Lagerfeuer gemacht haben, bestätigt werden. Die Befragung dieser Schüler erfolgt heute. Von den Besuchern des Vortrages von Dr. Offermann haben sich bis jetzt etwa sechzig gemeldet. Sie sind für heute und morgen vorgeladen.«

»Na, viel Spaß«, murmelt Fiedler.

Nun ist Jule Wedekin an der Reihe: »Ich habe mir die von Dr. Offermann begutachteten Fälle der letzten Jahre angesehen. Die meisten Verurteilten sitzen noch ein, fast alle im Maßregelvollzug. Es gab während der vergangenen zwei Jahre nur vier Entlassungen aus der Strafhaft oder der Psychiatrie. Keiner der Täter wurde bislang rückfällig. Bei den Fällen handelt es sich um zwei Vergewaltigungen in Osnabrück und Paderborn, einen Totschlag in Bielefeld und einen Mord an einer Ehefrau in der Nähe von Hamburg.« Sie hält inne. Keiner hat Fragen. Die Männer sehen sie aufmerksam an, die Staatsanwältin zupft an ihren Nagelhäuten. Jules Wangen glühen.

Oda nickt ihr aufmunternd zu.

Etwas umständlich beschreibt Jule nun den aktuellen Fall Michael Strauch und resümiert: »Bis jetzt ergibt sich daraus kein Tatmotiv. Das Gespräch zwischen Offermann und Strauch hat laut Aussage des Personals der Haftanstalt Sehnde vergangene Woche, am Dienstag, dem 10. April, stattgefunden, und zwar von zehn bis zwölf Uhr. Der Wachmann gibt an, Offermann habe ein Diktiergerät bei sich gehabt.« Jule schaut fragend in die Runde. »Hat man in Offermanns Wohnung oder in der Praxis ein Diktiergerät oder Bänder gefunden?«

»Rolf, hat man ein Diktiergerät oder Bänder gefunden?«, wiederholt Denninger die Frage und schaut dabei Fiedler an.

»Es gibt etliche kleine Kassetten, darauf stehen Namen von Patienten und Daten, vermutlich sind das Aufzeichnungen von Sitzungen. Ich habe noch nicht reingehört.«

»Kann ich die haben? Ich meine … wenn Sie sie nicht mehr brauchen«, fragt Jule.

»Tja, ich weiß nicht. Das sollte wohl die Staatsanwaltschaft entscheiden. Immerhin sind das vertrauliche Protokolle über Gespräche mit Patienten.« Fiedler schaut hinüber zu Eva Holzwarth, einer fülligen Brünetten.

Die löst sich von der Betrachtung ihrer Fingernägel, rückt ihre schwarzrandige Prada-Zickenbrille zurecht und meint: »Das sehen Sie völlig richtig, Herr Fiedler.« Ihre Stimme ist heiser.

»Mich interessieren hauptsächlich die Bänder zum Fall Michael Strauch«, präzisiert Jule.

»Der Name war meines Wissens nicht dabei«, sagt Fiedler.

Fernando wechselt einen resignierten Blick mit Oda. Ungeschickt von Jule, vor der Staatsanwältin um die Bänder zu bitten. Wozu gibt es den kleinen Dienstweg?

»Und das Diktiergerät?«, fragt Jule.

»Es war keines vorhanden.«

»Danke.«

»Gern geschehen.« Fiedler nickt Jule zu, und für einen Moment sieht es so aus, als würde er salutieren. Vom Seitenscheitel bis zur Sohle entspricht Rolf Fiedler der gängigen Vorstellung des trockenen Hanseaten, allerdings wird er ärgerlich, wenn man ihn als Hamburger bezeichnet, denn er stammt aus Lübeck.

Kommissarin Wedekin fährt fort: »Es ist denkbar, dass Frau Dr. Fender das Gerät verschwinden ließ, kurz nachdem wir sie über den Tod ihres Chefs unterrichtet hatten. Sie ist nämlich mitten im Gespräch in sein Sprechzimmer gegangen, um uns den Schlüssel zu seiner Wohnung zu holen.«

»Ach«, sagt Völxen und runzelt die Stirn, wobei er Fernando ansieht.

»Ja, das stimmt«, seufzt dieser und schleudert Jule einen verärgerten Blick entgegen. Man sollte ihr möglichst rasch beibringen, dass man in einer MoKo-Sitzung keine Kollegen bloßstellt.

»Wenn dem so war, dann ist sie nicht die Täterin«, schlussfolgert Oda. »Sonst hätte sie ja genug Zeit gehabt, die Bänder verschwinden zu lassen.«

»Stimmt auch wieder«, bestätigt Fernando.

»*Wenn* dem so war«, sagt Jule, die Fernandos bösen Blick noch nicht ganz verdaut hat. Anscheinend schafft sie es bei jeder Besprechung, jemandem auf die Füße zu treten.

»Habt ihr die Fender nach dem Diktiergerät gefragt?«, will Völxen wissen.

Jule schüttelt den Kopf. »Nein. Frau Dr. Fender konnte ich heute telefonisch noch nicht erreichen.«

»Ich werde nachher in ihrer Praxis vorbeifahren«, schlägt Fernando vor.

»Tu das«, meint Völxen. »Danke, Frau Wedekin.« Er räuspert sich: »Laut Aussage der Zeugin Schlömer, der Buchhändlerin, hatte eine gewisse Irene Dilling nach dem Vortrag einen Wortwechsel mit Dr. Offermann. Ich habe Frau Dilling gestern aufgesucht und auf den Streit angesprochen ...« Völxen fasst mit nüchternen Worten die Fakten zusammen. Als er fertig ist, herrscht sekundenlang Stille.

Das hätte er mir auch gleich sagen können, grollt Oda.

Richard Nowotny bricht als Erster das Schweigen: »Ach, du Scheiße. Der Fall Karoline. Ausgerechnet.«

»Ja«, knurrt Völxen. »So ist der Stand der Dinge. Das war's von uns.«

Denninger und Fiedler stehen auf, auch Nowotny und die Staatsanwältin verlassen das Büro.

»Eins habe ich nicht begriffen ...«, sagt Jule, als die Beamten draußen sind. »Fernando, wie schwer war Dr. Offermann?«

»Achtundachtzig Kilo, steht im Obduktionsprotokoll.«

»Warum schleift eine Frau einen so schweren Brocken bis zum Ufer? Geht das überhaupt?«

»In solchen Situationen mobilisieren die Leute manchmal erstaunliche Energien«, meint Völxen.

»Aber warum?«, beharrt Jule. »Sie hätte ihn doch liegen lassen können.«

»Vielleicht, um das Auffinden der Leiche zu verzögern und so einen Zeitvorsprung zu gewinnen«, antwortet Völxen.

»Sie hat einen ausgeprägten Ordnungssinn«, sagt Oda. »Es wäre ihr unangenehm, wenn der nächste Spaziergänger über die Leiche stolpert. Typisch Frau: ordentlich sein, niemanden mit den eigenen Angelegenheiten behelligen. Das ist weibliches Verhalten, wie es uns anerzogen wurde.«

»Wie dem auch sei«, seufzt Völxen, der solche Charakterzüge bei seiner Tochter stets vergeblich sucht, »ich habe jetzt einen Termin beim Polizeipräsidenten. Ihr müsst euch diese *Provictim*-Leute mal genauer ansehen und rausfinden, wer die beiden Frauen waren, die mit Frau Dilling zusammen den Vortrag besucht haben. Kannst du das übernehmen, Oda?«

»Soll ich sie auch gleich nach ihrer Schuhgröße fragen?«

Völxens Blick verfinstert sich. »Das ist nicht komisch«, zischt er.

»Das war auch nicht so gemeint«, blafft Oda zurück.

Fernando macht Jule ein Zeichen, und die beiden verdrücken sich.

»Was ist der Fall Karoline?«, fragt Jule.

»Das war die Tochter von Irene Dilling. Sie war vierzehn, als sie in der Nähe ihres Hauses in Misburg spurlos verschwand. Wochenlang hat man sie gesucht, immer wieder Taucher in den Kanal geschickt, die Halden des Teutonia-Zementwerks wurden durchwühlt, der Misburger Wald mit Hundestaffeln abgesucht. Man hat keinen Stein auf dem anderen gelassen. Alles, was man gefunden hat, war ihr Fahrrad in der Nähe des Misburger Yachthafens.«

»Wann war das?«

»Das muss ungefähr fünfzehn, sechzehn Jahre her sein. Völxen war gerade neu im Dezernat, ein kleiner Oberkommissar, so wie ich jetzt. Mit klein meine ich den Rang, nicht die Körpergröße«, beeilt sich Fernando klarzustellen. »Es war einer der ersten Fälle, an denen er mitwirkte. Die Sache ist bis heute nicht aufgeklärt worden, es wurde nie eine Leiche gefunden.«

Fernando nimmt ein Fläschchen Eau de Toilette aus der Schreibtischschublade, schüttet etwas davon in seine Hand und betätschelt sich Wangen, Hals und Nacken.

Jule reißt das Fenster auf.

Das Telefon klingelt. Fernando nimmt ab, hört kurz zu und reicht dann Jule den Hörer. »Für dich. Frau Papenburg.«

Jule spricht kurz mit der Frau, notiert sich einen Namen, bedankt sich freundlich und legt auf. »Na also, geht doch. Zufällig ist ihr der Name des Betreuers der alten Frau Mensing über ihr wieder eingefallen. Eine renommierte Anwaltskanzlei im Hindenburgviertel.«

»Das will ich hören, wenn du da anrufst.«

»Besser nicht«, wehrt Jule ab. »Du könntest einen falschen Eindruck von mir bekommen.«

»Dann geh ich jetzt mal nach dem Diktiergerät forschen.«

»Soll ich mitkommen?«, fragt Jule scheinheilig.

»Nein, nicht nötig. Du hast ja sicher viel zu tun«, versichert Fernando und verlässt eiligst das Büro, eine Wolke *Drakkar Noir* hinterlassend.

Erika Schröder schlägt die Beine übereinander und wippt nervös mit dem Fuß. Er steckt in einem cremeweißen Pantöffelchen mit Federpuscheln.

»Frau Schröder, ich möchte gerne wissen, wo Sie in der Nacht von Montag auf Dienstag um Mitternacht waren.«

»Ich habe ihn nicht getötet.«

»Das sagen alle.«

Frau Schröder presst ihre Lippen zusammen. Sie ist eine zerbrechlich wirkende Dame in den Vierzigern. In einem Hausanzug aus Kaschmir in Bahamabeige kauert sie auf einem schwarzen

Ledersofa, vor sich ein leeres Glas und eine Hundertschaft zerknüllter Taschentücher.

»Ich war es nicht.«

»Sie haben Dr. Offermann über ein Jahr lang regelmäßig angerufen, ihm geschrieben und ihm an allen möglichen Orten aufgelauert ...«

»Das ist nicht wahr!«, kommt es schrill.

»Doch, das ist wahr«, widerspricht Oda. »Es gibt Zeugen. Und Offermanns Telefondaten.« Letzteres ist tatsächlich eine Lüge. Die Telekom lässt sich wieder einmal Zeit mit der Datenerfassung.

Erneut füllen sich die großen blauen Augen mit Tränen. Eine Hand mit perlmuttfarbenen Kunstnägeln wischt sie weg, die Wimperntusche hinterlässt schwarze Schlieren.

»Vor ungefähr zwei Monaten haben Sie mit Ihren Aktivitäten aufgehört. Warum?«

Ihre Schultern beben.

»Warum, Frau Schröder?«, bohrt Oda nach. Diese Heulsuse nervt.

»Ich stand vor seinem Haus. Ich stand nur da, ich habe nichts getan. Plötzlich kamen zwei Männer auf mich zu und haben mich gepackt, mir den Mund zugehalten und die Arme verdreht, und mich in ein Auto geschleppt, einen schwarzen Geländewagen. Sie haben mir einen Sack über den Kopf gestülpt und gesagt, wenn ich schreie, würden sie mich umbringen. Dann sind wir gefahren und gefahren ... Ich hatte Todesangst. Mitten im Wald haben sie mich rausgeworfen.«

»Im Wald?«

»Es war die Eilenriede. Aber das habe ich erst hinterher gemerkt«, sagt Frau Schröder und schnäuzt sich die Nase.

Was ist das denn für eine Räubergeschichte, fragt sich Oda. »Haben die was zu Ihnen gesagt?«

»Sie haben mich getreten. Als sie mich aus dem Auto warfen, haben sie mich getreten und mir Sachen gesagt ...« Sie hält inne. Ihr tränentrüber Blick richtet sich abwechselnd auf den geschorenen Rasen des Gartens und auf ein Mahagoni-Schränkchen, in dem Oda die Hausbar vermutet.

»Was für Sachen?«

»Ordinäre.«

»Sprachen sie Deutsch?«

»Ja, aber mit Akzent. Russisch oder so.«

»Haben Sie die Polizei verständigt?«

Erika Schröder schüttelt stumm den Kopf.

»Hat Dr. Offermann Sie mal gewarnt oder bedroht?«

»Nein. Was denken Sie nur? Martin hätte so etwas nie getan. Ich war ihm nie lästig. Er mochte es, wenn ich für ihn da war. Es schmeichelte ihm.«

Daran mag möglicherweise sogar etwas Wahres sein. »Sie waren sehr oft in seiner Nähe, nicht wahr?«

»Ja«, gesteht sie und starrt zum Fenster hinaus in das geordnete Nichts des Gartens.

Stalking als Lebensinhalt, wie armselig, denkt Oda. »Haben Sie Damenbesuche bei Dr. Offermann bemerkt?«

Frau Schröder schüttelt den Kopf. »Nur diese Dunkelhaarige, die bei ihm arbeitet.« Ihre Stimme verströmt Bitterkeit. »Aber Martin hat sie nicht geliebt. Das war nur Sex. Männer sind eben so.«

»Aber Sie haben Herrn Dr. Offermann geliebt, nicht wahr?« Oda ringt sich einen verständnisvollen Blick ab. Zu einem Lächeln reicht es beim besten Willen nicht. Frauen wie diese machen Oda aggressiv. Frau Schröder zieht das letzte Papiertaschentuch aus der Packung.

»Und Sie haben ihn auch noch nach dem Überfall geliebt?«, forscht Oda weiter.

Die blauen Puppenaugen schauen Oda verständnislos an. »Mein Mann war das, der hat mir diese Schläger auf den Hals gehetzt«, erklärt Erika Schröder wütend. »Er hat mir immer wieder gesagt, dass ich dämlich wäre und krank und dass ich mich erniedrigen würde. Der weiß doch gar nicht, was Liebe ist. Der mit seinen billigen Weibergeschichten.«

»Warum sollte er dann diesen Überfall veranlassen?«

»Aus Stolz. Er liebt mich zwar nicht, aber er betrachtet mich als seinen Besitz.«

»Wie hat das mit Ihnen und Dr. Offermann eigentlich begonnen?«, will Oda neugierig wissen.

»Ich habe meinen Mann zu einem Kongress begleitet, nach Basel. Da begegnete mir Martin in der Hotelhalle. Wir haben uns angesehen, und es hat sofort gefunkt zwischen uns.«

»Hat er mit Ihnen gesprochen?«

»Das brauchte er nicht. Sein Blick hat genügt.« Bei der Erinnerung daran lächelt sie versonnen.

Ein falscher Blick also und man hat eine Stalkerin am Hals! Ist es denkbar, dass Dr. Offermann einen osteuropäischen Schlägertrupp angeheuert hat, um die lästige Person loszuwerden?

Frau Schröders Blick wandert erneut sehnsüchtig zu dem kleinen Mahagonischrank, als sie sagt: »Nachdem mich die Kerle aus dem Wagen geworfen hatten, bin ich nach Hause gelaufen. Zu Fuß.«

Zwar steht die großzügige Sechzigerjahre-Villa der Schröders in Groß-Buchholz, einem gediegenen Stadtteil, der an die Eilenriede grenzt, aber vermutlich irrte die arme Frau erst einmal stundenlang durch den nächtlichen Stadtwald, der an einigen Stellen tatsächlich noch recht urwüchsig ist.

»Meine Sachen waren zerrissen, ich war voller Schmutz, und es war kalt. Es war ja mitten im Februar. Am Valentinstag, ausgerechnet. Als ich nach Hause kam, war ich am Ende. Ich habe erst mal was getrunken. Was danach geschah, weiß ich nicht mehr. Als ich wieder wach geworden bin, war ich im Krankenhaus.«

»In welchem?«, fragt Oda ahnungsvoll.

»Psychiatrie, Wunstorf. Mein Mann hat behauptet, ich sei auf ihn losgegangen, ich hätte das mit dem Überfall nur erfunden. Aber der lügt.«

»Und dann?«

»Ich war bis letzten Freitag dort, eingeschlossen. Man hat mir mein Handy weggenommen.« Wieder hangelt sich ihr Blick zu dem Schränkchen mit dem Schnaps.

Freitag. Ein ganzes Wochenende Zeit, um einen Racheakt zu planen. Aber warum, wenn sie doch angeblich ihren Mann für den Überfall verantwortlich macht? »Haben Sie am Wochenende versucht, Dr. Offermann zu erreichen?«

»Nein.« Frau Schröder fixiert ihre Pantöffelchen.

Allerhöchstens Größe 37. »Warum nicht?«, insistiert Oda. Hatte die Entziehungskur angeschlagen?

»Mir ist in der Zwischenzeit klar geworden, dass er meine Liebe nicht erwidern würde, niemals. Und dass ich auf einem Irrweg war«, antwortet Frau Schröder gestelzt.

»Einem Irrweg«, wiederholt Oda, ihrerseits kurz davor, irre zu werden.

»Sind Sie schon mal einem Menschen begegnet, der Sie besser kennt als Sie sich selbst?«, fragt Frau Schröder und bedenkt die Kommissarin mit einem beseelten Blick.

Das würde mir gerade noch fehlen, denkt Oda und sagt: »Vermutlich nicht.«

Aber Frau Schröder hat gar keine Antwort erwartet, sie spricht sofort weiter: »Ich hatte das Glück. Ausgerechnet dort, im Landeskrankenhaus. Deshalb bin ich meinem Mann auch nicht allzu böse. Und Martin auch nicht.« Sie lächelt verzückt.

»Frau Schröder«, sagt Oda mit kaum gezügelter Ungeduld. »Ich muss wissen, wo Sie in der Nacht von Montag auf Dienstag um Mitternacht waren.«

»Bei Leopold. Dr. Leopold Kallenbach.« Sie spricht den Namen aus wie ein Gebet.

»Wer ist das?«

»Mein Therapeut. Er ist der Mann, der ...«

»Wo wohnt dieser Kallenbach?«, unterbricht Oda die Hymne.

»In Wunstorf.«

»Schön. Dann kann Dr. Kallenbach ja sicherlich Ihr Alibi bestätigen.« Und ich hätte mir diese anstrengende Befragung sparen können, Himmelherrgott!

»Das ... das weiß ich nicht.«

»Wieso? Waren Sie nun bei ihm oder nicht?« Oda platzt allmählich der Kragen.

»Ich war schon dort, ja«, sagt Frau Schröder gedehnt. »Aber

ich stand nur vor dem Haus. Wissen Sie, er ist noch nicht so weit. Er hat noch nicht erkannt, dass wir zusammengehören.«

In der Haushaltswarenabteilung ist es an diesem Vormittag sehr ruhig, was Völxen mit großer Erleichterung registriert. Er mag keine Kaufhäuser, und volle schon gar nicht. Aber hier, in der Porzellanabteilung, herrscht eine fast andächtige Stille. *KPM, Rosenthal, Villeroy & Boch* ... Jede Edelmanufaktur nimmt ein eigenes Regal ein. Völxen betrachtet ein weißes Kaffeeservice mit dezenten Blümchen. Das würde gut in ihren Haushalt passen, so ländlich und verspielt, wie es wirkt. Wäre das nicht ein Geschenk für Sabine, zum Geburtstag? Beschämt denkt er an die Sammlung unterschiedlicher Tassen und Becher, die sich über die Jahre im Küchenschrank eingefunden hat: Geschenke, Spontankäufe, Souvenirs aus Urlaubsorten und die Tassen mit den Pferdemotiven, mit denen Wanda vor Jahren dezent auf ihren Herzenswunsch aufmerksam machte. Im Wohnzimmerschrank lauert ein komplettes, potthässliches Service von Sabines Eltern, das sie nur benutzen, wenn diese zu Besuch sind. Völxen dreht den Teller um. Neunundzwanzig Euro. Für einen Kuchenteller. Einen! Und vierzig für die Zuckerdose. Da geht ja fast ein halbes Monatsgehalt für so ein bisschen Porzellan drauf, rechnet der Kommissar. Zum Glück hat Sabine für solchen Schnickschnack nicht viel übrig.

»Kann ich Ihnen helfen?«

Eine Dame, Mitte dreißig und etwas mollig, sieht ihn fragend an. Das Namensschild an ihrer hellblauen Bluse weist sie als *Frau I. Kissinger* aus.

Völxen zeigt ihr den Dienstausweis. »Hauptkommissar Völxen von der Polizeidirektion Hannover. Kann ich Sie einen Augenblick ungestört sprechen, Frau Kissinger?«

Irma Kissinger schaut sich erschrocken um. Die Abteilung ist leer, weder Kunden noch Kolleginnen sind in der Nähe.

Trotzdem flüstert sie: »Worum geht es?«

»Sie sind die Verlobte von Michael Strauch, der zurzeit in der JVA Sehnde einsitzt?«

»Äh … ja.« Wieder ein hektischer Blick, als befürchte sie Lauscher hinter den Regalen.

»Sie wollen den Mann also heiraten, wenn er rauskommt«, vergewissert sich Völxen, der nicht so recht daran glauben mag. Frau Kissinger ist keine Schönheit, ihr Gesicht ist zu breit, die Augen sind zu klein und die Lippen zu schmal, aber sie wirkt gepflegt und – sauber. Ja, denkt Völxen, eine Frau wie Kernseife: schnörkellos, einfach, ehrlich. Wie um alles in der Welt gerät die an so einen Kerl?

»Das haben wir vor, ja.«

Völxen verdrängt die unangenehme Vorstellung und fragt: »Sagt Ihnen der Name Dr. Martin Offermann etwas?«

»Ja. Das ist der Psychiater, der ihn begutachten soll.«

»Kennen Sie ihn?«

»Nicht persönlich. Aber er war schon ein paar Mal im Fernsehen. Darf ich erfahren, worum es geht?« Sie hat aufgehört zu flüstern und sieht den Kommissar herausfordernd an.

»Dr. Offermann wurde ermordet. Montagabend. Und das führt mich zu der Frage, wo Sie den späten Abend verbracht haben, vor allen Dingen die Zeit um Mitternacht herum.«

»Da war ich zu Hause und habe geschlafen.«

»Gibt es dafür Zeugen?«

»Ich bitte Sie. Ich lebe allein.«

»Frau Kissinger, wie hat sich Herr Strauch Ihnen gegenüber über Dr. Offermann geäußert?«

»Wie bitte?«

Der Kommissar sucht nach einer simpleren Formulierung: »War er einverstanden mit ihm oder fand er ihn nicht in Ordnung?«

»Er fand ihn ganz okay. Ja, das hat er gesagt. Ganz okay.«

»Verzeihung. Wo finde ich die Serie *Anmut*?« Eine kleine, alte Dame im hellen Übergangsmantel und unter einem Helm aus grauen Pudellocken hat sich resolut zwischen den Kommissar und die Verkäuferin gedrängt.

»Entschuldigen Sie«, sagt Frau Kissinger zu Völxen und führt die Dame zu einem Regal. »Ich bin gleich bei Ihnen«, verspricht sie ihr und geht zurück zu Völxen. Der schielt unauffällig auf ihre schwarzen Pumps.

»Frau Kissinger, am Montag hat Dr. Offermann einen Vortrag im Marriott gehalten, wussten Sie das?«

»Ja.«

»Hatten Sie keine Lust hinzugehen?«

»Nein.«

»Warum nicht? Schließlich war Dr. Offermann doch eine wichtige Person in Ihrem Leben.«

»Wieso?« Sie sieht ihn überrascht an.

»Er sollte immerhin über die Zukunft Ihres Verlobten entscheiden.«

»Nein, so sehe ich das nicht«, widerspricht sie. »Der Michael kommt so oder so raus, wenn seine Haftzeit um ist, das hat er mir gesagt. Die können ihm gar nichts. Er hat seine Strafe abgesessen, ganz egal, was diese Psychologen sagen.« Ihre Mundwinkel sind nun trotzig nach unten gezogen.

Völxen kann seine Neugier nun nicht mehr zügeln: »Sagen Sie, wie haben Sie Herrn Strauch eigentlich kennengelernt?«

»Über eine Anzeige in der Obdachlosenzeitung. Er hat eine Brieffreundin gesucht. Das machen viele Häftlinge. Wenn es Ihnen recht ist, würde ich jetzt gerne meine Kundin bedienen.«

Völxen verabschiedet sich, und Irma Kissinger stürzt sich voller Eifer auf die pudellockige Rentnerin.

Kein Alibi, und die Schuhgröße könnte passen, resümiert Völxen.

»Guten Morgen, Frau Dr. Fender«, sagt Fernando. »Ich hätte da noch ein paar Fragen.«

Liliane Fender trägt an diesem Tag einen dunkelblauen Hosenanzug, ihr Haar ist streng nach hinten gekämmt und hochgesteckt, und ihre Miene lässt keinen Zweifel daran aufkommen, dass sie über den Besuch des Kommissars nicht sonderlich erfreut ist.

»Ja, ich auch, Herr Rodriguez«, erwidert sie eisig und geht mit langen Schritten voraus in ihr Sprechzimmer. Fernando wieselt hinterher. Sie hält Fernando zwei *Bild*-Zeitungen entgegen:

Zunge auf dem Haarmann-Denkmal. Grausiger Fund auf dem Stöckener Friedhof. Verbrechen oder makabrer Scherz? lautete die Schlagzeile der *Bild-Hannover* am Mittwoch, und die von heute: **Bekannter Psychiater liegt erschossen im Maschsee – gehörte ihm die Zunge auf dem Haarmann-Denkmal?**

»Das hätten Sie mir gestern im Institut ruhig sagen können.«

»Da stand noch nicht hundertprozentig fest ...«

»Ach, Unsinn«, unterbricht sie ihn. »Ich bin wohl ihre Tatverdächtige Nummer eins, oder warum sind Sie schon wieder hier?«

»Äh, nein, aber ...«

»Nehmen Sie Platz. Aber machen Sie es bitte kurz, eine Patientin sitzt im Wartezimmer, und ich habe noch einen Termin beim Bestattungsinstitut.«

»Sie kümmern sich um die Beerdigung?«

»Wer denn sonst? Kaffee?«

»Ja, gerne.« Fernando beobachtet, wie sie mit ruhiger Hand die Tassen füllt.

»Zucker?«

»Nein, danke.«

Sie lässt sich hinter ihrem Schreibtisch nieder und faltet die Hände unter ihrem Kinn.

Wahrscheinlich ihre Arbeitshaltung, denkt Fernando. *Nun erzählen Sie mal von Ihrer Mutter ...* Er fragt: »Hat Dr. Offermann gern nächtliche Spaziergänge unternommen?«

»Davon ist mir nichts bekannt.«

»Ich meine, war er ein Typ, der gerne mal zu Fuß ging, oder ist er mit dem Auto Brötchen holen gefahren?«

Sie trinkt von ihrem Kaffee, was sie zu entspannen scheint. Der Anflug eines Lächelns streicht über ihr Gesicht. »Eher Letzteres. Aber nachdem er sich neulich kardiologisch durchchecken ließ, hat er sich öfter mal zu einem kleinen Fußmarsch gezwungen. Spaß hat ihm das nicht gemacht. Er war eher ein Genussmensch, Bewegung und Sport waren nicht seine Welt.«

»Könnte er sich aus gesundheitlichen Gründen dazu entschlossen haben, den Weg vom Marriott bis nach Waldhausen zu Fuß zu gehen?«

»Ja, das ist möglich. Aber vermutlich hatte sein Fußmarsch einen ganz simplen Grund: Er musste für einen Monat seinen Führerschein abgeben, und er fuhr nicht gerne Taxi oder Straßenbahn.«

»Alkohol?«

»Radarfalle.«

Das kennt Fernando aus eigener Erfahrung. Nun kommt der heikle Part: »Frau Dr. Fender, als Kommissarin Wedekin und ich vorgestern in Ihre Praxis gekommen sind, haben Sie angegeben, Sie seien die Partnerin von Dr. Offermann. Aus Vertragsentwürfen, die wir bei ihm gefunden haben, geht jedoch hervor, dass dies erst für das kommende Jahr geplant war.«

»Es erschien mir nicht unbedingt nötig, das Arbeitsverhältnis zwischen Dr. Offermann und mir im Detail darzulegen. Wenn das für Sie so wichtig ist, dann bedaure ich mein Versäumnis.«

»Durch seinen Tod sparen Sie 140 000 Euro.«

»So kann man das nicht sagen.«

»Nein?«

»Nein. Ich darf die Praxis ja nicht einfach unter Offermanns Namen weiterführen. Aber das muss ich gar nicht. Ich habe mir inzwischen einen Patientenstamm erarbeitet, der mein Auskommen sichert. Den Kredit hätte ich gut verkraftet. Aber um Ihnen gleich noch ein Motiv zu liefern: Ich beerbe ihn. Das ist zwar nicht viel, die Wohnung in Waldhausen gehört mehr oder weniger der Bank, und der BMW ist geleast.« Sie trinkt noch einen Schluck Kaffee und stellt die Tasse geräuschvoll auf die Untertasse zurück. »Aber vielleicht habe ich ihn ja wegen seiner Möbel um die Ecke gebracht. Dieser Weinschrank, auf den war ich immer schon ganz scharf.«

Fernandos Blick begegnet dem ihrer Gletscheraugen. Ihr letztes Wort hat bei ihm Assoziationen ausgelöst, die mit der Aufklärung des Mordfalles wenig zu tun haben. Sein charmantes Lächeln findet kein Echo. Zeit für ein unverfänglicheres Thema.

»Ist unter Dr. Offermanns Patienten eine Person, der sie so eine Tat zutrauen würden?«

Sie schüttelt den Kopf. »Ich glaube, Sie haben ein ganz falsches Bild von unserer Klientel. Unsere Patienten sind Studenten mit Prüfungsängsten, Schulversager, Tablettensüchtige, Spielsüchtige, Sexsüchtige, dazu jede Menge Leute mit Alkoholproblemen, Menschen mit Phobien aller Art, Depressive, Manische, Jugendliche, die sich mit Teppichmessern anritzen ... der ganz normale Bevölkerungsdurchschnitt. Na ja, vielleicht nicht ganz«, räumt sie ein, als sie Fernandos zweifelnde Miene bemerkt. »Neulich hat mir einer anvertraut, dass er regelmäßig Sex mit sechzig Kilo Hackfleisch hat.«

»Rind oder Schwein?«, fragt Fernando und wirft einen flammenden Blick über den Schreibtisch. Ganz gewiss ist es kein Zufall, dass sie mit ihm über Sex spricht.

»Was im Angebot ist.«

»Konnten Sie ihn heilen?«

»Ja. Er war aber nicht deswegen in Behandlung, sondern wegen seiner Angst vor großen Hunden.«

Beide lächeln, die Eiszeit scheint vorüber zu sein. Fernando ist sogar schon recht heiß geworden.

Dr. Fender fährt fort: »Natürlich haben wir auch ein paar Borderliner und Schizophrene, die sind aber bisher noch nie gewalttätig gegen andere geworden. Jedenfalls fällt mir keiner ein, von dem ich annehme, dass er seinen Psychiater umbringen wollte. Aber letztendlich kann man für keinen Menschen garantieren. Das wissen Sie sicher besser als ich. Und laut Statistik wird im Durchschnitt in Deutschland pro Jahr ein Psychiater von einem Patienten umgebracht, wussten Sie das?»

»Nein«, gesteht Fernando. »Aber es erstaunt mich nicht.«

»Auf der anderen Seite ist der Psychiater für die allermeisten Patienten eine höhere Instanz, so eine Art Guru. Es gibt in unserem Fachgebiet so gut wie nie Klagen wegen Kunstfehlern. Einmal hat ein Mann hier randaliert, weil seine Frau nach fünf Therapiesitzungen die Scheidung eingereicht hat. Aber das ist drei Jahre her.«

»Was ist mit den Personen, die Dr. Offermann von Gerichts wegen zu begutachten hatte?«, fragt Fernando, der sich nur noch mit Mühe auf seine Ermittlungen konzentrieren kann. Diese Augen, dieser Mund – bestimmt sind ihr sämtliche männliche Patienten hoffnungslos verfallen.

»Die meisten von denen sitzen ein. Aber es gab auch da nie Probleme. Der Gutachter fällt ja kein Urteil, meistens geht es um die Frage: schuldfähig oder nicht. Psychiatrie oder Knast.«

»Aber im Fall Strauch spielt der Gutachter doch eine wichtige Rolle.«

»Das ist wahr«, räumt die Psychiaterin ein. »Wenn es um Entlassung geht, ist der Gutachter in einer exponierten Position. Und Strauch ist schon deshalb ein Sonderfall, weil das Gericht es vor fünfzehn Jahren leider versäumt hat, Sicherungsverwahrung anzuordnen.«

»Gab es mal Ärger von Seiten Angehöriger?«

»Die der Straftäter? Nein.«

»Und von Verbrechensopfern?«

Sie winkt ab. »Es gab nach Verhandlungen schon mal das übliche Gegrummel, besonders dann, wenn der Täter für schuldunfähig befunden worden ist. So nach dem Motto: *Ich hatte auch eine schwere Jugend und bringe keinen um* oder *Jetzt geht der ein paar Jährchen in Therapie, und dann läuft er wieder frei herum*… Sie kennen das ja. Die Boulevardpresse schlägt immer wieder gerne in diese Kerbe, in letzter Zeit mehr denn je. Aber über konkrete Drohungen ist mir nichts bekannt.« Sie schaut demonstrativ auf ihre Armbanduhr. »Ich würde jetzt wirklich gerne meine Patientin hereinholen.«

»Nur noch eine Sache«, bittet Fernando. »Ist Ihnen vielleicht bekannt, wo sich Dr. Offermanns Diktiergerät befinden könnte? Oder die Aufzeichnung des Gesprächs mit Michael Strauch?«

Ihr Marmorteint nimmt einen Hauch von Röte an. Sie senkt kurz den Blick, dann fasst sie in ihre Schreibtischschublade und zieht einen flachen schwarzen Gegenstand heraus. »Entschuldigen Sie. Ich habe es vergessen.«

Na also, alles nicht so wild. Diese Jule macht einen Elefanten aus einer Mücke.

»Als er am Montag noch einmal in die Praxis gekommen ist, habe ich ihn gefragt, ob es was Neues aus Sehnde gibt. Er hatte ja mit der Sozialarbeiterin gesprochen. Er hat das Diktiergerät auf meinen Schreibtisch gelegt mit den Worten: ›Hör's dir an.‹ Die Kassetten von dem Gespräch mit Strauch hat er mir auch gegeben.« Sie nimmt drei kleine Kassetten aus der Schublade.

»Haben Sie es sich angehört?«, fragt Fernando.

»Ja.«

»Und?«

»Mir ist nichts Besonderes aufgefallen. Aber ich weiß ja nicht, wonach Sie suchen.«

Fernando nimmt Diktiergerät und Kassetten an sich und steht auf, als ihm eine grandiose Idee kommt: »Darf ich mir die Bänder in Dr. Offermanns Büro anhören? Falls ich Fragen habe, wären Sie als Expertin gleich vor Ort.«

Sie zögert, ein kleines Lächeln stiehlt sich auf ihr Gesicht, dann nickt sie: »Meinetwegen. Sie wissen ja, wo es ist.«

Fernando frohlockt. Jede Minute in der Nähe dieser göttlichen Frau ist ein kostbares Geschenk.

»Heute ist Montag, der zehnte April, Gespräch mit Frau Carina Leistner vom Sozialen Dienst der JVA Sehnde. Frau Leistner, seit wann ist der Gefangene Michael Strauch hier inhaftiert?«

»Er kam im Januar 2005 aus der Haftanstalt Celle zu uns. Aus rein organisatorischen Gründen.«

»Wie war er so?«

»Unauffällig, im Großen und Ganzen.«

»Können Sie das präzisieren, Frau Leistner?«

Die Stimme des Psychiaters ist wohltemperiert und klangvoll. Sicherlich hatte Offermann einen Großteil seines Charismas dieser Stimme zu verdanken, vermutet Fernando.

»Nun, es gab nie Ärger mit Mitgefangenen. Strauch ist höflich, fast schon zurückhaltend. Er hat keine Freunde auf der Station,

aber auch keine Feinde. Er kann nach außen sogar recht charmant wirken, und er bemüht sich zu gefallen.«

»Aber …?«

»Aber diese Fassade bricht ganz schnell zusammen, wenn er etwas nicht bekommt, von dem er glaubt, dass es ihm zusteht. Er fühlt sich bei der geringsten Gelegenheit benachteiligt, und dann beauftragt er seinen Anwalt, uns mit Eingaben und Beschwerden zu überziehen.«

»Ein Beispiel?«

»Die Matratzen. Gut, die sind dünn, aber das sind sie für alle Häftlinge. Er hat behauptet, er habe ein Rückenleiden und brauche eine spezielle Matratze und einen Lattenrost. Der Anstaltsarzt hat dies nicht bestätigt. Strauch hat daraufhin so lange Beschwerden eingereicht, bis er einem Orthopäden vorgeführt wurde. Der hat ebenfalls festgestellt, dass er nichts am Rücken hat. Irgendwann ist das dann im Sande verlaufen, allerdings nur, weil demnächst alle niedersächsischen Haftanstalten dickere Matratzen bekommen. Aber der hätte sonst nicht nachgelassen, der nicht! In Celle hat er so lange rumprozessiert, bis er eine Einzelzelle bekommen hat. Hier, in Sehnde, gibt es ja ohnehin fast nur Einzelzellen. Dennoch hat er Beschwerde einlegt, weil sein Fenster nach Westen ging, und deshalb sei der Raum im Sommer unerträglich heiß. Er hat keine Ruhe gegeben, bis ihm ein Haftraum zugeteilt wurde, der das Fenster nach Osten hat. Bestimmt will er im Winter wieder auf die andere Seite.«

»Also ist er beim Personal nicht sehr beliebt.«

»Oh nein. Jeder der Bediensteten achtet darauf, nie mit ihm allein zu sein. Einmal hat er nämlich behauptet, einer der Angestellten hätte ihn bei der Durchsuchung seines Haftraumes beleidigt und geschlagen. Der Mann hatte seine liebe Not, das zu entkräften.«

»Vielleicht hat es ja gestimmt?«

»Dieser Beamte ist schon seit fünfzehn Jahren im Dienst, ohne dass auch nur das Geringste vorgefallen wäre.«

»Würden Sie Herrn Strauch als hinterlistig bezeichnen?«

»Ja, doch. Hinterlistig, und wohl auch eine Spur sadistisch.

Schließlich ergibt sich für ihn keinerlei Vorteil, wenn der Wachmann ein Disziplinarverfahren an den Hals bekommt.«

»Das sagen Sie. Ihm kann es durchaus etwas bedeuten. Immerhin hat er damit seine Macht demonstriert.«

»Genau. Macht – darum geht es ihm.«

»Frau Leistner, kennen Sie die Dame, die Herrn Strauch zurzeit besucht?«

»Ja. Die kommt alle zwei Wochen. Behauptet, sie sei seine Verlobte.«

»Sie bezweifeln das?«

»Ich denke, das hat ihr der Strauch eingeredet. Eine Verlobte wirkt sich günstig auf die Sozialprognose aus, das weiß der genau. Andererseits würde es mich nicht wundern, wenn die ihn tatsächlich heiraten würde. Die lässt es sich ja auch gefallen, dass er sie im Besucherraum als blöde Kuh oder noch ärger beschimpft. Tja, Knackis und Frauen … ein Thema für sich.« (Ein Seufzer.)

»Wurden hier in Sehnde resozialisierende Maßnahmen mit dem Häftling durchgeführt?«

»Ein Antiaggressionstraining. Das hat er ganz gut bestanden.«

»Sonst nichts?«

»Nein. Er ist der Meinung, die hiesigen Therapeuten würden seiner komplexen Persönlichkeitsstruktur ohnehin nicht gerecht, also hat er weitere Maßnahmen verweigert.«

»Wie schildert er denn Ihnen gegenüber seine Persönlichkeitsstruktur?«

»Nicht näher. Nur, dass sie eben sehr komplex sei.« (Sarkastisches Auflachen.) »Ach, eines habe ich noch vergessen: Er hatte neulich Besuch von einem Journalisten, Boris Markstein von der Bild-Hannover, *der angeblich ein Porträt über ihn schreiben möchte.«*

»Markstein? Interessant. Ich danke Ihnen, Frau Leistner.«

»Gern geschehen.«

Nach der fünfzehnten Vortragsbesucherin hat Jule aufgehört zu zählen. Im Zehnminutentakt hat sie an diesem Morgen Personalien aufgenommen und dieselben Fragen gestellt. Niemand hat sich in der Nähe des Tatortes aufgehalten, niemandem ist etwas Besonderes aufgefallen. Den Streit von Frau Dilling mit Dr. Offermann haben noch drei Personen bestätigt. Jetzt, gegen ein Uhr, ist der Strom endlich versiegt. Der Rest kommt am Nachmittag.

Es klopft. Nein, nicht noch jemand! Sonst wird das womöglich nichts mit dem Mittagessen.

»Ja, bitte.«

Es ist Oda Kristensen. Sie bleibt in der Tür stehen. »Wie sieht's aus?«

»Nichts Neues. Immer die gleichen Antworten: nichts gesehen, nichts bemerkt, längst zu Hause gewesen.«

»Ja, Mädchen, das ist Polizeiarbeit. Nicht Verfolgungsjagden durch Metropolen oder Verhöre hinter verspiegelten Wänden«, grinst Oda. Dann fragt sie: »Wo ist eigentlich unser Don Juan?«

»Vermutlich in den zarten Fängen von Dr. Fender. Jedenfalls hat er sich ordentlich eingedieselt, ehe er verschwunden ist.«

»Dieser rollige Windhund! Der soll heute Nachmittag die Schüler aus der Jugendherberge befragen. Wehe, wenn der nicht rechtzeitig da ist.«

»Er wird schon noch auftauchen«, hofft Jule, die ahnt, an wem diese Aufgabe sonst hängen bleibt. »Danke noch, wegen gestern Abend. Ich habe mich wirklich viel sicherer gefühlt in der Besprechung heute.«

»Du brauchst nicht nervös zu sein.«

»Bin ich aber«, bekennt Jule.

»Ich geh jetzt essen, kommst du mit?«, fragt Oda.

»Unbedingt«, antwortet Jule.

Sie setzen sich in Bewegung.

»Mahlzeit«, blökt Nowotny, der mit einem Stapel Akten über den Flur schlurft.

»Dir auch eine gesegnete Mahlzeit«, ruft Oda, die der urdeutsche Mittagsgruß stets auf die Palme treibt.

»Ich hoffe, ich schaffe es heute mal, einkaufen zu gehen und ein paar Lampen aufzuhängen«, seufzt Jule, als sie auf den Lift warten. »Aber ich habe ja nicht mal eine Bohrmaschine.«

»Kann ich dir leihen«, bietet Oda zu Jules Verblüffung an. »Bohrmaschine und Akkuschrauber, wenn du willst.«

»Danke. Das wäre super.«

»Hast du keinen Freund, der so was macht?«

»Nein.«

»Warum nicht?« Die blaugrünen Augen haften forschend auf Jules Gesicht.

Schulterzucken. »Es geht nie lange gut.«

»Woran liegt's?«, hakt Oda erbarmungslos nach.

»Wenn man über einen IQ verfügt, der über dem eines Schäferhundes liegt, und gleichzeitig den altmodischen Anspruch hat, dass ein Mann klüger sein soll als man selbst – da bleibt nicht so viel Auswahl.«

Oda schaut sie verblüfft an, dann fängt sie an zu lachen. »Lieber Himmel. Ich glaube, mit dir hat der alte Silberrücken doch einen ganz guten Griff getan.«

»Mahlzeit!«, zischt es hinter ihnen.

»Oh, hallo, Völxen! Schön, dich zu sehen. Komm doch mit uns essen.«

Der Aufzug hält, alle drei steigen ein. Jule verkneift sich ein Grinsen.

»Wie war die Befragung dieser Schröder?«, fragt Völxen.

Oda winkt ab. »Ein durchgeknalltes Püppi. Hat behauptet, ihr Gatte habe ihr einen russischen Schlägertrupp auf den Hals gehetzt, der sie mit einem Geländewagen in die Eilenriede verschleppt und dort ausgesetzt hat.«

»Wie bitte?«

»Ich denke eher, es war Offermann, um sie loszuwerden. Falls es überhaupt wahr ist. Ihr Ehemann bezweifelt dies.«

Jule erinnert sich an die Schilderung von Dr. Fender über das Banner mit der Liebesbotschaft im Gerichtssaal und meint: »Sie muss wirklich sehr lästig gewesen sein.«

»Da greift man schon mal zu drastischen Mitteln«, bekräftigt Oda. »Es kommt nicht selten vor, dass sich Stalking-Opfer selbst strafbar machen, indem sie sich zur Wehr setzen.«

Der Lift hält an.

»Was ist mit dem Ehemann der Stalkerin?«, wendet sich Völxen im Weitergehen an Oda.

»Der Gatte hat ein Alibi. Er war in der Tatnacht mit Kollegen und Pharmareferenten im Varieté.« Sie seufzt. »Unsere Kundschaft könnte uns doch auch mal ins Varieté einladen. Wir hätten das auch mal verdient.«

»Wozu das denn?«, brummt der Kommissar und hält den Damen die Tür zur Cafeteria auf. »Haben wir nicht genug Zirkus hier?«

»Herr Strauch. Mein Name ist Dr. Martin Offermann. Sie wissen, weshalb wir uns heute unterhalten?«

»Ja, weiß ich.«

»Stört es Sie, wenn das Band mitläuft?« (Stille.)

»Wenigstens können Sie mir dann hinterher nicht das Wort im Mund umdrehen. Ich will aber eine Kopie.«

»Gut, wenn Sie das möchten.«

»Will ich.«

»Und, wie ist es so, in der Haft?«

(Schnaubendes Lachen.) »Großartig, was dachten Sie denn?«

»Besser als in Celle?«

»Der alte Dreckskasten.«

»Sie legen Wert auf Sauberkeit?«

»Ja, das tu ich.«

Es folgt ein langes Lamento über die hygienischen Zustände in deutschen Haftanstalten, welches Fernando durch Betätigung der Schnelllauftaste ein wenig strafft. Die Stimme des Häftlings ist für einen Mann recht hoch, ihr schnarrender Tonfall erinnert ein bisschen an die Rundfunksprecher der Dreißigerjahre. Fernando findet sie unsympathisch.

»Herr Strauch, Sie sind erstmals mit achtzehn Jahren zu viereinhalb Jahren Jugendhaft verurteilt worden.«

»Ich bin nach drei Jahren entlassen worden. Wegen guter Führung.«

»Und Sie haben sogar ein Lehre dort gemacht.«

»Ja, zum Maler.«

»War das Ihr Wunschberuf?«

»Das nicht gerade. Aber es hat sich angeboten.«

»Was war Ihr Wunschberuf?«

»Weiß ich nicht mehr.«

»Als sie erstmals verhaftet worden sind, sind Sie da noch zur Schule gegangen?«

»Nein. Meine Schulzeit war schon seit zwei Jahren vorbei.«

»Sie haben einen Hauptschulabschluss?«

»Ja. Wollte noch ein Jahr dranhängen, auf der Realschule, aber ging nicht. Noten zu schlecht. Diese Scheißlehrer, die konnten mich alle nicht leiden.«

»Was haben Ihre Eltern dazu gesagt?«

»Eltern? Mein Vater ist abgehauen, als ich zehn war. Hab den nie mehr gesehen, der hat auch nie für mich bezahlt. Meine Mutter … Na, die war froh, dass ich mit der Schule fertig war.«

»Wo haben Sie und Ihre Mutter gewohnt?«

»Die meiste Zeit in Vahrenwald.«

»Haben Sie sich dort wohlgefühlt?«

»Nee. Wie denn auch? Da wohnen doch nur Assis und Kanaken.«

»Wie ging es dann weiter?«

»Ich sollte 'ne Lehre machen. Gas, Wasser, Scheiße.«

»Also Installateur.«

»Ja. Das haben die sich so ausgedacht, die Alte und ihr Macker. Der hatte so 'ne Klitsche auf der Limmerstraße. Wollte ich aber nicht.«

»Warum nicht?«

»So halt. War 'n Arsch.«

»Wie lange war Ihre Mutter mit diesem Mann zusammen?«

»Was weiß ich? So zwei Jahre.«

»Und davor?«

»Sie hatte immer wieder so Typen. Aber keiner ist lange geblieben.«

»Warum nicht?«

»Keine Ahnung.«

»Hatten Sie zu der Zeit eine Freundin?«

»Nichts Festes.«

»Aber es gab Freundinnen.«

»Ab und zu. Meistens habe ich Schluss gemacht.«

»Warum?«

»Die haben genervt. Wollten mich rumkommandieren und so. Das läuft bei mir aber nicht.«

»War das bei dieser Silvia auch so?«

»Welcher Silvia?«

»Die Frau, deretwegen Sie zu einer Jugendstrafe verurteilt worden sind. Wollte die Sie auch rumkommandieren?«

»Dazu sag ich nichts. Das ist eine alte Sache, dafür hab ich gesessen, und gut ist.«

»Hat Ihre Mutter Sie besucht, als Sie in der Jugendhaftanstalt in Hameln waren?«

»Nur einmal. Sie hat rumgejammert und mir Vorwürfe gemacht. Da habe ich gesagt, sie braucht nicht mehr zu kommen. Dann ist sie nicht mehr gekommen.«

»Sind Sie ihr böse deswegen?«

»Nein. Ich habe es ihr doch gesagt.«

»Im November 1989 wurden Sie entlassen. Sie waren einundzwanzig und hatten eine Malerlehre abgeschlossen …«

»Ja. Ich bekam auch gleich einen Job bei so einer großen Firma, die Wohnblocks saniert. Die besorgten mir sogar eine Wohnung, in Ahlem. Aber nach einem halben Jahr war Schluss damit.«

»Warum?«

»Der Vorarbeiter hatte mich aufm Kieker. Hat behauptet, ich würde schlampig arbeiten und zu lange Pause machen. Der hat mich ständig schikaniert. Also habe ich gekündigt.«

»Wann war das?«

»Im Sommer '90. Dachte, das muss ich mir nicht bieten lassen, es gibt ja massenweise neue Jobs. Maueröffnung und all das.«

»Haben Sie dann eine neue Arbeit bekommen?«

»Erst mal musste ich umziehen. War ja eine Werkswohnung.«

»Wo sind Sie hingezogen?«

»Nach Gehrden. Dort hatte ich einen Job in Aussicht, in einem Autohaus. Audi. Die haben mich dann aber immer nur wochenweise als Aushilfe beschäftigt. Wollten mich nicht fest anstellen, die Schweine.«

»Warum nicht?«

»Keine Ahnung. Fanden immer neue Ausreden. Dann hieß es eine Zeit lang, ich soll in'n Osten gehen, in eine Zweigstelle. Darauf hatte ich gar keinen Bock. Im Frühjahr '91 habe ich denen dann gesagt, sie können mich mal. Da gab es dann noch Ärger wegen einer kaputten Stoßstange an einem Vorführwagen, was angeblich ich gewesen sein soll. Dann hat's mir gelangt …«

Fernando langt es nun auch, er spult ein paar Mal vor.

»… und der hat dann behauptet, ich hätte den Kunden … habe dann so rumgejobbt, aber das war … Wohnung in Gehrden … zu teuer. Die bezahlen nämlich …«

»… allein gelebt?«

»Ja.«

»Warum dann ein Bungalow?«

»Weiß nicht. Hat mir gefallen. Mit Garten und so. Ich dachte, Frauen mögen so was.«

»Hatten Sie denn eine Freundin?«

»Ab und zu. Aber nichts Festes.«

»Warum nicht?«

»Ich habe keine gefunden, die es wert gewesen wäre, dass man sich für sie abrackert.«

»Das mit dem Autohaus hat also nicht geklappt. Wie ging es dann weiter?«

»Dann bin ich nach Garbsen gezogen, weil ich einen Job in einem Baumarkt bekommen habe. Das war aber echt Scheiße, die haben einen nur ausgenutzt und mies bezahlt. Nach drei Monaten hab ich denen den Krempel hingeschmissen. Nicht mit mir!«

»Und dann?«

»Dann hatte ich die Nase voll. Bin nach Linden gezogen und habe mich als Maler selbstständig gemacht.«

»Wann war das?«

»Im August '91.«

»Und das ging gut?«

»Einigermaßen. Die Leute sind ja so unverschämt, die drücken die Preise, wenn sie merken, dass du das Geld dringend …«

Fernando stoppt das Band, weil die Tür geöffnet wird.

»Und? Schon was Verdächtiges entdeckt?«

»Nein. Ehrlich gesagt, es ist stinklangweilig. Wann er wo gewohnt und gearbeitet hat, das kann man doch auch in den Akten lesen, oder?«

»Nicht alles. Aber Sie haben schon recht. Es geht im Erstgespräch überwiegend um die Schilderung des Lebenslaufs. Das spart das Aktenstudium.«

Sie lächelt, als sie Fernandos verblüffte Miene sieht.

Dieses Lächeln!

»Nein, ganz so ist es nicht. Aber es ist wichtig, gewisse Dinge aus dem Mund des Probanden zu hören, denn oft gibt es Divergenzen zwischen Selbstdarstellung und Realität. Es geht also nicht um Daten und Fakten, sondern darum, wie er die Erfahrungen seiner Lebensgeschichte heute sieht und bewertet. Man kann vergleichen, ob er gewisse Sachverhalte in früheren Gesprächen anders dargestellt hat. An der Lebensgeschichte bildet sich vieles ab, sie ist das Material, mit dem wir arbeiten. Zuerst kommt die Lebensgeschichte, dann die Delinquenzgeschichte. Man will ja erst mal Vertrauen schaffen, den Mann überhaupt zum Sprechen bringen. Da kann man nicht gleich mit der Tür ins Haus fallen. Ich nehme an, so gehen Sie bei Ihren Verhören auch vor?«

»Kommt drauf an«, weicht Fernando aus, der in Polizeikreisen nicht gerade für seine subtilen Verhörmethoden bekannt ist.

»Bei mir haben Sie es jedenfalls so gemacht.«

»Was?«

»Na, vorhin. Sie haben mich erst nach Dr. Offermanns Spaziergängen gefragt, ehe Sie mir das mit der Sozietät unter die Nase gerieben haben. Und zum Schluss, quasi im Vorbeigehen, kam die wichtigste Frage, wegen der Sie gekommen sind, nämlich die nach dem Diktiergerät.«

»Äh, ja. Kann sein«, gesteht Fernando und schaut sie reuig von unten herauf an.

»Wichtig ist auch das, was jemand nicht sagt. Zum Beispiel hat Strauch so gut wie nichts über seine Kindheit erzählt.«

Fernando nickt. »Stimmt. Da muss was gewesen sein.«

»Ganz sicher. Dann lauschen Sie mal weiter.«

»Warten Sie! Kennen Sie diesen Strauch persönlich? Wissen Sie, wie er aussieht?«

»Ich bin ihm noch nicht begegnet. Martin sagte, er sehe durchschnittlich aus. Mittelgroß, einigermaßen gut gebaut, nicht schön, nicht hässlich. Warum?«

»Nur so. Der Stimme nach habe ich ihn mir als knorzigen Gartenzwerg vorgestellt. So was wie Goebbels in jung.«

Sie schüttelt den Kopf und schließt leise die Tür, wie man es beim Verlassen eines Krankenzimmers macht.

Ob ich sie zum Mittagessen einladen soll, überlegt Fernando.

»... gab's halt eine günstige Wohnung und eine Werkstatt im Hinterhof.«

»Verstehe.«

»Sind ja nicht nur die Türken, auch diese Punks und Junkies überall. Aber wenigstens hat mich damals keiner rumkommandiert, ich war mein eigener Herr.«

»Das hat Ihnen gefallen.«

»Ja.«

»Hatten Sie damals eine Freundin?«

»Ja, in Garbsen habe ich bei Sonja gewohnt. Die ist mit nach Linden gezogen. Sie hat auch gesagt, ich soll mich selbstständig machen.«

»Hat Sonja gearbeitet?«

»Als Friseuse.«

»Wie war das Verhältnis zwischen Ihnen beiden?«

»Gemischt. Anfangs gut, später nicht mehr so.«

»Gab es Streit?«

»Ja, manchmal. Sie wollte immer bestimmen, was Sache ist. Hat mich runtergemacht, ich würde zu wenig Geld verdienen, hätte

ihr weiß Gott was versprochen. Aber gleichzeitig hat sie ständig rumgemeckert, wenn ich weg war. Ich hatte Aufträge, auch auswärts. Was hätte ich machen sollen? Aber ich habe sie nie geschlagen, oder so.«

»Wie war der Sex?«

»Das war das Einzige, wo wir uns verstanden haben, Sonja und ich. Ich hatte auch mal andere Frauen, wenn sie mich genervt hat. Ich war nicht so ein Frustrierter, der keine abkriegt, falls Sie das meinen.«

»Hatten Sie nach Ihrer Entlassung aus Hameln Kontakt zu Ihrer Mutter?«

»Nein. Hab sie einmal angerufen, weil es mir dreckig ging, finanziell. War aber irgendein Macker am Telefon. Da hab ich nur meine Nummer hinterlassen. Sie hat aber nie zurückgerufen.«

»Wissen Sie noch ungefähr, wann das war?«

»Das war noch, als ich in Gehrden gewohnt habe.«

»Ihre Werkstatt in Linden … Wo genau war die?«

»In der Dieckbornstraße, Hinterhof.«

»Und wo haben Sie gewohnt?«

»Im Vorderhaus. Dritter Stock, Altbau.«

»Haben Sie auch gelegentlich in Ihrer Werkstatt übernachtet?«

»Ja. Wenn ich Krach mit Sonja hatte.«

»Was war das für ein Raum?«

»Ein ganz normaler Raum.«

»Mit einem Kellerraum, der dazu gehörte.«

»Hören Sie, ich weiß, worauf Sie hinauswollen.«

»Ja?«

»Ja.«

(Einige Sekunden Stille.)

»Woher kannten Sie Birte?«

»Wen?«

»So hieß das Mädchen, das tot auf den Bahngleisen gefunden wurde. Birte Lahm.«

»Ich habe sie nie gefragt, wie sie heißt.«

»Sie wollten ihren Namen nicht wissen?«

»Nein. Sie war für mich mehr so ein Objekt.«

»Sie kannten Sie also vorher nicht?«

»Nein, aber das steht doch alles in den Akten, das habe ich alles schon vor Jahren erzählt.«

»Vielleicht steht da ja was Falsches. Ich möchte es gerne von Ihnen hören.«

»Ich habe sie nie vorher gesehen. Sie ist auf den Hof gekommen, weil die Werkstatt, die ich gemietet hatte ... da war früher eine Fahrradwerkstatt. Die stand plötzlich vor mir, mit ihrem Rad. Felge verbogen. Ich habe ihr gesagt, dass hier keine Fahrradwerkstatt mehr ist.«

»Und dann?«

»Dann weiß ich nicht mehr, was über mich gekommen ist. Ich war an dem Tag so Scheiße drauf, weil ich gerade entdeckt hatte, dass Sonja fremdgegangen war. Die hat das auch noch zugegeben und gesagt: ›Was erwartest du denn, du Versager.‹ Und dann ist mir noch ein dicker Auftrag flöten gegangen, mit dem ich fest gerechnet hatte. Das alles kam in dem Moment hoch, und ich hatte eine solche Wut, ich war am Platzen. Das Mädchen war schon fast an der Tür nach draußen, da habe ich ein Kantholz genommen und es ihr an den Kopf gehauen. Sie fiel um und dann war sie bewusstlos.«

(Drei Sekunden Stille.)

»Und dann haben Sie sie in den Keller gebracht.«

»Ja.«

»Und vergewaltigt.«

»Ja, aber darum ging es nicht.«

»Worum ging es dann?«

»Ich wollte einfach mal die Kontrolle über einen Menschen haben. Ich wollte, dass jemand meinen Schmerz spürt.«

»Sie haben sie zwei Wochen lang festgehalten.«

»Ja ... ich ... es wurde von Tag zu Tag schwieriger, damit aufzuhören.«

»Wann hätten Sie denn aufgehört, wenn sie nicht gestorben wäre?«

(Schweigen.)

»Haben Sie mit dem Mädchen gesprochen?«

»Ich habe ihr nur Anweisungen gegeben. Sie hatte zu schweigen.«

»Sie haben also die ganze Zeit nicht gewusst, wie sie heißt, wie alt sie ist, wo sie wohnt?«

»Doch. Das stand ja in der Zeitung.«

»Was empfanden Sie beim Lesen dieser Zeitungsberichte?«

»Es war ein gutes Gefühl, etwas zu wissen, was sonst keiner weiß.«

»Wie haben Sie sie am Weglaufen gehindert?«

»Sie kam in eine Kiste.«

»Und ihre Schreie?«

»Ein Knebel.«

»Was geschah, wenn sich das Mädchen ihren Anweisungen widersetzt hat?«

»Es gab Strafen.«

»Was für Strafen?«

»Strafen halt. Ich weiß nicht mehr. Aber nach einer Weile war die lammfromm, die hat gemacht, was ich gesagt habe. Hören Sie, ich möchte darüber nicht mehr sprechen. Das ist vorbei, dafür habe ich fast fünfzehn Jahre gesessen.«

»Tut es Ihnen leid?«

»Dass ich gesessen habe … na, was glauben Sie denn?«

»Die Tat.«

»Natürlich. Natürlich tut mir das leid. Ich weiß nicht, was für ein Mensch ich damals war. Es war alles so … so trist, und ich steckte so voller Wut.«

»Woher kam diese Wut?«

»Weil alle auf mir rumgetrampelt sind. Schon immer. Schon in der Schule. Ich war immer der, den sich der Klassenrowdy als Opfer ausgeguckt hat. Und im Knast, also im Jugendknast, da war das auch nicht besser. Da sind schlimme Dinge passiert.«

»Was für Dinge?«

»Ist egal. Ist vorbei. Ich bin jetzt viel älter und ich weiß, was ich will.«

»Was denn?«

»Wenn ich rauskomme, werden Irma und ich heiraten. Vielleicht machen wir zusammen eine Kneipe auf.«

»Wer ist Irma?«

»Meine Verlobte. Sie besucht mich hier, so oft es geht. Sie liebt mich.«

»Und Sie?«

»Ich sie auch. Sie ist eine tolle Frau.«

»Und was ist, wenn Irma Sie verlässt?«

»Ich werde so etwas wie damals nie wieder machen. Ich bin nicht mehr der Mensch von damals. Ich kenne nun meine Grenzen, und ich habe mich unter Kontrolle. Das lernt man im Knast. Hören Sie, ich möchte jetzt aufhören. Ich habe Kopfschmerzen, und es gibt auch bald Mittagessen.«

»In Ordnung, Herr Strauch. Danke für das Gespräch.«

Donnerstag, 19. April, Abend

Die drei Türme des Lindener Heizkraftwerks stechen in den honiggelben Abendhimmel. Die Temperaturen sind noch beinahe mediterran. Ein Abend, den man besser im Biergarten verbringen sollte, denkt Hauptkommissarin Oda Kristensen, als sie das Faust-Gelände betritt. Vergeblich sucht sie am Eingang nach einem Schild, das den Weg zu *Pro victim* weist. … *Albanischer Kulturverein Yusuf Gervalla, Kurden-Komitee, Institut für nutzlose Objekte, Bewegtes e.V., Die Distel* – ein Lesbentreff, wenn sich Oda richtig erinnert – *Frauen-Tribunal* – was soll das sein? – *Grünes, Asyl, Mira, MIK, MIX*… Oda ist dabei, ihre Idee zu verfluchen, als eine junge Frau mit Windjacke und kurzen braunen Locken an ihr vorbei in das Backsteingebäude geht und zielstrebig die Treppe ansteuert.

»Verzeihung, wissen Sie vielleicht, wo das Treffen von *Pro victim* stattfindet?«, ruft ihr Oda hinterher.

Die Frau zuckt zusammen, als hätte man ihr ein Schimpfwort nachgerufen, dann aber dreht sie sich doch um und sagt etwas Undeutliches, was Oda als Aufforderung interpretiert, ihr zu folgen.

Doch das ist gar nicht so einfach. Die Frau ist jünger als Oda und raucht garantiert keine Rillos, so kraft- und schwungvoll wie sie die Stufen nimmt. Oda hechelt hinterher bis in den zweiten Stock. Hier scheint es zu sein. Stühle sind aufgereiht, etwa drei Dutzend Frauen sitzen schon da, einige unterhalten sich leise. Die Frau mit den Locken hängt ihre Jacke über einen der Stühle in der letzten Reihe und setzt sich. Oda nimmt zwei Sitze weiter, ganz am Rand, Platz. Vor einer Projektionswand steht Irene Dilling. Oda hat vorhin noch die alten Presseberichte über den Fall Karoline überflogen, außerdem erkennt Oda sie wieder als die Frau, die bei Offermanns Vortrag so auffallend missbilligend den Kopf geschüttelt hat. Der Sender könnte auch endlich mal die Aufzeichnung der Maybrit-Illner-Sendung schicken, fällt ihr dabei ein. Neben Frau Dilling steht eine elegante Mittdreißigerin, die sich gerade an einem Laptop zu schaffen macht.

Viertel nach acht. Frau Dilling schaut ins Publikum, das Gemurmel ebbt ab. »Guten Abend. Es freut mich, dass heute auch etliche Gäste zu *Pro victim* gefunden haben. Ich darf nun Frau Dr. Liliane Fender begrüßen, die uns heute einen Vortrag mit dem Titel *Die Narben der Gewalt – Traumata von Verbrechensopfern* halten wird. Danach wird sie Ihre Fragen beantworten, und wir können noch über den einen oder anderen Aspekt diskutieren. Frau Dr. Fender ist Psychiaterin und spezialisiert auf Traumatherapie. Aber das erklärt sie Ihnen am besten selbst.«

Höflicher Applaus. Die Referentin tritt nach vorn, lächelt verbindlich und lässt ihren Blick durch die Reihen gleiten.

Oda grinst verstohlen. Diese Frau ist eindeutig ein paar Nummern zu groß für Fernando, da kann er sich noch so sehr abstrampeln. Davon abgesehen findet Oda es seltsam, dass Dr. Fender einen Vortrag bei der Organisation hält, deren Leiterin ihren Ex-Kollegen öffentlich angegriffen hat.

Die Psychiaterin beginnt mit Historischem, erklärt anhand der überlebenden Opfer der beiden Weltkriege den Begriff des kollektiven Langzeittraumas: »Eine Bekannte erzählte mir von ihrer Großmutter. Die wollte nie das Haus verlassen, wenn es schneite. Die Enkel haben sie deswegen ausgelacht. Später hat die Frau von ihrer Großmutter erfahren, weshalb sie die Berührung mit Schnee vermeiden wollte. Bei der Flucht aus Ostpreußen war sie versehentlich auf die Gesichter Erfrorener getreten, die unter der Schneedecke verborgen waren.«

Sogar Oda schaudert bei dieser Vorstellung.

»Verdrängung ist eine legitime Strategie – solange sie funktioniert«, hört sie Dr. Fenders volle, dunkle Stimme sagen. »Doch eine mögliche Auswirkung der Verdrängung ist die Weitergabe von Gewalt. Gewalt ist sehr oft ein unbewusster Versuch, ein

Trauma zu bewältigen. In auffallend vielen Fällen werden aus Opfern später Täter.«

Oda muss unweigerlich daran denken, wie sie Veronika manchmal angebrüllt hat, und sie erinnert sich auch an die fünf, sechs Ohrfeigen, die sie ihrer Tochter im Lauf der Jahre verpasst hat. Ist es ein Wunder, dass Veronika jetzt, auf dem Höhepunkt der Pubertät, makabre Spleens pflegt, sich wie eine mittelalterliche Hexe herrichtet und mit anderen verkorksten Jugendlichen nachts auf Friedhöfen herumtreibt? Als Mutter habe ich wohl versagt, schlussfolgert Oda.

Dr. Fenders Vortrag gefällt ihr deutlich besser als der ihres verstorbenen Kollegen. So kühl diese Frau auf den ersten Blick wirkt, so hat sie doch etwas Verbindliches, das Vertrauen schafft.

»Kinder und Heranwachsende brauchen Bindungen und Beziehungen …«

Oda hängt erneut ihren eigenen Gedanken nach. War es richtig, den Kontakt zu Veronikas Vater so konsequent abzubrechen? Er hat nie den Wunsch geäußert, seine Tochter sehen zu wollen, was Oda ganz recht war. Hat sie es sich aber damit womöglich zu leicht gemacht? War es verwerflich, dass sie Veronika erzählt hat, ihr Vater lebe im Ausland, und sie wisse nicht, wo? Dabei hat er all die Jahre in Braunschweig gewohnt. Wenn sie älter ist, kann sie ihn ja mal treffen, hat sich Oda immer wieder gesagt. Vorige Woche erreichte Oda dann die Nachricht vom Tod ihres Ex-Ehemanns. Er ist schon vor zwei Monaten gestorben. Die Lebensversicherung hat ihr mitgeteilt, dass Veronika einen Betrag von knapp fünfzigtausend Euro erhalten soll. Ein Vater, der für seine Tochter spart – das passt nicht in Odas Bild vom verantwortungslosen Säufer und Schläger.

Es war nur ein einziges Mal. Hinterher hat er auf Knien und unter Tränen geschworen, dass es niemals wieder vorkommen würde. Doch Oda glaubte ihm nicht und zog einen radikalen Schlussstrich. War es ihr verletzter Stolz, oder die Angst, in Zukunft immer Angst vor ihm haben zu müssen?

Wann und wie soll sie es Veronika sagen? Sie kann das Geld ja schlecht unterschlagen oder behaupten, sie habe es im Lotto gewonnen. Vielleicht könnte Oda es als Erbe ihrer Mutter ausgeben, die vor einem Jahr an einer verschleppten Grippe gestorben ist. Oma Kristensen hat für ihre Enkelin gespart, das hört sich doch glaubhaft an. Nein, um Himmels willen! Nicht noch mehr Lügen. Sie wird Veronika die Wahrheit über die Herkunft des Geldes sagen müssen, früher oder später. Spätestens, wenn sie achtzehn wird. Also bleibt ja noch ein bisschen Zeit.

»Hallo, Mama. Hier riecht es so lecker, was gibt es denn zu …« Die Worte bleiben Fernando im Hals stecken. In der Küche steht ein Mann.

»Hallo, Nando«, flötet seine Mutter. »Das ist Señor Ortega.«

Señor Ortega ist nicht einfach nur so da, wie ein Nachbar oder ein Handwerker. Nein, es ist eine geradezu intime Szene, in die Fernando da geplatzt ist: Seine Mutter trägt gelbe Gummihandschuhe, Señor Ortega hat ein weißes Tuch in der Hand und trocknet gerade einen Teller ab.

»Alfonso, das ist mein Fernando«, sagt Pedra Rodriguez, während sie einen weiteren blanken Teller aus einem Schaumberg zieht.

»*Buenas tardes*, Fernando.«

Fernando bringt noch immer keinen Ton heraus. Noch nie hat ein wildfremder Mann *so* in der Küche gestanden.

Der Kerl ist um die sechzig, sein Haar ist borstig und grau, ebenso sein Schnauzbart. Er ist schmächtig bis auf einen kleinen Bauch. Jetzt grinst er wie ein Rasenmäher und entblößt dabei eine Reihe gelber Zähne. Das Einzige, was momentan für ihn spricht, ist, dass er kleiner ist als Fernando. Deutlich kleiner.

»Endlich lerne ich Sie kennen, Fernando. Pedra hat schon so viel von Ihnen erzählt.«

Im Spülbecken gurgelt das Wasser. Sein Händedruck fühlt sich an wie ein Schraubstock. Behaarter Handrücken.

»Ah ja?«, ist alles, was Fernando dazu einfällt. Endlich? Wieso endlich? Wie lange geht das schon? Wann hat sie viel von ihm erzählt? Was geht hier vor?

»Aber Alfonso, ihr werdet doch nicht Sie zueinander sagen«,

lacht seine Mutter und hängt den Lappen, mit dem sie gerade die Spüle blank poliert hat, über den Wasserhahn.

»Wir haben schon gegessen, Fernando. Du kannst dir in der Mikrowelle eine Tortilla warm machen.«

Das wird ja immer besser. Die Reste werfen sie ihm hin, wie einem Hund!

»Du kannst Alfonso ja noch ein wenig Gesellschaft leisten, ich muss mich jetzt hübsch machen, für die Tanzstunde«, zwitschert Pedra und hängt ihre Küchenschürze an den Türhaken.

Tanzstunde?! »Was für eine Tanzstunde denn?«

»Tango«, sagt Alfonso.

»Ja, Tango«, wiederholt seine Mutter mit roten Wangen. Ihr Lachen perlt durch die Küche und läuft Fernando eiskalt den Rücken hinunter.

»Ich … äh … mir ist gerade was eingefallen. Ich muss noch mal weg«, erklärt Fernando und flieht verstört aus der Küche.

Völxen atmet tief ein und aus. Von süßlichem Duft geschwängerte Luft legt sich auf seine Lungen wie ein schweres Parfum. Die Rapsblüte ist dieses Jahr drei Wochen früher dran als sonst. So einen warmen und trockenen April gab es angeblich noch nie. Täglich rufen die Klimahysteriker in den Medien die Apokalypse aus.

»Nordic Walking ist der ideale Sport für Übergewichtige oder für Menschen mit Rücken- und Gelenkproblemen. Es werden dabei vierzig Prozent mehr Fett verbrannt als beim Walken oder Joggen.«

Übergewichtige? Was für eine drastische Wortwahl. Ganz so schlimm ist es ja wohl noch nicht. Zumindest, was ihn betrifft. Die anderen – na ja.

»Es kräftigt die gesamte Muskulatur des Körpers. Neunzig Prozent aller Muskeln werden beim Nordic Walking trainiert.«

Völxen fragt sich, welche zehn Prozent wohl in Frieden gelassen werden.

»Nordic Walking kurbelt den Stoffwechsel und insbesondere die Fettverbrennung an.«

Fettverbrennung, schon wieder so ein Unwort. Hat etwa diese Übungsleiterin – »Ich bin die Helga« – dabei ihn angesehen? Dabei ist er hier längst nicht der Dickste. Schon eher diese Dame fortgeschrittenen Alters in den pinkfarbenen Leggins. Überhaupt – wären die Stöcke nicht, man könnte meinen, dies sei ein Treffen der Weight-Watchers. Er kommt sich albern vor in diesen Klamotten, die Sabine für ihn bei ihrem Lieblingskaffeeröster erstanden hat. Zum Glück sieht ihn hier niemand, der ihn kennt. Er hat sich extra bei der Volkshochschule der nahe gelegenen Kleinstadt Gehrden zum Anfängerkurs angemeldet, obwohl der heimische Sportverein seit Kurzem ebenfalls eine Nordic-Walking-Abteilung besitzt. Aber das fehlte noch, dass er sich vor der Nachbarschaft zum Gespött macht.

»Und noch einmal tief einatmen.«

Völxen atmet.

»Und ausatmen. Wir nehmen jetzt die Stöcke zur Hand. Von unten durch die Schlaufen, Regine! Die Lauftechnik des Nordic Walking gleicht der Bewegung beim Skilanglauf. Nordic Walking nutzt den physiologischen, diagonalen Bewegungsablauf beim Walken durch den bewussten Stockeinsatz …«

Nun fang endlich an, damit man schnell wieder nach Hause und ein Bier trinken kann!

»Der Stock soll mit dem Unterarm einen rechten Winkel bilden. Der rechte Stock hat dann Bodenberührung, wenn die linke Ferse aufsetzt und umgekehrt.«

Wie war das? Ferse, Stock, Bodenberührung? Na, egal. Es kann ja nicht so schwierig sein, zu gehen und dabei die Stöcke zu schwingen. Einfach immer an die Fettverbrennung denken.

Endlich, es geht los. Mit Geklacker setzt sich der Trupp in Bewegung. Außer Völxen sind es sieben Frauen und ein älterer Mann.

Was für ein Schneckentempo, da kommt man ja völlig aus dem Tritt. Ich hätte mich lieber bei Power-Walking anmelden sollen statt bei diesem Seniorenverein. Völxens Hände krampfen sich um die Stöcke. Irgendwie sind die Dinger viel zu lang, obwohl der Verkäufer bei Sport Scheck anhand einer Rechenformel seine individuelle Stocklänge ermittelt hat. Hat sich wahrscheinlich verrechnet, der Trottel.

»Die Schultern ganz locker lassen, Bodo! Die Arme schwingen wie von selbst.«

Völxen bereut es, dieser Helga seinen Vornamen genannt zu haben. Überhaupt, diese zwanghafte Duzerei. Das mag auf dem Dorf ja noch angehen, aber hier findet er es höchst unangebracht. Um den scharfen Augen von Helga zu entgehen, lässt sich Völxen ans Ende des Trupps zurückfallen. Dort quält sich der andere Mann mit hochrotem Gesicht durchs Gelände. Ab und zu piepst der Pulsmesser an seinem Handgelenk, dann grummelt er einen saftigen Fluch, dem sich Völxen im Geist anschließt. Warum hat er nur auf Sabine gehört? *Du musst was zum Ausgleich tun.* Er würde jetzt lieber am Zaun bei seinen Schafen stehen und den Sonnenuntergang beobachten. Wie es wohl Amadeus geht? Lieber nicht daran denken.

Vor ihm schaukelt ein breites Gesäß in Pink träge den Hügel hinauf. Völxen schnauft. Das Tempo hat angezogen, die Stöcke sind eher hinderlich. Schweiß rinnt ihm über die Stirn in die Augen. Er hätte doch das Stirnband anziehen sollen, das er mit den Worten »Ich bin doch kein Indianer« abgelehnt hat. Auch die Anschaffung einer Pulsuhr hat er verweigert. »Das ist albern. Ich werde wohl noch ohne *High-Tech-Equipment* spazieren gehen können!«

Er fängt den gequälten Blick seines Nebenmannes auf, sie tauschen ein Lächeln in stummer, einvernehmlicher Resignation. Bestimmt ist der auch nicht freiwillig hier, vermutet Völxen. Hätte ich bloß den Kurs nicht gleich bezahlt, jetzt muss ich die Sache auch durchziehen.

Die Anhöhe ist erklommen, nun geht es am Wald entlang. Völxen hält inne, sein Blick schweift über das Land, das von der Abendsonne in ein sanftes Licht getaucht wird: ein von Alleen durchzogenes Mosaik in grün, gelb und braun. Korn, Raps und die frisch eingesäten Rüben. Vereinzelt Windräder, Dörfer, Kirchtürme. Eine schlichte, unspektakuläre Landschaft, harmonisch und freundlich. Seine Stimmung hellt sich auf.

Auch seinen Nebenmann scheint dieser Anblick zu berühren. »Das wird ein großer Sommer werden, seit Wochen keine Schatten auf der Sonnenuhr …«

Hilfe, ein Poet. Bestimmt ein pensionierter Lehrer, der jetzt Gedichte schreibt. Oder noch schlimmer: Kriminalromane.

»Die Herren da hinten, geht es zu schnell?«

»Nein, nein!«, keuchen Völxen und sein Leidensgenosse. Mücken umschwirren gierig ihre roten Köpfe.

Die Gruppe reiht sich auf zum Gänsemarsch, denn es gilt eine Frau mit einem Riesenschnauzer, schwarz wie die Hölle, zu überholen. Wenigstens läuft das Kalb an der Leine. Vielleicht sollte sich Völxen, anstatt Nordic Walking zu betreiben, lieber einen Hund zulegen, mit dem er jeden Abend durch den Wald spazieren könnte. Ohne Stöcke und in normaler Kleidung. Tagsüber könnte der Hund die Schafe bewachen, damit die nicht so viel Quatsch …

»'n Abend Herr Kommissar!«

Das darf nicht wahr sein! Widerwillig dreht sich Völxen nach der Hundebesitzerin um – ein Fehler. Er strauchelt über seinen linken Stock, kippt vornüber und landet im nächsten Augenblick in einer breiten Treckerfurche auf dem Bauch.

»Alles heil?«, erkundigt sich sein Sportskamerad fürsorglich.

Auch die Damen sind stehen geblieben. Besorgte Blicke, verhaltenes Kichern, Helga hastet herbei, der Höllenhund rast.

Völxen rappelt sich auf. »Schon gut. Nichts ist passiert«, sagt er unwirsch, reibt sich den brennenden rechten Ellbogen und klopft sich den Staub vom Freizeitanzug. Warum musste Sabine auch Hellblau wählen, sodass man jeden Dreck sofort sieht? *Er ist türkis, nicht hellblau. Und atmungsaktiv.* Schwuchtelig ist er, und das Oberteil spannt um seine Problemzone.

Zu allem Übel kennt er die Hundebesitzerin, die ihn gegrüßt und damit das Malheur ausgelöst hat, überhaupt nicht. So etwas passiert ihm häufiger. Sämtliche Menschen in seiner Umgebung scheinen ihn zu kennen, während er längst nicht alle Gesichter zuordnen kann.

Er nickt der Frau zu, sonst heißt es hinterher wieder, er sei ein arroganter Knochen, und die sagt: »Gut, dass Sie was für Ihre Kondition tun, Herr Kommissar. In unserem Alter muss man schon dranbleiben, nicht wahr? Sonst geht's rasant Richtung Grube.«

Unser Alter? Die Frau dürfte um die sechzig sein. Frechheit. Völxen will gerade etwas Uncharmantes erwidern, da antwortet der Herr neben ihm: »Genau, Frau Dauwe-Ewert, Sie sagen es. Schönen Abend noch!«

»Und weiter geht's«, ruft Helga munter.

Völxen tritt an. Schnaubend, mit weit ausholenden Schritten geht es voran. Das ist ja noch einmal glimpflich abgelaufen. Nicht auszudenken, die Lästerei im Dorf, wenn sich herumgesprochen hätte, dass er sich beim Nordic Walken auf die Schnauze gelegt hat.

»Kommissar?«, keucht er seinem Nebenmann zu.

»Ewald Osterholz. Hauptkommissar a. D. Seit einem halben Jahr in Pension. Der pure Stress, sag ich Ihnen.«

»Wo waren Sie?«

»Kripo Gehrden. Sind Sie vom selben Verein?«, kombiniert Osterholz.

»Bodo Völxen, Polizeidirektion Hannover, Dezernat für Todesermittlungen.«

»Ach, Sie sind das. Hab schon von Ihnen gehört.«

»Die Herren da hinten, bitte aufschließen! Und nicht so viel reden!«, schallt Helgas kräftige Stimme durch die Natur.

»Ja, ist ja schon gut. Alter Drachen«, brummt Osterholz leise vor sich hin.

Völxen grinst. Mit der geballten Kraft seiner Muskeln und seines Willens bringt er die Stunde zu Ende. Das heißt, er glaubt, dass die Stunde zu Ende ist. Aber Helga befiehlt den Teilnehmern, sich im Kreis aufzustellen. Völxen muss abwechselnd erst den rechten, dann den linken Fuß an den Oberschenkel drücken und dabei auf dem jeweils anderen Bein stehen, wie ein Kranich. Dabei biegt er sich wie eine Angelrute, an der ein Hecht kämpft.

»Stretching ist wichtig.«

Nach ein paar weiteren Verrenkungen lobt Helga ihre Gruppe:

»Das waren jetzt sieben Kilometer. Ihr wart sehr gut. Am besten nehmt ihr jetzt ein warmes Bad – gegen den Muskelkater.«

»Noch auf ein Bierchen, Herr Kollege?«, fragt Kommissar a. D. Osterholz. Völxen sieht an sich hinunter. Die Spuren seines Sturzes sind noch deutlich zu sehen.

»Heute lieber nicht. Aber das nächste Mal gerne«, verspricht er. Außerdem würde er niemals in diesem babyblauen Aufzug eine Kneipe betreten. Nächste Woche wird er sich Kleidung zum Wechseln ins Auto legen.

Jule streift durch ihre Wohnung wie ein Zootier, das sich gerade an ein neues Gehege gewöhnt. Seit ihrem Einzug am Montag hat sich schon einiges verändert: Die Küche ist eingebaut, Telefon und Internet funktionieren. Noch immer haben sich weder ihr Vater noch ihre Mutter bei ihr gemeldet. Kein Anruf, keine E-Mail. Dabei hatte Jule nicht den Eindruck, dass sie ihren Auszug bedauert hätten. Eher schon ihre Berufswahl, doch das Thema müsste doch allmählich durch sein. Zumal jetzt, da sie weg ist von der Straße und nicht mehr diese Uniform trägt, die ihre Mutter so »schrecklich unvorteilhaft« fand.

Die Kripo, das Dezernat für Todesermittlungen, das ist doch ein Glücksfall, andere warten ewig auf so eine Stelle. Und dann gleich ein solcher Fall! Sie hätte gerne ihrem Vater davon erzählt. Spätestens am Wochenende wird sie in Bothfeld vorbeischauen, beschließt Jule. Der Klügere gibt nach. Dann kann sie sich auch gleich diverse Werkzeuge ausleihen.

Eben war noch der Elektriker da und hat den Herd angeschlossen. Es geht voran. Sie hat nicht viele Möbel von zu Hause mitgenommen. Die zwei Räume, die sie in der Bothfelder Villa ihrer Eltern bewohnt hat, sind mit den Schränken und Kommoden ihrer Großeltern mütterlicherseits eingerichtet. Ihre Mutter hätte es sicher nicht gern gesehen, wenn Jule diese aus dem Haus geschleppt hätte. Und sie will ja neu anfangen, ihre Wohnung betont antimaterialistisch einrichten, was in der Praxis bedeutet: Ikea und Flohmarkt. Nun muss sie nur noch die Zeit finden, um etwas zu kaufen. Immerhin, eine Küchenlampe besitzt sie schon.

Die aufzuhängen, damit könnte sie doch anfangen. Es kocht sich einfach besser bei Licht. Dazu wäre eine Bohrmaschine nicht schlecht.

Heute morgen hat sie bei den Briefkästen ein blonder junger Mann verschlafen gegrüßt und Post aus dem Kasten mit den Namen Elbers/Pasche geholt. Das müssten der Anordnung der Klingeln nach die Leute sein, die über ihr wohnen. Die mit dem geräuschvollen Liebesleben. Zum Glück ist es vergangene Nacht ruhig geblieben. Jule steckt den Schlüssel in die Hosentasche und geht eine Treppe höher. Hinter der Tür ist Reggae zu hören. Sie klingelt.

Es öffnet sich die Tür auf der anderen Seite des Flurs, und eine aufgeplusterte Blondierte über sechzig kommt heraus. Sie trägt den Abklatsch eines Chanel-Kostüms und wünscht steif einen guten Abend.

»Guten Abend. Ich bin Jule Wedekin, die neue Mieterin vom zweiten Stock.«

»Ach, Sie sind das. Ich hoffe, der Krach im Haus hat bald ein Ende.«

»Welcher Krach?«

»Diese Handwerker, die den ganzen Tag gebohrt und den Hausflur verschmutzt haben.«

»Sie meinen die Küchenmonteure. Ja, die sind fertig, Frau ...« Jule blickt ihrem Gegenüber betont freundlich ins runzlige Gesicht mit der spitzen Nase.

Ihr Mund kräuselt sich zu einem süßsauren Lächeln: »Pühringer.«

»Angenehm«, lügt Jule.

Frau Pühringer ist schon auf der Treppe nach unten, da ruft sie Jule noch zu: »Bei denen müssen Sie schon Sturm klingeln.« Das St von Sturm spricht sie hanseatisch aus. »Die haben ihre grässliche Musik immer dermaßen laut. Sie hören es ja. Zustände hier ...« Dann klackert sie geräuschvoll die Stufen hinab.

Die andere Tür wird geöffnet. »Ist das Haus hexenfrei?«

Vor Jule steht der Blonde von heute Morgen. Er ist nicht mehr ganz so jung, wie er auf den ersten Blick wirkte.

»Wie bitte?«

Sein Blick zielt an Jule vorbei in den Hausflur. »Die Pühringer, ist sie weg?«

»Gerade auf ihrem Besen die Treppe runter.« Jule stellt sich und ihr Anliegen vor.

»Ich bin Thomas. Komm rein.« Blaue Augen, schmale Nase, ein breiter Mund mit schönen Zähnen. Nicht übel.

Sie folgt ihm durch einen ochsenblutrot gestrichenen Flur ins Wohnzimmer, das von zwei ausladenden Sofas beherrscht wird.

»Bohrmaschine … Ich glaube, Fred hat so was.«

Das war ja klar. Kaum sieht einer mal nicht ganz so schlecht aus, ist er prompt schwul. Ob die wohl immer so laut sind, wenn sie …?

»Fred ist mein Mitbewohner. Wir sind eine WG. Willst du ein Glas Rotwein?«

»Ich will eine Lampe aufhängen.«

»Klar. Trotzdem ein Glas Wein?«

»Ja, gerne.«

Er verschwindet in der Küche, Jule setzt sich auf das rote Sofa. Von hier aus hat man einen guten Blick auf den Balkon, und die zwei Reihen Blumentöpfe, in denen sich Hanfpflanzen in einem frühen Entwicklungsstadium befinden. Sie hat im Dienst bei der Polizeiinspektion Mitte schon einige solcher kleinen Plantagen beschlagnahmen müssen und fand es immer eine übertriebene Maßnahme. Viel lieber hätte sie prügelnden Alkis den Kühlschrank leer geräumt.

Thomas stellt zwei Gläser Wein auf den Couchtisch. Er hat ihren Blick auf die Pflanzen bemerkt und meint: »Wenn du mal was brauchst, sag Bescheid.«

»Das dauert ja wohl noch ein Weilchen.«

»Ach, das. Eine Spinnerei. Ich meine, wenn du was Ordentliches rauchen willst oder so.«

Jule will dieses Thema lieber nicht vertiefen. »Bist du Student?«, fragt sie.

Thomas erzählt, dass er Chemie studiert und gerade ein Praktikum macht und dass Fred im vierzehnten Semester Philosophie ist. »Im Moment gammelt er gerade in Südfrankreich herum. Studierst du auch?«

»Nein, ich … ich arbeite bei einer Landesbehörde.« Fast niemand reagiert normal, wenn man sagt, dass man bei der Polizei ist. Entweder werden die Leute misstrauisch und verschlossen, oder sie kommen mit tausend dämlichen Fragen und Anliegen.

»Zum Wohl, Nachbarin Jule!«

»Zum Wohl.«

Der Wein ist leicht, ein bisschen pfeffrig, aber sehr gut.

»Und? Kannst du gut schlafen, oder tobt Marlenes Geist durch die Gemäuer?«

»Wer ist Marlene?«

»Ach, Scheiße. Du weißt gar nicht …« Thomas verzieht das Gesicht, als hätte er Zahnschmerzen.

»Was weiß ich nicht?«

»Oh, Mist!«

»Was? Was ist denn?«

»Deine Vormieterin ist ausgezogen, weil Marlene, die Vor-Vormieterin, in der Wohnung spuken soll.«

Ein Spuk in einem Lister Mietshaus? »Du willst mich verarschen, oder?«

»Nein. Die hat sich umgebracht.«

»Wer?«

»Marlene.«

Jule genehmigt sich einen großen Schluck Wein. »In meiner Wohnung?«

Thomas nickt. »Vor einem Jahr war das. Im Schlafzimmer, Tabletten. Sie war schwer depressiv.«

»Wie alt war sie?«

»Vierunddreißig.«

»Kanntest du sie?«

»Nicht gut. Sie war ab und zu hier, aber zuletzt hatte sie sich ganz zurückgezogen. Hoffentlich habe ich jetzt keinen Mist gebaut. Ich dachte, du wüsstest Bescheid.«

»Nein, mit Spukgeschichten sind Wohnungsmakler hierzulande sehr zurückhaltend«, sagt Jule mit einem bemühten

Lächeln. »Aber das macht nichts. Ich bin nicht abergläubisch. Und es spukt auch nicht.«

»Gut.« Thomas stürzt den Rest seines Weins hinunter. »Ich such dann mal die Bohrmaschine.

Jule hört ihn im Nebenzimmer poltern. Nachdenklich dreht sie das Weinglas zwischen ihren Fingern.

»Hier ist sie.« Er hält ein graues Monstrum in die Höhe. »Weißt du, wie man damit umgeht?«

»Theoretisch ja.«

»Wenn du willst, häng ich dir das Ding schnell auf«, meint Thomas.

»Gut. Ich würde dich als Gegenleistung zu meiner ersten warmen Mahlzeit in der neuen Wohnung einladen.«

»Das klingt doch genial«, sagt Thomas. »Ich muss nur noch rasch telefonieren, ich komm dann gleich.«

Mit der Bohrmaschine im Anschlag geht Jule die Treppe hinab. Eine Spukwohnung also. Sie kichert. Das hastig geleerte Glas Rotwein ist ihr schon zu Kopf gestiegen. Zeit, etwas zu essen.

Sie fährt zurück, als sie im funzeligen Licht des Treppenhauses einen monströsen Schatten vor ihrer Tür bemerkt. Plötzlich fällt ihr diese Sache wieder ein, über die vor etlichen Wochen in der lokalen Presse ausführlich berichtet wurde: Im Abstand von wenigen Tagen waren zwei allein lebende Frauen in der List in ihren Wohnungen überfallen und vergewaltigt worden. Danach gab es noch einen versuchten Überfall auf eine Frau in einem Treppenhaus. Zwar ist seither kein derartiger Vorfall mehr bekannt geworden, aber vom Täter hat die Polizei bis heute keine Spur. Was, wenn …?

»Jule?«

»Fernando? Was tust du hier?«

Fernando streckt ihr eine Weinflasche entgegen. »Ach, weißt du, dieses ewige Lamento von wegen, in meiner Wohnung sieht es aus wie Sau, das kann ich mir nicht länger anhören. Da dachte ich, ich kann mich vielleicht nützlich machen.«

Jule bemerkt die große Sporttasche, die er neben ihrer Tür abgestellt hat. Obenauf liegt ein Motorradhelm.

»Willst du bei mir einziehen?«

»Ich war gerade in der Muckibude.« Eine halbe Stunde hat er auf einen Sandsack eingedroschen, der Alfonso Ortegas Gesichtszüge trug.

Jule sperrt die Tür auf. »Komm rein. Ich wollte gerade was kochen. Es kommt gleich noch ein Typ, der mir die Küchenlampe aufhängen will.«

»Oh. Dann geh ich lieber mal wieder.« Fernando wendet sich zur Treppe.

Ihre kühlen Fingerspitzen berühren seinen Unterarm. »Er ist mein Nachbar, ich kenne ihn erst seit einer Viertelstunde. Spiel nicht das scheue Reh.« Sie lächelt ihn an, er grinst verlegen zurück und folgt ihr hinein.

Jule setzt Nudelwasser auf. Im Stillen tadelt sie sich für ihre Ängstlichkeit von vorhin, im Treppenhaus. Eine Polizistin, die noch dazu den braunen Gürtel in Karate hat, fürchtet sich vor einem Schatten an der Wand!

Fernando öffnet die Weinflasche und schält eine Knoblauchzehe. »Hast du eine Knoblauchpresse?«, fragt er.

»Eine Presse ist was für Barbaren.«

»Sagt wer?«

Es klopft an der Wohnungstür.

»Komm rein, die Tür ist offen«, ruft Jule, und Thomas betritt die Küche mit den Worten: »Schau mal, ich hab uns zum Nachtisch was vom feinsten schwarzen ...« Seine Hand fährt rasch in seine Hosentasche.

»Das ist Fernando Rodriguez. Mein Kollege ...« Jule hält inne. Verdammt. Sie hat versäumt, Fernando in ihre kleine Schwindelei einzuweihen, aber das ist nicht das Schlimmste. Vielmehr beunruhigt sie der Gedanke, dass Fernando ja früher bei der Drogenfahndung war.

»Hallo!«

»Hi. Ich bin Thomas.«

Die beiden mustern einander wie zwei Rüden, dann sagt Thomas: »Du bist also auch bei dieser ... wo war es noch gleich?«

»Beim Landesrechnungshof«, schreit Jule.

»Nein, ich bin nicht beim Landesrechnungshof«, sagt Fernando, was Jule mit einem genervten Wimpernschlag quittiert. Ein kleines bisschen Flexibilität ist offenbar zu viel erwartet. Im nächsten Moment wird ihr unangenehm heiß, denn Fernando deutet auf Thomas' Hosentasche: »Lass doch mal sehen, was du uns Schönes mitgebracht hast.«

»Das menschliche Gehirn entwickelt sich aus neuronalen Netzen. Im Gehirn entstehende Synapsen bekommen Impulse, um sich miteinander zu verknüpfen und Bahnen zu bilden. Unsere Erfahrungen und Eindrücke verfestigen sich zu derartigen Bahnen, die immer schwerer zu verändern sind. Diese zu verlassen und neue Wege zu beschreiten, ist stets schwierig. Traumatisierten Opfern gelingt es ohne Hilfe nur selten, das Trauma der Gewalterfahrung loszulassen. Denn Veränderungen entstehen leider nicht durch Erkenntnis, sondern einzig durch gefühlsmäßige Anreize. Emotionen, die einen so tief berühren, dass sie den Wunsch nach Veränderung wecken. Nur durch sinnliche Erfahrungen, die im Gehirn neue Strukturen bilden, können neue Handlungswege beschritten, neue Handlungsmuster erlernt werden. Leider haben die modernen wissenschaftlichen Erkenntnisse über die Entstehung von Gewalt noch nicht auf die Praxis des Strafvollzugs abgefärbt. Vermutlich besteht das System einfach schon zu lange, und es mangelt an einer Lobby für die Inhaftierten.«

Mutig, dieses Thema ausgerechnet hier anzusprechen, findet Oda, während Dr. Fender ihre Schlussworte formuliert: »Der Mensch kann immer beides sein: Täter und Opfer. Der Grat dazwischen ist extrem schmal.«

Applaus.

Neben Dr. Fender erscheint Irene Dilling, bedankt sich für den Vortrag und versucht, eine Diskussion in Gang zu bringen. Oda reckt den Hals, um Irene Dillings Schuhe ins Blickfeld zu bekommen, aber es klappt nicht.

Da niemand etwas sagen will, fragt Frau Dilling: »Frau

Dr. Fender, in letzter Zeit hört man aus Kreisen der Hirnforschung immer wieder die Theorie, dass der Mensch gar keinen freien Willen besitzt und deshalb Straftäter letztendlich nicht schuld an ihrem Tun sind. Was halten Sie davon?«

Dr. Fender scheint auf diese Frage vorbereitet zu sein, sie antwortet ohne Zögern: »Das ist richtig. Der Mensch ist ein Produkt seiner Gene, seiner Hirnentwicklung, der frühkindlichen Erfahrung und der späteren Sozialisierung. Wenn hier genügend negative Faktoren zusammenkommen, dann entstehen Motive, die den Täter zur Tat treiben. Um dann die sogenannte Willenskraft aufzubringen, seinen Motiven nicht nachzugeben, bräuchte der Mensch noch stärkere Motive, zum Beispiel Rechtsbewusstsein, welches aber in seiner Persönlichkeit verankert sein muss. Ist es das nicht, hat er praktisch keine Wahl.«

»Das heißt, so ein Kinderschänder weiß zwar, was er tut, ist aber im Grunde unschuldig?« Die Stimme der Frau, die diese Frage gestellt hat, zittert vor Erregung. Es ist eine massige ältere Dame mit kurzen weinroten Haaren aus der ersten Reihe.

Dr. Fender antwortet ruhig: »Ein Täter kann sich des Unrechts seiner Tat bewusst sein, aber dennoch unfähig sein, seinen Neigungen zu widerstehen. Dieser Unterschied ist bei Straftätern inzwischen hirnanatomisch und neurophysiologisch bestätigt.«

»Sie wollen damit also sagen, dass einer, der Frauen auf sadistische Weise zu Tode quält, oder einer, der jahrelang Kinder missbraucht, für sein Verhalten nicht verantwortlich zu machen ist?«, kreischt die rothaarige Walküre.

Liliane Fender antwortet sachlich: »In der Tat spricht die moderne Hirnforschung von einem Schuldparadoxon: Je verabscheuungswürdiger eine Tat ist, desto klarer tritt der neurologisch-psychische Determinismus hervor. Dem stehen freilich unser traditioneller Schuldbegriff und das allgemeine Rechtsbewusstsein entgegen, das den Begriff der Schuld eng mit Rache- und Sühnegedanken verbindet. So wie man früher ja auch glaubte, Krankheit und Schicksalsschläge seien Folgen persönlicher Schuld.«

Auch Irene Dilling ist nun sichtlich aufgebracht: »Bei allem Respekt, Frau Dr. Fender, aber diese Auffassung ist ein Schlag ins Gesicht der Opfer und deren Angehöriger.«

»Frau Dilling, Sie haben mich nach dem aktuellen Stand der Hirnforschung gefragt. Die Forschung bezieht keine Stellung, sie sucht nur nach Ursachen. Wenn Sie mich nach meiner persönlichen Meinung fragen – ich glaube nicht, dass die Wissenschaft auf alles eine Antwort hat. Wir erleben uns selbst subjektiv als Herr unseres Willens. Das ist, wenn Sie so wollen, das Göttliche in uns.«

Frau Dilling nickt andächtig, und Dr. Fender fährt fort: »Wie die Gesellschaft und das Strafrecht mit den Ergebnissen der Forschung umgehen, das steht auf einem anderen Blatt. Niemand verlangt ernsthaft, dass gefährliche Straftäter frei herumlaufen sollen. Was unsere Gesellschaft jedoch am nötigsten braucht, ist Prävention und Therapie, nicht Schuld und Sühne.« Dr. Fender klappt demonstrativ ihr Laptop zu und lächelt an Irene Dilling vorbei ins Publikum. Noch einmal gibt es Applaus.

Gerade noch mal die Kurve gekriegt, denkt Oda anerkennend.

Auch Irene Dilling hat sich wieder beruhigt. Sie verabschiedet die Besucher, weist noch auf die nächsten Termine von *Pro victim* hin und gibt zum Abschluss die Kampfparole aus: »Nicht schweigen und leiden, sondern reden und handeln!«

Der Raum leert sich, auch die lockige junge Frau in Odas Reihe steht auf. Oda erhebt sich ebenfalls und fragt: »Wie hat Ihnen der Vortrag gefallen?«

»Ganz gut«, flüstert die Frau und schiebt sich an Oda vorbei. Sie verströmt einen seltsamen Geruch. Nach Tier. Pferd? Eine Reiterin? Nein, Pferde riechen anders, das weiß sie noch aus Veronikas Pferdephase.

Dr. Fender, Irene Dilling und die aufgebrachte Bordeauxrote stehen beieinander und diskutieren noch immer. Oda pirscht sich heran.

»... Ihre Organisation leistet hervorragende Arbeit im Hinblick auf Prävention, weil Sie das Bewusstsein der Menschen für die Kinder in ihrer Umgebung schärfen. Weniger Missbrauch bedeutet weniger Gewalt in der nächsten Generation«, sagt Dr. Fender gerade.

Aha, da will jemand Scherben kitten. Oda betrachtet die Mokassins von Irene Dilling. Sie hatte insgeheim auf extrem kleine oder große Füße gehofft, aber natürlich kommt für Irene Dilling die neununddreißig durchaus in Frage.

Oda muss dringend auf die Toilette und macht sich auf die Suche. Als sie in der Kabine ist, hört sie draußen die Tür aufgehen.

»... fand ich besser als den Offermann«, sagt eine Frauenstimme.

»Mhm«, antwortet eine zweite.

»Dass sie gar nichts über den Mord gesagt hat.«

»Was hätte sie denn sagen sollen?«

»Weiß ich auch nicht. Irgendwas halt. Hätte doch zum Thema gepasst. Er war doch schließlich ihr Kompagnon oder so ähnlich.«

Neben Oda wird die Tür abgeschlossen, man hört es plätschern.

Oda verlässt ihre Kabine. Eine Frau, ungefähr ihr Alter, mit einem blonden Kurzhaarschnitt schenkt Oda ein flüchtig-höfliches Lächeln, ehe sie in der frei gewordenen Toilette verschwindet.

Die Gespräche sind verstummt. Oda beschäftigt sich so lange am Waschbecken, bis auch die andere Frau herauskommt. Es ist die, die neben ihr gesessen hat. Sie ist Anfang dreißig und trägt spitz zulaufende Schuhe – schwer zu sagen, welche Größe.

Oda verlässt die Toilette, bleibt aber dicht neben der Tür in dem muffigen, dunklen Flur stehen. Ein Türschloss wird geöffnet, der Wasserhahn läuft.

»Hast du dich bei der Polizei gemeldet?« Die Stimme der Blonden.

»Nein. Was soll ich denen schon sagen?«, fragt die andere. »Wir sind doch nach Irenes Ausbruch gleich nach Hause.«

»Ich bin auch nicht hin. Will mit denen nichts zu tun haben.«

Die beiden kommen heraus und gehen zur Garderobe. Oda geht langsam die Treppe hinunter. Auf dem ersten Absatz bleibt sie stehen und tut, als studiere sie ein Plakat, das für einen Kursus in Selbstverteidigung wirbt. Sie sollte auch mal wieder zum Dienstsport gehen, fällt ihr dabei ein. Wo bleiben die zwei denn jetzt? Ein ganzer Pulk Frauen kommt wenig später die Treppe herunter, die beiden Zielpersonen sind auch dabei.

Ihnen auf den Fersen ist Dr. Fender, eine Visitenkarte in der Hand: »... bin ich jederzeit erreichbar«, hört Oda die Psychiaterin sagen. Wen immer sie gemeint hat, die Angesprochene nimmt die Karte nicht entgegen. Einen Moment sieht es so aus, als wollte Liliane Fender den Frauen hinterherlaufen, aber dann beugt sie sich nur über das Geländer und ruft: »Ein Trauma, das nicht verarbeitet wird, führt ein Eigenleben!« Sie bekommt keine Antwort, wendet sich mit resigniertem Gesichtsausdruck ab und steckt die Karte in die Tasche ihres Blazers.

Hier rekrutiert sie also ihre Patientinnen, quasi an der Quelle. Keine schlechte Idee. In den USA sollen die Anwälte ja auch in den Notaufnahmen der Krankenhäuser herumlungern und Visitenkarten verteilen. Aber dass Psychiater es hierzulande schon so nötig haben, wundert Oda dann doch.

Sie hat es nun ebenfalls eilig und verlässt das Gebäude. Inzwischen ist es dunkel geworden, so dunkel es in einer Stadt eben wird. Von irgendwoher ertönt Musik – Tango, vermutlich aus dem Lokal gegenüber, dem *Tango Milieu.* Ein Windstoß treibt eine leere Dose über den Hof. Ob es wohl endlich Regen geben wird? Die Blonde und die Lockige verlassen zusammen das Faust-Gelände, und Oda folgt ihnen. Sie hat Glück. Die Blonde steigt in einen Passat-Kombi, der in der Leinaustraße parkt, die Lockige geht noch ein Stück weiter und setzt sich dann ans Steuer eines Smart. Oda notiert dezent die Autonummern.

Die Stöcke unter den Arm geklemmt, schleppt sich Völxen über die Schwelle seines Heims. Jetzt freut er sich wie ein Schneekönig auf ein kühles Bier. Das hat er sich redlich verdient, findet er. Im Wohnzimmer jault die Klarinette. Gut so. Er will sich gerade in die Küche schleichen, da geht die Tür zum Wohnzimmer auf.

»He, Völxen! Ham sie dir die Ski geklaut?«

Der Hausherr fährt erschrocken herum, dann betritt er ahnungsvoll die gute Stube. Acht alte Männer sind vor der Anrichte aufgereiht. Ihnen gegenüber steht eine streng blickende Frau im langen schwarzen Rock. Ihr Haar ist zu einem Dutt aufgesteckt, um den ein buntes Seidentuch geschlungen ist. Sie hält einen Stock in der Hand. Sabine streckt den Kopf hinter ihrem Notenständer hervor: »Hallo Schatz. Na, wie war's? Du wirst aber jetzt kein Bier trinken, oder?«

»Nee, bloß kein Bier! Sonst wär' die Schinderei ja ganz umsonst«, röhrt Jakob Rollik, Schreinermeister im Ruhestand. »Für dich nur *Bad Pyrmonter*!«

»Niedlich siehst du aus, Völxen«, bemerkt Uwe Fasold, ein pensionierter Lehrer. »Hellblau steht dir.«

Grölendes Gelächter. Die Frau mit dem Stock mahnt zur Ruhe.

»Saubande«, zischt Völxen, knallt die Tür zu und geht in die Küche. Verdammt, die hat er völlig vergessen.

»Das Land ist seinen Klischees längst entwachsen«, hat er vor Jahren zu Sabine gesagt, um ihre Bedenken gegen den Kauf der dörflichen Immobilie zu zerstreuen. Inzwischen muss Völxen jedoch einräumen, dass dies für ihr Dorf nur bedingt gilt. Zwar gibt es oben, an der Hauptstraße, die »amerikanische Botschaft«, eine McDonald's-Filiale, und gleich nebenan befindet sich eine Spielhölle, dafür sucht man im Ort allerdings vergeblich einen Bäcker- oder Metzgerladen, und es treibt auch kein Schützenverein sein Unwesen. Stattdessen gibt es jedoch den Männergesangsverein. Wann immer Völxen in den Genuss einer Darbietung kommt, sagt er hinterher zu Sabine: »Sie sollten lieber schießen.« Wie viele Landchöre, hat auch dieser Nachwuchsprobleme. Regelmäßig wird Völxen die Mitgliedschaft angetragen, jedoch stößt dieses Anliegen an die Grenzen seiner Integrationsbereitschaft.

Nun also das Maisingen. Sabine hat sich von der Chorleiterin breitschlagen lassen, den Auftritt mit ihrer Klarinette zu beflügeln, und die Probe findet diese Woche ausnahmsweise bei ihnen zu Hause statt, weil im Dorfgemeinschaftshaus gerade das Parkett abgeschliffen wird.

De-her Mai ist geko-ho-men, die Bäume schlagen aus,
da-ha bleibe, wer Lust hat, mit So-hor-gen zu Haus …

Der Hausherr öffnet den Kühlschrank. Auf jeder Bierflasche klebt ein gelber Zettel mit der Aufschrift *Pfoten wech!* in Wandas klarer Schrift. *Für den Sportler*, steht auf einem Zettel, der an einer Flasche roter Bionade klebt. Bionade! Völxen schüttelt sich wie ein nasser Hund.

»Ihr könnt mich mal«, murmelt er und setzt eben eine Flasche Herrenhäuser an die Lippen, als einer der grauen Zausel die Küche betritt.

»Da isser ja. Scheppt sich hier klammheimlich einen ein. Kommissar, ich wollte nur melden, die Luft in deinem Wohnzimmer ist saumäßig trocken.«

Eine gute Stunde später herrscht in Jules Wohnung entspannte Stimmung. Die Küchenlampe hängt, das Nudelgericht ist gelungen, nun haben es sich die zwei Herren auf dem Sofa bequem gemacht. Jule thront auf dem Kamelhocker – wenigstens ein Erbstück musste sie dann doch mitgehen lassen. Ein Umzugskarton dient als Tisch für die Weingläser. Thomas hat den CD-Spieler aktiviert, es läuft Buena Vista Social Club. Die zweite Flasche Wein ist fast leer, eine Tüte macht die Runde.

»Was bist du noch mal von Beruf?«, fragt Thomas.

»Freier Fußpfleger.«

Thomas rümpft die Nase. »Echt? Ist das nicht superekIig?«

»Ja, schon. Besonders bei alten Leuten, die so dicke gelbe Nägel haben. Aber einer muss es ja machen«, erklärt Fernando.

Jule kichert.

»Scheiße, ist das gut, das Zeug«, meint Fernando nach einem tiefen Zug.

»Da hat was geklingelt«, sagt Thomas.

»Wirklich? Das war die Musik«, meint Jule.

»Nein, es hat an der Tür geklingelt, ich schwöre.« Thomas hebt die Finger zu einem V.

»Kommt noch ’n Kerl?«, fragt Fernando.

»Weißt du eigentlich, dass es in meiner Wohnung spukt?«, fällt Jule in dem Moment ein.

»Echt?«

Wieder klingelt es.

»Mach auf. Ich geh mal lüften.« Fernando erhebt sich träge und hantiert an der Balkontüre. Milde Luft mischt sich mit dem Nebel des schwarzen Afghanen.

Jule geht zur Tür und ruft »Wer ist da?« in die Sprechanlage, dann wendet sie sich um. »Da antwortet keiner. Ich sag ja, es spukt hier.«

Jemand hämmert gegen die Tür.

»Das ist oben«, erkennt Fernando, der hinter ihr steht und dafür sorgt, dass die Wand nicht umkippt.

Jule macht die Tür auf. Durch das Fenster des Treppenhauses fällt das schwache Licht einer Straßenlaterne, und in dem erleuchteten Viereck steht eine schwarz gekleidete Frauengestalt, über deren Schultern langes Blondhaar fließt wie flüssiges Silber.

»Marlene.«

»*Bon soir*, Jule. Ich bringe dir den Akkuschrauber, die Bohrmaschine ist leider …« Oda stutzt, als sie Fernando sieht. »Du hier? Das ging ja schnell.«

»Was willst du denn?«, fragt Fernando nicht eben höflich.

Aber Oda beachtet ihn nicht länger. Sie geht an ihm vorbei ins Wohnzimmer und erfasst die Situation mit einem raschen Blick. Ihr Cape und die Tüte mit dem Werkzeug fliegen in eine Ecke, sie drapiert sich neben Thomas in die Südkurve des Sofas.

Der hat eine halbwegs aufrechte Haltung angenommen. Den Joint wie ein Zepter in der Hand betrachtet er sein Gegenüber ungeniert von oben bis unten. »Leckt mich am Arsch! Leute, mit dem Afghanen stimmt was nicht!«

»Ich bin Oda.« Sie streckt ihm grazil eine Hand hin.

Thomas platziert einen Kuss auf ihren Handrücken, starrt sie erneut an und murmelt etwas von einer nordischen Göttin mit grünen Augen. Ohne den Blick von ihr zu nehmen, brüllt er: »Los doch, gebt ihr Wein!«

»Tu, was er sagt, Fernando«, sagt Oda, deren Blick ebenfalls wohlwollend auf ihrem Gegenüber ruht.

Fernando entkorkt eine neue Flasche und reicht Oda ein bis zum Rand gefülltes Glas. Da sein Platz nun besetzt ist, lässt er sich im Schneidersitz auf dem krummbeinigen Kamelhocker nieder.

Jule hängt in ihrem Schreibtischsessel, die Beine seitlich über der Armlehne. »Das ist mein Nachbar«, erklärt sie, sich auf ihre Pflichten als Gastgeberin besinnend. »Und das ist Oda. Und hier spukt es.«

»Das sehe ich«, sagt Oda, die den angebotenen Joint kritisch betrachtet. »Drogen? Her damit!«

Freitag, 20. April

Hauptkommissar Völxen steht in seinem Büro und betrachtet seine Mitarbeiterin.

Ihr Kopf liegt auf der Sofalehne, die Lider zittern. Ein zarter Haarflaum zieht sich von der Schläfe bis zum Ohrenansatz. Im Rhythmus ihrer ruhigen Atemzüge hebt sich ihr Brustkorb, und jedes Mal ertönt ein leiser Schnarchton aus dem leicht geöffneten Mund. Es hat etwas Rührendes und gleichzeitig Aufreizendes. Völxen ist sich bewusst, dass es nicht korrekt ist, hier zu stehen und einer seiner Subalternen auf den Busen zu starren, der sich deutlich unter ihrem T-Shirt abzeichnet. Ein hübscher Busen. Wahrscheinlich würde er sich kühl, fest und glatt anfühlen wie ein neues Stück Seife.

Völxen, du alter Narr, was ist denn mit dir los? Hat dir der Schnaps das Hirn zerrüttet? Auf Zehenspitzen verlässt der Hauptkommissar den Raum, und der Schmerz, der dabei durch seinen Körper tobt, erscheint ihm als gerechte Strafe. Etwas Schlaf hätte er jetzt auch nötig. Es waren wohl doch ein, zwei Lüttje Lagen zu viel, gestern Abend mit den Sängerknaben. Schwer zu sagen, was ihm heute ärger zusetzt, Kater oder Muskelkater. Auch äußerliche Blessuren sind zu verzeichnen: am Ellbogen und am Handballen des rechten Armes hat sein Sturz Schürfwunden hinterlassen. Leise schließt er die Bürotür.

Oda Kristensen schwirrt in einem schwarzen Flattergewand den Flur entlang und zwitschert: »*Bonjour, mon cher.*«

»Moin.«

»Ich bin gleich da. Du hast noch Klopapier an der Gurgel.«

»Lass dir Zeit«, sagt Völxen, während er sich über den Hals fährt. Oda schaut ihm verwundert nach. Was war das? Er achtet doch sonst immer penibel auf den pünktlichen Beginn des Morgenmeetings, und jetzt ist es schon kurz nach acht. Fernandos Büro ist leer. Sicher warten er und Jule schon in Völxens Allerheiligstem. Der verschwindet gerade im Zimmer von Frau Cebulla. Sein Gang ist heute seltsam, so zäh, als bewegte er sich unter Wasser. Neugierig geworden folgt ihm Oda.

»Frau Cebulla, bringen Sie bitte eine Kanne Kaffee in mein Büro rüber«, ordnet der Kommissar gerade an.

»Ja, sofort«, sagt Frau Cebulla und gießt seelenruhig ihren Ficus.

»Ja, *sofort*«, wiederholt Völxen und schiebt noch ein messerscharfes *Bitte* hinterher.

Mit zusammengekniffen Lippen stellt die Sekretärin das Messingkännchen ab und ergreift das Tablett.

»Und klappern sie ein bisschen mit dem Geschirr.«

»*Bonjour*, Frau Cebulla. Sind das neue Strähnchen? Sehr apart.«

»Hat das auch bis nach dem Meeting Zeit?«

»Was denn?«

»Was immer Sie von mir wollen, Frau Kristensen.«

»Aber sicher, Frau Cebulla.« Oda klemmt den Zettel mit den Autonummern unter das Foto des Labradors. »Die Adressen dazu, wenn Sie so lieb sind.«

»Ist was?«, fragt Völxen.

»Nein, warum?«

»Du bist munter wie ein Sittich und unerträglich freundlich. Und du trägst ein Kleid. Fehlt nur noch, dass es farbig wäre.«

»Wenn du es genau wissen willst: Ich habe nur mal wieder ordentlich gevögelt.«

»Man weiß nicht, was schlimmer ist, deine Wortwahl oder deine Moral«, entrüstet sich Völxen, der es so genau nicht wissen wollte, während sich Frau Cebulla auf kreischenden Gummisohlen entfernt. Erst auf dem Flur hört man sie kichern.

»Guten Morgen, Frau Wedekin.«

Jule taucht aus ozeanischen Tiefen auf und bemerkt Frau Cebulla, die die Tassen auf den Tisch schmettert. Ein Glück.

Nicht auszudenken, wenn ihr Chef sie schlafend in seinem Büro vorgefunden hätte.

»Morgen. Oh, Kaffee. Danke, das ist sehr lieb von Ihnen«, sagt Jule, der noch immer ein wenig blümerant ist.

»Kommissar Rodriguez lässt ausrichten, dass er gleich zu Dr. Offermanns Wohnung fährt, um die Putzfrau zu sprechen.«

Kaum ist Frau Cebulla draußen, stürzt sich Jule auf die Kanne.

»Ah, Kaffee!« Oda rauscht herein und ergreift die Tasse, die sich Jule eingeschenkt hat.

»Bitteschön«, sagt Jule und gießt sich noch einmal ein.

Oda ist gestern als erste gegangen, gegen Mitternacht. Thomas hat sie hinausbegleitet. Jule ist nicht sicher, ob Oda dann wirklich gleich das Haus verlassen hat. Wann Fernando gegangen ist, weiß sie nicht mehr, sie muss irgendwann einfach eingeschlafen sein.

»Wo ist Fernando?«, fragt Oda.

»Angeblich in Offermanns Wohnung, der Putzfrau auflauern«, sagt Jule und erinnert sich, dass die Putzfrau, laut Auskunft der charmanten Frau Papenburg, immer erst gegen zehn oder elf gekommen sein soll.

»Dieses spanische Weichei liegt im Bett und schläft seinen Rausch aus!«, analysiert Oda glasklar.

Hauptkommissar Völxen betritt den Raum, gefolgt von Richard Nowotny, Thies Denninger und Eva Holzwarth. Langsam lässt sich der Dezernatsleiter in seinen Schreibtischsessel sinken. »Es gibt Neuigkeiten«, ächzt er und weist auf Thies Denninger, der am Schreibtisch lehnt und sofort das Wort ergreift, noch während sich die Holzwarth und Nowotny mit Kaffee versorgen.

»Und zwar geht es um die Projektile, die man im Körper von Dr. Offermann gefunden hat, die 9-mm-Parabellum. Jede Waffe hinterlässt sogenannte Individualspuren am Geschoss. Daran erkennt man zum einen, wie der Lauf ausgelegt war, bezogen auf die Züge und Felder. Das sind die gedrehten Riefen in einem Lauf. Manche Firmen haben fünf, andere sechs, manche drehen rechts rum, andere links …«

Die Staatsanwältin unterbricht ihn: »Herr Denninger, ich glaube, das wissen hier im Raum alle.«

»Ja, komm zur Sache«, murrt Völxen.

»Verzeihung. Ich wollte nur vor deiner neuen Mitarbeiterin etwas mit meinem Wissen angeben.« Denninger grinst Jule zu, die keine Miene verzieht.

Oda gähnt hinter vorgehaltener Hand.

»Den Spuren der Systemmerkmale an den Hülsen zufolge handelt es sich mit hoher Wahrscheinlichkeit um eine Walther P 38, also ein gängiges Modell.«

Da niemand eine Frage hat, verabschiedet sich der Leiter der Kriminaltechnik, nicht ohne Jule noch ein sonniges Lächeln zu schenken.

»Und sonst? Wie sieht's aus?« Eva Holzwarth sieht Völxen an.

»Wir ermitteln noch immer in sämtliche Richtungen«, antwortet der Dezernatsleiter. »Sowohl im persönlichen Umfeld als auch im beruflichen haben sich weiterführende Informationen ergeben, einige Daten stehen aber noch aus. Wir sind auf einem guten Weg.«

»Mit anderen Worten: Sie haben nichts«, sagt die Staatsanwältin und steht auf, wobei sie ihren Rock glatt streicht. »Dann wünsche ich noch einen erfolgreichen Arbeitstag. Auf Wiedersehen, die Herrschaften.« Die Tür donnert ins Schloss und zittert noch ein bisschen nach.

»Sie hat recht«, sagt Völxen. »Jetzt ermitteln wir seit drei Tagen und treten wie die Hamster auf der Stelle.«

Niemand widerspricht ihm.

Völxen hört sich die Kassetten des Gesprächs zwischen Offermann und dem Häftling Michael Strauch an. Er schafft das nur abschnittsweise, wenn gerade niemand mit einem Anliegen oder einer Mitteilung in sein Büro kommt oder ihn telefonisch belästigt. Sein Gemütszustand beim Zuhören schwankt zwischen Langeweile und einem herzhaften Angewidertsein.

Schon wieder klopft es. Dieses Mal ist es Nowotnys kahler

Schädel, der sich zur Tür hereinschiebt. Ich habe die Aufstellung der Telefonate von Offermann und die Auszüge von seinem Girokonto.«

»Endlich. Und?«

»Die letzten Telefonate führte er mit Dozenten des Zürcher Symposiums und seiner dortigen Flamme, das ist die Dame, die auf seinen Anrufbeantworter gesprochen hat. Davor hatte er Verbindung mit der Buchhandlung von Frau Schlömer, einem Weinversand, ein paar Mal mit der Praxis und mit Dr. Fenders Mobiltelefon. Außerdem hatte er Kontakt zu unserem Freund Markstein, zwei Anrufe.«

»Zu *dem* Markstein?« Vor Völxens innerem Auge erscheint der schlaksige Reporter mit den Schuppen auf dem Kragen seines albernen Mantels, den er wohl nicht einmal zum Schlafen auszieht, so verknittert wie der Stoff aussieht.

»Genau dem«, versichert Nowotny und fährt fort: »Bei den Kontoauszügen gibt es eine Auffälligkeit: Normalerweise hat er ungefähr jede Woche Bargeldbeträge zwischen dreihundert und fünfhundert Euro abgehoben. Nur am zwölften Februar waren es zweitausend auf einen Schlag. In Odas Protokoll der Befragung von Erika Schröder steht, dass die Frau angeblich am vierzehnten Februar überfallen worden ist.« Nowotny wendet sich zum Gehen, aber dann kann er sich doch nicht verkneifen zu fragen: »Was hast du denn mit deiner Hand gemacht, Völxen? Hat dich dein Schafbock wieder auf die Hörner genommen?«

»Raus!«

»Jule, hast du Lust ein Video anzuschauen?«

»Action oder romantische Komödie?«

»Drama.« Heute Morgen war endlich das Videoband der *Maybrit-Illner*-Sendung in der Post.

Dr. Offermann ist ein alter Fernsehhase, das merkt man sofort. Er strahlt Kompetenz und Autorität aus, sowohl durch seine Körperhaltung als auch durch seine wohltemperierte Stimme und die unaufgeregte Sprechweise.

»Er ist nicht das, was man einen attraktiven Mann nennen

würde, aber er hat eine gewisse erotische Ausstrahlung«, findet Jule.

»Besonders auf Frauen mit latenten Vaterkomplexen«, meint Oda.

Neben Dr. Offermann wirkt Irene Dilling nervös und unprofessionell. Wenn sie sich ereifert, überschlägt sich ihre Stimme und wird unangenehm schrill. Pech für sie, dass sie eine Frau ist, denkt Jule zynisch. Ein sonorer Bass wirkt einfach überzeugender als ein piepsiges Stimmchen.

»*Ist es nicht so, Herr Dr. Offermann, dass Therapien die Rückfallquote nur um ein Drittel mindern? Eine Rückfallquote, die beispielsweise bei jugendlichen Gewalttätern immerhin siebzig Prozent beträgt?*«

»*Ganz recht. Aber Fakt ist auch, dass die Hälfte der Persönlichkeitsstörungen erst im Vollzug entsteht, weil man im Zuge der deutschen Systemtrennung zwischen kranken und vermeintlich gesunden Straftätern unterscheidet. Die sogenannten ›gesunden‹ Täter wandern in den Knast, wo ihr Wertesystem ab sofort durch andere Kriminelle und das Fernsehen bestimmt wird. Diese Täter werden ohne Therapie und gänzlich ohne Prognose entlassen.*«

»*Dann müssen diese Täter eben nachträglich verwahrt werden.*«

»*Ohne die Chance einer Therapie? Darin sehe ich, mit Verlaub, eine Verletzung unserer Rechtsstaatlichkeit.*«

Es ist ein Schlagabtausch, bei dem Offermann häufig gar nicht auf das zuvor Gesagte eingeht, sondern wie ein routinierter Politiker das zum Besten gibt, was er in der Kürze der Zeit unbedingt loswerden will. Dabei bleibt er stets ruhig, wodurch seine Worte mehr Gewicht bekommen als die der erregten Frau Dilling. Nur am Schluss, als Frau Dilling hektisch die jüngsten Fälle von Kindesmissbrauch auflistet und Offermann zum wiederholten Mal auffordert, doch mal mit den Eltern dieser Kinder über Risikomanagement zu sprechen, wird der Psychiater ungehalten:

»*Was wollen Sie eigentlich, die Todesstrafe?*«, herrscht er sie an und fügt dann, wieder ganz gelassen, hinzu: »*Durch Rache und*

Vergeltung ist noch niemandem geholfen worden, auch nicht den Betroffenen und deren Angehörigen. Solche Forderungen erachte ich als primitiv. Wir müssen in Deutschland endlich weg vom Schuldprinzip und hin zum Präventionsprinzip, in der Rechtssprechung und im Strafvollzug.«

Frau Dilling hat keine Gelegenheit mehr zur Antwort, denn das Wort geht nun an einen weiteren Gast, den Leiter einer JVA.

»So was Ähnliches hat die Fender gestern auch vorgetragen«, kommentiert Oda Offermanns letzten Satz. »Im Prinzip sind die Standpunkte gar nicht so weit voneinander entfernt, aber ich glaube, Frau Dilling will das nicht verstehen. Sie scheint sich Offermann zum Feind auserkoren zu haben.«

»Vielleicht braucht sie ja einen«, meint Jule.

Fernando lümmelt auf Dr. Offermanns Benz-Sofa. Im Teleshopping-Kanal wird ihm angeraten, vier CDs mit dem Titel *Billy's Boot-Camp* zu kaufen. Über Offermanns Single Malt Whisky hinweg schaut Fernando den jungen Damen zu, die nach den Kommandos eines sehr muskulösen Schwarzen in Tarnhosen ihre wohlgeformten Körper trainieren. Die Blonde schräg rechts, die mit dem Waschbrettbauch, schläft garantiert mit *Billy*, spekuliert Fernando. Seine letzte Freundin hat er im Fitness-Studio kennengelernt und dort auch wieder verloren, an einen zwei Meter langen ausgemergelten Leichtathleten. Zuvor hatte sie ultimativ verlangt, Fernando solle mit ihr zusammenziehen. Als er zu bedenken gab, dass man sich erst drei Monate kenne, unterstellte sie ihm einen Mutterkomplex.

Mama … Heute Morgen ist er wie ein Raubtier durch die Wohnung gepirscht, immer darauf gefasst, dass jeden Moment Señor Ortega wie ein Schachtelteufel aus irgendeinem Winkel springt und ihn mit seinen gelben Zähnen angrinst. Aber er war allein, seine Mutter bereits im Laden, sein Frühstücksmüsli stand wie gewohnt auf dem Tisch. Alles wie immer. Zumindest scheint es so. Ob die beiden wohl … Nein, so was mag man sich wirklich nicht vorstellen! Er spült die bedrohlichen Bilder mit einem zwei Finger breiten Glenmorangie hinunter.

Als man ihm einen schlank machenden Badeanzug verkaufen will, schaltet Fernando den Fernseher aus. Lieber studiert er den Inhalt des Weinschranks. Elf Uhr. Keine Putzfrau. Das war zu erwarten. Fernando packt sechs Flaschen eines schweren Burgunders aus Beaune in seinen Rucksack. Wäre doch schade, wenn der in unkundige Hände geriete. Vor dem großen Spiegel im Flur hält er inne. Er betrachtet sein Gesicht von vorn und im Dreiviertelprofil, erst die rechte Seite, dann die linke. Der Zweitagebart wirkt sehr männlich, die vom gestrigen Exzess umschatteten Augen starren ihm hypnotisierend und geheimnisvoll entgegen, jetzt, da er seinen Verführerblick ausprobiert. Welche Frau kann dem widerstehen? Er ähnelt stark Andy Garcia in *Der Pate*, findet Fernando. Oder doch eher Antonio Banderas?

Ohne in dieser Frage zu einem endgültigen Ergebnis gekommen zu sein, löst er sich von seinem Spiegelbild, verlässt die Wohnung und schließt die Tür. Ein Stockwerk tiefer begegnet ihm eine Frau in Weiß, die vor dem Aufzug steht. Ihre Jacke trägt am Rücken den Aufdruck eines Pflegedienstes. Fernando erkundigt sich nach dem Befinden der alten Frau Mensing.

»Es geht ihr wieder besser. Sind Sie der Herr, der über ihr wohnt?« Sie sieht ihn an, als hätte er Frau Mensings Schicksal zu verantworten.

»Nein, ich bin von der Polizei«, sagt Fernando und blickt grimmig zurück. »Wir haben ein Auge auf die alte Lady.«

Die Pflegerin schüttelt den Kopf und poltert die Treppe hinunter, obwohl die enge Kabine des Aufzugs schon auf sie wartet.

Fernando verstaut den edlen Tropfen im Motorradkoffer, schwingt sich auf seine Yamaha 1100er Drag Star und klingelt die Häuser in der Nachbarschaft ab. Im dritten hat er Glück. Putzfrauen werden für gewöhnlich unter Nachbarn weiterempfohlen, das war auch bei Olga Druski nicht anders. Nachdem er die Dame des Hauses dahingehend beruhigt hat, dass er in einem Mordfall ermittelt und ihm schwarzarbeitende Putzfrauen ansonsten völlig schnuppe sind, bekommt er den Namen und nach einem weiteren Anruf bei Frau Cebulla eine Adresse im benachbarten Stadtteil Döhren.

Er findet den Namen Druski auf einem von zehn Klingelschildern eines älteren, etwas heruntergekommenen Mietshauses, dessen staubige Fenster einen direkten Blick auf den Südschnellweg bieten, auf dem unentwegt der Verkehr vorbeidonnert.

Fernando stellt die Drag Star vor einem schwarzen Jeep Grand Cherokee ab. Massige Reifen, getönte Scheiben – die pure Aggression. Hatte nicht diese Frau Schröder erzählt, ihr unfreiwilliger Ausflug in die Eilenriede habe in einem schwarzen Geländewagen stattgefunden?

Er ruft zum dritten Mal an diesem Vormittag Frau Cebulla an. Bestimmt gehe ich ihr schon gehörig auf die Nerven, denkt er und beschließt, ihr etwas Honig ums Maul zu schmieren: »Frau Cebulla, *mi dulce cariño*, Sie Seele des Dezernats, wären Sie so gütig, mir den Namen eines Fahrzeughalters herauszusuchen?«, säuselt er.

»Sie haben gestern wohl auch ordentlich gevögelt«, schallt es ihm entgegen. Entgeistert starrt Fernando das Mobiltelefon an. Da kann man mal sehen – diese biederen Mittfünfzigerinnen … Aber wen wundert das, wenn schon seine Mutter …

»Na, was ist jetzt, raus mit der Sprache«, tönt es aus dem Apparat. »Hallooo … die Autonummer, Herr Rodriguez, ich höre.«

Er stottert Frau Cebulla die Nummer vor und hat nach einer halben Minute die Antwort: »Zugelassen auf einen Oleg Druski, die Adresse ist …«

»Die habe ich, ich stehe vor dem Haus«, unterbricht Fernando, aber dann besinnt er sich und sagt: »Können Sie mal nachforschen, wie viele Personen mit dem Namen Druski oder sonst einem russischen Namen dort gemeldet sind?«

»Selbstverständlich. Ich rufe Sie gleich zurück«, sagt Frau Cebulla, die nun wieder ganz normal klingt. Wenig später liefert sie die Auskunft: »Gemeldet sind Tatjana Druski, Jahrgang 1942, Oleg Druski, geboren am 30. März 1971 in Nischni Nowgorod, Olga Druski, geboren am 15. Juli 1968 ebenda, und ein Andrei Druski, geboren am 19. September 1974, auch in Nischni Nowgorod. Die Herren sind übrigens Kundschaft von uns, Andrei Druski ist wegen Körperverletzung vorbestraft, sein Bruder Oleg wegen räuberischer Erpressung.«

»Danke.«

»Nicht dafür.«

Fernando tätigt einen weiteren Anruf. Dann wartet er. Als eine Frau mit einem Kinderwagen aus dem Haus kommt, hält er ihr die Tür auf und geht hinein. Das Holz der Stufen ist ausgetreten, vor den Wohnungstüren stehen Regale mit Schuhen und Gerümpel, es riecht nach muffiger Kleidung und altem Müll. Erst weiter oben verflüchtigt sich der Geruch und wird von dem Duft angebratener Zwiebeln überlagert. Die Druskis wohnen im dritten Stock.

Der Kerl, der die Tür öffnet, füllt den Türstock komplett aus. Seine Haare sind millimeterkurz geschoren, die Arme tätowiert bis unter die Ärmel des T-Shirts, welches einen aufgedruckten Totenkopf zeigt und um den Brustkorb herum gehörig spannt.

»Was willst du?«, fragt er und betrachtet Fernando wie ein lästiges Insekt. Leute seiner Sorte wittern einen Polizisten normalerweise sofort, aber die Motorradkluft und die öligen Locken, die Fernando heute zu einem Pferdeschwanz gebunden hat, scheinen seine Instinkte in die Irre zu führen.

»Gehört Ihnen der schwarze Geländewagen da unten?«, fragt Fernando schüchtern.

Die Augen in dem fleischigen Gesicht werden zu kleinen bösen Schlitzen. »Und?«

»Mir ist da ein Missgeschick passiert … Es ist wirklich nicht schlimm, es ist nur ein Kratzer, aber ich dachte …«

Schon dröhnt die Stimme des Riesen durch die Wohnung: »Oleg, komm her. Da hat einer dein Auto kaputt gemacht.«

Sekundenbruchteile später sieht sich Fernando einem Klon von Andrei gegenüber. Oleg Druski macht zwei Schritte nach vorn und quetscht Fernando mit dem Unterarm gegen die Wand des Treppenhauses. »Was hast du gemacht?«

»Nur ein Kratzer, ganz winzig. Ich bezahle die Reparatur. Vielleicht sollten wir uns die Sache mal zusammen ansehen.«

Knurrend wie ein Rottweiler lässt Oleg von Fernando ab, greift sich seine Jacke von einem Haken neben der Tür und sagt etwas zu seinem Bruder, offenbar eine Aufforderung zum Mitkommen. Olegs Pranke schließt sich um Fernandos Arm, er drängt ihn zur Treppe: »Los.«

»Lass mich los, und sei nicht so unfreundlich. Ich hätte auch abhauen können.«

»Ist wahr«, sagt Andrei, aber nun ist sein Argwohn geweckt. Er bleibt auf dem Treppenabsatz stehen, sein Bruder ebenfalls. »Warum nicht, hä?«

Fernando legt den Kopf in den Nacken und schaut kleinlaut von einem Quadratschädel zum anderen: »So eine Alte von gegenüber hat mich gesehen. Ich hatte erst neulich Stress wegen Fahrerflucht, das brauche ich nicht schon wieder.«

Andrei bedeutet Fernando mit einer Handbewegung weiterzugehen. Als Fernando durch die Haustür tritt, schielt er verstohlen nach allen Seiten. Niemand ist auf der Straße.

Mit raschen Schritten nähern sich die Brüder Druski dem Jeep. Sie umkreisen ihn in gebückter Haltung.

»Ich seh nix«, sagt Oleg.

»Ich auch nicht«, sagt Andrei, der sich nervös umschaut.

Der riecht den Braten, erkennt Fernando.

»Wo ist der Kratzer?«, fragt Oleg gefährlich leise.

Fernando nähert sich in Zeitlupe. Jetzt heißt es Zeit schinden. »Ja, ich weiß nicht … Ich glaube, das ist das falsche Auto.«

»Hä?« Andrei fährt herum und packt Fernando an seiner Jacke. »Willst du mich verarschen, du Spaghetti?

Auf der anderen Straßenseite öffnet sich eine Haustür. Zwei Männer kommen heraus.

»Scheiße, Bullen!« Die Erkenntnis kommt zu spät. Es gibt ein kurzes Handgemenge, dann liegt Andrei am Boden. Handschellen schnappen zu. Oleg hat einen Moment gezögert, hin- und hergerissen zwischen den Möglichkeiten, zu fliehen oder seinem Bruder zu helfen.

Fernando erleichtert ihm die Entscheidung, indem er ihm vors Schienbein tritt und einen Handkantenschlag zwischen die

Hautfalten seines Nackens setzt. »Spanier! Nicht Spaghetti!«, klärt er ihn auf. Auf diese Unterscheidung legt Fernando Wert.

Oleg schafft es, im Taumeln einen Faustschlag in Fernandos Gesicht zu landen, ehe ein dritter Mann auftaucht und Oleg Druski ins Kreuz springt. Gemeinsam biegen sie Oleg die Arme auf den Rücken, der Kollege zückt die Acht.

Zwei Messer werden von den Beamten der Polizeiinspektion Süd beschlagnahmt und die Druskis in getrennten Streifenwagen weggefahren.

»Danke für die schnelle, unbürokratische Hilfe.«

»Gern geschehen«, grinst ein stämmiger Rothaariger, der, auch wenn es Fernando nicht gerne zugibt, einen Kopf größer ist als er.

»Mit einem von denen hätte ich es ja aufgenommen, aber bei zweien …«

»Versteht sich.«

Erfahrungsgemäß hat die Klientel vom Schlage der Druskis vor Polizisten erst dann Respekt, wenn das SEK in martialischer Montur anrückt. Aber dieses anzufordern wäre Fernando gegen den Strich gegangen.

»Rambo Rodriguez, lass mal deine Backe sehen«, sagt ein Drahtiger mit Schnäuzer, ein Ex-Kollege aus den Zeiten beim Drogendezernat.

»Ach was, das ist nichts. Wartet mal, Jungs, ich hab was für euch. Er geht an seinen Motorradkoffer und überreicht jedem Kollegen eine Flasche.

»He, das ist aber ein ganz feines Tröpfchen!«

»Nicht der Rede wert. Für euch ist mir doch nichts zu schade«, bekennt Fernando mit treuherzigem Augenaufschlag. Dann verschwinden die drei um die Ecke, wo ihr Wagen parkt.

Prima gelaufen, freut sich Fernando. Jetzt kann man ja mal in Ruhe ein Wörtchen mit dieser Olga Druski reden.

Als Frau Cebulla den Nachmittagskaffee in sein Büro bringt, entlädt sich gerade die Wolke schlechter Laune, die sich im Lauf dieses Arbeitstages über Völxens Kopf zusammengebraut hat.

»Wo, zum Teufel, steckt eigentlich dieser gottverdammte Spanier?«

»Als ich zuletzt von ihm hörte, stand er vor einem Mietshaus in Döhren und wollte ein paar deutsche Staatsbürger mit Namen Tatjana, Olga, Oleg und Andrei Druski besuchen. Möchten Sie Kekse zum Kaffee?«

Natürlich möchte er. Aber er darf nicht. »Nein! Bloß nicht.«

Er ruft Fernando an: »Kannst du mir mal sagen, wo du dich den ganzen Tag herumtreibst?«

»Ja, kann ich. Ich bin gerade auf dem Weg nach nebenan, zum Polizeigewahrsam.«

»Willst du ein paar Jugenderinnerungen auffrischen?«

»Das ist nicht nett, dass du mich immer wieder daran erinnerst, Chef.«

»Ich bin nicht nett. Ich bin authentisch«, antwortet Völxen.

»Ich habe die zwei Kerle festnehmen lassen, die möglicherweise Offermanns Stalkerin überfallen haben, diese Erika Schröder. Ich hab's gerade Oda erzählt.«

»Wieso Oda? Wieso nicht mir? Bin ich euer Hanswurst, dem man nichts mehr sagen muss?«, braust Völxen auf.

»Weil ich noch ein paar Einzelheiten wissen musste und Oda ja mit der Schröder gesprochen hat.«

»Und das hat so lange gedauert?«

»Ich musste noch die Schwester der beiden in die Hanomagstraße bringen lassen, damit sie sie dackeln. Sie ist nämlich, wie es der Zufall will, die Putzfrau von Offermann. Der Fiedler hat doch neulich schon nach ihren Vergleichsabdrücken gefragt.«

»Hat sie was gesagt?«

»Natürlich nicht.«

»Na gut, vernimm die beiden. Frag sie nach den zweitausend Euro, die Offermann am zwölften Februar von seinem Konto abgehoben hat. Und hör mal – lass dich zu keinen Tätlichkeiten hinreißen, ja? Sonst reiß *ich* dir den Arsch auf.«

Tout, tout, tout, vous saurez tout
Sur le zizi
Le vrai, le mou, qu'a un grand cou,
Le gros joufflu, le p'tit touffu,
Le grand, ride, Le Mont Pelée …

Oda steuert den Dienst-Audi am östlichen Ufer des Maschsees entlang und singt dazu. Sie hat eine klare, volle Stimme, bei ihr sitzt jeder Ton.

Jule hat in der Schule Französisch als dritte Fremdsprache neben Latein gelernt, aber sie hat es nie sehr gepflegt. Von Odas Gesang versteht sie höchstens die Hälfte.

Oda hört auf zu singen, um einen Porschefahrer zu beschimpfen, der sie rechts überholt und geschnitten hat. »Drecksack, unverschämter!«

»Was hast du da gesungen?«

»Das ist das Lied vom *Zizi*«, erklärt Oda lachend. »Ein beliebtes Kinderwanderlied. *Le zizi* ist eigentlich *der kleine Vogel*. Eigentlich. Es heißt in dem Lied: Alles, alles, alles, ihr erfahrt alles über den *Zizi*. Den echten, den falschen, den schönen, den hässlichen, den harten, den weichen, der einen großen Hals hat, den pausbäckigen, den buschigen, den mit den Falten und den Mont Pelée. Das ist ein Berg auf Martinique, *pelé* heißt kahl.«

»Und so was singen die Kinder in Frankreich beim Wandern?«, fragt Jule kichernd.

»Nicht nur die Kinder. Diese Nation ist hoffnungslos verdorben. Es gibt ganz viele Strophen von *Le zizi*. Ich befürchte, Veronika kann sie alle.«

»Und woher kennt deine Tochter so zweideutige französische Lieder?«

»Von meinem Vater. Er wohnt seit zwanzig Jahren wieder in der Nähe von Montélimar. Das liegt am Rande der Provence im Rhônetal zwischen Valence und Orange.«

»Die Hauptstadt des Nougats«, ergänzt Jule.

»Genau«, bestätigt Oda beeindruckt. »Veronika und ich verbringen jedes Jahr die Ferien dort.«

Sie passieren die Gebäude des NDR, kurz danach biegt Oda links ab.

»Es hat mich gefreut, dass du gestern bei mir vorbeigekommen bist«, sagt Jule.

»Es war lustig. Mein Gott, wie lange ist es her, dass ich zuletzt gekifft habe? Bestimmt hundert Jahre.«

»Ich wusste nicht, dass Thomas das Zeug mitbringt, ehrlich. Ich kenne ihn eigentlich gar nicht.«

»War doch okay, wirklich.«

»Hoffentlich findet Fernando das auch. Immerhin war er mal bei der Drogenfahndung«, sagt Jule besorgt.

»Na und? Erstens ist er da nicht mehr, und zweitens hängt Fernando doch keinen hin, nur weil er ein paar Pflanzen auf dem Balkon hat. Noch dazu, wo er selbst mitgeraucht hat.«

Woher weiß Oda von den Pflanzen auf Thomas' Balkon? Jule kann nicht verhindern, dass ihr die Schlussfolgerung einen kleinen Stich versetzt.

»Was wollte denn Fernando bei dir?«, forscht Oda indessen.

»Angeblich mir helfen. Wenn das stimmt, wäre das ja sehr nett von ihm.«

»Wenn.«

Jule seufzt. »Er ist ja in Ordnung, sieht auch ganz gut aus, aber er wirkt manchmal so unreif.«

»Wenn einer auch mit dreiunddreißig noch immer bei Mamma wohnt ...«

»Nein!«

»Oh, doch.«

»Abgesehen davon habe ich vor, Dienst und Privatleben strikt getrennt zu halten«, verkündet Jule.

Sie passieren ein paar neue Geschäfte.

»So ganz langsam wird auch die Südstadt Schickimicki«, bemerkt Oda dazu. »Bald ist das hier voller Latte-Bars, genau wie die List.«

»Die Kundschaft ist schon da.« Jule weist auf einen Kiosk, vor dem drei Herren einen Stehtisch festhalten, vor sich eine Batterie Bierdosen und etliche Miniaturschnapsflaschen.

»Okay, bis zur vollständigen Lattemacchiatisierung des Viertels wird es wohl noch etwas dauern«, räumt Oda ein und wirft einen Seitenblick in ein Schaufenster. Was ist das denn für ein Laden, eine Kunstgalerie? Nein, ein Bestattungsinstitut. Das im Fenster sind keine Skulpturen, sondern Urnengefäße. Ob Veronika das mit dem Sarg tatsächlich ernst meint? Der Gedanke an einen Sarg im Zimmer ihrer Tochter behagt Oda überhaupt nicht. Dafür sieht sie zu viel vom Tod, um das originell zu finden. Woher will Veronika überhaupt das Geld dafür nehmen? So ein Sarg ist doch bestimmt nicht unter tausend Euro zu haben, und der Markt für Gebrauchte dürfte eng sein.

»Wie war es denn bei dieser Opferhilfe-Gruppe?«, wechselt Jule das Thema.

»Rate mal, welche Psychiaterin dort einen Vortrag über Traumatherapie bei Verbrechensopfern gehalten hat.«

»Die Fender? Die wird langsam immer verdächtiger«, findet Jule.

»Ich weiß nicht«, meint Oda. »Diese Sache mit der Zunge … Das ist eine Botschaft, eine ziemlich eindeutige.«

»Und die lautet?«

»Was war der Mann von Beruf?«, fragt Oda zurück.

»Psychiater«, sagt Jule und fügt, als keine weitere Erklärung von Oda folgt, hinzu: »Und Experte für Straftäter.«

»Sexualstraftäter«, ergänzt Oda. »Und wo lag die Zunge?«

»Auf dem Haarmann-Denkmal.«

»Quatsch!«

»Wieso?«

»Es ist kein Denkmal für Haarmann. Das wäre ja noch schöner. Die Zunge lag auf dem Denkmal für die *Opfer* von Haarmann«, korrigiert Oda.

»Stimmt«, gibt Jule zu.

»Denk doch mal nach«, fordert Oda. »Die Botschaft, die Symbolik! Na?«

»Kümmert euch gefälligst mehr um die Opfer, anstatt um die Täter.«

»Fein. Du bist ein kluges Mädchen.«

»Und was heißt das nun für uns?«, will Jule wissen.

»Dass wir auf dem richtigen Weg sind«, behauptet Oda. Sie biegt in die Geibelstraße, setzt den Blinker und hält an. »Hier schmeiß ich dich raus. Sieh dir noch ein bisschen die Südstadt an und warte, bis ich im Roderbruch bin, bevor du klingelst. Ich will nicht, dass sich die zwei Damen absprechen. Ist dein Handy an? Ich melde mich, wenn ich da bin.«

»Das muss ja was ganz Aufregendes sein, wenn mich der Chef persönlich zu sich bittet.« Boris Markstein rührt in der Kaffeetasse, die ihm Frau Cebulla serviert hat. »Keine Kekse für den Kerl«, hat Völxen zuvor angeordnet.

»Allerdings«, bestätigt dieser. »Ich würde gern von Ihnen wissen, welchen Inhalts die beiden Telefongespräche waren, die Sie mit Dr. Offermann geführt haben. Und zwar war das eine …« – Völxen beugt sich über die Liste mit den Telefonnummern – »… am vierten April und das andere am elften.«

Markstein streckt die langen Beine aus, bis sie fast Völxens Schuhe unter dem Schreibtisch berühren, und faltet die Hände hinter dem Kopf. »Herr Hauptkommissar, ich bitte Sie. Ich bin Journalist. Das ist wie Arzt. Gesprächsinhalte sind grundsätzlich *top secret.*«

»Wir ermitteln in einem Mordfall, da gibt es kein *top secret.* Also?«

Der Journalist nimmt wieder Haltung an und lächelt Völxen devot ins Gesicht. »Darf ich darauf hoffen, dass Ihre Abteilung dann künftig ein wenig kooperativer mit mir zusammenarbeitet?«

Das war klar, denkt Völxen. Der macht nichts umsonst. Trotzdem ärgert ihn Marksteins kleiner Erpressungsversuch.

Völxens Verhältnis zu den örtlichen Pressevertretern ist recht gut, mit den Leuten von der *HAZ* und der *NP* hat er schon häufiger zusammengearbeitet, und kürzlich durfte die freie Mitarbeiterin eines Stadtmagazins zwei Tage lang im Dezernat herumlungern, um eine Reportage über die Arbeit der Kripo Hannover zu schreiben. Aber Boris Markstein gehört nicht gerade zu den Menschen, mit denen Völxen gerne zu tun hat.

»Meinetwegen, Sie haben einen gut«, knirscht er unter größter Überwindung.

Markstein grinst. »Nun, ich war dabei, ein Porträt über Herrn Dr. Offermann zu schreiben. Immerhin war er einer *der* Experten für Sexualstraftäter dieses Landes.«

»Und was wollten Sie von Michael Strauch, den Sie in der Haft besucht haben?«

»Dasselbe.«

»Sie wollen über Strauch ein Porträt schreiben?«

»Aber ja«, meint Markstein mit leuchtenden Augen. »Leute wie Strauch sind sexy.«

»Wo soll das veröffentlicht werden, etwa in der *Bild*?«

Der Journalist schüttelt den Kopf. »Ich dachte eher an *Focus* oder den *Stern.*«

Bald werden solche Kerle in Talkshows herumgereicht werden, ach was, ihre eigene Talkshow bekommen, denkt der Kommissar verdrossen. »Offermann hat Sie, einen Tag nachdem er selbst bei Michael Strauch war, angerufen. Erzählen Sie mir nicht, dass das ein Zufall war.«

»Nein, natürlich war das kein Zufall«, versichert der Reporter. »Er muss erfahren haben, dass ich mit Strauch gesprochen habe. Daraufhin hat er die weitere Zusammenarbeit mit mir abgelehnt. Er war ziemlich *pissed off* und meinte, das ginge nun nicht mehr, da er der vom Gericht bestellte Gutachter Strauchs sei. Man würde dann zu leicht zu dem Schluss kommen, er habe mir möglicherweise vertrauliche Informationen über Strauch zukommen lassen. Das habe ich eingesehen. Ich gebe zu, mein Timing war ungeschickt. Na ja, *shit happens.*« Markstein zuckt die mageren Schultern unter seinem Mantel, dessen Schöße sich neben dem Stuhl auf dem Boden kringeln.

»Wie sind Sie mit Offermann verblieben?«

»Ich bot ihm an, das Porträt über ihn zu einem späteren Zeitpunkt zu machen, wenn der Fall Strauch durch ist. Er sagte, er würde es sich überlegen. *That's it.*«

Die Frau in der Tür wirkt auf eine ungesunde Art asketisch. Ihre Gestalt ist dünn und sehnig, das graue Haar ist auf Höhe des spitzen Kinns gerade abgeschnitten. Sie trägt einen altbackenen Faltenrock zu einer beigefarbenen Bluse, ihre Haut ist ebenfalls beige, bis auf die zwei roten Flecken über ihren hervorstehenden Wangenknochen. Aus harten, lauernden Augen mustert sie Jule mit unverhohlenem Argwohn. Auf keinen Fall handelt es sich bei Jules Gegenüber um Elise Wenzel, geboren am 18. Mai 1974. Diese Frau ist mindestens ein Vierteljahrhundert älter.

Jule zeigt ihren brandneuen Dienstausweis. »Kripo Hannover. Ich möchte mit Elise Wenzel sprechen.«

»Worum geht es?«

»Darf ich fragen, wer Sie sind?«, fragt Jule zurück.

»Gertrud Wenzel. Ich bin die Mutter«, versetzt diese hoheitsvoll und weicht keinen Schritt zur Seite.

Hinter dem mütterlichen Bollwerk erscheint die Gesuchte.

»Die Polizei will dich sprechen.« Frau Wenzel sieht ihre Tochter dabei kalt an. Denkt sie, ihre Tochter hätte etwas verbrochen? Oder empfindet sie es grundsätzlich als Zumutung, dass ihre Tochter von der Polizei besucht wird? Jule schleust sich an der Mutter vorbei.

»Elise Wenzel? Ich bin Kommissarin Wedekin, ich hätte ein paar Fragen an Sie.«

»Kommen Sie mit.« Elise Wenzel führt Jule in die Küche. Auf dem Weg dorthin erhascht Jule einen Blick in die gute Stube: Eichenschrankwand, ein Poster mit einem weinenden Pierrot über dem Sofa, das Fenster zum Balkon mit Grünpflanzen verbarrikadiert, und über dem Fernseher das Foto eines Mannes im Pastorengewand.

»Es ist alles in Ordnung, Mama«, sagt die junge Frau, ehe sie die Küchentür mit Nachdruck schließt.

Woher will sie das wissen, fragt sich Jule und würde gerne mit jemandem um einen Eiskaffee wetten, dass die Mutter im Flur steht und lauscht.

»Möchten Sie ein Wasser? Oder Tee?«

Jule lehnt ab.

Elise Wenzel füllt dennoch Wasser in einen Elektrokocher.

Sie hat nicht viel Ähnlichkeit mit ihrer Mutter, ihr Haar ist nussbraun und lockig, das Gesicht schmal, mit weichen Konturen und tief liegenden, scheu blickenden Augen. Nur die lange, gerade Nase und die markant geschwungene Oberlippe deuten auf familiäre Bande. Ihre Figur will nicht so recht zum filigranen Gesicht passen, sie hat breite Schultern und die Jeans spannt sich über zwei kräftigen Oberschenkeln. Ihre Hände sind schwielig, die Unterarme zerkratzt, wie man es oft bei Katzenbesitzern sieht. Jules Blick fällt auf eine Pinnwand mit Notizen und Fotos. Tiere sind zu sehen: Seehunde, Pinguine, Elefanten. Auf einigen Bildern meint Jule, Frau Wenzel zwischen den Tieren zu erkennen.

Die hat Jules Blick bemerkt: »Das bin ich. Ich bin Tierpflegerin im Zoo Hannover«, erklärt sie und nennt Jule Namen und Alter der einzelnen Tiere auf den Fotos. Sie spricht von ihnen wie andere Leute über ihre Kinder, denkt Jule.

»Wenn Sie mal zur Seehundfütterung kommen, dann sehen Sie mich da«, sagt sie stolz. Offenbar liebt sie ihren Beruf.

»Frau Wenzel, Sie waren am Montag zusammen mit Irene Dilling und Astrid Jödden beim Vortrag von Dr. Offermann im Marriott, stimmt das?« Um dem Drachen vor der Tür das Leben schwer zu machen, bringt Jule ihre Frage mit sehr leiser Stimme vor.

Die Gefragte nickt und antwortet ebenfalls leise: »Wie haben Sie mich gefunden? Hat Frau Dilling Ihnen meinen Namen genannt?«

»Nein«, sagt Jule nur und erkundigt sich nach dem Streit und nach den relevanten Uhrzeiten. Frau Wenzels Angaben stimmen mit denen von Irene Dilling überein. Elise Wenzel ist zu Fuß zum Marriott gegangen – »Das sind ja nur zwanzig Minuten.« – Nach dem Vortrag wurde sie von Irene Dilling nach Hause gefahren. – »Weil es schon dunkel war. Um halb elf war ich wieder hier.«

Frau Wenzel streicht sich eine dunkle Locke aus der Stirn, die sogleich wieder ins Gesicht fällt.

»Hat Dr. Offermann irgendetwas gesagt, was Frau Dilling besonders wütend gemacht hat?«

»Keine Ahnung. Wir haben das hinterher nicht diskutiert. Mir war dieser Ausbruch vor allen Leuten peinlich, und ich glaube, Astrid auch.«

»Wie hat Ihnen denn der Vortrag gefallen?«

»Interessant«, kommt es ein wenig zögerlich. »Ich finde, er hätte nicht so ins Detail gehen müssen. Aber ich denke, das muss man aushalten, wenn man da hingeht.«

»Frau Dilling war da offenbar anderer Meinung.«

»Ich verstehe das auch nicht. Dabei hat sie ja sogar noch in der Gruppe darauf hingewiesen. ›Den müsst ihr euch mal anhören‹, hat sie gesagt.«

»Vielleicht hat sie das zynisch gemeint?«

»Kann sein. Es ist eine Art Dauerzustand, dass sie wütend auf ihn ist. Aber ignorieren kann sie ihn wohl auch nicht. Wenn er hier in der Gegend spricht, geht sie immer hin.« Elise Wenzel lächelt unsicher und knetet ihre Hände mit den sehr kurzen Fingernägeln. »Es ist wohl so eine Art Hassliebe.« Das Teewasser kocht, sie steht auf.

Ihre letzten Worte klingen in Jules Gedanken nach. Irgendwo hat sie mal gehört, dass sich Patientinnen angeblich nahezu zwangsläufig in ihren Psychiater verlieben würden. Sie wagt einen Schuss ins Blaue: »Frau Dilling war bei Dr. Offermann in Behandlung, nicht wahr?«

Schweigen.

»Das stimmt doch?«, hakt Jule nach.

»Ich habe das auch nur gerüchteweise gehört«, gibt Elise Wenzel zu, während sie eine Kanne mit kochendem Wasser füllt.

»Wann war sie bei ihm in Therapie, wissen Sie das?«

»Nein. Das müssen Sie sie schon selbst fragen.«

»Wie lange kennen Sie Frau Dilling schon?«

»Eigentlich kenne ich sie kaum«, murmelt Elise Wenzel. »Ich gehe erst seit einem halben Jahr zu *Pro victim*, und das auch nicht regelmäßig.«

»Darf ich Sie fragen, warum?«

Elise Wenzel pendelt mit dem Teesieb in der Kanne. Ihr Gesicht wird zu Stein. »Das ist ja wohl meine Sache«, antwortet sie schroff.

Jule bedankt sich für das Gespräch und steht auf.

Ist doch gut gelaufen, ihr erstes Verhör, findet sie, als sie zurück in Richtung See läuft, wo sie vor angenehmer Kulisse auf Odas Anruf wartet.

Astrid Jödden bläst den Rauch ihrer Marlboro Light gegen die braun-orange gestreifte Markise.

Oda zieht an ihrem Zigarillo, während ihr Blick über den gemähten, sattgrünen Rasen wandert, hin zu dem kleinen Jungen, der ein selbst gebautes Segelboot auf dem Gartenteich zu Wasser lässt. Vor einem hölzernen Sichtschutzzaun am anderen Ende des Gartens sitzen zwei rosa gekleidete Mädchen in einem weißen Strandkorb. Sie blättern in einer Zeitschrift und brechen in unregelmäßigen Abständen in lautes Gewieher aus. Unter einem Sonnenschirm steht ein Kinderwagen, in dem ein Baby schläft. Noch.

»Mama, es kippt immer um«, brüllt der Junge wütend.

»Ich sehe es mir nachher an, mein Schatz.«

»Um noch einmal auf Frau Dilling zurückzukommen ...«

»Die Ärmste. Ich meine, es kann einem alles Mögliche zustoßen, aber wenn ich mir vorstelle, dass eines meiner Kinder ...« Frau Jödden schüttelt stumm den Kopf mit den kurzen blonden Haaren und schlägt demütig die Augen nieder. »Und dann diese ständige Ungewissheit«, fährt sie fort. »Das Grauen hat einfach kein Ende. Auch wenn es brutal klingt, aber es wäre hilfreich, wenn man endlich Karolines Leiche finden würde. Ich meine, man weiß ja nicht mal, was passiert ist. Sie kann auch beim Spielen in den Kanal gefallen sein – manche Leichen findet man ja nie. Oder sie kann in einer der Mergelgruben verschüttet worden sein. Die sind doch der schönste Abenteuerspielplatz, ich war als Kind selber oft genug dort, wir haben in Anderten gewohnt. Natürlich hatte man es uns streng verboten, aber wir sind einfach unter den Zäunen durch. In so einer Umgebung kann ein Kind auch verschwinden, ohne dass ein Verbrechen geschehen sein muss.«

»Mama! Komm mal!«

»Gleich, Thaddäus!«

Frau Jödden entschuldigt sich bei Oda mit einem matten Lächeln und zieht den Rauch der Zigarette tief in ihren ausgemergelten Körper, der trotz seiner Magerkeit plump wirkt.

»Es ist sicher ganz schön anstrengend mit vieren«, meint Oda.

»Drei. Das eine Mädchen ist nur die Freundin von unserer Laura. Aber sie gehört schon fast zur Familie.«

Oda lächelt und bemüht sich um einen teilnahmsvollen Blick.

»Anstrengend sind sie, ja«, seufzt Frau Jödden. »Aber sie geben einem natürlich auch viel zurück.«

»Gewiss«, sagt Oda und rutscht an die vordere Kante des Plastik-Gartenstuhls: »Frau Jödden, wissen Sie noch, wie spät es war, als Frau Dilling Sie am Montag hier abgesetzt hat?«

Die Frau sieht Oda an, als hätte sie sie aus einem Traum geweckt. Einem Albtraum, vermutet Oda.

»Montag ...«

»Nach Dr. Offermanns Vortrag.«

»Ja. Also, wir hatten ja ... vielmehr, Irene hatte diesen kleinen Disput mit Offermann, nach dem Vortrag am Büchertisch. Und danach sind wir gegangen, ich denke, das war Viertel nach zehn. Ja, und wie lang man halt dann bis hierher in den Roderbruch braucht. Vorher haben wir noch eine andere Frau in der Südstadt abgesetzt. Zwanzig Minuten? Vielleicht weniger.«

»MAMA! Die Frau soll jetzt gehen!«

»Ich komme gleich. Brüll nicht so. Und sei nicht unhöflich.«

»Also kurz nach halb elf«, hält Oda fest.

Sie nickt und drückt die Zigarette aus. Ihre Hand ist braun und kräftig, vermutlich pflegt sie den Garten der Doppelhaushälfte.

»Thaddäus, bitte nicht das Schilf zertrampeln«, ruft sie ihrem Sohn zu.

»Hat Frau Dilling noch etwas gesagt über den Vortrag?«

»Ja, sie hat sich noch einmal gründlich über ihn aufgeregt. Und dann …« Frau Jödden unterbricht sich. Aus dem Kinderwagen tönt ein bedrohliches Glucksen.

»Was war dann?«, setzt Oda rasch nach.

»Mir ist gerade was eingefallen. Sie hat gesagt: ›Am liebsten würde ich wieder hinfahren und dem Kerl ordentlich meine Meinung sagen.‹ Das sagte sie, als ich ausgestiegen bin. Aber ich denke nicht, dass sie das wirklich getan hat. Es war nur so dahingesagt.«

»Und Sie?«

»Ich sagte: ›Das ist doch sinnlos.‹ Da hat sie genickt und gemeint, ich hätte recht. Dann ist sie losgefahren.«

»Wie lange sind Sie schon bei *Pro victim*?«

»Ich? Ach, schon sehr lange. Ich wollte einfach mal etwas Sinnvolles machen, und ich kenne Irene …«

»MAAAMAA!«

Die besorgte Mutter springt wie von einer Nadel gestochen auf und eilt über den Rasen zu ihrem Monster, das im Begriff ist, das nicht seetaugliche Boot vor Wut zu zertrampeln. Die beiden diskutieren kurz, dann rennt das Kind an Oda vorbei ins Haus.

Kinder, denkt Oda zum wiederholten Mal, sind einfach nicht zu ertragen. Man hält wirklich nur die eigenen aus, zur Not.

»Aber mach die Tür zum Kühlschrank wieder ordentlich zu«, mahnt die Mutter und setzt sich zurück an den Tisch. Das Baby fängt an zu knarzen.

Oda steht auf. »Danke Frau Jödden.«

Astrid Jödden ist ebenfalls aufgestanden. Sie nimmt das Baby aus dem Wagen, setzt es sich auf die Hüften und presst seinen wackelnden, beflaumten Kopf an ihre geblähten Brüste. Im weißen Strandkorb entbrennt ein Streit über den besten Song von Tokio Hotel. Frau Jödden begleitet Oda zum Gartentor.

»Hat Frau Dilling jemals erwähnt, dass sie eine Waffe besitzt?«

»Eine Waffe?«

»Eine Schusswaffe.«

»Nein. So was hat sie nie erwähnt. Sie ist doch nicht verdächtig, oder? Wissen Sie, sie würde so was nie fertigbringen, dazu ist sie nicht fähig.«

»Wenn Sie wüssten, wie oft ich diesen Satz schon gehört habe«, antwortet Oda, steigt in den Dienstwagen und flieht mit Tempo dreißig aus der Vorstadthölle.

Die Promenade ist belebt: Jogger, Spaziergänger, Kinder mit Eistüten. Als wäre schon Sommer, denkt Jule. Sie geht bis zum Pier 51. Hier verschwimmen die Grenzen zwischen Land und Wasser, das Lokal wurde in den See hinein gebaut. Sie setzt sich in den Schatten eines weißen Sonnenschirms an einen der äußeren Tische, bestellt einen Eiskaffee und schaut nachdenklich übers Wasser. Der Maschsee, die Perle Hannovers, ist in den Dreißigerjahren künstlich angelegt worden. Schon vorher war hier ein Überschwemmungsgebiet für die Leine, die Maschwiesen. Die Entstehungsgeschichte des Sees hat Jule einst in der Schule genau durchgenommen. Die Anlage des Sees war eine Arbeitsbeschaffungsmaßnahme. Kaum vorstellbar, dass der See quasi von Hand ausgeschaufelt worden sein soll, und das innerhalb von zwei Jahren. Angeblich mussten die Arbeiter sogar ihre eigenen Spaten zum Ausheben des Sees mitbringen. 1934 war der Maschsee fertig, und die Nazis brüsteten sich riesig mit dem Projekt. Dabei war es gar nicht ihre Idee gewesen, schon dreißig Jahre vorher hatte es Pläne für den See gegeben.

Der Eiskaffee wird serviert. Segelboote kreuzen, zwei Ruderboote liefern sich ein Rennen. Da der See lang und schmal ist, ist die Stelle, an der Offermann gefunden worden ist, nur gute zweihundert Meter von hier entfernt. Um kurz nach Mitternacht hat das Personal vom Pier 51 die drei Schüsse gehört. Die letzten Gäste waren um diese Zeit schon gegangen, das Restaurant schließt um Mitternacht. Elise Wenzel ist kurz vor halb elf nach Hause gebracht worden. Sie hätte zurückkommen und auf Offermann warten können. Zeit dazu hätte sie gehabt. Aber welches Motiv?

Jule löffelt die Sahne von ihrem Eiskaffee und grübelt weiter. Die meisten Morde sind Beziehungstaten. Von den Menschen in Offermanns Umfeld, die sie ermittelt haben, bleiben eigentlich nur zwei Personen: Liliane Fender stand ihm am nächsten. Sie könnte finanzielle Gründe gehabt haben, oder welche, die sie noch nicht kennen. Und da ist Irene Dilling – eine verzweifelte Mutter, eine verlassene Ehefrau, eine enttäuschte Patientin. Reicht das aus, um jemandem aufzulauern, ausgerüstet mit einer Schusswaffe und einem Messer, um ihn zu erschießen und ihm die Zunge abzuschneiden? Wie kommt so eine Frau an eine Pistole? Jule rührt nachdenklich Eis und Kaffee zu einem Brei zusammen.

Das Telefon dudelt, es ist Oda.

Jule sprudelt die Neuigkeit heraus.

»Seine Patientin also. Interessant, gute Arbeit.«

Jule strahlt. »Und bei dir?«

»Die Frau ist eher unverdächtig. Sie hat alle Angaben der Dilling bestätigt. Ansonsten habe ich nichts Neues erfahren.«

»Wollen wir dieser Dilling gleich mal auf den Zahn fühlen?«, fragt Jule voller Tatendrang.

»Liebes Kind, wo denkst du hin? Es ist Freitagnachmittag. Ich werde zum ersten Mal in dieser Woche pünktlich Feierabend machen. Und wenn ich dir einen Rat geben darf: Die Dilling musst du mit Samthandschuhen anfassen, sonst kriegst du es mit dem Alten zu tun. Schuldgefühle, du weißt schon. Keine Aktion ohne Rücksprache mit Völxen.«

»Ja, aber ...«

»Schreib einen Aktenvermerk über die Aussage der Wenzel, und dann mach Schluss für heute. War eine anstrengende Woche. *Au revoir*, bis Montag!«

»Sooo, der Herr Rodriguez! Dass ich dich heute noch mal sehe, so kurz vor Feierabend. Was ist mit deinem Auge passiert?«

Die Schwellung über dem rechten Wangenknochen hat sich mittlerweile in Richtung Auge geschoben, welches jetzt nur noch ein kleiner Schlitz ist.

»Nicht der Rede wert. Was ist mit deiner Hand? Wieder mit deinem Schafbock gerangelt?«

»Hüte deine Zunge! Hast du was rausgekriegt aus den beiden?«

Fernandos Kiefer mahlen. »Nein. Kein Wort. Plötzlich verstehen die kein Deutsch mehr, auch diese Olga Druski nicht.« Er setzt sich auf den Stuhl vor Völxens Schreibtisch und haut auf die Tischplatte. »Aber ihre sauberen Brüder waren das, da wette ich drauf. Der eine ist einschlägig vorbestraft. Meinst du, wir sollten es auf eine Gegenüberstellung mit dieser Frau Schröder ankommen lassen?«

»Wenn sie sich dazu bereit erklärt. Fraglich ist, ob das reicht. Immerhin hat die Dame die letzten zwei Monate in der Geschlossenen zugebracht. Auf solche Zeugen warten die Anwälte nur.« Völxen seufzt.

»Ich möchte den Jeep untersuchen lassen, vielleicht finden wir DNA von der Schröder. Damit wären die Brüder geliefert.«

»Gut. Ich ruf die Holzwarth an. Geh doch mal ins Büro der Cebulla und hol mir ein paar von diesen Keksen, ich hatte heute kein Mittagessen.« Die Sekretärin hat sich vor einer halben Stunde verabschiedet, und jetzt knurrt Völxen doch der Magen.

»Ist was mit der Cebulla?«, fragt Fernando, ihre frivole Bemerkung von heute Mittag noch im Ohr. »Neuer Macker oder so?«

»Was weiß ich? Jetzt hol schon die Kekse!«

Als Fernando zurückkommt, wünscht Völxen der Staatsanwältin gerade ein schönes Wochenende. Er nimmt sich einen Butterkeks, beißt erst die Zacken rundherum ab und verschlingt dann den Rest mit zwei Bissen. Zwei Kekse später sagt er: »Das mit dem Wagen geht klar. Und die Holzwarth hat mir gerade mitgeteilt, dass die Strafkammer jetzt Dr. Liliane Fender als Gutachterin von Michael Strauch beauftragt hat.«

Es klopft zart an der Tür.

»Herein«, donnert Völxen.

Jule öffnet die Tür gerade so weit, dass sie hindurchschlüpfen kann.

»Nur herein, Frau Wedekin.« Fernando und Völxen grinsen

ihr breit entgegen. Völxens Hemd sieht aus, als hätte man darauf Hühner gefüttert.

Jule schaut dezent darüber weg und berichtet, während sie Fernandos lädierte Gesichtshälfte taxiert, was sie über Irene Dilling herausgefunden hat. »Wann genau ist eigentlich Frau Dillings Tochter Karoline verschwunden?«, fragt sie am Ende ihres Rapports.

»Am zwölften September 1991«, antwortet Völxen.

»Hat man mal daran gedacht, dass dieser Michael Strauch sie auf dem Gewissen haben könnte?«

Völxen gestattet sich ein nachsichtiges Lächeln. »Selbstverständlich. Karoline Dilling war ja noch kein Jahr verschwunden, als man Strauch verhaftet hat. Aber man fand nicht das kleinste Indiz. Strauch ist von niemandem in Misburg gesehen worden, man fand keine Spuren von Karoline in Strauchs Keller, auch nicht im Lieferwagen. Allerdings war der Keller ja ausgebrannt«, räumt Völxen ein.

»Wie stand Frau Dilling zu dieser Möglichkeit, dass Strauch es gewesen sein könnte?«, will Jule wissen.

»Die hat sich natürlich an alles geklammert, was einen Funken Gewissheit versprach. Ich bin nicht sicher, ob es meinem Chef damals gelungen ist, ihr die Idee mit Strauch auszureden. Warum interessiert Sie das, Frau Wedekin?«

»Wenn Irene Dilling noch heute davon überzeugt ist, dass Strauch der Mörder ihrer Tochter ist, dann bekommt Offermanns Tätigkeit als sein Gutachter doch eine ganz andere Bedeutung für sie. Noch dazu, wo sie bei ihm in psychiatrischer Behandlung war. Sie hat ihm vertraut, ihm wahrscheinlich ihre intimsten Gedanken und Gefühle mitgeteilt, und dann legt sich Offermann für den vermeintlichen Mörder ihrer Tochter ins Zeug.«

»Er war Strauchs Gutachter, nicht sein Verteidiger«, gibt Völxen zu bedenken.

»Ja, aber für Frau Dilling stand Offermann auf der Seite der Täter. Das sieht man auf dem Videoband und an ihrer Reaktion auf den Vortrag.«

Schweigen tritt ein. Völxen zermalmt einen Keks.

Jule wird unbehaglich. Sie wüsste zu gerne, was in diesen Sekunden in diesem großen Schädel vorgeht. War es zu dreist, ihrem Chef zu widersprechen, noch dazu vor Fernando?

»Hm. Da könnte was dran sein. Verbohrt wie sie ist«, räumt Völxen ein.

Ermutigt fährt Jule fort: »Es wäre gut, wenn wir Einsicht in die Patientenakte von Frau Dilling nehmen dürften.«

»Ich werde das regeln«, verspricht Völxen. »Ohne dass die Holzwarth Wind davon kriegt«, setzt er hinzu, was Jule tief erröten lässt.

»Vielleicht kann uns da Dr. Fender weiterhelfen«, meint Fernando eine Spur zu schnell.

»Aber ja doch! Lade sie doch heute Abend zum Candle-Light-Dinner ein und frag sie«, stichelt Völxen.

»Geht das auf Spesen?«

Völxen zeigt Fernando den Vogel und schnaubt dazu. Krümel bedecken nun auch den Schreibtisch. Er legt den angeknabberten Keks angewidert auf eine Akte. »Jetzt reicht es. Ich brauch jetzt was Deftiges. Und ich weiß auch schon, wo ich das herkriege.«

Mit diesen Worten wuchtet er sich aus dem Stuhl und winkt Fernando. »*Vamos!*«

Fernando ergreift seinen Motorradhelm. »Ich fahr schon vor. Ohne Helm kann ich dich leider nicht mitnehmen.«

»Das fehlte noch, dass ich mich auf diesen Bock setze. Ich bin heute mit dem Wagen da«, verkündet Völxen, und wie immer, wenn er von seiner DS spricht, schwingt liebevoller Stolz in seiner Stimme mit. Nur selten fährt er damit zur Arbeit, meistens radelt er morgens zur S-Bahn, um das vierzig Jahre alte Prunkstück zu schonen. Damit keine Sehnsucht aufkommt, steht auf seinem Schreibtisch ein Modell der legendären Citroën DS in Schwarz. Völxens große ist blau. Heute Morgen ist er gesundheitlich nicht ganz auf der Höhe gewesen, weshalb er auf Fahrrad, S-Bahn und Fußmarsch lieber verzichtet hat.

»Na, dann. Bis du deine Schüssel in Bewegung gesetzt hast ...«

»Ich geb dir gleich eine Schüssel!«

»Kann ich mit?«, fragt Jule.

»Aber gerne«, antwortet Völxen bereitwillig. »Sind Sie denn schon mal in einer DS gefahren? Nein? Dann ist das *die* Gelegenheit. Sie werden sie lieben, nicht umsonst nennen die Franzosen sie *La Déesse*, die Göttin. Meine ist die DS 21, Baujahr '67, da haben sie gerade das Kurvenlicht eingeführt. Sie hat eine hydropneumatische Federung zur automatischen Niveauregulierung. Sie werden sitzen wie auf Wolken«, verspricht der Kommissar und schwärmt noch über Servolenkung, Hochdruckbremsen und halb automatische Getriebe, als sie schon an der Pforte vorbeirollen.

Jule Wedekin ist tief verwirrt. Sie hat erwartet, dass Völxen nun umgehend Irene Dilling aufsuchen und vernehmen wird. Stattdessen findet sie sich im Laden von Fernandos Mutter wieder, wo Pedra Rodriguez gerade einen Eisbeutel auf das Auge ihres Sohnes drückt.

»Du hättest sie sehen müssen, Mama, zwei riesige Russen, größer als die Klitschkos, und ich ganz alleine ...«

»Völxen! Und Chule! Wie schön!« Pedra Rodriguez lässt den Eisbeutel fahren und stürzt sich auf die Besucher, die schmatzend auf beide Wangen geküsst werden.

»Pedra, mein Herzblatt, ich bin am Verhungern«, verkündet der Kommissar.

Sofort macht sich die Hausherrin daran, Abhilfe zu leisten. Fernando lässt den Eisbeutel verschwinden und geht zum Weinregal.

»Und nimm genug von diesen Datteln mit Speck, Pedra«, ruft Völxen. Sabine hält sicher wieder irgendein Diätessen für ihn bereit, aber er war ja gestern walken, und für diese Schinderei hat er eine ordentliche Mahlzeit gut.

»Auch von den geschmorten Nierchen?«

»Immer drauf!«

»Ich gebe eine Flasche Rioja aus, schließlich ist Freitag«, sagt Fernando.

»Hast du nicht morgen Dienst?«

»Getauscht mit Nowotny. Ich will dabei sein, wenn die Roten Borussia Mönchengladbach plattmachen.«

Das Wochenende. Klar durchstrukturiert liegt es vor ihm: am Samstag das Heimspiel von 96, am Abend die Pokerrunde mit seinen Freunden. Am Sonntag wird er seine Mama zur katholischen Kirche begleiten, danach werden sie zu seiner Schwester fahren und zusammen mit dem Schwager und dem sechsjährigen Rico zu Mittag essen. Vielleicht wird er am Nachmittag mit seinem Neffen in den Zoo gehen, das Wetter ist ja schön. So oder ähnlich verläuft jedes dienstfreie Wochenende. Das Fußballspiel wird gelegentlich durch ausgiebiges Motorradputzen und Wartungsarbeiten an der Maschine ersetzt, und im Winter gehen er und Rico zum Eislaufen oder ins Kino.

»Mama, lass das Zeug von neulich, das mit der Schafzunge, lieber weg«, rät Fernando seiner Mutter.

»Und was machen Sie am Wochenende, Frau Wedekin?«

»Ich werde zu Ikea fahren und meine Einrichtung komplettieren.«

»Wie heißt es so schön«, seufzt der Kommissar. »*Und jedem Anfang liegt ein Zauber inne.* Meine erste Bude war damals in der Nordstadt. Das waren Zeiten. Machen Sie nur nicht den Fehler, diese Freiheit für irgendeinen Kerl leichtfertig aufzugeben«, rät Völxen.

»Da sehe ich keine Gefahr im Verzug.«

Völxen ruft in Richtung Theke: »Pedra, wo bleiben die Tapas? Oder muss ich um die Ecke, einen Döner essen gehen?«

»Döner! *Desagradable al gusto.* Altes Schaf mit Kraut!«

Die Tür zum Balkon ist weit geöffnet, aus der Anlage plärrt Musik von einem Trash-Sender. Vorhin war Jule kurz davor, ihre Eltern zu besuchen, hat den Gedanken aber wieder verworfen. Wenn es ihre Erzeuger die ganze Woche über nicht für notwendig gehalten haben, sich um ihre Tochter zu kümmern, bitteschön. Mal sehen, wer den längeren Atem hat.

Völxen hat recht, es ist herrlich, endlich eine eigene Wohnung zu haben, in der man tun und lassen kann, was man will. Zwar hatte sie während des Studiums auch schon alleine gewohnt, aber nur im Zimmer eines Studentenwohnheims. Dies hier ist etwas völlig anderes, und wie Monumente dieser neuen Freiheit stehen die drei leeren Weinflaschen und die benutzten Gläser vom Vorabend noch da. Nur die angebrochene vierte Flasche nimmt Jule mit in die Küche.

Ehe sie den Lindener Laden verlassen hat, hat sie Völxen doch noch gefragt, warum man Irene Dilling nicht vernimmt.

»Warum? Sie wird uns kaum mehr sagen als das, was wir ohnehin schon wissen«, hat Völxen geantwortet und erklärt: »Lieber ermitteln wir ein bisschen länger, als einen falschen Täter zu präsentieren. Beweisen Sie mir, dass Irene Dilling zur Tatzeit am Tatort war, dann sehen wir weiter.«

Jule hat eine Idee. Sie setzt sich an den Computer und googelt eine Weile. Sie findet ein paar Artikel über *Pro victim*, aber kein Foto von Irene Dilling. Nun, dann muss es eben so gehen, sie weiß ja seit Betrachten des Videobandes, wie die Dilling aussieht.

Sie ist gerade ins Bad gegangen, als es an der Wohnungstür läutet. Vielleicht Thomas? Ein kurzer Blick in den Spiegel – katastrophal! Das Haar ist strähnig, die Wimperntusche zerlaufen. Hastig fährt sie sich mit der Bürste durch die Frisur und wischt sich die Ränder von den Augen. Es klingelt wieder. »Ich komm ja schon«, murmelt Jule.

Vor der Tür steht ein großer, schlanker, grau melierter Herr im Maßanzug. »Guten Abend, Alexa.«

»Hallo, Papa.«

Nein! Gleich wird er das Chaos im Wohnzimmer sehen, das wird einen feinen Eindruck machen. Verdammt, warum ist mir so wichtig, was er für einen Eindruck von mir hat? Anstatt mich einfach zu freuen, dass er mich doch noch nicht ganz vergessen hat.

»Komm rein.« Sie geht voraus, in die Küche. Ihr Vater wuchtet einen Karton vom Küchenstuhl und lässt sich darauf sinken. Er sieht müde aus, wie ein Flüchtling nach einer langen, strapaziösen Reise. Dazu passt auch die geräumige Tasche, die er hereinschleppt.

»Was ist da drin? Ein Geschenk zum Einzug? Oder zur Beförderung?«

»Nein, tut mir leid, ich bin … ich habe … das hole ich nach«, stammelt ihr sonst so wortgewandter Vater.

»Schön«, antwortet Jule bewusst einsilbig.

»Nett hier«, sagt er, obwohl er sich kaum umgesehen hat.

»Ja«, sagt Jule und schnuppert an der angebrochenen Weinflasche. Der Inhalt scheint noch gut zu sein. »Ein Glas Rotwein?«

»Gerne.«

Eine neue Verlegenheit macht sich zwischen ihnen breit. Es sind nur noch Wassergläser sauber. Wenigstens eine Flasche Schampus hätte er mitbringen können.

Sie setzt sich zu ihm an den Tisch. Ihre Augen begegnen denen ihres Vaters, die von einem klaren Grau sind, wie ein See bei trübem Wetter. Ein Kranz von Fältchen umgibt sie.

»Deine Mutter und ich … wir werden uns trennen.«

Jule klappt der Kiefer weg. »Was ist passiert?«

Stumm mustert er seine Fingernägel.

Seine Chirurgenhände. Lange Finger, breiter Handrücken. Etwas schnürt Jule die Kehle zu.

»Wie alt ist sie?«, presst sie heraus.

»Einunddreißig.«

»Toll. Damit liegst du ja voll im Trend.«

Warum hat ihre Mutter sie nicht angerufen? Aus Stolz, typisch. Warum habe ich nicht mal zu Hause vorbeigeschaut? Aus Sturheit, auch typisch.

»Sie ist Ärztin, aber nicht in meiner Abteilung. In der Kinderkardiologie.«

Warum, zum Teufel, erzählt er ihr das?

»Ich wollte dich fragen, ob ich ein paar Tage bei dir wohnen kann.«

Die große Tasche. Das darf doch nicht wahr sein! »Warum ziehst du nicht zu ihr?«

»Sie hat eine Zweizimmerwohnung und eine zehnjährige Tochter.«

»Und da ist dir eingefallen, dass du ja auch eine Tochter hast, die zwar einen nicht standesgemäßen Beruf hat, dafür aber eine Dreizimmerwohnung, wie praktisch.«

»Ich verstehe. Du hast recht, ich hätte nicht herkommen sollen. Ich werde in ein Hotel gehen.«

»Was ist besser an ihr als an Mama?«

Ein Lächeln huscht über sein Gesicht. »Sie hat Wärme und Witz. Ich meine, wirklich Witz, nicht diesen Zynismus deiner Mutter.«

Wärme und Witz. Blödsinn! Wahrscheinlich hat sie feste Brüste und himmelt ihn an. Es ärgert sie, dass ihr Vater sie durch seine Bitte um Asyl zu seiner Komplizin macht, noch ehe sie Gelegenheit gehabt hat, mit ihrer Mutter zu sprechen. Aber würde das etwas ändern? Vielleicht. Wer weiß, was er alles verschweigt. Warum tun Männer so etwas? Midlife Crisis?

»Du kannst hierbleiben«, hört sie sich sagen. Sie war schon immer ein Papakind.

»Am Sonntag hat meine Dicke ihren Sechzigsten. Ihr kommt doch vorbei?«

»Klar.« Auch das noch, denkt Völxen.

Er und Jens Köpcke stützen den Zaun der Schafweide, jeder mit einer Flasche Herri in der Hand. Es ist ein milder Abend. Hoch über ihnen flitzen die Schwalben, über dem Deister streckt sich eine zartrosa Schönwetterwolke.

»Völxen, deine Schafe müssen geschoren werden. Sonst kommen sie beim nächsten Regen nicht mehr in die Höhe.«

»Hab ich morgen vor. Und es gibt so schnell keinen Regen.«

Der Nachbar gibt ein Brummen von sich.

»Was schenkst du ihr?«

Köpcke zieht die Brauen zusammen und sagt grimmig: »Ein Wellness-Wochenende in so einem Fünfsterne-Schuppen. Davon redet sie andauernd.«

»Machst du auch mit?«

»Seh ich so aus?«

Völxen grinst. »Nö.«

»Lach nicht.«

»Tu ich ja gar nicht.« Jeder von ihnen nimmt einen großen Schluck vom lauwarmen Bier.

»*Wellness. Gesundheit. Anti-Aging.* Das sind die neuen Götzen, Völxen, die neue Religion, glaub mir. Die Leute zahlen jeden Preis und machen jeden Scheißdreck mit, nur weil es angeblich gesund ist.« Köpcke wendet den Kopf und spuckt im hohen Bogen aus.

Eine kurze Stille tritt ein. Die Schafe haben sich unter dem Apfelbaum zusammengerottet und starren zu ihnen herüber.

»Du gehst neuerdings zum Walking?«, fragt der Hühnerbaron scheinheilig.

»Woher weißt du das denn schon wieder?« Die Frage ist im Grunde überflüssig. Der Männergesangverein ist die Keimzelle des Dorfklatsches.

Köpcke gönnt sich noch einen tiefen Zug aus der Flasche. »Man hört so Einiges.«

Völxen seufzt.

Schweigend beobachten sie den Sonnenuntergang.

»Und für die Herrschaften?«

»Ein Bitter Lemon.«

»Ganz ohne Wodka?«

»Ohne Wodka.«

»Für mich einen Mojito«, ordert Professor Wedekin.

»Das ist ein Wort«, meint der Barmann erfreut.

Jules Vater sieht sich in der Bar um. »Was tun wir hier?«

»Ich muss was nachprüfen.« Jule kramt in ihrer Handtasche. Als der Barmann die Getränke vor sie hinstellt, fragt Jule: »Sind Sie Pascal?«

»Genau der bin ich.« Er lächelt und streicht sich mit einer grazilen Geste über den kahlen Schädel.

Jule lässt ihren Dienstausweis aufblitzen, was ihr in Gegenwart ihres Vaters ein obskures Vergnügen bereitet.

»Kommissarin Wedekin. Es geht um den Mord an Dr. Offermann. Ich würde Sie gerne noch etwas fragen.«

»Nur zu. Man hilft ja gerne.«

»War an dem bewussten Abend – am Montag – war da in der Zeit nach dreiundzwanzig Uhr eine einzelne Dame hier? Mitte fünfzig, kurzes graues Haar, strenge Gesichtszüge. Kein Hotelgast, sie hat vermutlich bar bezahlt.«

Pascal blickt zur Decke, überlegt. Wäre ja ein Wunder, denkt Jule, als sie ihn sagen hört: »Doch, das könnte schon sein.«

»Wirklich?« Jules Puls beginnt zu rasen.

»Ja, so eine Dame kam um die Uhrzeit. Gegen elf etwa. Sie hat da ganz hinten gesessen und einen Kaffee getrunken.« Er deutet quer durch die Bar, die jetzt, um neun Uhr, noch spärlich besucht ist.

»Hat Dr. Offermann diese Frau gesehen?«

»Das weiß ich nicht. Es war, wie gesagt, recht voll, und er hat sich mit der Dame neben sich unterhalten.«

»Die Frau ist also nicht zu Offermann hingegangen oder hat ihn gegrüßt?«

»Nein, sie saß ganz allein da hinten und starrte vor sich hin. Mir kam sie ein wenig verwirrt vor. Sie war nicht der Typ Frau, der in eine Bar geht, sie passte nicht hierher, wenn Sie verstehen, was ich meine.«

Selbst wenn Offermann die Dilling bemerkt hat, überlegt Jule, war ihm bestimmt nicht daran gelegen, eine weitere Szene vor versammeltem Publikum zu provozieren. Und sie? Ist sie zurückgekommen, um das Angebot eines Gesprächs doch noch anzunehmen? Mit einer Pistole und einem Messer bei sich?

Am liebsten würde sie sofort Völxen anrufen. Aber sie will ihn nicht durch Übereifer vergraulen. Außerdem muss sie erst sicher sein, dass Irene Dilling tatsächlich hier war. Ein Foto muss her. »Eine Frage noch: Würden Sie die Frau wiedererkennen?«

»Ich denke schon«, meint Pascal. Dann schwänzelt er davon und wendet sich neuen Gästen zu.

»Du arbeitest an dem Fall Dr. Offermann mit?«, fragt Jost Wedekin beeindruckt.

»Was hast du gedacht? Dass ich geklauten Fahrrädern nachjage?«

»Warum nicht«, versetzt ihr Vater. »Das hast du doch während der vergangenen drei Jahre auch getan.«

Jule schweigt gekränkt, bis ihr Vater begütigend seine Hand auf die ihre legt. »Ich bin froh, dass du von diesem furchtbaren Revier weg bist.«

»Es war nicht furchtbar«, widerspricht Jule matt.

»Doch, war es. Ich verstehe nicht, warum sie dort Frauen einsetzen. Ausgerechnet in der Rotlicht- und Rauschgiftszene, wo noch dazu die ganzen Klubs und Diskotheken liegen. Wie oft bist du angegriffen worden?«

»Vier Mal.«

Vier Mal hat sie es zugeben müssen: die angebrochenen Rippen – Folgen einer Festnahme eines Cracksüchtigen – der Messerstich eines schwarzafrikanischen Drogendealers, von dem die Narbe unter ihrem linken Auge stammt, der Innenbandriss vom Tritt eines randalierenden Bordellkunden und die Gesichtsprellung, die ihr ein kasachischer Zuhälter mittels einer Kopfnuss beigebracht hatte, haben sich beim besten Willen nicht verheimlichen lassen.

Das erste Jahr war das schlimmste, danach haben sich die Erfahrung und das Karatetraining allmählich ausgezahlt. Tatsächlich waren es vierundzwanzig tätliche Angriffe in drei Jahren gewesen, und damit ist Jule noch gut weggekommen. Hundertachtzig Tätlichkeiten gegen Beamte hat der Bezirk Mitte allein im letzten Jahr verzeichnet.

»Es ist ein Jammer. Jetzt, wo es endlich diese schicken blauen Uniformen gibt, geh ich zur Kripo«, scherzt Jule.

»Wir haben ja noch gar nicht auf deine Beförderung angestoßen«, fällt ihrem Vater dabei ein, und ehe Jule etwas sagen kann, winkt Professor Wedekin dem Barmann: »Hallo, Pascal! Wir hätten gerne eine Flasche Champagner.«

»Warum sind Sie Polizist geworden?«

Fernando lächelt. »Das ist eine seltsame Geschichte, fast ein wenig kitschig.«

»Ich mag kitschige Geschichten«, behauptet Liliane Fender und schenkt ihm ein aufmunterndes Lächeln.

»Mein Vater starb, als ich dreizehn war. In den Jahren danach lief bei mir so Einiges aus dem Ruder. Ich war in allerlei krumme Sachen verwickelt: Dealerei, kleine Diebstähle, Hehlerei. Irgendwann haben sie mich beim Verticken von gefälschten Fußballtickets erwischt. Ich verbrachte eine Nacht in den Verwahrzellen in der Polizeidirektion. Meine Mutter ist aus allen Wolken gefallen und hat daraufhin ihren Stammgast vom Kriminaldauerdienst gebeten, mir ins Gewissen zu reden.«

Der Kellner bringt die bestellte Flasche Sangiovese und öffnet sie am Tisch. Nachdem das Ritual des Kostens und Einschenkens überstanden ist, fragt Liliane Fender: »Haben Sie auf ihn gehört?«

»Nicht die Bohne. Ich glaube, ich habe ihn sogar einen Scheißbullen genannt. Mit dem Einverständnis meiner Mutter hat er mich dann drei Abende hintereinander abgeholt, und ich durfte, oder vielmehr musste, die Nachtschicht beim Kriminaldauerdienst mitmachen, drei Nächte lang, bis früh um fünf. Er hat keine Predigten gehalten, aber ich habe auch so kapiert, wo ich ende, wenn ich so weitermache. Zwei Jahre später war ich mit der Schule fertig und habe mich bei der Polizei beworben. Der Typ ist heute mein Chef, Hauptkommissar Völxen.«

»Ein kluger Mann. Er hat Sie richtig eingeschätzt und Ihnen eine Perspektive aufgezeigt. Das war nützlicher als alle Moralpredigten.«

»Sie halten mich sicher für ziemlich ungehobelt und ungebildet«, entschlüpft es Fernando, obgleich er im selben Moment ahnt, dass er diese Frage besser nicht gestellt hätte, denn entweder muss die ehrliche Antwort darauf »Ja« lauten, oder man setzt sich unweigerlich dem Verdacht der Koketterie aus.

»Nein«, sagt sie nüchtern. »Tu ich nicht. Sie sind kein Intellektueller, wenn Sie das meinen. Aber die sind ohnehin recht anstrengend.« Sie hebt ihr Glas. »Auf kluge Männer.«

»Und schöne Frauen«, sagt Fernando und würde sich am liebsten schon wieder die Zunge abbeißen. Was redet er da? Bei einer Frau ihres Formats muss er sich schon was anderes einfallen lassen, da greift der übliche Schmus nicht.

»Was haben Sie mit Ihrem Gesicht angestellt?«, fragt sie.

»Zwei Bürger haben sich einer Festnahme widersetzt.« Er versucht ein Lächeln, was mit der angeschwollenen Gesichtshälfte gar nicht so einfach ist. »Ich finde, es verleiht mir einen verwegenen Touch. Manche Frauen stehen auf so was.«

»Manche«, sagt sie und schlägt die Augen nieder.

»Warum sind sie Psychiaterin geworden?«

»Weil ich ein paar Antworten haben wollte.«

»Worauf?«

»Warum Menschen anderen Menschen antun, was sie ihnen eben so antun.«

»Haben Sie sie gefunden?«

»Teilweise.«

»Aber Sie haben sich auf Opferhilfe spezialisiert. Findet man die Antworten nicht eher bei den Tätern?«, fragt Fernando. Eine Steilvorlage, findet er. Jetzt wäre doch der Moment, ihm zu erzählen, dass sie die Begutachtung von Strauch übernommen hat.

»Sind Sie schon einmal richtig verprügelt worden«, fragt sie stattdessen.

»Och, ja.«

»So, dass Sie um Ihr Leben fürchten mussten?«

»Als Kind. Es gab da eine üble Clique aus Linden-Süd.«

»Hat es Ihr Leben verändert?«

»Ja. Ich bin vorsichtiger geworden und habe mich entsprechend bewaffnet.«

»Ich hatte mal eine Freundin, die ist in ein falsches Auto gestiegen. Sie hat nie darüber gesprochen, mit niemandem, aber sie war danach völlig verändert. Vielleicht mache ich deshalb heute diese Arbeit.«

»Was ist aus ihr geworden?«

»Ihre Familie ist weggezogen. Aus Scham.« Sie hält ihr Weinglas gegen das Licht, trinkt, und sagt, während ihr Finger den

Rand des Glases hinabfährt: »Gewalterfahrung verändert die Psyche, man lebt anders. Man spürt plötzlich seine Verletzlichkeit. Man hat Angst, wo man früher keine hatte. Nichts ist mehr wie vorher. Und das Schlimmste ist: Man gibt sich selbst die Schuld an dem, was einem angetan wurde. Das geht manchmal bis hin zur Idealisierung des Täters. Stockholm-Syndrom, wenn Ihnen das ein Begriff ist.«

»Das klingt, als hätten Sie es selbst erlebt«, bemerkt Fernando vorsichtig. Sie nimmt die Hände vom Weinglas, sieht ihn an. »Ich? Nein. Nur keine falschen Schlüsse, Herr Kommissar. Das ist meine Erfahrung als Therapeutin.«

»Sind Sie glücklich damit?«

»*Pizza quattro stagioni, pizza rustica, prego.*« Das Erscheinen des Kellners entbindet sie von der Antwort. Sie essen schweigend und hungrig.

»Das tat gut. Das erste vernünftige Essen seit Tagen«, meint Liliane Fender danach und schiebt mit einem zufriedenen Gesichtsausdruck ihren leeren Teller zurück. »Ich war die letzten Tage zu nichts fähig, schon gar nicht, mir etwas zu kochen.«

»Ich lerne immer Frauen kennen, die nicht kochen können«, bedauert Fernando.

»Legen Sie denn Wert darauf?«

Achtung, Fernando, böse Falle! Sag jetzt nichts Falsches. »Nein, natürlich nicht.«

»Schade. Ich kann nämlich gut kochen.«

An dieser Stelle würde es sich anbieten, über seine Wohnsituation zu reden, denn erfahrungsgemäß erhält die in seinen Augen belanglose Tatsache, dass er mit seiner Mutter in einer Wohnung lebt, mit jedem Tag, an dem sie verschwiegen wird, mehr Gewicht. Aber er möchte noch eine Weile normal behandelt werden und nicht wie ein Abartiger oder Kranker, deshalb fragt er, nachdem der Kellner die Teller abgeräumt hat: »Wie lange kennen Sie eigentlich Irene Dilling schon?«

Liliane Fender seufzt. »Sie enttäuschen mich. Jetzt gibt es also doch noch ein Verhör.«

»Nein, so dürfen Sie das nicht sehen. Es ist nur Neugierde.«

»Ich kenne sie seit drei Jahren. Irgendwann hörte ich von dieser Gruppe und bin zu einem Treffen hingegangen. Seitdem halte ich dort etwa zwei Mal im Jahr einen Vortrag. Das bringt mir ein gutes Gewissen und Patienten. Man muss sehen, wo man bleibt.«

»Irene Dilling war eine Patientin von Dr. Offermann.«

Sie zieht die Augenbrauen hoch. »Wirklich? Das wusste ich nicht.«

»Schade«, meint Fernando. »Ich dachte, Sie könnten mir etwas darüber erzählen.«

»Leider nein. Das muss vor meiner Zeit gewesen sein. Ich bin seit vier Jahren in der Praxis.«

»Meinen Sie, Sie könnten mal in alten Akten stöbern? Vielleicht finden Sie sogar eine Aufzeichnung.«

»Ich finde allenfalls ein paar alte Rechnungen und Befunde. Man zeichnet nicht jede Sitzung auf, nur Gespräche mit besonders interessanten Patienten. Aber das sind nicht viele.«

»Solche wie Strauch.«

»Bei Häftlingen ist das etwas anderes.«

»Ist es wahr, dass Sie diesen Michael Strauch begutachten werden?«

Sie nickt. »Ja. Sie sind wirklich gut informiert, ich weiß es selbst erst seit heute Morgen.«

»Das ist mein Job«, sagt Fernando. »Tun Sie das gerne?«

»Was?«

»Sich mit Strauch beschäftigen.«

»Nein.« Sie schüttelt den Kopf. »Nein, es macht mir bestimmt keine Freude, das können Sie mir getrost glauben. Aber es ist einfach eine Chance, die ich nicht verstreichen lassen darf.«

»Eine Chance worauf?«

Sie trinkt einen großen Schluck Wein.

Das Kerzenlicht veredelt den Porzellanschimmer ihrer Haut, ihre Augen sind dunkel umschattet. Himmel, was für eine schöne Frau, durchzuckt es Fernando.

Sie beugt sich ein wenig über den Tisch und flüstert: »Ich möchte diesen Scheißkerl im Knast sehen, und zwar für immer.

Und wenn ich irgendetwas tun kann, damit es so kommt, dann werde ich die Gelegenheit nutzen.«

Fernando ist verblüfft über den plötzlich aufgeflammten Hass in ihrer Stimme und ihrem Blick. Sollte ein Gutachter nicht neutral sein? Wo ist die kühle, professionelle Dr. Fender geblieben? Was ist mit den wissenschaftlichen Prognoseverfahren, von denen sie ihm erzählt hat? »Halten Sie es für möglich, dass er noch mehr Verbrechen begangen hat, von denen man noch nichts weiß?«, fragt er.

Ihre Züge glätten sich, sie setzt sich wieder aufrecht hin. »Das habe ich nicht gesagt.«

»Aber nur so etwas könnte ihm ein neues Verfahren und damit die Sicherungsverwahrung einbringen, oder? Natürlich wird er sich hüten, Ihnen das zu beichten.«

Ihre Zähne graben sich in die Unterlippe, dann sagt sie: »Mir wird schon was einfallen.«

Fernando schenkt ihr Wein nach.

Sie hebt die Hand, lächelt. »Nicht. Ich muss noch fahren.«

»Ich begleite Sie gerne im Taxi nach Hause.«

Sie sind mit ihrem Wagen hier. Sein Ansinnen, sie auf seiner blitzblank gewienerten Drag Star mitzunehmen, hat sie abgelehnt: »Glauben sie wirklich, ich stülpe mir einen Helm auf die Frisur und klammere mich wie ein Äffchen an ihren breiten Lederrücken?« Genau so hatte sich Fernando das eigentlich tatsächlich vorgestellt, aber immerhin ist sie überhaupt mitgekommen. Er kann immer noch kaum glauben, dass sie hier mit ihm in einer Lindener Pizzeria sitzt. Fast enttäuscht es ihn, wie leicht das Ganze ging. Was stimmt nicht mit dieser Frau, dass sie an einem Freitagabend nichts Besseres zu tun hat, als mit ihm auszugehen? Ihr Einverständnis hat ihr etwas von der Unnahbarkeit genommen, die er an Frauen so bewundert. Dennoch, er muss sich zusammenreißen, um sie nicht immerzu anzustarren, in ihrem schwarzen, tief ausgeschnittenen Kleid.

»Warum sehen Sie mich so an?«

Da haben wir die Bescherung. »Ich kann nicht anders. Sie sind wunderschön.«

Sie lächelt. Im Hintergrund schnulzt Eros Ramazotti aus dem Lautsprecher.

Jetzt oder nie, Fernando. Seine Hand schiebt sich über die karierte Tischdecke, bis er ihre kühlen Finger berührt. Sie zieht sie nicht weg.

»Liliane«, sagt er mit weichgespülter Stimme und sendet einen flammenden Blick über den Tisch. »*La azucena*, die weiße Lilie – der Name passt gut zu Ihnen.«

War das ein Lächeln? Spöttisch? Amüsiert?

Aus seiner Jacke ertönen die ersten Takte des Einzugsmarschs der Toreros aus Carmen. *Mierda!* Verdammte Scheiße! Warum habe ich es nicht ausgemacht, ich dämlicher Trottel? Er tut, als ob nichts sei, intensiviert den Druck seiner Hand und versenkt sich dabei in das Gletscherblau ihrer Augen.

»Ihr Telefon.«

Mit einem resignierten Seufzen greift Fernando in seine Jacke. Sie zieht ihre Hand zurück.

»Ja?«, blafft er ungehalten.

»Ich bin's, Jule.«

»Was ist denn?«

Ungeduldig lauscht er Jules Ausführungen. »Ist gut«, antwortet er. »Such morgen ein Foto, danach sehen wir weiter. So etwas muss auf sicheren Beinen stehen, sonst geht der Schuss nach hinten los.«

»Sag mal, was hörst du denn da für Sülzmusik?«

»Ich bin in einem Restaurant.«

»Etwa mit *ihr*?« Ihr erstaunter Tonfall hat etwas Kränkendes.

»Erraten«, sagt Fernando trotzig und legt auf. Er macht das Telefon aus. Sicher ist sicher. Aber der Zauber ist verflogen, das spürt er.

»Wichtige Neuigkeiten?«, fragt sie.

»Vielleicht.« Er sieht sie ernst an. »Seien Sie in der nächsten Zeit etwas vorsichtig. Passen Sie vor allen Dingen auf Irene Dilling auf. Meiden Sie sie vorerst.«

»Wieso?«

»Mehr darf ich Ihnen nicht sagen. Tun Sie's einfach.«

Liliane Fender hat ihr Glas geleert und lässt Fernando wissen, dass sie jetzt gern nach Hause fahren würde.

Er ruft den Kellner und zahlt die Rechnung. Sie erhebt keine Einwände. Sie hat eben Stil, denkt Fernando.

Draußen ist die Luft lau und samtig, eine hauchdünne Mondsichel steht über den Dächern. Liliane Fender atmet tief ein. Sie hat zwei Straßen weiter einen Parkplatz gefunden, und auf dem Weg dorthin hakt sie sich bei Fernando unter. Viel zu rasch sind sie bei ihrem Wagen angekommen, der – was für ein Zufall! – fast genau vor dem Laden von Pedra Rodriguez parkt.

Jetzt wäre der Moment, sie zu fragen, ob sie noch mit zu ihm nach oben kommt. Und Mama? Fernando vermeidet es, Neueroberungen mit nach Hause zu nehmen. Erstens weiß man im Voraus nie, wie … nun, ja … wie laut die Damen werden, zweitens schätzt es seine Mutter nicht, frühmorgens in der Wohnung wildfremden Frauen zu begegnen. So etwas muss sorgsam vorbereitet werden, indem man die Angebetete erst mal mit in den Laden nimmt, zur Begutachtung. Ach, pfeif drauf! Sie hat ihn schließlich auch überfallartig mit diesem Alfonso konfrontiert.

Im silbrigen Licht einer Straßenlaterne sind sie stehen geblieben, und mit einer Stimme so sahnig wie Schmand sagt Fernando: »Ich hätte eine Idee: Wir wäre es, wenn ich Ihnen unseren Laden zeige und uns einen Kaffee koche? Und vielleicht ein paar *dulces* zum Nachtisch?«

Samstag, 21. April

Am ganzen Leib zitternd duckt sich Doris unter die Zweige des Apfelbaums und blökt kläglich. Fast kommt es Völxen vor, als ob sich das Tier seiner Nacktheit schämt. Die anderen drei Schafe stehen wollig und pausbäckig in der hintersten Ecke der Weide und blicken dem, was von Doris übrig ist, misstrauisch entgegen. Offenbar erkennen sie ihr Herdenmitglied nicht wieder.

Wanda wischt sich den Schweiß von der Stirn. »Zwanzig Minuten. Das muss besser werden. Es soll Leute geben, die scheren hundertfünfzig an einem Tag.«

»Mir reichen die vier«, meint Völxen. Ein Berg Wolle türmt sich im Wäschekorb.

Angelina, Mathilde und Salomé treibt jetzt doch die Neugier. Vorsichtig witternd umkreisen sie ihre geschorene Lebensgefährtin. Es wird geblökt, dann – vermutlich haben sie einander an der Stimme erkannt – ist der Schock auf beiden Seiten überwunden. Doris drängelt sich zurück in den Schoß der kleinen Herde.

»Die nächste bitte.« Gierig und offensichtlich ahnungslos folgt Salomé dem Stück Zwieback, das man ihr vor die Nase hält. Hinter dem Stall erfolgt der Zugriff. Mit vereinten Kräften zwingen Völxen und Wanda das Tier auf den Boden. Es strampelt und stößt panische Laute aus.

»Die werden mich nie mehr anschauen«, keucht Völxen, dessen Aufgabe es ist, das Schaf festzuhalten, während sich Wanda mit dem schnurrenden Schurapparat durch das Vlies arbeitet. Das Schaf hat seine Gegenwehr eingestellt, es liegt jetzt still und mit bebenden Flanken da.

»Dad, das sind Schafe, keine Elefanten. Morgen haben sie's vergessen.«

Trotz der Sorge um die zarten Seelen der Schafe kann Völxen der Schafschur eine positive Seite abgewinnen. »Kann man sich etwas Urwüchsigeres, Archaischeres vorstellen, als die eigenen Schafe zu scheren?«, hat er beim Frühstück Sabine gefragt.

»Ja, sie zu schlachten«, lautete ihre rabiate Antwort.

Salomés Sommerfrisur ist nach fünfzehn Minuten fertig. Daraufhin wiederholt sich dasselbe Schauspiel wie zuvor: Ausgestoßen steht das zitternde Tier vor den anderen, die es argwöhnisch beäugen.

»So viel zur Intelligenz von Schafen«, merkt Wanda an.

Mitten in der Schur des Schafes Mathilde, der Nummer drei, klingelt Völxens Telefon. Völxen umfasst mit einer Hand Mathildes Hinterbeine und zieht mit der anderen sein Handy aus der Hosentasche. Diesen Augenblick nutzt das Schaf. Es bäumt sich auf, windet sich wie ein Korkenzieher, kommt auf die Beine und flieht in Bocksprüngen über die Weide.

»Da hast du es«, jammert Wanda. »Ein halbes Schaf.«

Das Tier sieht in der Tat grotesk aus. Die rechte Hälfte ist geschoren, doch das Vlies hängt noch zusammen und flattert in Fetzen um den teilweise kahlen Körper. Die Artgenossen blicken ihm aus ihren gläsernen Schafsaugen dumpf entgegen.

»Völxen …«

»Nowotny. Weibliche Leiche …«

Mit einem Schlag bricht die andere Welt über ihn herein.

»Ich komme.«

»Das ist jetzt nicht dein Ernst, oder? Wenigstens Mathilde machen wir noch fertig!«

Aber Völxen schüttelt den Kopf. »Tut mir leid, das muss warten.«

»Papa! So können wir sie nicht lassen, die kriegt ja Schlagseite.«

»Weiß du was, Tochter? Wir wären längst fertig, wenn du nicht erst um elf Uhr heute Mittag von diesem … diesem …«

»Er heißt Sören.«

Was für ein Name! Und überhaupt kann Völxen nicht begreifen, was seine Tochter an einem Jüngling findet, dessen Haut aussieht wie eine Raufasertapete.

»Meinetwegen. Also sieh zu, dass du deinen *Sören* anrufst, damit er sich hier nützlich macht.«

»Der ist krank.«

»Ach. Was hat er denn?«

»Würfelhusten. Gestern war Erdbeerfest in Ihme.«

»Dann soll er ein Stützbier trinken und seinen Hintern hierher bewegen. Anderthalb Schafe, das werdet ihr ja wohl noch hinkriegen.«

Fängebo oder Högbo? Seit einer Stunde bewegt sich Jule inmitten von Kleinfamilien und händchenhaltenden Pärchen durch die Ausstellung des schwedischen Möbelhauses. Ihr Vater ist bis jetzt auch keine große Hilfe gewesen, da seine Kommentare zum Sortiment überwiegend destruktiver Art sind.

»Gewöhn dich schon mal dran, du wirst mit deiner Neuen sicher noch öfter hierherkommen.« Am liebsten hätte sie ihn gleich zu Beginn der Runde unten im Småland abgegeben. Glücklicherweise ist sie ihn gerade doch noch losgeworden, wenn auch nicht zwischen bunten Plastikbällen, sondern im Restaurant, wo der Professor seinen Kulturschock verdaut. Jule versucht, sich wieder auf das Zusammenspiel von Bettgestellen, Lattenrosten und Matratzen zu konzentrieren. Passt Forsbacka zu Lovene?

Zwei kleine Mädchen, die angezogen sind wie Showponys, toben, von ihren Erzeugern hartnäckig ignoriert, brüllend über die Betten. Jule hat Kopfschmerzen. Vergangene Nacht waren wieder diese schrecklichen Geräusche da, kein Gedanke an Schlaf. Kurz bevor sie ihren auf dem Sofa selig schlummernden Vater wecken konnte, fiel ihr jedoch ein, dass sich ein Spuk grundsätzlich nur im Hirn dessen abspielt, der den Spuk angeblich sieht oder hört. Was, wenn ich ihn wecke und er nichts hört? Aus Furcht vor dieser Möglichkeit hatte sie sich mit den Händen über den Ohren unter ihrer Bettdecke verkrochen und gewartet, bis es im Haus wieder still war. Erst gegen Morgen ist sie in einen tiefen Schlaf gefallen, der so lange währte, bis ihr Vater anfing zu duschen und dabei lauthals *My way* zu singen.

Sie stellt sich an einen der Schalter, wartet geduldig, bis das tätowierte Paar vor ihr seinen Kleiderschrank zusammengestellt hat, und nennt dann der Angestellten ihre Wünsche: »Einmal Mörkedal mit Sultan Hasselbäck und Komet und dazu Auflage Torsmo, alles einsvierzig auf zwei Meter.« Eine kleine Platzreserve im Bett kann ja nicht schaden.

Die Frau tippt, der Drucker rattert. Zum Glück sind sie mit dem Mercedes-Kombi ihres Vaters hier, mit ihrem Mini wäre sie chancenlos.

Es geht weiter. Büromöbel... Hier ist es ein wenig ruhiger. Ihr Handy klingelt. Bestimmt der Herr Papa, der meckert, weil sie so lange braucht. Nachdem sie aufgelegt hat, schiebt sie sich im Slalom zwischen den bummelnden Menschen durch bis ins Restaurant. Ihre Augen gleiten wie Suchscheinwerfer über das Chaos. Menschen balancieren voll beladene Plastiktabletts zwischen Stühlen, Buggys, Jacken und krabbelnden Kleinkindern hindurch. Es riecht nach Bratensoße und Vanille. Der Lärmpegel ist beeindruckend. Jost Wedekin sitzt an einem Vierertisch am Fenster, vor sich einen Becher Kaffee und einen Blaubeerkuchen, hinter sich die graugrüne Ödnis des Expo-Geländes. Er verfolgt mit einem faszinierten Gesichtsausdruck, wie die korpulente Mutter neben ihm kleine Hackfleischbällchen in ihr kugelrundes Kind stopft, das sie in einen Hochstuhl gepfropft hat. Einem Reflex gehorchend öffnet sich sein Mund ab und zu synchron mit dem des Kindes.

Jule lässt sich auf den freien Stuhl ihm gegenüber plumpsen. Der Professor löst sich vom Anblick des Kindes und lächelt seine Tochter heroisch an.

»Alles in Ordnung, Papa?«

»Ein Tollhaus«, flüstert er.

»Pass auf. Auf diesem Zettel da habe ich notiert, was man selbst aus dem Lager holen muss. Die erste Zahl ist das Regal, die zweite das Fach. Wagen stehen einen Stock tiefer, gleich unter der Treppe. Die Sachen auf den anderen Zetteln bekommst du hinter der Kasse, an der Warenausgabe. Vergiss nicht, eine Nummer zu ziehen, sonst sitzt du morgen früh noch da unten. Und kauf noch ein paar Weingläser, einen Fußabtreter und eine Bratpfanne. Und ein paar Töpfe. Du kannst ja mal gucken, was so an Pflanzen da ist. Ach, und den Nachttisch Noresund bring auch noch mit.«

Jost Wedekin blinzelt verwirrt. »Ich? Wieso ich? Und was machst du?«

»Ich werde gleich von meiner Kollegin abgeholt. Wir haben einen Leichenfund. Du schaffst das schon, Papa. Ciao, ciao.«

Um den Weg hinaus aus dem Konsumtempel abzukürzen, rennt Jule die Rolltreppe, die vom Eingang ins Restaurant hinaufführt, hinunter. Es ist eine sportliche Herausforderung, aber was will man machen, wenn einen die Architekten von Ikea Laatzen dazu zwingen wollen, sich den Verführungen der Markthalle auszusetzen? Ein paar aufgekratzte Gören sind zum Zeitvertreib auf dieselbe Idee gekommen. Jule hastet an einem Jungen vorbei, der am Fuß der Rolltreppe im Weg steht.

»He, können Sie nicht aufpassen? Sie hätten beinahe den Finn-Malte umgerannt«, schallt es ihr wütend nach.

»Er lebt ja noch«, ruft Jule und strebt nach draußen.

Odas Golf überquert den Stichkanal Misburg. Frachtschiffe gleiten im grünlichen Wasser träge dahin. Links liegt der Industriehafen mit seinen Kränen. Gleich hinter der Brücke biegen sie rechts ab und fahren am Kanal entlang, der hier schmaler ist als am Industriehafen. Dort, wo das Gewässer einen Knick nach Süden macht, liegt ein verträumter kleiner Jachthafen, dem es jedoch an jeglicher Mondänität mangelt. Etwa dreißig kleinere Motorjachten dümpeln gut verpackt an der Kaimauer. Ein Entenpaar lässt sich entlang der Achterdecks treiben. Alles wirkt verschlafen, sogar das Wasser im Kanal scheint nicht zu fließen. Nur ein Jachtbesitzer ist da und pinselt den Namenszug seines Bootes *Rosinante* nach, eine ältere Frau im Badeanzug wischt das Deck. Sonst ist kein Mensch zu sehen.

Auf dem Parkplatz stehen die einschlägigen Fahrzeuge: zwei

Streifenwagen, Bächles Mercedes, Völxens edle Chaise. Der blaue Lack ist von einer Schicht weißen Staubes überzogen. Sie steigen aus.

»So, und jetzt?«, fragt Jule. Zwei Wege führen vom Hafen weg in nördliche Richtung.

»Sie hätten ja mal jemanden dalassen können«, schimpft Oda.

»Nehmen wir den linken«, schlägt Jule vor. Der Untergrund fühlt sich an, als würde man auf einer Schicht Kreide gehen. Sie passieren ein Schild, das die Gegend als Naturschutzgebiet ausweist.

»Scheißzeug«, flucht Oda, deren schwarze Hosenbeine bis zum Knie bemehlt sind.

»Das ist Kalkmergel«, doziert Jule. »Ist während der Kreidezeit aus Planktonschalen und Schlamm entstanden. Ende des 19. Jahrhunderts wurde Kalkmergel als Rohstoff für die Zementherstellung entdeckt. Deshalb hat sich die Portland-Cementfabrik hier angesiedelt, ihren Werkshafen gebaut und ihn mit dem Mittellandkanal verbunden. Ich glaube, das war 1926. Ja, doch. Ein paar Jahre später kam die Raffinerie Deurag-Nerag mit ihrem Ölhafen dazu. Hast du gewusst, dass es um Nienhagen und Peine herum ganz respektable Ölfelder gegeben hat?«

Oda bleibt abrupt stehen und sieht Jule an. »Bist du ein wandelndes Lexikon, oder so was?«

»Ich vergesse kaum, was ich mal gelesen habe. In der Zwölften musste ich in Geographie eine Facharbeit über die Rückverwandlung von Industriebrachen in naturnahe Landschaften schreiben. Es gibt da noch eine interessante Geschichte: Sie haben während des Krieges im Misburger Wald eine zweite Raffinerie gebaut, beziehungsweise etwas, das aus der Luft wie eine Raffinerie aussehen sollte. Damit wollten sie die Bombenflieger täuschen. Im Wald kann man noch die Betonringe sehen, auf denen die falschen Holztanks standen.«

»Hat aber nicht geklappt, oder?«

»Nein. Die Briten haben alles plattgemacht, hauptsächlich die Wohnhäuser. Hier liegen bestimmt noch etliche Blindgänger, und das Gelände der Raffinerie ist total verseucht.«

»Apropos Blindgänger. Wir sind falsch.«

Sie stehen an einem See, dessen Ufer von stechend weißem Sand umsäumt wird. Eine Großfamilie und etliche knutschende Pärchen bevölkern den Strand. Polizisten sind weit und breit keine zu sehen.

»Sieht aus wie an der Südsee«, schwärmt Jule.

»Die Palmen fehlen«, bemängelt Oda.

»Der See war vor ein paar Jahren noch nicht da. Ist das schön hier!«

»Komm schon, wir sind nicht zum Sightseeing hier.«

»Ich weiß«, sagt Jule. Sie redet wie ein Wasserfall, um dieses mulmige Gefühl zu verdrängen. Sie hat schon Leichen gesehen. Als Streifenpolizistin war sie etliche Male an Wohnungsöffnungen mit Leichenfunden beteiligt, fast immer eine unappetitliche Angelegenheit, und zwei Mal ist sie zu Verkehrsunfällen mit Toten und Schwerverletzten gerufen worden. Aber heute fühlt es sich anders an. Dies ist ein richtiger Tatort, der Schauplatz eines Gewaltverbrechens.

»Hat Völxen gesagt, was mit der Leiche ist?«

»Nein, nichts. Er wollte dich gar nicht anrufen, damit du in Ruhe deine Bude einrichten kannst. Aber ich dachte mir, du bist vielleicht sauer, wenn wir dich nicht informieren.«

»Ja. Danke.« Das hätte sie Oda gar nicht zugetraut. »Besser als Ikea mit meinem Vater«, fügt sie hinzu.

Oda zieht ihre fein geschwungenen Augenbrauen hoch. »Er darf mit aussuchen?«

»Nein. Er ist gestern bei mir eingezogen. Vorübergehend. Weil bei seiner neuen Freundin kein Platz ist.«

»Ach, du Schande.«

»Das kannst du laut sagen.«

Auf dem Parkplatz rollt eine riesige Staubfontäne auf sie zu, mittendrin Fernando wie ein apokalyptischer Reiter. Er bremst, sodass es noch viel mehr staubt, und steigt von seiner Maschine.

»*Merde!* Du Schwein. Schau mal, wie wir jetzt aussehen!« Oda klopft wütend den Dreck von ihrer schwarzen Kleidung.

Fernando reißt sich den Helm vom Kopf. »Morgen, die Damen. Wo geht's lang?«

»Das wüssten wir auch gerne.«

Fernando telefoniert mit Völxen und sagt dann: »Wir müssen über den Kanal, zur HPC I, was immer das ist.«

»Hannoversche-Portland-Cement-Grube eins«, erklärt Jule, und Oda ist froh, dass ihre Kollegin ein anderes Opfer für ihren Informationsdrang gefunden hat. Immer dasselbe mit den Neuen. Kaum geht es ans Eingemachte, schlottern ihnen die Knie, was sie je nach Charakter mit Schweigsamkeit oder nervösem Gequassel kompensieren.

Je näher sie dem Tatort kommen, desto stiller wird Jule. Treppen führen zu einer Brücke über den Stichkanal. Dahinter steht ein Polizist vor einem Absperrband. Sie zeigen ihm ihre Ausweise.

»Wahnsinn«, meint Fernando wenig später.

Oda setzt ihre Sonnenbrille auf.

Eine fremdartige Sphäre erstreckt sich vor ihnen, als wären sie binnen Sekunden auf einen fahlen Planeten gebeamt worden. Die dreißig Hektar große Grube fällt in mehreren Stufen etwa vierzig Meter tief ab. Treppen und befestigte Wege durchziehen das Gelände. Inzwischen hat sich die Natur das einst verlorene Terrain zurückerobert, Gräser und Blumen zittern im Wind, kleine Tümpel funkeln wie Juwelen in der Tiefe. Auf der anderen Seite der Grube schwebt eine Aussichtskanzel über dem Rand. Es ist still, bis auf das Rauschen des Autobahnkreuzes Hannover-Ost.

Auf einer Ebene am Rand zur ersten Stufe hat sich eine kleine Menschenansammlung gebildet: Polizisten in Uniform, drei ältere Männer und zwei Frauen, Zeugen oder Schaulustige. Sie alle wirken klein und verloren auf diesem blassen Stern unter einem Himmel in Meißner Blau.

Hinter dem Flatterband der Spurensicherung steht Dr. Bächle, reglos, schweigend, die Hände auf dem Rücken gefaltet. Er scheint noch auf seinen Einsatz zu warten. Einige Meter neben ihm spricht Hauptkommissar Völxen mit einem Mann.

Die weißen Anzüge der Kriminaltechniker heben sich kaum vom Untergrund ab, und ihre Schritte versanden ungehört. In einer Art lautlosem Tanz huschen sie mit ihren Kameras um einen kontrastvollen Mittelpunkt.

Die Frau liegt auf dem Rücken. Ihre Jeans und das rosa T-Shirt sind mit Kalkmergel bepulvert, blau geäderte Arme ragen aus den Ärmeln hervor. Auf der Brust zeichnet sich ein angetrockneter Blutfleck von der Größe eines Handtellers ab. Ihr Mund steht offen – ein klaffender dunkler Abgrund in dieser bleichen Welt. Eine schwarze, blutige Kruste um die Lippen lässt ahnen, dass auch ihr die Zunge herausgeschnitten wurde. Die Sonne sticht auf sie herab, und obwohl sie von Menschen umringt ist, wirkt sie grenzenlos einsam.

»Herr Pfeiffer …«

»Pfeuffer. Mit U – Roland Pfeuffer.«

»Herr Pfeuffer«, wiederholt Völxen gewissenhaft, »wann genau haben Sie die Leiche gefunden?«

»Heute früh um neun Uhr.« Der Herr mit den kurzen Hosen und dem grauen Haarkranz um die gebräunte Glatze tippt zur Verdeutlichung auf seine Armbanduhr. Er trägt ein gelbes Polohemd und kurze Hosen zu weißen Tennissocken und Mephisto-Schuhen.

»Aber der Notruf ging erst um 9.24 Uhr bei der Leitstelle ein«, hält ihm der Kommissar entgegen.

»Ich musste doch erst nach Hause radeln. Ich wohne in Misburg-Nord, im Bussardweg. Ich bin gefahren wie der Teufel. Wissen Sie, so ein Handy wollte ich nie haben. Was hätte ich denn sonst machen sollen?«

»Das war schon richtig«, beruhigt Völxen den Mann, dessen knorziges Gesicht sich vor Aufregung rötet. »War zu diesem Zeitpunkt sonst noch jemand hier?«

»Nein. Kein Mensch war hier, ich war ganz allein. Ich und die Tote. Das war unheimlich, das kann ich Ihnen sagen.«

»Darf ich fragen, was Sie hier gemacht haben?«

»Ich beobachte Vögel und sammle Mineralien und Versteinerungen. Bis vor drei Jahren habe ich am Kurt-Schwitters-Gymnasium Geographie und Biologie unterrichtet. Dieser Boden, auf dem wir hier stehen, müssen Sie wissen, ist über sechzig Millionen Jahre alt. Es war einst ein Meeresboden, weshalb man hier massenhaft Schwämme, platte Seeigel und Belemniten findet.«

»Was sind denn Belemniten?«, fragt Völxen und bereut es sofort.

»Belemniten oder auch Belemnoidea sind ausgestorbene Kopffüßer, vergleichbar mit den heutigen Kalmaren. Sie lebten in großen Schwärmen im Küstenbereich der Meere. Am Kopf waren sie mit zehn Fangarmen und einem Tintenbeutel ausgerüstet, der hintere Körperteil wurde durch ein trichterförmiges Innenskelett, das geschossförmige Rostrum, geschützt. Es diente gleichzeitig als Gegengewicht zum relativ schweren Vorderteil und ermöglichte den Tieren eine horizontale Schwimmlage. Dieses Rostrum ist uns als Fossil erhalten geblieben. Früher verwendete man sie häufig als Amulette, und man nennt sie wegen ihrer Geschossform auch Donnerkeil oder Teufelsfinger.«

»Aha«, sagt Völxen.

Pfeuffer nimmt das als Ausdruck seines Interesses. Für einen Moment vergisst er die Leiche und erklärt mit leuchtenden Augen: »Die HPC I ist die größte und älteste Portland-Grube. Hundert Jahre alt, aber seit vierzig Jahren stillgelegt. Es gibt hier viele vom Aussterben bedrohte Pflanzenarten, sogar Orchideen und Pflanzen, die sonst nur an der Küste vorkommen. Je weiter man nämlich nach unten kommt, desto salziger wird der Mergel. Zwei Armleuchteralgenarten, die in Niedersachsen seit 1897 als verschollen galten, wurden hier neuentdeckt.«

Armleuchteralgen? »Vorsicht, Herr Pfeuffer.« Völxen durchbohrt den kleinen Studienrat mit einem zornigen Blick.

»Die heißen wirklich so«, versichert dieser beflissen. »Herr Kommissar, was denken Sie? Ich würde doch keinen Beamten veräppeln, der hier in einem Mordfall ermittelt.«

»Dann ist es ja gut«, meint Völxen. Anscheinend hat der Mann doch noch Respekt vor der Polizei, wie sich das für Leute seiner Generation auch gehört.

»Herr Pfeuffer, kennen Sie die tote Frau?«

Er nickt. »Ja, vom Sehen. Sie ist oft hier herumgelaufen. Meistens abends, aber am Wochenende auch schon mal frühmorgens. Ich bin nämlich für gewöhnlich schon bei Sonnenaufgang hier unterwegs, da sieht man die meisten Vögel. Wussten Sie, dass es hier sogar einen Eisvogel gibt?«

»Nein. Wann sind Sie denn heute Morgen hier angekommen?«

»Heute eben erst um neun. Meine Frau hat Geburtstag, da habe ich Brötchen geholt und mit ihr gefrühstückt, sie wäre sonst beleidigt gewesen. Deshalb bin ich später dran gewesen als sonst.«

»Sie kamen über die kleine Brücke da hinten?«

»Ja, genau. Ich bin über die Anderter Straße gefahren, danach am Kanal entlang und über die Brücke hierher. Das Fahrrad habe ich bei der Brücke abgestellt. Ich bin ein paar Schritte gegangen, und dann sah ich sie auch schon da liegen. Aber angefasst habe ich sie nicht. Dass sie tot war, war ja offensichtlich.«

»Wieso?«

»Aufgrund des Blutflecks und der mehreren Exemplare der Protophormia terraenovae«, erklärt der Studienrat.

»Der was?«

»Der blaugrünen Schmeißfliege.«

»Verstehe. Ist Ihnen unterwegs jemand begegnet?«, will Völxen wissen.

»Als ich auf dem Hinweg am Kanal entlanggefahren bin, ist mir eine Frau entgegengekommen, zu Fuß. Ich dachte noch, die hat es aber eilig.«

»Können Sie die beschreiben?«

»Lange dunkle Hose, helle Jacke.«

»Haarfarbe?«

»Das konnte ich nicht sehen. Sie hatte ein Kopftuch auf.«

»Eine Türkin?«

»Nein, ein Tuch, wie es die Frauen früher oft trugen. Ein dunkel gemustertes Tuch. Das ist mir aufgefallen, weil ich dachte:

Wer trägt denn heute noch so was? Und bei dem schönen Wetter noch dazu?«

Die alten Frauen bei uns im Dorf, wenn sie ihre Blumenkohlfrisuren vor Staub und Regen schützen wollen, denkt Völxen bei sich und fragt: »Konnten Sie ihr Gesicht sehen?«

»Nein. Ich habe jedenfalls nicht darauf geachtet. Meinen Sie, dass das …?«

»Wie alt schätzen Sie die Frau?«

»Unmöglich zu sagen. Eher älter, ihrem Gang nach zu urteilen. Eine Sportlerin war das nicht. Sie lief wie jemand, der es eilig hat, aber nicht gewohnt ist zu rennen.«

»Wie groß war sie?«

»Normal.«

»Hatte sie etwas bei sich? Eine Tasche vielleicht?«

»Ja, stimmt, Herr Kommissar. Eine schwarze Handtasche. Die presste sie beim Laufen gegen ihren Oberkörper.«

»Gut, Herr Pfeuffer«, lobt Völxen. »Sie sind ein brauchbarer Zeuge.«

Der Pensionist strahlt.

Oda lehnt im Türrahmen und betrachtet das Zimmer vor ihr: eine sonnengelbe Tapeten, weiße Gardinen, Stofftiere, Plastikpferde mit bunten Haaren und Abenteuerromane im Kiefernholzregal. Das Bett ist frisch bezogen, es riecht nach Weichspüler. Am Kopfende hängt ein Konfirmationskreuz aus Bronze. Auf dem Nachttisch spreizen sich frische rosa Röschen in einer Vase. Nirgends liegt ein Körnchen Staub.

Ein Regalfach beherbergt eine Sammlung von Versteinerungen, darunter ein paar dunkelbraune, längliche Hüllen, die an Pfeilspitzen erinnern, oder an einen Finger. Karoline scheint ein naturverbundenes Mädchen gewesen zu sein, man findet in ihrem Zimmer nur Stofftiere, keine Puppen. Oda muss dabei an Veronika denken, die sämtlichen Puppen nach wenigen Tagen die Haare geschnitten hat, und das war noch die harmloseste Behandlung, die sie ihnen angedeihen ließ. Die meisten hat sie »operiert«.

Schwere Schritte arbeiten sich hinter ihr die Treppe hinauf.

»Der Bächle gibt den Todeszeitpunkt zwischen acht und neun Uhr heute früh an.« Völxen bleibt neben Oda stehen und vertieft sich ebenfalls in den Anblick des verwaisten Zimmers. Mit seinem frisch gemachten Bett, den Blumen und der tadellosen Ordnung gleicht es einem Hotelzimmer, das auf einen verspäteten Gast wartet.

»Im Schreibtisch war eine Liste mit neunzehn Adressen und Telefonnummern von Frauen. Astrid Jödden ist auch dabei. Ich nehme an, das ist der harte Kern von *Pro victim*«, sagt Oda.

»Gut, die werden alle befragt.« Mit einem lautlosen Seufzer wendet sich Völxen von Karolines Zimmer ab. Noch mehr als der Gedanke, dass Irene Dilling nicht mehr am Leben ist, macht ihm die Tatsache zu schaffen, dass sie in der Ungewissheit über das Schicksal ihrer Tochter gestorben ist.

Von unten schallt Fernandos Stimme herauf: »Wir sind zurück. Kann ich rein?«

»Nein«, brüllt Rolf Fiedler an Völxens Stelle. »Zwei von euch reichen mir schon.«

Oda und Völxen steigen die Treppe hinunter. Ein ausgetretener, gestreifter Kokosläufer dämpft ihre Schritte.

»Rolf, habt ihr hier ein Fahrrad gefunden?«

»In der Garage steht nur ein rostiges mit platten Reifen.«

»Dann muss ihr Rad noch irgendwo beim Tatort stehen. Wir sind dann hier fertig. Servus Rolf!«

Rolf Fiedler murmelt zum Abschied einen Fluch.

Im Garten warten Jule und Fernando.

»Zwei Nachbarn haben Irene Dilling heute früh um acht die Straße entlangradeln sehen. Ansonsten hat die Nachbarschaft nichts Besonders bemerkt«, berichtet Fernando, und Jule ergänzt: »Die Frau von nebenan sagt, dass Frau Dilling fast täglich am Kanal und bei den Gruben spazieren ging.«

»Warum dort? Warum nicht im Misburger Wald, der liegt doch quasi vor der Haustür?«, fragt Oda, und Jule sagt: »Die Nachbarin meint, Frau Dilling habe mal zu ihr gesagt, sie sei dort ihrer Karoline am nächsten.«

»Und sonst? Besucher? Leute, die in letzter Zeit das Haus beobachtet haben? Die mysteriöse Frau mit dem Kopftuch?«, erkundigt sich Völxen.

»Nein, nichts«, antwortet Fernando.

»Herrgott, das gibt es doch nicht! In so einer Wohnstraße fällt doch jeder Fremde auf.«

»Nicht unbedingt«, meint Oda, »das ist hier nicht wie bei dir auf dem Dorf.«

Odas Handy klingelt. Sie geht ran, lauscht und verkündet dann: »Nachricht von der PI-Stöcken. Es liegt diesmal keine Zunge auf dem Haarmann-Stein.«

»Das Denkmal sollte die nächsten Tage trotzdem observiert werden«, ordnet Völxen an.

»Die letzte Telefonnummer, die Irene Dilling gewählt hat, ist die von Liliane Fenders Privatanschluss. Vielleicht sollten wir da mal hinfahren«, schlägt Oda vor.

»Mach ich«, sagt Fernando.

»Nein, nicht du«, widerspricht Völxen. »Oda und ich besuchen die Dame. So langsam bin ich nämlich verdammt neugierig auf diese Dr. Fender. Du und Frau Wedekin, ihr hört euch da unten am Hafen um, vielleicht hat jemand was bemerkt. Findet raus, welche Strecke sie gefahren ist und wer sie zuletzt gesehen hat. Fragt nach der Frau mit dem Kopftuch.«

Fernando schielt auf seine Uhr. Verflucht, das wird heute nichts werden mit dem Stadion. Dabei brauchen die jeden Mann zur Unterstützung.

»Herr Fiedler? Entschuldigung ...«

»Oh, noch jemand! Herzlich willkommen, Frau Wedekin«, sagt Rolf Fiedler in gespielter Verzweiflung. Er steht vor einer Anrichte und bepinselt gerade die Oberfläche mit Rußpuder.

»Ich brauche dringend ein neueres Foto von Frau Dilling. War vielleicht eines bei ihren Sachen?«

»Diese Frau lebt seit vielen Jahren allein. Wer sollte ein Foto von ihr machen?«, erwidert Rolf Fiedler.

»Sie haben also keins«, stellt Jule fest.

»Ich kann Ihnen im Lauf des Tages ein Tatortfoto mailen, wenn Ihnen das hilft.«

»Das wäre gut«, antwortet Jule. »Wenn möglich eines, auf dem sie nicht gar so tot aussieht.«

»Ich werde sehen, was sich machen lässt.«

Völxen steht vor seinem Wagen und telefoniert. »Herr Markstein. Ich vermisse Sie hier an einem Tatort. Sie hören doch sonst so gern den Polizeifunk ab. – Was, Fußball? Ich fürchte, daraus wird nichts ...« Mit einem gewissen Widerwillen nennt Völxen dem Journalisten die dürren Fakten und sagt dann, wobei ihn jedes Wort Überwindung kostet: »Herr Markstein. Lassen Sie uns ein Abkommen treffen. Sie erfahren von mir alles, was ich über diese Mordfälle weiß, und ich bekomme das Band oder das Protokoll oder was auch immer von Ihrem Gespräch mit Michael Strauch. – Gut. Bis dann.«

Hinter ihm ertönt ein demonstratives Räuspern. »Du rufst den Markstein an?«, fragt Oda entgeistert. »Bist du noch bei Sinnen?«

»Ich hoffe es doch«, entgegnet Völxen scharf. »Wir haben einen *Deal*.« Völxen fällt auf, dass er schon wie Markstein redet. »Manchmal sind selbst Leute wie Markstein nützlich. Es schadet nichts, wenn die Kopftuchdame durch die Presse ein bisschen nervös gemacht wird.«

»Das bezweifle ich«, meint Oda. »Dieses Mal hätte man die Leiche ganz leicht verschwinden lassen können. Ein bisschen im Mergel gebuddelt, und weg ist sie, zumindest fürs Erste. Es hätte Tage gebraucht, bis sie jemand vermisst, und noch ein paar mehr, bis man sie gefunden hätte. Es sieht ganz so aus, als hätte sie gewollt, dass wir sie finden.«

»Will sagen?«

»Die fühlt sich sicher, die wird nicht nervös.«

»Hauptkommissar Völxen. Von Ihnen habe ich schon einiges gehört.« Liliane Fender lächelt Völxen an. Ihr Haar ist zusammengebunden, sie trägt ein weites Männerhemd und zerschlissene Jeans.

Dennoch entgeht Völxen die natürliche Eleganz ihrer Erscheinung nicht. Eine Frau mit Klasse, zweifellos. »Tatsächlich? Von wem?«

»Von Herrn Rodriguez. Und Sie kommen mir auch bekannt vor«, sagt sie zu Oda. »Aber ich weiß im Augenblick nicht, woher.«

»Ich auch nicht«, lügt Oda.

»Dürfen wir hereinkommen?«

»Bitte. Fallen Sie nur nicht über den Staubsauger.«

Sie steigen über das Monstrum im Flur hinweg und betreten ein helles Zimmer, in dem wenige Antiquitäten mit dem eher schäbigen Mobiliar einer Studentenbude konkurrieren.

»Sie haben kürzlich ein Telefonat mit Frau Dilling geführt«, äußert Völxen auf Verdacht, denn noch ist nicht klar, ob Irene Dilling Dr. Fender auch tatsächlich erreicht hat. Dieser Zweifel bestätigt sich.

»Sie hat gestern Abend auf den Anrufbeantworter gesprochen.« Sie deutet auf den Apparat, der auf dem Couchtisch steht. »Sie wollte wissen, wann die Trauerfeier für Dr. Offermann stattfindet.«

»Darf ich?«, fragt Oda und hört bereits die Nachricht ab. Sie entspricht ihrer Vorinformation, die Uhrzeit wird zuvor von einer Frauenstimme mit 21.32 Uhr angegeben.

»Warum wollen Sie das wissen, was ist denn los?«, fragt Dr. Fender.

Oda erklärt es ihr.

Liliane Fender lässt sich auf das helle Sofa sinken und sieht erst Oda, dann Völxen mit geweiteten Augen an. Die Beamten sind stehen geblieben.

»Wann ist das geschehen?« Ihre Stimme klingt, als wäre sie gerannt.

»Heute früh zwischen acht und neun in der Misburger Mergelgrube«, antwortet Oda.

»Was hat sie denn da getan?«

»Sie ist da spazieren gegangen«, berichtet Völxen und denkt: Falls sie schauspielert, macht sie es gut.

Starr sitzt Dr. Fender auf dem weichen Polster und sagt: »Seltsam. Gestern noch hat mich Ihr Kollege vor dieser Frau gewarnt und jetzt ist sie tot.«

Oda verdreht heimlich die Augen. Diesem spanischen Gockel ist wirklich jedes Mittel recht.

Völxen fragt: »Können Sie uns sagen, wann Irene Dilling bei Dr. Offermann in Behandlung war und weshalb?«

»Nein, kann ich nicht. Das ist schon Jahre her, ich wusste nichts davon. Das habe ich bereits Ihrem Kollegen gesagt.«

»Das war es schon, Frau Dr. Fender.« Völxen strebt zur Tür, Oda im Windschatten.

Liliane Fender folgt den beiden. »Wollen Sie nicht wissen, wo ich heute Morgen um die besagte Uhrzeit war?«

»Doch«, gesteht Völxen und grinst verschmitzt. »Ich wollte die Frage beiläufig in der Tür stellen, wie Columbo.«

»Ich war hier, ich habe ausgeschlafen«, sagt Liliane Fender und quittiert Völxens Bemerkung mit einem schwachen Lächeln.

»Das dachte ich mir schon«, lächelt Völxen zurück. »Wann, sagten Sie, ist die Beerdigung?«

»Am Montagnachmittag ist die Trauerfeier. Er wird eingeäschert«, erklärt Dr. Fender. »Er sagte immer, dies sei die einzig zivilisierte Art, mit einer Leiche zu verfahren.«

»So charmant hat man dich ja schon lange nicht mehr erlebt«, spöttelt Oda.

»Ich begegne ja auch selten charmanten Frauen«, entgegnet Völxen, schon wieder ganz der Alte.

»Vergiss nicht, dass sie momentan unsere Hauptverdächtige ist.«

»Das brauchst du mir nicht zu sagen!«

Oda seufzt. Kann es sein, dass diese Person Völxen um den Finger gewickelt hat? Den abgebrühten alten Fuchs?

»Andererseits – was kann sie dafür, dass wir noch immer keinen anderen Tatverdächtigen haben?«, setzt Völxen hinzu. »Für den Mord an ihrem Chef ließe sich zur Not noch das eine oder andere Motiv finden, aber warum sollte sie Irene Dilling umbringen?«

Ich bin umgeben von testosterongesteuerten Volltrotteln, erkennt Oda.

»Wie wäre es mit einer Verdeckungstat? Vielleicht wusste die Dilling etwas, und hat die Fender erpresst. Vielleicht hat die Fender die Dilling doch noch zurückgerufen, gestern Nacht.«

»Das wird sich ja bei der Telefondatenerfassung herausstellen«, meint Völxen gelassen. Sie sind bei ihren Autos angekommen.

»Und jetzt?«, fragt Oda.

»Jetzt fahren wir nach Hause und genießen den Abend im trauten Familienkreis. Im Augenblick können wir nur hoffen, dass die Spurensicherung bald etwas Handfestes liefert. Diesmal gibt es wenigstens kein Wasser, das alle Spuren zerstört.«

Der Vorschlag gefällt Oda, und ehe es sich Völxen anders überlegt, macht sie sich aus dem Staub.

Auch Völxen steigt in seine Staatskarosse. Er genießt es jedes Mal, wie die Hydraulik den Wagen beim Starten in die Höhe drückt. Er fährt zur Polizeidirektion und parkt dort den Wagen. Fußballfans ziehen durch die Waterloostraße zum Stadion. Völxen reiht sich in den Pulk ein. Früher hatte er mal eine Dauerkarte, inzwischen geht er nur noch selten ins Stadion. Aber jetzt, da er die Gesänge hört und die Leute strömen sieht, verspürt er direkt wieder Lust dazu. Zumal gegen Borussia Mönchengladbach ein Sieg ziemlich wahrscheinlich ist, denn die Borussen krebsen gerade auf dem 18. Tabellenplatz herum, während die Roten auf dem sechsten Platz quasi nach den Sternen greifen. Zumindest der UEFA-Cup scheint in Reichweite. Ob es wohl noch Karten gibt? Mit solchen Gedanken trägt sich Völxen, als er am Gilde-Bierstand vor dem Stadion ausschert.

Boris Markstein hat sich gerade ein frisch gezapftes Pils geholt. Er reicht es Völxen mit den Worten: »Sie sehen durstig aus, Herr Hauptkommissar.«

Das hat er allerdings scharfsinnig erkannt.

Markstein besorgt sich ein weiteres Pils, und nach einem »Zum Wohl« und etwas Geplänkel reicht Markstein dem Kommissar zwei gedruckte Blätter mit den Worten: »Das ist das Interview, wie es übermorgen im *Focus* erscheinen wird.«

Hat er es also doch geschafft, denkt Völxen missmutig. Während er sein Bier trinkt, überfliegt er die Blätter.

»Zufrieden?«, fragt Markstein.

»Ja und nein. Es ist nichts dabei, was wir nicht schon wüssten.«

»Dafür kann ich nichts.«

»Hat er sonst noch irgendwas gesagt, was hier nicht steht?«

Der Journalist wischt sich Bierschaum vom Mund. Sein Haar steckt heute unter einer weißen Baseballmütze, was sein Gesicht noch wieselhafter erscheinen lässt. »Eine Sache war da noch. Als wir über seine ersten Straftaten sprachen, wollte er das Geschehene verharmlosen. So nach dem Motto: *Im Grunde wollen die doch alle nur das eine, und hinterher ist Gejammer.* In diesem Zusammenhang hat er von einem Brief gesprochen, den ihm eine Frau einmal geschrieben haben soll und in dem sie ihm verziehen habe. Als ich nachfragte, welche Frau ihm geschrieben und was es zu verzeihen gegeben habe, da hat er gleich wieder abgewiegelt und wollte nichts mehr dazu sagen.«

»Gibt es diesen Brief noch?«

»Das weiß ich nicht.« Markstein leert sein Glas. »Wollen Sie meine Eintrittskarte?«, fragt er und langt in die Brusttasche seines obligaten Mantels.

Völxen hätte durchaus Lust, sich das Spiel anzusehen. Aber eine Karte von Markstein annehmen? Hätte das nicht, wie Bächle sagen würde, ein Gschmäckle? »Tut mir leid, das kann ich nicht annehmen.«

»Nur keine falsche Bescheidenheit, Herr Hauptkommissar. Ich habe sie auch nur geschenkt gekriegt. Ist für die Conti-VIP-Lounge. Bier umsonst und lecker Fresschen.«

Markstein legt das Ticket neben Völxens Bierglas.

Wenn man es recht bedenkt, brauchen die Roten jede Unterstützung, besonders nach der blamablen Vorstellung vom vergangenen Wochenende gegen Stuttgart. Und gerade mit den unteren Tabellenrängen ist ja oft gar nicht zu spaßen, die kämpfen mit allen Mitteln gegen den Abstieg. Wäre es nicht geradezu unpatriotisch, in so einer Situation die Karte verfallen zu lassen?

»Na, gut«, nickt Völxen. »Und was machen Sie?«

Markstein grinst. »Ich düse mit dem Fotografen nach Misburg.«

»Da ist jetzt nicht mehr viel los. Sie finden höchstens noch ein paar einsame Spurensicherer. Die Leiche liegt schon gekühlt in der Rechtsmedizin.«

»Wir kriegen das schon hin«, meint Markstein. »Notfalls legen wir unsere Volontärin in die Grube.«

»Ah, die Frau Kommissarin. Es gefällt Ihnen wohl bei uns? Wieder ein Bitter Lemon?«

»Ganz genau«, lächelt Jule. »Herr … äh, Pascal. Wir haben uns doch gestern über die Frau unterhalten, die allein in der Bar war, letzten Montag. Ich habe jetzt ein Foto dabei, von der Person. Allerdings ist sie darauf schon tot. Erschrecken Sie bitte nicht.«

»Ich bin ein harter Junge«, behauptet Pascal und klimpert mit den Augenlidern.

Fiedler hat sein Versprechen gehalten und ihr Bilder von Irene Dilling geschickt. Jule hat eine der Nahaufnahmen vom Gesicht in Schwarz-weiß ausgedruckt, was dem Porträt jedoch nichts von seiner grausigen Ausstrahlung genommen hat. Das Foto hat nichts gemein mit der Frau auf dem Videoband. Die Augen sind kleine, böse Schlitze, der offen stehende, leere Mund ist eine schwarze Höhle, die sofort verrät, dass da etwas nicht stimmt. Eine Totenfratze, denkt Jule in einem Anflug von Theatralik.

Sie schiebt Pascal das Bild über den Tresen.

»Das ist sie nicht.«

»Sind Sie da ganz sicher?«

»Es ist mein Job, Leute zu erkennen«, sagt Pascal. »Das war nicht die Frau. Die, die hier war, war ein ganz anderer Typ. Schärfere Züge, ein bisschen verhärmt.«

»Danke«, sagt Jule. Sie leert nachdenklich und in kleinen Schlucken ihr Glas. Schade. Sie hätte Völxen so gerne überrascht.

»He, Kommissar, hast du schon dein Schaf gesehen«, kräht Jens Köpcke, kaum dass Völxen aus seinem Wagen gestiegen ist.

Völxen schüttelt den Kopf.

»Na, dann …«, gluckst der Nachbar und verschwindet in dem Schuppen, in dem er seine Mordinstrumente aufbewahrt.

Nichts Gutes ahnend stapft Völxen ums Haus herum und nimmt Kurs auf die Schafweide. Dort angekommen schnappt er nach Luft, und an seiner Schläfe treten zwei Adern hervor.

»WANDA!«

Unbeeindruckt vom väterlichen Gebrüll kommt Wanda in ihren Flipflops gemächlich herangeschlurft.

Völxen deutet stumm und anklagend auf das Schaf Angelina. Das Tier ist ordentlich geschoren, bis auf einen Streifen entlang der Wirbelsäule. Damit nicht genug hat irgendein Blödian diese Irokesenbürste pink eingefärbt.

Völxen mustert seine kichernde Tochter mit aller Strenge und fragt, wobei er jedes Wort extra betont: »Wer – war – das?«

»Ich nicht«, wehrt Wanda ab.

»Etwa dieser *Sören*?« Als er den Namen ausspricht, spitzt Völxen die Lippen, als müsste er eine Bittermandel ausspucken. »Dem werde ich die Hammelbeine langziehen!«

»Es war nicht Sören. Das war Mums Idee.«

»Sabine?«, fragt Völxen, nicht sicher, ob er und seine Tochter auch wirklich über ein und dieselbe Person sprechen.

»Sie hatte noch ein bisschen Lebensmittelfarbe übrig. Keine Sorge, das wäscht sich raus.«

Völxen erlaubt sich nun doch ein zögerliches Grinsen. Irgendwie sieht das Schaf ja ganz schick aus, und die anderen Tiere scheint es nicht zu stören. Wahrscheinlich sind Schafe ohnehin farbenblind, wie Hunde. Sollen sich Köpcke und Konsorten doch die Mäuler zerreißen, er kann seine Schafe herrichten, wie er möchte.

»Du warst ja ewig weg. Was war's denn für eine Leiche?«, will Wanda nun wissen und erstickt damit den Anflug guter Laune im Keim.

»Ich mag jetzt nicht darüber sprechen«, wehrt Völxen ab.

Wanda trollt sich wieder. Nachdenklich bleibt Völxen am Zaun stehen. Schon während des Fußballspiels ist er immer wieder ins Grübeln verfallen, woran sicherlich das eher fade Spiel mit schuld war. Ein 1:0-Arbeitssieg, immerhin.

Der Mord an Frau Dilling könnte eine Verdeckungstat sein, wie Oda schon bemerkte. Aber was, wenn nicht? Was hatten Martin Offermann und Irene Dilling gemeinsam, das ein Mordmotiv hergibt? Dazu fällt ihm nichts ein. Also einen Schritt zurück. Was haben die beiden überhaupt für Berührungspunkte? – Einen gemeinsamen Fernsehauftritt. Ein gemeinsames Thema, aber unterschiedliche Standpunkte. Dann dieser Michael Strauch: Offermann war sein Gutachter, Irene Dilling hat gegen seine Entlassung polemisiert. Was gibt es noch für gemeinsame Nenner? Liliane Fender. – Sie hat beide gekannt. Aber warum in aller Welt sollte diese Frau zwei Morde begehen?

Sonntag, 22. April

»Es ist ja nicht so, dass ich mit meinem Leben ohne deinen Vater nichts anzufangen wüsste. Im Gegenteil, ich kann endlich dorthin reisen, wo er nie hinwollte, ich muss ihm nichts mehr hinterher räumen, und endlich kann ich das Haus so einrichten, wie ich es gerne möchte. Und den Garten genauso. Dein Vater hatte ja nie Geschmack. Aber es ist dennoch einfach demütigend, verstehst du das? Wie oft habe ich Pläne geschmiedet, ihn zu verlassen. Eigentlich täglich. Aber ich habe es nicht getan, ich dummes Schaf. Aus Anstand, aus Phlegma, ach, ich weiß es nicht. Ich habe jedenfalls durchgehalten. Und dann kommt so ein blondes Flittchen daher, das ihn vermutlich anhimmelt, den großen Herrn Professor … Aber was will man dagegen sagen, wenn schon die Spitzenpolitiker der C-Parteien nicht besser sind? Anscheinend ist es unter den angegrauten Herren der Gesellschaft gerade *en vogue*, die Frau auszutauschen gegen ein jüngeres Modell. Wie einen Leasingwagen, bevor der Lack stumpf wird und die ersten Reparaturen fällig werden. Und für so einen habe ich meine Karriere an den Nagel gehängt.«

Jule seufzt. Sie hätte den Sonntagvormittag lieber in ihrer Wohnung zugebracht und ausgenutzt, dass ihr Vater im Moment bei seiner neuen Flamme ist. Aber ihr schlechtes Tochtergewissen hat sie hierher geführt, und nun lauscht sie seit einer Viertelstunde der Tirade ihrer Mutter. Es scheint ihr gut zu tun, sich mal richtig auszukotzen. Jule hat das Gefühl, dass sie ihr diesen Dienst schuldet. Sie sitzen im Wohnzimmer, das ihre Mutter »den Salon« nennt. Jule fühlt sich darin plötzlich fremd, wie in einer Hotelhalle, dabei hat sich in dem Raum gar nichts verändert. Der schwarze Flügel, die Sofas aus kieselgrauem, samtigem Leder, die Gemälde als rote Farbtupfer und die wenigen exotischen Pflanzen – alles ist so kühl und unpersönlich, wie es immer schon war. Die bodentiefen Fenster geben den Blick frei auf Buchsbaumgrüppchen und riesige Rhododendren, die gerade die ersten Blüten öffnen.

Auch ihre Mutter sieht aus wie immer, das Gesicht wie ein leerer Teller, eine faltenlose Projektionsfläche für die großen braunen Rehaugen und den roten Schmollmund. Vermutlich verhindert das Botox, dass sich der Kummer in ihr Antlitz gräbt. Cordula Wedekin hat ihre Tochter nicht gefragt, wie ihre erste Woche in der neuen Dienststelle war. Bestimmt ist ihr Jules berufliche Veränderung entfallen, angesichts ihres eigenen Elends. Und nun hat diese Tochter auch noch den Verrat begangen, den Abtrünnigen bei sich aufzunehmen.

Jules Blick schweift ab und bleibt wie immer an dem Bild ihres Bruders hängen, dem einzigen Foto, das sich in diesem Raum befindet. Ein Kleinkind von drei Jahren, das wohlgenährt auf einer Schaukel sitzt und wonnig in die Kamera strahlt. Schon immer hatte Jule das Gefühl, dass es ihrer Mutter lieber gewesen wäre, sie wäre an seiner Stelle mit vier Jahren an Hirnhautentzündung gestorben. Einmal hat Jule ihr das während eines Streits vorgeworfen und dafür postwendend eine Ohrfeige bekommen. Aber widersprochen hat Frau Wedekin ihrer Tochter damals nicht.

»Und jetzt wohnt er also bei dir. Typisch. Er kann nämlich nicht allein sein, er braucht immer eine Sklavin um sich herum.«

Da ist was dran, denkt Jule. Gut, gestern Abend hat er mit ihr bis Mitternacht Möbel zusammengebaut, und er hat die Ikea-Rechnung bezahlt. Aber wer hat heute Morgen das Frühstück gemacht? Und wer hat sich bedienen lassen und nur genörgelt? *Gibt's keine Diätmargarine? Die Marmelade hat Haare. Was ist denn das in dem Glas, Gehirne? – Was, grüne Tomaten? Wofür sind die denn? Kannst du überhaupt kochen?*

»… aber weißt du, was das Schlimmste an der Sache ist?«, fragt Cordula Wedekin jetzt ihre Tochter, die pflichtschuldigst verneint.

»Das Gerede der Leute.«

»Wer hat denn was gesagt?«

»Natürlich reden sie nicht mit mir, sondern über mich, hinter meinem Rücken. *Ach, die Arme. Das kommt sicherlich davon, dass sie dauernd unterwegs war, mit ihren Konzerten.*«

»Woher willst du das wissen?«, fragt Jule müde.

»Ich merke es an der Art, wie sie mich ansehen – im Golf-Klub, im Konzert, beim Bridge, überall. Ich kann mich nirgends mehr sehen lassen. Wenn ich einen Raum betrete, dann verstummen alle. Sogar die alte Vettel von nebenan betrachtet mich mit diesem ekelhaften, sensationslüsternen Mitleidsblick. Das Ergebnis von all dem ist, dass ich mich schäme. Ich! Nicht er. Ihm wird man alles nachsehen, die Kollegen werden ihm sogar klammheimlich auf die Schulter klopfen. Mir dagegen wird man es nicht verzeihen, verlassen worden zu sein. Das ist immer so. Es ist so ungerecht!«

Obwohl Jule die Antwort schon kennt, fragt sie dennoch: »Meinst du nicht, dass du vielleicht ein bisschen übertreibst?«

»Nein«, sagt ihre Mutter gallenbitter. »Es ist, als hätte ich eine Krankheit, als würde für alle Zeiten auf meiner Stirn geschrieben stehen: *Verlassene Ehefrau.* Man wird von mir nur noch als der *Exfrau von Professor Wedekin* reden, als hätte ich nie eigenständig existiert. Am liebsten würde ich wegziehen. Vielleicht mache ich das auch. Zumindest werde ich für eine Weile verreisen.«

»Das ist eine gute Idee«, findet Jule. Sie hat genug und steht auf. »Ich muss wieder los.«

Ihre Mutter nickt stumm und schicksalsergeben. Sie hatte schon immer einen gewissen Hang zum Pathetischen, denkt Jule, und nun suhlt sie sich genüsslich in ihrem Leid. Jule ertappt sich dabei, wie auch sie beginnt, Mitleid für ihre Mutter zu empfinden. Dabei ist ihr klar, dass es vom Mitleid zur Verachtung nur ein kleiner Schritt ist.

»Ruf mich an, ja?«, sagt Jule zum Abschied. »Wenn ich dir irgendwie helfen kann, sag Bescheid.«

Ihre Mutter nickt, tapfer lächelnd. »Erzähl ihm nichts von unserem Gespräch, bitte. Sag ihm, mir geht es blendend.«

Völxen sitzt in seinem uralten, gestreiften Bademantel vor dem Computer und ruft gerade seine E-Mails ab. Denninger hat einen Bericht von der Ballistik geschickt. Demnach wurden zwei Schüsse aus etwa drei Metern Entfernung abgegeben, und zwar von einer mittelgroßen Person. Die Hülsen, die gefunden wurden, deuten auf dieselbe Waffe, mit der Offermann erschossen wurde. Dann gibt es noch eine Nachricht von Fiedler: Es wurden Sohlenprofile sichergestellt, ein Sportschuh von bislang unbekannter Marke, Schuhgröße zwischen neununddreißig und vierzig.

»Kommst du mit?«

Völxen schaut irritiert auf.

Sabine steht im Türrahmen, sie trägt ein meerblaues Sommerkleid, ihr Haar ist hochgesteckt, sie hält eine in Goldpapier gewickelte Flasche im Arm.

»Wohin?«

»Zu Hanne Köpckes Geburtstag. Wir haben gestern darüber gesprochen.«

»Ach so, ja«, sagt Völxen, der sich beim besten Willen nicht daran erinnern kann. »Was, jetzt soll ich da hin, um elf?«

»Es ist ein Brunch.«

»*Brunch*«, wiederholt Völxen affektiert. »Ich muss noch kurz zur Dienststelle. Ich komm dann nach.«

Sabine verdreht stumm die Augen.

»Das ist ein schönes Kleid, ist das neu?«

»Spar dir die Verrenkungen. Ich entschuldige dich. Und das Kleid ist uralt, wir haben es 1995 zusammen in Spanien gekauft. Als wir diesen Landsitz noch nicht hatten und uns noch Urlaubsreisen leisten konnten.«

»Ah, ich erinnere mich«, lügt Völxen. »Du siehst aber immer noch sehr hübsch darin aus.« Das meint er nun wirklich ehrlich.

»Danke.«

»Was ist das für eine Flasche, die du da eingepackt hast?«

»Schampus.«

»Doch nicht etwa der, den mir der Vize zu Weihnachten geschenkt hat?«, argwöhnt Völxen.

»Ich habe vergessen, ein Geschenk zu besorgen.«

»Du kannst doch nicht den Schampus vom Vizepräsidenten an Hanne Köpcke verschwenden!«

»Bodo, sei nicht so ein Geizkragen!«

»Das ist, wie Perlen vor die Säue werfen. Die kann Champagner nicht von Prosecco und Spumante unterscheiden«, ereifert sich Völxen.

»Denk daran: Was du deinem Nächsten gibst, bekommst du tausendfach zurück«, gurrt Sabine und verlässt mit der Flasche das Haus.

»Was soll ich denn mit tausend Flaschen Pommery?«, ruft ihr Völxen hinterher.

In der Polizeidirektion herrscht eine wohltuende Stille. Eigentlich sind Sonntage die besten Tage, um in Ruhe zu arbeiten, denkt der Kommissar. Wenn man davon absieht, dass die Cafeteria geschlossen ist und die anderen Behörden, auf deren Auskünfte man oftmals angewiesen ist, alle nicht ansprechbar sind.

»Morgen Nowotny«, begrüßt er den diensthabenden Beamten seiner Abteilung, der in seinem Büro sitzt und ein Fischbrötchen verspeist. Der ganze Raum riecht penetrant nach rohen Zwiebeln.

»Mahlzeit, der Herr.«

»Wo sind eigentlich die Unterlagen aus Offermanns Schreibtisch?«

»Dem Schreibtisch in der Wohnung oder dem in der Praxis?«

»Beide.«

Nowotny legt das Brötchen beiseite und zerrt zwei Kartons aus einem Metallregal. »Was suchst du denn?«

»Das weiß ich selbst noch nicht.« Völxen schleppt die Kartons in sein Büro. Rechnungen, Arztbriefe, Folien für Vorträge, eine dünne Mappe, auf der *Dr. L. Fender* steht. Er blättert sie auf. Gleich vorn ist der Vertragsentwurf für den Einstieg in die Praxis, dahinter die Bewerbungsunterlagen von Dr. Fender: Eine Kopie ihrer Doktorarbeit – *Psychoanalytische Gruppentherapie von jugendlichen Patienten mit depressiven Störungen* –, ihr Universitätsdiplom, das Anschreiben mit handgeschriebenem Lebenslauf, ihr Abiturzeugnis. Notendurchschnitt 1,4.

Das Zeugnis ist ausgestellt worden vom Matthias-Claudius-Gymnasium in Gehrden im Jahr 1994. Wenn sie in Gehrden zur Schule gegangen ist, dann hat sie wahrscheinlich auch dort oder im näheren Einzugsbereich gewohnt, kombiniert Völxen. Im Lebenslauf wird kein anderes Gymnasium aufgeführt. Er geht zurück zu Nowotny.

»Ich brauch noch mal die Bänder von diesem Strauch. Und das Diktiergerät.«

Nowotny öffnet einen Spind und händigt ihm beides aus, und nach einigem Vor- und Zurückspulen hat Völxen die Stelle gefunden, die er gesucht hat.

»*Im Sommer '90. Dachte, das muss ich mir nicht bieten lassen, es gibt ja massenweise neue Jobs. Maueröffnung und all das.*«

»*Haben Sie dann eine neue Arbeit bekommen?*«

»*Erst mal musste ich umziehen. War ja eine Werkswohnung.*«

»*Wo sind Sie hingezogen?*«

»*Nach Gehrden …*«

Völxen spult etwas weiter.

»*Sie haben also gekündigt.*«

»*Ja, ich habe dann so rumgejobbt, aber das war auch nicht so dolle. Die Wohnung in Gehrden wurde dann zu teuer. Die bezahlen nämlich so Aushilfsjobs ganz miserabel.*«

»*In Gehrden haben Sie allein gelebt?*«

»*Ja.*«

»*Warum dann ein Bungalow?*«

»*Weiß nicht. Hat mir gefallen. Mit Garten und so. Ich dachte, Frauen mögen so was.*«

Völxen schaltet das Gerät ab und schaut nachdenklich aus dem Fenster in den wolkenlosen Himmel. Wozu, fragt er sich, braucht ein einzelner Mann, ein Gelegenheitsarbeiter, ein ganzes Haus?

»Dann kann ich mir ja den Sarg kaufen.«

Oda muss die Fäuste ballen und sich abwenden. Zu groß ist der Drang, ihrer Tochter eine zu kleben. *Dann kann ich mir ja den Sarg kaufen* ist Veronikas Reaktion auf Odas Nachricht vom Tod ihres leiblichen Vaters und die Aussicht auf dessen Lebensversicherung.

»Kann ich jetzt wieder in mein Zimmer gehen?«, fragt der Teenager aufsässig.

»Ja, geh«, knirscht Oda und verspürt nun das dringende Bedürfnis nach einer Dosis Nikotin. Auf der Suche nach ihren Zigarillos findet sie sich vor dem Schrank mit den wenigen verstaubten Schnapsflaschen wieder. Sie weiß nicht, was überwiegt: die Erleichterung, ihre Botschaft endlich losgeworden zu sein, oder die Enttäuschung über Veronikas Reaktion. Vielleicht kann ein Doppelkorn hier Klarheit schaffen. Sie macht sich nicht die Mühe, nach einem Glas zu suchen, sondern nimmt einen Schluck aus der Flasche. Sie schüttelt sich. Dem ekelhaften Geschmack folgt das gute Gefühl, wie sich der Schnaps warm durch Kehle und Brust arbeitet. Sie nimmt noch einen Schluck.

Es ist deine Schuld, sagt sie sich. Du selbst hast die Verbindung unterbrochen, also beschwer dich jetzt nicht über fehlende Trauer. Oder wären dir Fragen und Vorwürfe lieber? Im Grunde ja, muss sich Oda eingestehen. Das wäre normal. Nicht so abstoßend wie dieser erschreckende Gleichmut, dieses kühle Abwägen der Vorteile. Aber vielleicht ist das nur Veronikas Art, mit dem soeben Gehörten fertigzuwerden. Bestimmt kommen sie noch, die Fragen und Vorwürfe. Im Augenblick fragt sich Oda allerdings, ob sie ein gefühlskaltes Monster großgezogen hat. *Cría cuervos y te sacarán los ojos.* Züchte Raben, und sie werden dir die Augen aushacken – ein altes spanisches Sprichwort. Irgendwann hat sie es Pedra Rodriguez sagen hören. In welchem Zusammenhang, daran erinnert sie sich nicht mehr, aber es ist in ihrem Gedächtnis hängen geblieben, als hätte sie geahnt, dass es irgendwann auf ihr Leben zutreffen würde.

Es läutet an der Tür. Oda stellt die Flasche weg und geht öffnen. Jule steht mit geröteten Wangen davor.

»Du schon wieder? Hältst du es keinen Tag ohne mich aus?«

»Kann ich kurz mit dir reden?«

»Privat oder dienstlich?«

»Dienstlich.«

Oda seufzt. »Du musst lernen abzuschalten, Jule. Ich gebe zu, das ist ein interessanter Fall, und noch dazu dein erster, aber du musst klare Grenzen ziehen, sonst machst du diesen Job nicht lange.«

»Tut mir leid, ich kann auch wieder …«

»Jetzt komm schon rein.«

Sie setzen sich auf die kleine Terrasse. Im Garten, der sich ohne Umzäunung an die gepflasterte Hoffläche anschließt, wächst alles wild durcheinander. Den Rasen, der diesen Namen kaum verdient, zieren Maulwurfshügel, und über einem völlig zugewucherten kleinen Teich tanzen Mücken. Aus einem offenen Fenster über ihnen ertönt düsterer Elektro-Sound.

»Was gibt es?«

»Ich glaube, ich habe das Mordmotiv.«

Oda zündet sich einen Zigarillo an. »Willst du was trinken?«

»Nein, ich geh wirklich gleich wieder«, lehnt Jule ab. »Kannst du dich an das erinnern, was du gesagt hast, als ich dich gefragt habe, warum man Offermann die Zunge herausgeschnitten hat?«

Oda saugt den Rauch tief in die Lungen. »Nein. Was geht mich mein Geschwätz von gestern an?«

»Du hast gesagt: *Er hat zu viel geredet.*«

»Mag sein.«

»Ich denke, das ist es. Beide haben viel geredet, die Dilling und der Offermann. Sogar zusammen, im Fernsehen. Das ist es, was sie verbindet. Für Frau Dilling ist das Reden zur Lebensaufgabe geworden. *Nicht schweigen, kämpfen.* So steht es auf dem Flyer von *Pro victim.* Aber stell dir vor, du wärst das Opfer eines Sexualverbrechens. Fühlst du dich nicht jedes Mal von Neuem bloßgestellt, wenn einer wie Offermann im Detail schildert, was seine Klientel ihren Opfern angetan hat, um seinen Vortrag auf diese Art zu würzen, damit er auch schön gruselig und authentisch ist?«

Oda stimmt ihr zu.

»Meine Mutter ist gerade von meinem Vater verlassen worden, und weißt du, worunter sie am meisten leidet? Sie glaubt, dass jeder sie mitleidig und schadenfroh ansieht und dass man hintenherum über sie redet. Sie schämt sich.«

Oda nickt. »Scham ist ein Motiv ist, das häufig unterschätzt wird. Aber weder Offermann noch die Dilling haben je Namen genannt.«

»Mussten sie das? Ich wette, meine Mutter wird sich ab sofort ständig angegriffen fühlen, wenn irgendwo das Thema *Mann verlässt Ehefrau wegen Geliebter* auf den Tisch kommt.«

Oda schickt eine fette Rauchwolke in die warme Aprilluft und sagt: »Du hast recht. Es wurde in letzter Zeit extrem viel über Sexualverbrechen geredet und geschrieben.«

»Genau«, sagt Jule. »Es fing an mit dem Wiederauftauchen dieser Natascha aus Wien nach acht Jahren, dann das Mädchen Stephanie, das wochenlang die Gefangene eines Perversen war, und der Junge aus Dresden, Mitja, der von einem fünffach vorbestraften Pädophilen umgebracht wurde. Das alles ging innerhalb weniger Wochen durch die Medien. Sogar mir wurde das schon langsam zu viel. Jemand, der selbst betroffen ist, nimmt solche Dinge bestimmt noch selektiver wahr.«

»Und jedes Mal hat Offermann auf irgendeinem Kanal seinen Senf dazu gegeben«, ergänzt Oda. »Und Frau Dilling war auch nicht nur bei *Maybrit Illner*, sie hat im Februar ein Interview im Deutschlandradio gegeben, und sie war im März beim NDR im Vorabendprogramm. Ich habe Unterlagen darüber in ihrem Schreibtisch gefunden.« Sie deutet mit ihrem Zigarillo auf Jule und meint: »Du solltest auf jeden Fall mit Völxen darüber reden.«

»Jetzt gleich?«

»Nein, morgen. Auch Völxen hat ein Privatleben. Wir müssen ohnehin die Ergebnisse von Denninger und seinen Leuten abwarten. Ein Motiv nützt uns wenig, wenn wir nicht wissen, wer dafür in Frage kommt. Und wie unser geschätzter Hauptkommissar Völxen immer zu sagen pflegt: Ein Motiv ist kein Beweis.«

Montag, 23. April

Am Montagmorgen ist Hauptkommissar Völxen schon um halb acht in der PD und hat sofort zwei Aufgaben für Frau Cebulla: eine telefonische Verbindung zum Leiter der JVA Sehnde herzustellen und eine Anfrage bei der Meldestelle zu machen, um herauszufinden, wo Dr. Liliane Fender Anfang der Neunzigerjahre gewohnt hat.

Eine halbe Stunde später bevölkern seine Mitarbeiter das Büro, sogar Fernando ist pünktlich. Er hat am Samstag mit einem Kioskbesitzer gesprochen, der Frau Dilling um 8.20 Uhr auf dem Fahrrad vorbeifahren gesehen hatte. Eine Streife fand das Rad später in der Nähe des Hafens an einen Baum gekettet. – »Am Hafen selbst war um die Zeit nichts los.«

Dann kann Jule endlich ihre Theorie zum Tatmotiv vor den Kollegen ausbreiten. Dass sie zwischenzeitlich noch zwei Mal den Barmann vom Marriott aufgesucht hat, verschweigt sie. Es würde so aussehen, als stellte sie die Gründlichkeit der Arbeit von Oda und Völxen in Frage.

Völxen kommentiert ihre Ausführung mit einem knappen »interessant«.

Frau Cebulla bringt Kaffee und reicht Völxen einen Zettel. Er liest ihn, steckt ihn dann in die Hosentasche und sagt: »Fassen wir also zusammen: Beide Opfer wurden mit derselben Waffe erschossen, anschließend wurde ihnen die Zunge entfernt, was auf ein und denselben Täter schließen lässt. Spurenlage und Zeugenaussagen deuten auf eine Frau als Täterin. So weit die Fakten.«

Er mustert seine Kollegen. Oda strahlt Gleichmut aus, Nowotny kaut auf seinem Bleistift, Jule sieht ihn an wie ein junger Hund, dem man ein Kunststück beibringen will, und Fernando stiert verträumt aus dem Fenster. Sein Veilchen ist zurückgegangen, nur ein kleiner blau-gelber Rand erinnert noch an die Handschrift der Druski-Brüder.

Völxen räuspert sich: »Ab jetzt bewegen wir uns auf dem Boden der Spekulation beziehungsweise der Tiefenpsychologie, was auf dasselbe hinausläuft. Infrage kommt – wenn man den Gedankengängen von Frau Wedekin folgt – für beide Verbrechen eine Täterin, die in der Vergangenheit Opfer eines Gewaltverbrechens geworden ist. Möglicherweise durch den Häftling Strauch, an dessen Gutachten Dr. Offermann zuletzt gearbeitet und mit dem sich auch Irene Dilling beschäftigt hat.«

»Dass dieser Strauch noch weitere Taten begangen hat, ist sehr wahrscheinlich«, meint Oda dazu. »Keiner wird von heute auf morgen ein Sexualmörder. Einem Tötungsdelikt gehen fast immer einige Versuche voraus, die nicht tödlich enden.«

»Von einem wissen wir ja aus den Gerichtsakten«, erinnert Jule. »Das war die Sache mit dieser Silvia Pasch im Juli 1986, wofür er die Jugendstrafe bekommen hat. Und davor, 1984, war er schon einmal verurteilt worden, wegen Körperverletzung und versuchter Vergewaltigung einer Mitschülerin.«

»Hat man diese Frau Pasch schon überprüft?«, fragt Völxen und schaut fragend in die Runde.

Ehe sich Verlegenheit breitmachen kann, sagt Jule: »Habe ich. Sie ist 2000 nach Fuerteventura ausgewandert und hat dort eine Bar. Ich habe am Mittwoch mit ihr telefoniert. Sie sagte, sie sei seither nicht mehr in Deutschland gewesen und sie habe auch nicht die Absicht, zurückzukommen. Ich habe einen Aktenvermerk darüber verfasst.«

»Stimmt, das hat sie«, bestätigt Nowotny.

»Sehr gründlich Frau Wedekin«, lobt Völxen und fährt fort: »Im Augenblick erscheint es mir sinnvoll, dieser Dr. Fender ein wenig auf den Zahn zu fühlen. Sie ist die Person, die mit beiden Opfern in Verbindung stand. Und sie hat ihre Schulzeit in Gehrden verbracht, wo sie damals auch wohnte. Genau wie Michael Strauch, der im Sommer 1990 nach Gehrden gezogen ist und dort bis zum Frühjahr 1991 gelebt hat. Da war Liliane Fender sechzehn.«

»Das ist doch abenteuerlich! Die Frau ist Psychiaterin«, protestiert Fernando. »Sie würde andere Wege finden, mit so etwas fertig zu werden, als zwei Morde zu begehen!«

»Ich finde, da hat er recht«, sagt Oda.

Völxen zieht die Brauen zusammen und mustert seine Mitarbeiter. Was wird das, ein Zwergenaufstand? »Immerhin hat sie uns die Gesprächsaufzeichnungen mit Strauch zunächst vorenthalten«, erinnert er sich und beschließt im selben Moment, die Kassetten von Denningers Leuten auf Manipulationen hin untersuchen zu lassen.

»Ich werde Dr. Fender für heute Mittag, nach der MoKo-Sitzung, vorladen lassen. Und Sie, Frau Wedekin, prüfen bis dahin nach, ob es in der fraglichen Zeit in Gehrden und Umgebung Anzeigen wegen Vergewaltigung, Belästigung oder dergleichen gegeben hat. Und finden Sie alles, was möglich ist, über diese Dr. Fender heraus. Außerdem muss Strauchs Verlobte, diese Irma Kissinger, nach einem Alibi für Samstagmorgen befragt werden.«

»Ich mach das«, erklärt Oda.

»Heute Nachmittag kann Dr. Fender nicht kommen«, sagt Fernando.

»Und warum nicht, bitteschön?«, erkundigt sich Völxen gereizt.

»Weil da die Trauerfeier für Offermann stattfindet.«

»Ach ja, stimmt. Wer geht hin?«

»Ich nicht. Ich bin bei Dillings Obduktion«, sagt Oda.

»Ich kann hingehen«, erbietet sich Fernando.

»Nein, ich geh selbst«, entscheidet Völxen nach einem kurzen Blick aus dem Fenster. Das Wetter ist noch immer gnadenlos schön, auch wenn die Landwirte über die Trockenheit jammern. Aber die jammern ja immer. »Ihr übernehmt die Damen von *Pro victim*. Aber mit Fingerspitzengefühl, wenn ich bitten darf.« Sein Telefon auf dem Schreibtisch klingelt. Er hat Frau Cebulla gebeten, den Leiter der JVA Sehnde umgehend durchzustellen, sobald sie ihn erreicht hat. »Das war's«, sagt der Kommissar und macht eine Geste, mit der man Vögel verscheucht.

»Polizeidirektion Hannover, Hauptkommissar Völxen, Dezernat für Todesermittlungen«, spricht er in den Hörer, während sich seine Mitarbeiter trollen.

Der Direktor des Gefängnisses zeigt sich kooperativ. Ja, Durchsuchungen der Hafträume seien an der Tagesordnung, allerdings suche man dabei nur nach Drogen, Waffen und Handys. »Aber in diesem Fall werden wir mal ein Auge zudrücken und nach einem solchen Brief suchen«, verspricht er Völxen.

Als er aufgelegt hat, gönnt sich der Kommissar ein grimmiges Lächeln. So langsam kommt Bewegung in den Fall. Wurde auch Zeit. Wenn jetzt noch die Kriminaltechniker ein paar brauchbare Spuren vorzuweisen hätten, vielleicht sogar eine fremde DNA an der Leiche ... In einer Stunde muss er sich mit den Fallanalytikern vom LKA treffen. Er hat nichts dagegen, die Kollegen waren schon oft hilfreich. Frei von den Widrigkeiten des Behördenalltags können sie sich der Analyse eines einzelnen Verbrechens in Ruhe und Abgeschiedenheit widmen. Beneidenswert. Letztes Jahr allerdings war Völxen ernsthaft sauer auf die Kollegen, als sie ihm Oda Kristensen abwerben wollten. Aber sie ist geblieben – vermutlich wegen seiner freundlichen Art.

Es klopft an seine Tür und Fernando kommt herein.

»Kann ich dich mal sprechen?«

Wenn der schon so fragt, dann hat er was angestellt, argwöhnt Völxen, und dabei fällt ihm etwas ein: »Sag mal, was ist eigentlich mit den Druski-Brüdern? Die hast du doch hoffentlich nicht das ganze Wochenende da drüben im Bau sitzen lassen?«

»Nein. Die musste ich laufen lassen, weil ich am Wochenende nicht genug Leute für eine Gegenüberstellung gekriegt habe. Die ist heute um sechzehn Uhr. Der Jeep wird noch untersucht. Aber ich wollte dich wegen was anderem sprechen. Es geht um Liliane Fender.«

»An der hast du wohl einen Narren gefressen, was? Ist ja auch kein Wunder.« Der Hauptkommissar gestattet sich ein joviales Grinsen.

»Ich war am Freitag mit ihr essen.«

Völxen schiebt die Unterlippe vor und nickt anerkennend. »Respekt, mein Freund. Und? Was hat sie erzählt?«

»Sie hat von einer Freundin erzählt, die vermutlich das Opfer eines Sexualdeliktes geworden ist.«

»Vermutlich?«

»Sie hat das nur angedeutet. Es war wohl der Grund dafür, dass sie Psychiaterin geworden ist.«

»Eine Freundin. Soso«, meint Völxen. »Warum hast du das nicht in der Besprechung gesagt?«

»Du bist auf dem Holzweg«, platzt Fernando heraus. »Liliane … ich meine, Dr. Fender war das nicht. Zumindest nicht das mit der Dilling. Und da wir von einem einzigen Täter für beide Morde ausgehen, kann sie es nicht sein.«

»Ach? Und warum nicht?«, erwidert Völxen. »Sie hat kein Alibi für die Tatzeit, deine *Liliane.*«

Fernando seufzt schwer.

»Was ist? Hast du mir was zu sagen, oder warum hältst du mich hier von der Arbeit ab?«

»Hat sie doch. Sie hat es euch nur nicht gesagt.«

»Du sprichst in Rätseln, junger Freund.«

»Sie war von Freitagabend bis Samstag früh bei mir in Linden. Als du mich angerufen hast, war sie gerade zehn Minuten weg.« Bei aller Zerknirschtheit kann sich Fernando ein selbstzufriedenes Lächeln nicht verkneifen. Er kann es ja selbst kaum glauben. Hin und wieder überkommt ihn der Gedanke, dass er vielleicht alles nur geträumt hat – wie er zuerst im Laden für sie Kaffee gekocht hat, wie sie sich dann vor dem Weinregal geküsst haben und sie schließlich gesagt hat: ›Wenn Sie aufhören, mich zu verdächtigen und mir Fragen zu stellen, dann können wir noch zu Ihnen hinaufgehen.‹ Selbstverständlich hat Fernando ihr das auf der Stelle geschworen, und ab da hat sie die Regie übernommen.

Völxen fixiert Fernando wie ein Kampfstier und merkt, wie

ihm das Blut in den Kopf schießt. »Himmelherrgott! Und das sagst du mir jetzt?«

»Brüll doch nicht so!«

Völxen stemmt beide Hände auf den Schreibtisch, und es sieht ganz so aus, als wollte er gleich über das Möbel hinwegflanken und Fernando an die Gurgel springen. Aber dann entscheidet er sich dafür, ihn nur weiter anzubrüllen: »Nicht nur, dass du mit einer Tatverdächtigen in einem Mordfall herummachst, was schon schlimm genug wäre, nein, du lässt mich zu ihr gehen und sie befragen, lässt mich hier Szenarien entwerfen, machst mich komplett zum Deppen, und ich soll nicht brüllen?«

»Tut mir leid. Ich wollte nicht vor den anderen …«

»Vor den anderen! Das hättest du mir gleich sagen müssen, schon am Samstag. Verdammt noch mal, Rodriguez! Trägst du dein Hirn im Schwanz spazieren?«

»Aber …«

»Raus! Verschwinde! Geh mir aus den Augen!«

Die Tür rummst ins Schloss. Auf dem Flur rennt Fernando um ein Haar Oda um, die hemmungslos an Völxens Tür gelauscht hat.

»Wie, du hast die Fender rumgekriegt?«, ruft sie ihm nach. »Das hätte ich dir gar nicht zugetraut.«

»Schrei nicht so«, braust Fernando auf. »Muss ja nicht gleich die ganze PD wissen.«

Er ist Oda in ihr Büro gefolgt, wo diese sich sofort einen Zigarillo ansteckt. »Hast du sie schon der Mama vorgestellt?«

Fernando schnaubt. »Die! Die macht neuerdings Tangokurse mit einem gewissen Alfonso und schlägt sich die Nächte um die Ohren.« Zum Glück sind sich die beiden Frauen nicht über den Weg gelaufen, denn seine Mutter steht auch samstags immer sehr früh auf und pusselt in ihrem Laden herum.

»Wahrhaftig, bei euch herrschen Sodom und Gomorrha!«

»Das musst gerade du sagen«, entgegnet Fernando.

»Wie meinen?«, fragt Oda und bläst ihm eine Rauchschwade entgegen.

»Denkst du, ich habe nicht mitbekommen, dass du neulich in der Nacht noch mit diesem Thomas in seiner Wohnung verschwunden bist?«

»Na, und?«

»Ist der nicht ein bisschen jung?«

»Ist die Fender nicht ein bisschen klug«, gibt Oda zurück. Es folgt ein Duell der Blicke, das Fernando, wie immer, verliert.

»Dieses Mal ist es was Ernstes«, verkündet er.

»Sicher. Du hast Torschlusspanik, weil die Frau Mama einen Verehrer hat.«

»Ich will jedenfalls nicht so ein Typ werden, der auf Ü-Partys geht und dort die Reste zusammenkratzt.«

»Und die Fender ist die Richtige, was?«

Fernando begnügt sich mit einem schwärmerischen Blick zur Decke und einem verklärten Lächeln. Noch immer meint er, den Duft ihrer Haare zu riechen und die Zartheit ihrer Haut zu spüren, wenn er die Augen schließt.

Wenn er wüsste, wie dämlich er gerade aussieht, denkt Oda und fragt: »Macht sie's besser als deine Friseusen?«

Fernando platzt der Kragen. »Es ist wirklich kein Wunder, dass es mit dir keiner aushält!«

»Hier geht es jetzt um dich, *mon amour*. Es ist unprofessionell, was du da treibst. Die Frau ist eine Verdächtige in einem laufenden Ermittlungsverfahren in zwei Mordfällen.« Raffiniert, denkt Oda, wie die Fender Völxen am Samstag gefragt hat, ob er ihr Alibi nicht hören möchte. Das war ein Test, ob Fernando dichtgehalten hat. Bestimmt hat sie ihn über den Fall ausgehorcht. Merkt dieser brünstige Gockel denn nicht, dass er nach allen Regeln der Kunst ausgenutzt wird?

»Ist sie eben nicht«, widerspricht Fernando gerade trotzig, als sein Handy klingelt – »Rodriguez.«

Eine aufgeregte Frauenstimme: »Sind Sie Herr Rodriguez?«

»Sag ich doch.«

»Sie müssen sofort herkommen.«

»Mit wem spreche ich, bitte?«

»Melanie Kusch. Ich bin hier in der Praxis von Dr. Offermann … äh, ich meine, von Dr. Fender. Bitte kommen Sie schnell her, es ist etwas Scheußliches passiert.«

Frau Cebulla klopft leise an Völxens Tür. Als sie eintritt, hat sie in der einen Hand einen Becher Hagebuttentee, in der anderen eine Zeitschrift. »Hier, zur Beruhigung«, sagt sie und lächelt wissend, während sie den Tee vor Völxen auf den Schreibtisch stellt. »Und das wollte ich Ihnen mal zeigen.«

Es ist der angekündigte Artikel von Boris Markstein über Michael Strauch, dessen Entwurf Völxen bereits am Gilde-Bierstand überflogen hat. Er beginnt zu lesen, während er abwesend mit dem Löffel in seinem Tee rührt. Nach einem kurzem Abriss über Strauchs Lebensumstände und seine Taten folgt ein Interview zwischen dem Reporter und dem Häftling:

Strauch: *Meine Mutter habe ich gehasst, weil sie mir nie geholfen hat, wenn mein Vater mich geschlagen hat. Es war ihr auch egal, wenn ich von zu Hause abgehauen bin. Zwei Mal haben mich die Bullen zurückgebracht, da war ich neun oder zehn. Da gab's natürlich wieder Prügel. Die haben mich schon als Kind wie einen Verbrecher behandelt.*

Markstein: *Wann begannen Sie sich für junge Mädchen zu interessieren?*

Strauch: *Ich habe immer schon gerne Frauen beobachtet, so durch Fenster. Das ist ja nicht verboten, ich meine, wenn die sich ausziehen und das Licht anlassen. Na ja, manchmal bin ich auch in einen Hinterhof geschlichen. Und ich hatte immer einen Schraubenzieher dabei, mit dem konnte ich die Jalousien auseinander drücken. Hin und wieder habe ich versucht, mit denen Kontakt aufzunehmen, per Telepathie. Wenn ich nur lang genug und fest genug gedacht habe: Los, mach dies oder mach das, dann hat die das manchmal gemacht.*

Markstein: *Was hat sie gemacht?*

Strauch: *Sich ausgezogen, zum Beispiel.*

Markstein: *Aber irgendwann hat es Ihnen nicht mehr gereicht, die Frauen nur zu beobachten.*

Strauch: *Ich war aber nie gewalttätig. Die wollten das. Die haben mich angemacht.*

Markstein: *Sie meinen die junge Frau, die Sie in Ihrem Wagen in ein Kornfeld verschleppt haben.*

Strauch: *Quatsch, verschleppt. Die ist freiwillig mit. Dann ist ihre Stimmung plötzlich umgeschlagen, und ich bin wütend geworden und dachte: Ich lass mich doch von so einer nicht behandeln wie Dreck.*

Markstein: *Sie waren danach in einer Jugendhaftanstalt. Hat Sie das nicht geläutert?*

Strauch: *Nein. Ich hätte damals eine Therapie gebraucht. Aber die haben mich stattdessen mit Typen zusammengesperrt, die mich wieder wie Dreck behandelt haben. Ich bin ja kein Hüne, ich war dort in der Hierarchie nicht sehr weit oben. Einmal bin ich auch vergewaltigt worden. Ich weiß also, wie das ist. Dadurch ist meine Wut nur noch viel größer geworden.*

Markstein: *Herr Strauch, Sie haben zwei Jahre nach Ihrer Entlassung ein sechzehnjähriges Mädchen zwei Wochen lang in Ihrer Werkstatt in einem Kellerloch festgehalten und sie sexuell missbraucht.*

Strauch: *Ich habe der ja nicht aufgelauert, die ist von selbst da reingekommen. Ich war zu diesem Zeitpunkt wie ein Ballon kurz vor dem Platzen. Mein Leben war gerade wieder dabei, aus dem Ruder zu laufen: Ein fetter Auftrag war mir flöten gegangen, meine Freundin hatte mich betrogen. Als die dann vor mir stand, da ist bei mir eine Sicherung durchgebrannt. Ich wollte die erniedrigen. Ich wollte, dass die sieht, wie es ist, wenn man behandelt wird wie Dreck. Das wollte ich in dem Moment: mich überlegen fühlen, Macht haben. Hinterher habe ich dann eingesehen, dass das falsch war. Es hat mir leid getan, wirklich, denn dieses Mädchen hatte ja keine Schuld. Aber zu der Zeit, da hat es mir nicht leid getan, da war die bloß ein Blitzableiter. Ich habe das, was man mir angetan hat, einfach weitergegeben.*

Markstein: *Haben Sie mit dem Mädchen gesprochen?*

Strauch: *Nur Befehle.*

Markstein: *Und wie kam sie zu Tode?*

Strauch: *Das war ein Unfall. Wenn sie gejammert hat, habe ich sie geknebelt. Das konnte ich nicht haben, das Gejammer. Und so ist es halt passiert. Als ich am Morgen in die Kiste schaute, da war sie tot.*

Markstein: *Hatten Sie während der Zeit, als Birte L. in Ihrer Gewalt war, sexuellen Kontakt mit Ihrer Freundin?*

Strauch: *Das war ja das Komische. Ja, es war die beste Zeit mit Sonja. Wir hatten drei, vier Mal am Tag Sex. Guten Sex, keine Gewalt und so. Wenn ich dabei an das Mädchen im Keller gedacht habe, dann hat mich das richtig angeturnt. Das war mein Geheimnis. Und umgekehrt auch, wenn ich bei dem Mädchen war, dann musste ich an Sonja denken und dass die von nichts eine Ahnung hat. Und das war dann … ja, das war dann … irgendwie berauschend …*

Markstein: *Haben Sie heute noch Gewaltphantasien?*

Strauch: *Heute? Nein. Ich sehne mich nach Ruhe. Wenn ich rauskomme, werde ich meine Verlobte heiraten. Das andere, das ist alles lange her. Ich habe eingesehen, wie sinnlos das war. Ich bin heute ein anderer Mensch.*

Markstein: *Waren Sie in Therapie?*

Strauch: *Ich habe mich selbst therapiert. Ich brauche diese Psychotypen nicht, ich kenne mich selbst am besten. Wissen Sie, es macht mir keine Freude, anderen Menschen wehzutun. Ich werde mich nie wieder dazu hinreißen lassen, egal, was mit mir passiert. Es ändert ja nichts, das habe ich kapiert. Ich habe mich selbst kaputt gemacht, ich war schwach, aber ich habe mich selbst auch wieder aufgebaut. Ich weiß, wozu ich imstande bin, aber ich habe mich zum Guten entwickelt. Ich kenne jetzt meine Grenzen. Das habe ich anderen Menschen voraus.*

Völxen löst seinen Blick von dem Artikel. Er spürt einen schalen Geschmack im Mund, den auch ein Schluck vom inzwischen lauwarm gewordenen Hagebuttentee nicht wegspült.

Frau Cebulla streckt den Kopf zur Tür herein. »Herr Hauptkommissar, der Herr Vizepräsident möchte Sie sprechen. Und die Frau Holzwarth hat auch schon angerufen.«

»Ich komme.«

Jetzt werden sie ungemütlich, jetzt schwingen sie die Peitschen, erhöhen den Druck. Das war abzusehen, nachdem heute sämtliche Tageszeitungen Hannovers ganzseitig von Irene Dillings Tod berichtet haben und dabei einige Male der Begriff *Serienmörder* zu lesen war.

Fernando fühlt, wie der Schweiß seinen Körper hinunterläuft. Wenn ihr etwas zugestoßen ist, warum ruft die Frau dann nicht den Notdienst, sondern auf seinem privaten Handy an? Wer ist die überhaupt, eine Patientin? Aber sie kann seine Handynummer doch nur von Liliane haben. Also heißt das, dass sie am Leben ist. *Dios santo*, bitte mach, dass ihr nichts geschehen ist!

Er hat sie seit Samstagmorgen nicht mehr gesehen oder gesprochen. Sie habe viel zu tun, sie würde sich melden, hat sie gesagt. Fernando war das gar nicht so unrecht, denn er wollte ja ursprünglich zum Fußballspiel, und die Samstagabende gehören seiner Pokerrunde. Er hat Metin vom Dönergrill und seinen Schulfreund Antonio ordentlich gerupft. Über hundert Euro hat er gewonnen, und sein Kumpel Carlos immerhin fünfzig. Dabei hätte er doch Pech im Spiel haben müssen, wenn man dem Sprichwort glauben darf. Auch am Sonntag hat sie sich nicht gemeldet, und als Fernando sie gegen Abend angerufen hat, war niemand zu Hause oder sie wollte nicht abnehmen. Er hat es nicht noch einmal versucht, um nicht aufdringlich zu wirken. Das bereut er nun.

Etwas *Scheußliches*. Vielleicht ist auf sie geschossen worden, vielleicht ist sie verletzt? Oder gar tot? Womöglich hat dieselbe Irre wieder zugeschlagen, die schon Offermann und die Dilling auf dem Gewissen hat …

Während ihm solche wirren Gedanken durch den Kopf jagen, drängelt er sich auf seiner Drag Star vorbei an wartenden Autos, überfährt durchgezogene Linien und eine rote Fußgängerampel. Oda hat den Dienstwagen genommen, er hat sie längst abgehängt. Trotzdem ist er froh, dass sie nachkommt. Wer weiß, was ihn dort erwartet.

Der Summer an der Haustür wird sofort betätigt, er rast die Treppe hinauf. An der Tür steht eine fremde Frau um die vierzig, vermutlich diese Melanie Kusch.

»Was ist passiert?«

»Kommen Sie mit.«

Gott sei Dank, sie ist am Leben! Mit ernstem Gesicht kommt sie ihm im Flur entgegen und deutet auf die Tür von Offermanns Büro. »Da drin.«

Auf dem Schreibtisch herrscht ein Durcheinander von Papieren, Briefen, Umschlägen. Mittendrin liegt ein graurosa Fleischklumpen.

Dieses Mal kann Fernando auf Jules Hilfe verzichten, er weiß auch so, worum es sich handelt.

»Es war in einem gepolsterten DIN-A-4-Umschlag, er liegt dort«, sagt die fremde Frau, die im Türrahmen stehen geblieben ist, und zeigt auf einen braunen Luftpolsterumschlag. Fernando sieht ihn sich an, ohne ihn zu berühren. Er trägt keine Briefmarke, nur einen weißen Aufkleber, auf den *Dr. L. Fender* mit Schreibmaschine getippt ist.

»Ich mach ihn auf, und da fällt dieses schreckliche …« Ekel und Entsetzen lassen den drallen Körper erbeben.

Fernando wendet sich um. »Darf ich fragen, wer Sie sind?«

»Das ist Frau Kusch«, erklärt Liliane Fender. »Sie kommt immer montags und macht die Buchhaltung und die Korrespondenz.«

Ein beißender Geruch steigt ihm in die Nase. So ähnlich riecht es im Sektionssaal von Bächle, fällt Fernando ein. »Wonach riecht es hier?«, murmelt er, und Liliane Fender antwortet prompt: »Formalin. Darin war die Zunge wohl eingelegt.«

»War eine Nachricht dabei?«

»Nein. Auch kein Absender, nichts. Nur dieses grässliche Ding da«, mischt sich erneut Frau Kusch ins Gespräch. Sie erinnert Fernando ein wenig an Frau Cebulla. Jedenfalls trägt auch sie Gesundheitsschuhe.

Fernando greift zu seinem Telefon und fordert die Spurensicherung an.

»War der Umschlag im Briefkasten der Praxis oder in Ihrem privaten?«, fragt er dann.

»In dem von der Praxis«, antwortet Liliane Fender. »Am Samstag war er noch nicht drin, und gestern habe ich nicht nachgesehen.«

Fernando sieht Liliane an und lächelt zögerlich.

Sie lächelt nicht zurück.

»Gehen wir in das andere Büro«, schlägt er vor. »Meine Kollegin wird jeden Augenblick hier sein. Wären Sie so nett, ihr zu öffnen, Frau Kusch?«

Endlich sind sie allein im Büro.

»Geht's wieder?«, fragt Fernando.

Sie nickt.

»Ich bin hergerast wie ein Verrückter. Ich hatte eine Scheißangst, dass dir was passiert sein könnte.«

»Ich wollte dich selbst anrufen, aber als ich das Telefon in der Hand hatte, ist mir plötzlich übel geworden. Tut mir leid.«

Fernando macht Anstalten, sie tröstend in die Arme zu nehmen, aber sie weicht zurück und streckt ihm die Handflächen entgegen. »Nicht. Ich … nicht jetzt.«

Ein zäher Moment der Verlegenheit breitet sich zwischen Ihnen aus. Draußen hört man das Dingdong der Klingel und kurz darauf die Stimmen von Frau Kusch und Oda. Liliane Fender nimmt dies zum Anlass, das Büro zu verlassen.

Die Trauerfeier in der Kapelle des Engesohder Friedhofes ist sehr gut besucht, wobei die Gruppe der weiblichen Trauergäste mittleren Alters zahlenmäßig die Größte ist. Er war wohl doch ein Schwerenöter, denkt Völxen, der besonders die weiblichen Trauernden aufmerksam mustert. Ob es die Mörderin auch hierher getrieben hat? Verstohlen schielt er nach der Kollegin vom LKA, die die Trauergemeinde dezent mit einer kleinen Videokamera abschwenkt.

Der Kommissar hat sich ganz hinten platziert, und als die Feierlichkeiten beginnen ihm zu lange zu dauern, bricht er auf zu einem Spaziergang über den Friedhof. Es ist ein knapp hundertfünfzig Jahre alter Friedhof mit einem wunderbaren alten Baumbestand. Die Inschriften der Grabmäler und Gruften lesen sich wie ein *Who is Who* der berühmten Söhne und Töchter der Stadt. Am Grab des Malers Kurt Schwitters grübelt Völxen über der schelmischen Inschrift *Man kann ja nie wissen.* Offenbar ein Mann mit Humor – Dadaist, wenn Völxen sich richtig erinnert.

Als die Tür der Kapelle geöffnet wird und die Menge wie eine Herde schwarzer Schafe ins Freie strömt, wartet er geduldig in einigem Abstand. Liliane Fender kommt erwartungsgemäß mit den letzten Personen heraus. Ihr schwarzes, knielanges Kleid hat einen für eine Trauerfeier gerade noch vertretbaren Ausschnitt, ihr Haar ist hochgesteckt, sie sieht sehr elegant aus. In Ermangelung naher Angehöriger Offermanns ist sie es, der man kondoliert.

Nachdem sie sich von den letzten Trauergästen verabschiedet hat, spricht Völxen sie an. Sie scheint nicht überrascht zu sein, ihn hier zu sehen. Ihre Augen sind ein wenig gerötet.

»Gehen wir ein paar Schritte?«, schlägt er vor.

»Warum nicht?«, sagt sie. »Mögen Sie auch Friedhöfe?«

»Ja, sehr.« Völxen mag Friedhöfe wirklich. Die Ruhe, die Vegetation, die weltentrückte Stimmung, die dort herrscht. Auf Friedhöfen kommt es ihm jedes Mal vor, als stünde die Zeit still. Für die meisten dort tut sie das ja auch.

Nach ein paar Metern, die sie schweigend zurückgelegt haben, beginnt der Kommissar: »Waren Sie schon bei Herrn Strauch?«

»Nein, ich war noch nicht bei ihm.«

»Warum nicht?«

»Ich möchte mich erst gründlich vorbereiten. Ende der Woche werde ich wohl ein erstes Gespräch mit ihm führen.«

»Haben Sie Angst davor?«, fragt er.

»Wie kommen Sie denn darauf?« Sie unterstreicht ihr Befremden über die Frage mit einem Stirnrunzeln.

»Könnte ja sein, dass Sie ihm schon einmal begegnet sind«, meint Völxen.

»Wo denn? Im Knast?«

»Nein früher. Er hat mal in Gehrden gewohnt, ihrem Heimatort. Wussten Sie das?«

Sie sieht Völxen von der Seite an. Leicht spöttisch, wie es ihm scheint. »Ich habe es auf dem Band gehört. Vorher wusste ich nichts davon. Aber es war wohl nur ein halbes Jahr. Gehrden ist zwar eine Kleinstadt, aber so klein auch wieder nicht, dass man jeden kennt.«

»Haben Sie eine Ahnung, wer Ihnen die Zunge geschickt haben könnte?«

Sie schüttelt den Kopf. »Ich weiß es nicht.«

»Welche Symbolik steckt dahinter, was meinen Sie?«

»Keine Ahnung.«

Völxen erprobt seinen Dackelblick. »Ich bitte Sie! Sie sind Psychiaterin, Sie müssen sich doch Gedanken gemacht haben, welche Botschaft Ihnen der Absender der Zunge auf diese Weise übermitteln will.«

»Vielleicht eine Warnung. Aber ich weiß beim besten Willen nicht, wovor.«

»Denken Sie nicht auch, dass es etwas mit Michael Strauch zu tun haben könnte? Immerhin sind Sie jetzt seine Gutachterin.«

»Ich weiß das selbst erst seit Freitag, und ich habe mit niemandem darüber gesprochen. Außer mit Kommissar Rodriguez. Der wusste das allerdings schon.«

Das ist ein berechtigter Einwand, erkennt Völxen. Heißt das, dass die Täterin Kontakte zur Strafkammer oder zur Staatsanwaltschaft unterhält? Oder hat Dr. Fenders Gutachterauftrag gar nichts mit den Morden zu tun? Das träfe dann auch auf Offermanns Arbeit als Gutachter zu, und dann wäre die Spur, die zu Michael Strauch führt, eine Sackgasse.

»Und was hatte Frau Dilling denn mit Strauch zu tun?«, gibt Dr. Fender zu bedenken.

»Sie hat gegen seine Freilassung opponiert«, antwortet Völxen.

»Sie meinen, der Täter möchte Strauch gerne in Freiheit sehen? Wer sollte sich so etwas wünschen? Seine Verlobte? Ist sie so naiv zu glauben, diese Morde könnten Strauch nützen?«

Nein, denkt Völxen. Außerdem ist Irma Kissinger am Samstag pünktlich um neun Uhr an ihrem Arbeitsplatz erschienen, das hat Oda inzwischen recherchiert.

»Soviel ich weiß, hat der Mann keine Freunde. Nicht einmal seine Mutter möchte etwas mit ihm zu tun haben«, fügt Liliane Fender hinzu.

»Halten Sie es für möglich, dass es ein früheres Opfer von Strauch gibt, von dem wir noch nichts wissen?«, fragt Völxen.

Liliane Fender ist stehen geblieben. Sie betrachtet nachdenklich einen der gusseisernen Bödecker-Engel, dann wendet sie sich um und sieht dem Kommissar direkt in die Augen. »Sie denken dabei an mich?«

Unter dem sezierenden Blick ihrer wasserklaren Augen räumt Völxen ein: »Nein. Sie scheinen mir nicht der Typ zu sein, der zu therapeutischen Zwecken zwei Menschen erschießt und sich dann selbst eine abgeschnittene Zunge schickt.«

»Das beruhigt mich«, sagt sie und lächelt.

Eine charmante Person, denkt der Kommissar – nicht zum ersten Mal. Kurz spielt er mit dem Gedanken, sie auf ihr Alibi anzusprechen, aber er lässt es. Wozu soll er sie unnötig kompromittieren? Sie wird früher oder später von selbst damit herausrücken, wenn sie sich in die Enge getrieben fühlt.

»Aber ich halte es für möglich, dass Sie ein früheres Opfer von Strauch kennen und schützen. Vielleicht handelt es sich um eine Patientin von Ihnen. Oder eine alte Freundin.«

Sie wendet den Blick ab und geht weiter, Kies knirscht unter ihren Schuhen.

Völxen hält Schritt. »Frau Dr. Fender, ich bitte Sie! Wir haben zwei Tote in einer Woche. Wer weiß, wann diese Verrückte wieder zuschlägt. Vielleicht sind Sie die nächste, die es trifft.«

»Sie glauben, dass die Täterin eine Frau ist?«, hakt Dr. Fender hellhörig nach.

»Einige Indizien sprechen dafür. Also, wenn Sie etwas wissen, dann sagen Sie es mir, bitte.«

Sie hält seinem eindringlichen Blick stand und sagt: »Tut mir leid. Ich kann Ihnen nicht weiterhelfen. Ich wäre selbst froh, wenn ich einen solchen Trumpf gegen Strauch in der Hand hätte.«

Völxen merkt, dass er nicht mehr aus ihr herausbekommen wird. Er stellt ihr noch ein paar persönliche Fragen, die mit dem Fall nicht unmittelbar zu tun haben, deren Antworten aber dennoch sehr interessant sind.

Dr. Bächle runzelt seine Stirn und sieht Oda zweifelnd an, während sie die Treppe zum Keller, in dem der Sektionssaal liegt, hinuntersteigen. »Frau Krischtensen, ich möchte Ihre Erziehungsmethoden ja nicht anzweifeln, aber wenn uns das Fräulein zusammenklappt, dann ischt das nicht meine Schuld, gell. Nicht, dass Sie dann böse mit mir sind.«

»Kein Problem«, versichert Oda. »Wissen Sie, meine Tochter kokettiert in letzter Zeit ein bisschen viel mit dem Jenseits, und jetzt will sie sich sogar einen Sarg anschaffen.«

Der Rechtsmediziner schüttelt den Kopf und murmelt: »Ja, ja, narrete Küeh hend spinnede Kälble.«

»Wie bitte?«

»Ach, nix.«

»Es schadet jedenfalls nichts, ihr den Tod einmal in der Realität vor Augen zu führen. Ziehen Sie ruhig alle Register, Herr Doktor, nur keine Rücksichten.«

Schon im Gang vor dem Sektionssaal I schlägt Oda die typische Geruchsmischung aus Moder und Desinfektionsmittel entgegen. Drinnen warten Veronika, der Assistent und die Präparatorin neben dem Seziertisch, auf dem Irene Dilling liegt, noch verhüllt von einem grünen Tuch. Veronika hat den Vorschlag, ihre Mutter zu einer Obduktion zu begleiten, mit Begeisterung aufgenommen. Mann, wenn sie das in der Schule erzählt! Sie wollte unbedingt ihre Digitalkamera mitnehmen, aber das hat Oda aus Gründen der Pietät untersagt.

Der Assistent zieht das Tuch von der Leiche, und der Anblick von dem, was einmal Irene Dilling war, lässt Oda schaudern. Ausgestreckt auf kaltem Stahl liegt die menschliche Hülle in ihrer ganzen Schutzlosigkeit und Hässlichkeit da. Die unendliche Einsamkeit der Toten ist in diesem Moment am deutlichsten spürbar, findet Oda. Sie bedauert jedes Mal die Angehörigen, die einen Toten hier, in Bächles Keller, identifizieren müssen.

»Hat man schon die Abstriche unter den Fingernägeln genommen?«, fragt sie.

»Aber selbschtverschtändlich«, versichert Bächle und spricht in sein Diktafon: »Weibliche Leiche, vierundfünfzig Jahre alt, Körpergröße eins siebzig, guter Ernährungszustand, schlanker Körperbau. Punkt. Zeile. Äußere Todeszeichen ...«

Frau Dillings Beine sind muskulös und bis zur Mitte der Oberschenkel braun gebrannt, ebenso die Unterarme. Garten- und Fahrradbräune. Der Rest ist bleich, mit dem Gelbstich des Todes. Schlaff hängen die Brüste zur Seite, der Leib ist etwas gedunsen. Die Stellen, an denen die Brust von den Schüssen getroffen wurde, sind sepiafarbene Löcher mit glatten Wundrändern.

Während sich Dr. Bächle über Leichenflecken und die Lage und Beschaffenheit der Schusswunden ergeht, schielt Oda hinüber zu ihrer Tochter. Die schwarz umrandeten Augen sind auf den toten Körper gerichtet und leuchten lebhaft.

»... Färbung der Augenbindehaut unauffällig, Lippenschleimhaut und Mundschleimhaut frei von petechialen Blutungen ...«

Veronika fängt den Blick ihrer Mutter auf und lächelt ihr zu.

Na warte! Spätestens wenn Dr. Bächle zu Skalpell und Säge greift, wird dir das Grinsen schon vergehen. Schon ist es so weit. In einem eleganten Bogen führt der Assistent den Schläfenschnitt aus und zieht dann Irene Dillings Kopfhaut bis übers Kinn wie eine Latexmaske ab. »Kopfschwarte leicht ablösbar«, nuschelt Dr. Bächle in sein Diktiergerät.

Oda glaubt zu bemerken, wie ihre Tochter ein wenig an Farbe verliert. Das Geräusch, mit dem sich die oszillierende Säge durch die Schädeldecke arbeitet, geht Oda durch Mark und Bein. Das Gehirn wird mit einem scharfen Schnitt vom Rückenmark getrennt und liegt nun frei, eine weißgraue Masse auf einer flachen Schale in der Hand des Assistenten.

Oda tritt an Veronikas Seite und wispert: »Ich geh mal eine rauchen, kommst du mit?«

Veronika schüttelt energisch den Kopf.

Die Präparatorin trägt das Gehirn an ihren Arbeitstisch. Es kommt auf die Waage: 1380 Gramm. Dann gleitet die Messerklinge durch, Scheibchen für Scheibchen, wie bei Tim Mälzer. Dr. Bächle fährt derweilen mit der Halsweichteilpräparation fort.

Wozu das alles, fragt sich Oda. Es sieht doch jeder, dass sie erschossen wurde. Sie verlässt den Raum. So eine Sektion kann dauern, da muss man zwischendrin mal raus.

Rauchend tigert sie vor dem Haus J6 der Medizinischen Hochschule auf und ab. Die Erziehungsmaßnahme scheint ihr plötzlich übertrieben und völlig unangemessen. Himmel, sie ist fünfzehn! Was, wenn sie nach diesem Erlebnis zwar keinen Sarg mehr haben möchte, aber dafür einen seelischen Schaden davonträgt? Was bin ich für eine Mutter, die ihr Kind einem solchen Anblick aussetzt?

Nachdem sie aufgeraucht hat, geht sie zurück in den Sektionssaal.

»Sehen Sie diese Luftblasen im Wasser?«, fragt der Assistent, der sich mit Dr. Tim Westenberg vorgestellt hat, gerade Veronika, die sich interessiert über den Leichnam beugt. Ein Schlauch ragt in den Brustkorb der Toten.

»Das nennen wir die große Pneumothoraxprobe«, erklärt der Assistent. Veronika nickt und lächelt ihm zu. Der junge Doktor grinst zurück.

Oda atmet flach. Der Geruch im Sektionssaal ist während der letzten Viertelstunde nicht besser geworden. Das Öffnen des Thorax mit der Rippenschere erinnert Oda an das Halbieren eines Hähnchens mit der Geflügelschere.

»Do hammer's«, murmelt Dr. Bächle, während er das Projektil herausschält. Er reicht es an den Assistenten Westenberg weiter und sagt zu Oda: »Todesursächlich war das Eindringen des Projektils in den rechten Ventrikel, das lässt sich schon mal feschthalten. Hier sieht man recht deutlich den Schusskanal.« Er winkt die Kommissarin zu sich heran.

Oda sieht nur blutiges Fleisch.

Der Rechtsmediziner senkt nun die Klinge des Skalpells in den Herzbeutel. Die rotbraune Flüssigkeit, die sich darin gesammelt hat, wird in ein Glas geschöpft. Sie erinnert Oda an Frau Cebullas Kräutertees. Neben dem zweiten Seziertisch entdeckt Oda einen Hocker und lässt sich darauf nieder. Wozu sich hier zwei Stunden lang die Beine in den Bauch stehen, wenn es nachher ein Protokoll geben wird? Eine Stunde ist bereits vergangen, Veronika zeigt keine Schwächen. Sie beobachtet jeden Schnitt der Obduzenten, lauscht Bächles Diktaten und den wichtigtuerischen Erklärungen des anderen Arztes.

»Jetzt öffnen wir die dritte Körperhöhle nach dem Schädel und dem Brustkorb«, doziert Westenberg gerade.

Der Bauchschnitt.

»Dicke des Unterhautfettgewebes in Nabelhöhe: 0,8 cm. Punkt. Zeile«, diktiert Dr. Bächle.

Die Organe liegen nun frei. Der Geruch wird intensiver.

Dr. Bächle deutet mit dem blutigen Skalpell auf Veronika. »Wie geht's dem Fräulein?«

»Gut.«

»Reschpekt«, meint Bächle und wirft einen amüsierten Blick auf Oda, während der Assistent sagt: »Ich finde es toll, dass Sie sich für so etwas interessieren, Veronika. Wenn Sie möchten, zeige ich Ihnen nachher unsere Präparate.«

»Au, ja.«

»Das ist ein bisschen gruselig. Aber Sie sind ja sehr tapfer, wie ich sehe.«

Oda hebt die Augenbrauen. Macht dieser Windhund da gerade ihre Tochter an – ein Mädchen, das halb so alt ist wie er? Und das während einer rechtsmedizinischen Leichenöffnung?

Ehe sie etwas sagen kann, sorgt Dr. Bächle für Disziplin.

»Herr Dr. Weschtenberg, sülzen'S net rum, öffnen'S lieber den Magen.«

Der Angesprochene greift artig zum Skalpell. Die Präparatorin naht mit einer Suppenkelle.

Der Mageninhalt ist eine graue Brühe und riecht sauer. Die

Präparatorin schöpft die Flüssigkeit in eine Glasschüssel. Bei der dritten Portion bleibt sie mit dem Stiel der Kelle am Ärmel des Assistenten hängen – Irene Dillings letztes Frühstück schwappt in hohem Bogen heraus und platscht auf Veronikas Füße. Die steht einen Moment wie erstarrt da und blickt auf ihre Jesuslatschen.

»Oh, das ... das tut mir leid!«, stammelt die Präparatorin.

Oda stockt der Atem. Hoffentlich bekommt Veronika jetzt keinen hysterischen Anfall. Sie und Dr. Bächle tauschen einen besorgten Blick.

»Schon okay«, sagt Veronika, geht hinüber zum Waschbecken, zieht sich die Schuhe aus und hält sie unter den Wasserstrahl. Mit ein paar angefeuchteten Zellstofftüchern säubert sie sich ihre Füße, während die Präparatorin den Boden mit einem Mopp aufwischt.

»Könne mer wieder?«, fragt Dr. Bächle seinen Assistenten, der noch immer bekümmert nach Veronika schielt.

»Ja, klar«, versichert der.

Barfüßig tritt Veronika wieder an den Sektionstisch heran. Die Organe des Mittelbauchs werden im Paket entnommen.

Oda entschuldigt sich. Die Hand gegen den Mund gepresst, eilt sie aus dem Sektionssaal. Veronika blickt ihrer Mutter erstaunt nach.

Dr. Bächle grinst.

»Lassen Sie sich Zeit, Frau Schröder. Sehen Sie sich die Männer in aller Ruhe an. Die Männer können Sie nicht sehen, die Scheibe ist auf der anderen Seite verspiegelt.«

»Das kenne ich aus dem Fernsehen«, sagt Erika Schröder. Sie wirkt nervös, ständig zupft sie unsichtbare Fussel von ihrem Blazer.

»Möchten Sie ein Glas Wasser?«, fragt Völxen.

»Nein, nein. Geht schon.« Angestrengt sieht sie durch die Glasscheibe auf die acht Männer, fixiert einen nach dem anderen.

»Die Drei und die Fünf«, sagt sie schließlich.

»Sicher? Lassen Sie sich ruhig Zeit. Die können sich auch noch mal umdrehen, damit Sie sie im Profil sehen.«

»Nein, ich bin ganz sicher. Die Drei und die Fünf.«

»Danke, Frau Schröder«, seufzt Völxen.

Dr. Offermanns Ex-Stalkerin hat soeben Oberkommissar Lukas Schildknecht vom Rauschgiftdezernat und Kommissar Till Krolow vom Dezernat für Organisiertes Verbrechen als ihre Entführer vom Valentinstag identifiziert.

»Sind das die …?«

»Leider nein.«

»Das tut mir leid. Aber es war ja so dunkel«, meint sie bekümmert.

»Das verstehe ich. Trotzdem danke«, sagt Völxen und begleitet die Dame zu den Aufzügen.

»Mir ist da noch was eingefallen«, sagt sie, als die Tür schon aufgeht.

»Ja?«

»Ihre Kollegin hat mich doch gefragt, ob mir mal Personen aufgefallen sind, also Besucher.«

»Und? Ist Ihnen da jemand aufgefallen?«, fragt Völxen.

»Ja, es fiel mir gestern wieder ein …«

»Kommen Sie doch mit in mein Büro.«

Frau Schröder trippelt in ihren Pumps artig hinter ihm her.

»Erzählen Sie«, sagt der Kommissar, nachdem die Besucherin Platz genommen hat.

»Das ist aber schon länger her. Es muss Januar oder Anfang Februar gewesen sein. Da ist Martin eines Tages aus der Praxis gekommen, es war am frühen Abend, und plötzlich ist so eine Frau auf ihn zugelaufen. Sie hat ihn beschimpft. Ich habe nicht verstanden, was sie gesagt hat, ich war zu weit weg, aber es war nicht freundlich, das hat man gesehen.«

»Und was tat er?«, fragt Völxen.

»Martin hat zuerst ein paar Worte mit ihr gewechselt, dann, als sie sich nicht beruhigt hat, hat er sie einfach stehen lassen und ist zu seinem Wagen gegangen. Die stand dann noch eine ganze Weile da und hat ihm nachgestarrt. Dann ist sie auch gegangen.«

»Zu Fuß?«

»Ja.«

»Können Sie die Frau beschreiben?«, fragt Völxen.

»Sie war schon älter. So etwa Mitte fünfzig.«

»Was hatte sie an?«

»Hose, Mantel, alles irgendwie dunkel. Es war ja noch Winter.«

»Haarfarbe?«

»Braun. Nein, mehr grau. Ja, eher grau.«

Völxen steht auf und holt ein Foto von Irene Dilling aus der Akte. »War sie das?«

Frau Schröder schaut das Bild lange an. »Nein, eher nicht. Nein, das war sie nicht. Sie war dünner im Gesicht.«

»Frau Schröder, hätten Sie vielleicht noch ein Stündchen Zeit für uns?«

»Ja, schon.«

»Schön, dann lasse ich Sie jetzt zum LKA bringen, dort gibt es einen netten Herrn, der schöne Bilder malt.«

Jule und Fernando steigen in den Dienstwagen.

»Nur noch acht«, stöhnt Fernando. »Gehen wir ein paar Tapas essen?«

»Ich würde lieber fertig werden. Ich habe heute Abend noch was vor.«

»Ein Rendezvous?«

»Karatetraining.«

Sie sind dabei, die Frauen von Irene Dillings Adressliste abzuklappern. Bisher waren drei nicht zu Hause, zwei haben Alibis für beide Tatzeiten und vier für den Samstag. Zwei haben bislang kein Alibi, darunter die Frau, die sie soeben in ihrer schäbigen Zweizimmerwohnung in der Limmerstraße besucht haben. Sie heißt Gisela Jochum, ist einunddreißig Jahre alt und hat vor drei Monaten ein Kind geboren. Sie war zu beiden Tatzeiten mit ihrem Säugling allein zu Hause.

»Die war das nicht«, meint Jule. »Hast du ihren Arm gesehen, als sie mal den Ärmel hochgeschoben hat?«

»Nein, wieso?«

»Alles voller Narben. Schnitte«, sagt Jule.

»Du glaubst, das ist so eine, die sich selber anritzt?«

»Mit Sicherheit. Solche Leute richten ihre Aggressionen gegen sich selbst, nicht gegen andere.«

»Wenn du meinst«, sagt Fernando.

Kein Alibi, keine akuten Verdachtsmomente schreibt Jule hinter die Adresse. »Und was ist mit Frau Gill?«, fragt sie daraufhin. Ria Gill, die sie vor über einer Stunde in einem Reihenhaus in Davenstedt angetroffen haben, ist zweiundfünfzig, und ihr kurzes Haar ist weinrot gefärbt. Sie hat die Polizisten zunächst sehr reserviert behandelt, hat ihnen aber dann immerhin erzählt, sie gehe zu *Pro victim*, weil ihre Schwester vor fünf Jahren von ihrem gewalttätigen Ehemann erstochen worden sei. Sie selbst sei damals Augenzeugin gewesen und könne das nicht vergessen. »Am liebsten würde ich den Kerl umbringen. Der hat Glück, dass er noch einsitzt«, hat sie freimütig gestanden. Auch sie war zu den jeweiligen Tatzeiten alleine zu Hause.

»Wir suchen nach einer Frau um einen Meter fünfundsiebzig mit normalem Körpergewicht, nicht nach einem Dragoner«, meint Fernando, den die kräftig gebaute Frau Gill um einen halben Kopf überragt hat.

»Hunde, die bellen, beißen ja auch bekanntlich nicht«, stimmt Jule zu.

»Wo müssen wir jetzt hin?«

»In die Nordstadt«, sagt Jule.

Fernando setzt den Blinker und fährt los.

»Ich kann mir nicht helfen, ich finde Dr. Fender immer noch verdächtig. Sie könnte sich die Zunge doch selbst geschickt haben«, sagt Jule.

»Quatsch.«

Offenbar ist Jule die Einzige, zu der die brisante Neuigkeit seines Fehltritts noch nicht vorgedrungen ist. Das hat man davon, wenn man arbeitet, anstatt sich auf den Fluren und in der Cafeteria herumzutreiben.

»Auf jeden Fall verschweigt sie uns etwas«, fährt Jule unbeirrt fort. »Sie hat von Anfang an immer nur das gesagt, was unbedingt nötig war. Sie hat mit dem Vertrag gelogen, sie hat die Bänder erst auf Anfrage rausgerückt, sie hat nie erwähnt, dass sie verheiratet ist ...«

»Dass sie WAS ist?«, fragt Fernando atemlos.

»Sie ist verheiratet. Ihr Mann ist zurzeit in Boston, ein Forschungsauftrag. Er ist Astrophysiker, forscht über irgendeinen sehr weit entfernten Nebel.« Das hat Jule heute erfahren, nachdem Völxen ihr aufgetragen hat, alles über Liliane Fender herauszufinden. Sie sieht Fernando verwundert an.

Die Knöchel seiner Hände am Lenkrad sind weiß geworden, und auch sein Gesicht ist auf einmal bleich wie ein Ziegenkäse. Er weicht ihrem Blick aus und schaut mit zusammengepressten Lippen hinaus auf den Verkehr der Vahrenwalder Straße.

»Ist was?«, fragt Jule.

»Nein, nichts«, antwortet ihr Kollege mit eisiger Stimme.

Ein süßlich-bitterer Geruch, der ihn an Einsätze in Altenheimen erinnert, schlägt Völxen entgegen, als er gegen halb sieben sein Heim betritt. »Gibt's Spargel?«, fragt der Kommissar.

»Wettberger Spargel und neue Kartoffeln«, bestätigt Sabine.

»Und?«

»Und was?«

»Schinken, Steak ... es muss doch was dazu geben.«

»Kräutersoße auf Joghurtbasis und grünen Salat.«

Völxen pfeffert die Aktentasche unter die Garderobe und seufzt. Er mag das blasse Gemüse nicht, er hat noch nie verstanden, warum alle Welt so ein Gedöns darum macht und horrende Preise für die faden Stängel zahlt.

»Ein gewisser Ewald Osterholz hat vorhin angerufen«, sagt Sabine. Er lässt ausrichten, wenn du mit ihm heimlich trainieren willst, dann sollst du um sieben beim Parkplatz sein. Du wüsstest dann schon, wo.«

Osterholz? Ach ja, der pensionierte Hauptkommissar, sein Walking-Leidensgenosse. Angesichts des heimischen Speiseangebots erscheint der Vorschlag durchaus überlegenswert, ja geradezu verlockend. Man könnte ein Stündchen gemütlich durch die Wälder tappen und dann in ein Wirtshaus gehen, in dem es was Anständiges zu essen gibt.

»Worum geht es denn dabei?«, fragt Sabine neugierig.

»Walking«, sagt Völxen und verschwindet im Schlafzimmer. Wenige Minuten später tritt er in seinem Sport-Outfit und den Stöcken in der Hand aus der Tür. In eine Plastiktüte hat er klammheimlich ein frisches Hemd und eine Jeans gepackt, für danach.

»Ihr müsst mir nichts aufheben«, ruft er Sabine zu. »Und lüftet dann mal.«

Odas Magen hat sich wieder beruhigt, und auch Veronika isst mit gutem Appetit von der Lasagne.

»Das war cool heute«, sagt sie zu ihrer Mutter.

»Hat es dich denn kein bisschen geekelt?«

»Na ja, das mit dem Magen war schon der Hammer. Wenn ich das in der Schule erzähle, dass mir eine Leiche über die Schuhe gekotzt hat …«

Oda schüttelt sich bei der Erinnerung daran.

»Der eine Arzt war nett«, sagt Veronika.

»Dr. Bächle? Ja, der ist schon ein Original.«

»Ich meine den anderen.«

»Diesen affigen Assistenten? Der ist ja doppelt so alt wie du!«, regt sich Oda auf.

»Ich will ihn ja nicht gleich heiraten«, beruhigt Veronika ihre Mutter. Sie nimmt sich noch eine Portion Lasagne und sagt: »Ich glaube, ich werde auch Gerichtsmedizinerin.«

»Soso.«

»Ist ein cooler Job.«

»Das war noch eine angenehme Leiche«, gibt Oda zu bedenken. »Aber dort landen Leichen in recht verschiedenen Zuständen und Verwesungsstadien.«

»Welche, die schon Fäden ziehen«, grinst Veronika und zerrt mit der Gabel am geschmolzenen Käse ihrer Lasagne. »Und auf denen es überall asselt.«

»Zum Beispiel.«

»Und verbrannte Leichen, und Wasserleichen«, fügt Veronika kauend hinzu.

»Das riecht dann auch nicht mehr so gut«, ergänzt Oda.

»Dafür gibt's doch so eine Paste.«

»Was für eine Paste?«

»Die man sich unter die Nase schmiert, das habe ich bei *Das Schweigen der Lämmer* gesehen.«

»Für Medizin brauchst du einen Notendurchschnitt um die eins fünf.«

»Das krieg ich schon hin«, meint Veronika lässig.

»Bei deiner Faulheit?«

»Ab jetzt strenge ich mich an.«

Dann hat die Aktion ja wenigstens einen Nutzen gehabt, denkt Oda, wenn auch nicht den beabsichtigten. Sie legt ihre Gabel hin. Sie hat keinen Hunger mehr, ein Zigarillo ist ihr jetzt lieber.

Jule stapft müde die Treppe hinauf. Natürlich haben die Befragungen dann doch so lange gedauert, dass es für das Training nun zu spät ist. Und dass Fernando urplötzlich wortkarg und sehr schlecht gelaunt gewesen ist, hat die Sache auch nicht angenehmer gemacht.

Sie will gerade die Tür zu ihrer Wohnung aufschließen, als es durch das Treppenhaus zischelt: »Frau Wedekin!«

Jule fährt erschrocken herum. Eine dürre Gestalt in rosa Hauspantoffeln schleicht die Treppe herunter.

»Guten Abend, Frau Pühringer.«

»Pscht. Guten Abend«, wispert die. »Seien Sie leise, er darf uns nicht hören.«

»Wer darf uns nicht hören?«, flüstert Jule zurück.

Die Finger der Pühringer deuten nach oben. »Der Herr Elbers, mein Nachbar.«

»Was ist denn mit ihm?«

»Wissen Sie, neulich war ich im Haus gegenüber, da habe ich eine Katze versorgen müssen. Und von da aus habe ich auf den

Balkon von denen gesehen. Die pflanzen da Haschisch an. Eine ganze Rauschgiftplantage haben die da. Ich habe es genau gesehen, durch das Opernglas. Das wollte ich Ihnen nur melden, weil Sie doch bei der Kripo sind.«

»Woher wissen Sie das?«

»Na von ihrem Herrn Vater. Ein sehr netter Mensch. Er ist sehr stolz auf Sie.«

»Tatsächlich?«, entschlüpft es Jule. Ebenso neu ist ihr, dass ihr Vater ein Tratschweib ist.

»Und? Was werden Sie nun unternehmen?«, flüstert Frau Pühriger und sieht sie erwartungsvoll an.

»Haben Sie schon jemandem davon erzählt?«

»Nein. Nur meinem Heinz. Das ist mein … äh … Bekannter. Aber der hält dicht.«

Unweigerlich ist Frau Pühringer in einen Gangsterjargon gefallen, registriert Jule amüsiert. Vermutlich ist ihr »Bekannter« dieses grauhaarige Männchen, das ihr schon einige Male im Treppenhaus begegnet ist. »Ganz wichtig: Sagen Sie zu niemandem ein Wort«, raunt sie verschwörerisch. »Ich werde die Kollegen vom Rauschgiftdezernat informieren. Die werden dann verdeckt ermitteln. Wir wollen ja auch an die Hintermänner heran, verstehen Sie?«

Frau Pühringer nickt heftig. »Aber sagen Sie denen nicht, dass Sie den Tipp von mir haben«, bittet sie, noch immer im Flüsterton.

»Natürlich nicht«, versichert Jule.

»Ich bin froh, dass jetzt jemand von der Polizei im Haus wohnt«, bekennt Frau Pühringer. »Und grüßen Sie Ihren Herrn Vater.« Leise einen guten Abend wünschend schleicht Frau Pühringer wieder die Treppe hinauf.

Jule schließt die Tür auf. Drinnen läuft Abba, Professor Wedekin und der Rauschgiftplantagenbesitzer befinden sich im Wohnzimmer. Auf dem neuen Ikea-Tisch steht eine Flasche Brunello neben zwei bauchigen Gläsern … und über allem schwebt süßlicher Rauch.

Völxen schiebt seinen Teller von sich und lehnt sich mit einem wohligen Knurren zurück. »Currywurst ist doch immer wieder lecker.«

Ewald Osterholz stimmt ihm da ohne Einschränkung zu. »Bist du an dieser Serienmordgeschichte dran?«, fragt er Völxen.

»Serienmord!«, erregt sich Völxen sogleich. »Es sind zwei Morde nach identischem Muster, ja. Aber gleich Serienmord …«

»Ja, die Zeitungen übertreiben halt gern«, meint Ewald Osterholz. »Das war schon immer so.«

»Eine unserer Spuren führt sogar nach Gehrden, in dein altes Revier«, sagt Völxen.

»Tatsächlich?« Die Augen des Ex-Kommissars leuchten auf.

»Eine Mitarbeiterin hat heute geprüft, ob es Anfang der Neunziger bei euch Fälle von Belästigung oder Vergewaltigungen mit unbekanntem Täter gegeben hat. War aber nichts.«

»Ja, bei uns hält sich die Schwerkriminalität noch einigermaßen in Grenzen. Ich hatte zu meiner Zeit gerade mal fünf Totschlagsdelikte und einen Mord. Alles aufgeklärt«, fügt er hinzu.

»Das lobe ich mir«, grinst Völxen. Er winkt der Bedienung: »Noch ein kleines Pils.«

»Anfang der Neunziger, sagst du …«, brummt Osterholz. »Da bin ich gerade Chef der Kripo geworden. Ich erinnere mich noch an eine seltsame Sache. Irgendwann im Spätsommer '90 kommen eine Mutter und ein Vater ganz aufgeregt auf die Wache und melden ihre Tochter vermisst. Das Mädel war fünfzehn oder sechzehn. Soll immer brav und zuverlässig gewesen sein – kein Streit, gute Schülerin, angeblich kein Anlass abzuhauen. Wir natürlich alle Hebel in Bewegung gesetzt. Freundinnen, Schulkameraden, alles wurde befragt. Streifen fuhren durch die Gegend, doch das Mädchen war wie vom Erdboden verschwunden. Drei Wochen lang haben wir gesucht und ermittelt, die Wälder mit Hundestaffeln durchkämmt, dann, plötzlich, ruft die Mutter an und sagt, die sei wieder da. Sie sei weggelaufen, habe sich in Berlin herumgetrieben und sei jetzt eben wieder da.

Mir war klar, dass da was faul ist. Ich habe das Mädchen dann gegen den Willen der Eltern vernommen, aber meinst du, die hätte was gesagt? Kein Wort. Nicht, wo sie drei Wochen über war, nicht, was passiert ist. Nichts herauszukriegen, auch aus den Eltern nicht. Das große Schweigen. Heutzutage würde man eine Schar Psychologen auf sie ansetzen, aber damals haben wir die Sache dann irgendwann auf sich beruhen lassen. Außer Spesen nichts gewesen.« Osterholz schiebt Völxen das Bier hin, das die Bedienung gerade gebracht hat.

Völxen stürzt es fast in einem Zug hinunter und sieht sein grauhaariges Gegenüber mit hellwachem Blick an.

»Weißt du noch, wie das Mädchen hieß?«

Osterholz schüttelt bekümmert den Kopf. »Ich grüble schon die ganze Zeit, aber ich komme nicht drauf.«

»Liliane Fender?«

»Fender … Fender …« Das könnte sein. Aber ich kann's nicht beschwören.«

»Meinst du, du könntest es rauskriegen?«

»Klar. Ich kann im Archiv nachsehen und mit den Kollegen reden. Vielleicht hat einer von denen ein besseres Gedächtnis als ich.«

»Kannst du das vielleicht gleich morgen machen?«, fragt Völxen.

»Klar. Das ist wichtig, oder?«

»Es könnte der Durchbruch sein.«

»Ich krieg das raus«, verspricht Osterholz und strahlt über das ganze Gesicht. »Ist mir doch eine Ehre, Herr Kollege. Gleich morgen früh fahr ich zur Dienststelle.«

Dienstag, 24. April

Die Zusammenkunft am nächsten Morgen ist recht unergiebig. Die Überprüfung der *Pro-victim*-Mitglieder hat keinen dringenden Verdacht ergeben, allerdings wurden vier Frauen noch nicht angetroffen.

»Wir versuchen es heute noch mal«, sagt Fernando. Er sieht nicht gut aus. Das Hämatom ist zwar verschwunden, aber er hat tiefe Ringe unter den Augen und ist nachlässig rasiert. Er meidet Völxens Blick wie ein Hund, der den Sonntagsbraten verschlungen hat.

Schlechtes Gewissen, vermutet der Hauptkommissar. Geschieht ihm ganz recht, diesem Weiberhelden. Sich mit verheirateten Frauen einzulassen, das gehört sich einfach nicht.

Die Spurensicherung hat Faserspuren entdeckt, die nicht von Frau Dillings Kleidung stammen. Immerhin. Allerdings nützen diese ohne einen Verdächtigen wenig.

Nach den Angaben von Frau Schröder ist im LKA ein Phantombild von der Frau angefertigt worden, mit der Offermann auf der Straße eine Auseinandersetzung gehabt haben soll. Keiner der Anwesenden kann mit der Zeichnung etwas anfangen. Der Zeichner hat ausrichten lassen, die Angaben der Schröder seien *sehr vage* gewesen.

»Wir sollten es trotzdem Dr. Fender zeigen«, meint Völxen.

Dieses Mal schreit Fernando nicht sofort *Hier!*, dafür erbietet sich Jule Wedekin, diese Aufgabe zu übernehmen.

Hauptkommissar Völxen beendet das Morgenmeeting nach einer halben Stunde mit der rätselhaften Anweisung an seine Mitarbeiter, die Dienststelle vorerst nicht zu verlassen. Als alle weg sind, erledigt er lustlos seine Post und lauert auf den Anruf von Ewald Osterholz. Wer weiß, was so ein Pensionist unter

»gleich morgen früh« versteht? Das Warten wird ihm verkürzt durch ein Fax aus der JVA. Bei der Durchsuchung des Haftraums von Michael Strauch wurde heute Morgen ein Brief gefunden. Der Direktor hat ihn gleich an Frau Cebulla gefaxt. Das Original ist per Bote unterwegs.

Herr Strauch,
ich nehme an, dass Sie sich noch an mich erinnern, ich bin das Mädchen, das Sie im Sommer 1990 in Ihrem Auto mitgenommen und dann im Keller festgehalten haben. Vielleicht wundern Sie sich, dass ich Ihnen jetzt schreibe und dass ich Sie damals nicht angezeigt habe. Das war, weil ich mich so sehr geschämt habe. Ich konnte nicht einmal meinen Eltern erzählen, was passiert war. Aber die haben es wohl geahnt. Sie sagten, es wäre das Beste, nicht mehr darüber zu sprechen und die Sache so schnell wie möglich zu vergessen. Das habe ich versucht, aber es ging nicht. Ich wurde in der Schule nur noch schief angesehen, sie haben mich gemieden wie eine Aussätzige. Ich kam mir so schmutzig vor, das müssen sie gespürt haben. Und ich hatte auch immer Angst, dass Sie mir irgendwo auflauern und mich wieder einfangen oder mich sogar töten würden. Wir sind dann sehr bald umgezogen. Mein Vater ist zwei Jahre später gestorben.
Inzwischen habe ich viel nachgedacht und mich mit dem Thema beschäftigt. Ich weiß, dass Sie im Grunde auch nichts dafür können, dass Sie so geworden sind, wie Sie sind. Bestimmt haben Sie viele schlechte Dinge in Ihrem Leben erlebt. Aber Sie sollen wissen, dass das, was Sie mir angetan haben, mein Leben und das meiner Eltern zum Schlechten verändert hat. Es fällt mir bis heute schwer, anderen Menschen zu vertrauen, ich fürchte mich vor der Dunkelheit, bekomme noch immer Angstzustände, wenn ich mir einbilde, dass mir auf der Straße ein Mann hinterherläuft.
Oft überlege ich, ob Sie mich auch getötet hätten, so wie das andere Mädchen, wenn ich nicht geflohen wäre. Und das,

obwohl ich Ihnen nie etwas getan habe. Sie kannten mich ja gar nicht.
Dennoch habe ich Ihnen verziehen, und Sie haben ja auch Ihre Strafe bekommen. Wenn Sie aus dem Gefängnis entlassen werden, dann müssen Sie versuchen, ein besserer Mensch zu werden. Das sind Sie mir und dem anderen Mädchen schuldig. Ich möchte Ihnen nur noch sagen, dass ich keine Angst mehr vor Ihnen habe, denn ich lebe jetzt in einer ganz anderen Stadt.

Der Brief ist von Hand auf schwach liniertes Papier geschrieben, vermutlich mit einem Füller, so weit man das auf dem Fax erkennen kann. Er trägt kein Datum und ist nicht unterzeichnet.

Völxen nimmt sich noch einmal die Unterlagen von Offermann vor. Er hält Liliane Fenders handgeschriebenen Lebenslauf neben die Briefkopie. Die Schrift von Liliane Fender ist steil, harmonisch und flüssig, die des Briefes ist rund, etwas linkslastig, und es klaffen Lücken zwischen den Buchstaben. Als hätte die Schreiberin noch mitten im Wort gezögert, ob sie es beenden soll.

Völxen bittet Oda zu sich ins Büro.

»Das ist nicht der Stil Liliane Fenders, oder?«, fragt er, nachdem Oda den Text gelesen hat.

»Niemals«, bestätigt Oda. »Und die Schrift auch nicht.«

»Dass er ein so belastendes Schriftstück überhaupt aufbewahrt«, wundert sich Völxen.

»Eitelkeit«, konstatiert Oda und setzt hinzu: »Das mit der *ganz anderen Stadt* liest sich wie eine Schutzbehauptung. Die hat noch immer Angst.«

»Warum hat sie wohl diesen Brief geschrieben?«, rätselt Völxen und gibt sich gleich selbst die Antwort: »Womöglich eine therapeutische Maßnahme. Womit wir wieder bei unserer lieben Dr. Fender angekommen wären.«

Das Telefon klingelt, Völxen fährt wie elektrisiert aus seinem Stuhl hoch und reißt den Hörer von der Gabel – »Völxen.«

»Hier spricht Ewald Osterholz.« Die Stimme des Ex-Polizisten klingt munter und etwas erregt. »Ich habe den Namen.«

»Großartig.«

»Ich musste gar nicht die Kollegen fragen. Mir ist nämlich in der Nacht noch eingefallen, dass der Vater des Mädchens damals evangelischer Pfarrer war, und da habe ich einfach gleich heute früh bei der Pfarrgemeinde angerufen und gefragt, wie der Pastor hieß, der im Jahr '90 in Gehrden Dienst getan hat.«

»Und, wie hieß er?«, fragt Völxen mit Engelsgeduld.

»Er hieß Eberhard Wenzel. Natürlich, ich habe mich sofort erinnert. Die Tochter hieß Elise.«

»Ich bin dir was schuldig«, sagt Völxen. »Vielen Dank, Kollege.«

»Dafür nicht«, sagt Ewald Osterholz stolz und legt auf.

»Oda, sagt dir der Name Elise Wenzel etwas?«

»Klar doch«, antwortet Oda nach zwei Sekunden des Nachdenkens. »Elise Wenzel ist eine der beiden Frauen, die Irene Dilling zu Offermanns Vortrag begleitet haben. Unser Küken hat am Freitag mit Elise Wenzel gesprochen, und wie ich sie kenne, hat sie die Aktennotiz fein säuberlich abgeheftet. Du solltest öfter mal einen Blick in die Akte werfen, Chef.«

»Scheint keiner da zu sein«, stellt Fernando vor der Tür zu Elise und Gertrud Wenzels Wohnung fest.

Jule schaut durch die Klappe des Briefschlitzes. »Alles ruhig da drin. Dann werden wir mal in den Zoo gehen.«

»Nicht schon wieder«, stöhnt Fernando. »Ich war erst vorgestern mit meinem Neffen da.«

»Dann kennst du dich ja aus«, meint Jule. »Sie arbeitet bei den Pinguinen und den Seelöwen, soviel ich weiß.«

Wieder einmal fährt Fernando in sehr flottem Tempo durch die Stadt, erst an der Adenauerallee schaltet er Blaulicht und Sirene wieder aus. »Wir wollen sie ja nicht warnen«, meint er.

Jule nickt erleichtert.

An der Pforte zeigen sie ihre Dienstausweise und werden eingelassen. Es ist wenig los um diese Zeit, ein paar Rentner, Mütter mit Kleinkindern und zwei Schulklassen sind unterwegs.

»Ich mochte als Kind am liebsten die Flusspferde«, erinnert

sich Jule, während sie mit weit ausgreifenden Schritten neben Fernando herhastet.

»Sie haben ein Junges, ein Männchen, neun Monate alt. Rico und ich haben ihn quasi aufwachsen sehen«, berichtet Fernando.

»Du scheinst ein toller Onkel zu sein.«

»Ja, ich glaube schon«, sagt Fernando betrübt.

Bei den Pinguinen ist kein Personal zu sehen, aber bei den Seelöwen treffen sie auf einen Tiertrainer, der gerade Heringe an einen Pulk bettelnder Seelöwen verteilt. Ihre schwarzen Leiber glänzen in der Sonne. Auf dem Wasser schwimmen Bälle, vor ihm liegen Tauchringe und anderes Seelöwenspielzeug.

»Lise? Die ist gerade eben weg.«

»Wohin?«, fragt Jule.

»Sie hat sich für zwei Stunden freigenommen. Muss zum Zahnarzt. Das hat sie jedenfalls gesagt.«

»Nun rase doch nicht so, du fährst noch jemanden über den Haufen«, schimpft Jule.

»Ich pass schon auf.«

»Vielleicht sollten wir die Fender erst mal anrufen und fragen, ob die Wenzel wirklich bei ihr ist.«

»Und wenn sie es mitkriegt und durchdreht? Dann haben wir eine Geiselsituation. Vergiss nicht, dass die Frau eine Schusswaffe im Handtäschchen hat.«

Jule gibt es auf. Bitteschön, denkt sie, soll er sich doch lächerlich machen und die Praxis stürmen, während sich die Verdächtige vielleicht gerade den Zahnstein entfernen lässt. Allerdings, falls doch …

Als sie sich dem Stadtteil Kleefeld nähern, fragt Jule: »Was hältst du davon, Verstärkung anzufordern?«

»Brauchen wir nicht. Wir nutzen das Überraschungsmoment«, meint Fernando.

Offenbar will er unbedingt den Ritter auf dem weißen Pferd geben, erkennt Jule und vergewissert sich, dass ihr Holster richtig sitzt. Wenn das mal gut geht.

Fernando parkt den Dienstwagen direkt vor der Tür im Halteverbot. Sie klingeln bei der HNO-Praxis im Parterre, und als der Summer ertönt, hastet Fernando geräuschlos die Treppe hinauf. Jule eilt ihm hinterher. Jetzt ist auch sie aufgeregt. Die Aussicht, eine Doppelmörderin festzunehmen, hat in ihr einen Adrenalinschub ausgelöst.

»Willst du sie eintreten oder darf ich?«, fragt Jule vor der Tür zur Praxis.

»Quatsch. Die krieg ich mit meiner Payback-Karte auf.« Tatsächlich schnappt das Schloss nach einigen mit souveräner Hand ausgeführten Manipulationen auf.

Besser, man fragt nicht nach, wo er das gelernt hat, beschließt Jule.

Wie die Schleichkatzen nähern sie sich der Tür zu Dr. Fenders Sprechzimmer, wobei sie das knarrende Eichenparkett still verfluchen.

Gedämpft hört man die Stimme von Dr. Fender, aber der Inhalt ihrer Worte ist nicht zu verstehen. Dann antwortet eine andere, weibliche Stimme.

Fernando sieht Jule fragend an. Die zuckt die Schultern, dann gibt sie Fernando ein Zeichen zu warten. Vorsichtig geht sie ein paar Schritte zurück. Fernando verzieht das Gesicht bei jedem Knacken der Dielen.

Jule ist bei der Garderobe angelangt. Neben einem Trenchcoat hängt eine dünne Jacke aus braunem Wollstoff, die einen dumpfen Tiergeruch verströmt.

Sie hebt den Daumen und nickt.

Die Tür wird aufgerissen, kracht gegen die Wand, und im nächsten Moment stehen Oberkommissar Rodriguez und Kommissarin Wedekin mit gezogenen Waffen im Raum. Elise Wenzel schreit erschrocken auf, duckt sich instinktiv und presst die Hände vors Gesicht.

Liliane Fender fährt aus ihrem Sessel in die Höhe. »Was, zum Teufel, soll das?«

»Elise Wenzel«, donnert Fernando. »Legen Sie die Hände hinter den Kopf und stehen Sie langsam auf.«

Die Frau wirft einen verängstigten Blick auf Dr. Fender, als suche sie deren Zustimmung.

Fernando schnappt sich Frau Wenzels Handtasche und wirft sie Jule zu. Jule steckt ihre Waffe weg und durchsucht die Tasche. Elise Wenzel verkrallt die Hände in ihren braunen Locken und starrt verängstigt auf Fernandos Dienstwaffe.

»Die ist sauber«, sagt Jule zu Fernando, woraufhin auch der seine Waffe verschwinden lässt. Jule gibt die Tasche Elise Wenzel zurück, die noch immer mit erhobenen Armen in ihrem Stuhl kauert.

»Darf ich fragen, was dieser alberne Rambo-Auftritt hier zu bedeuten hat«, sagt Liliane Fender mit schneidender Stimme. Ihre Gletscheraugen schleudern wütende Blicke um sich, die in erster Linie Fernando treffen.

Niemand antwortet ihr.

»Frau Wenzel, Sie dürfen die Hände wieder herunternehmen. Stehen Sie bitte auf, wir müssen Sie bitten, mit uns zu einer Vernehmung zu kommen«, sagt Jule zu Elise Wenzel, die wiederum ihre Psychiaterin vorwurfsvoll ansieht.

»Kennst du einen Anwalt?«, fragt Dr. Fender.

Elise Wenzel hat sich aus ihrem Stuhl erhoben. Sie schüttelt den Kopf. Sie hat noch nicht eine Silbe gesagt, seit die Polizisten ins Zimmer gestürmt sind.

»Ich besorg dir einen. Vorher sagst du nur deinen Namen, sonst nichts«, ordnet Dr. Fender an.

Fernando gibt sich den Anschein, die erboste Hausherrin zu ignorieren. »Kommen Sie.« Er fasst die Verdächtige mit sanftem Druck am Oberarm und führt sie aus dem Zimmer.

»Entschuldigen Sie die Störung«, sagt Jule zu Dr. Fender und schließt die Tür vor der Nase der verdutzten Psychiaterin.

»Dilettanten«, schallt es ihnen von drinnen hinterher.

Dienstag, 24. April, Nachmittag

»Es war meine Schuld«, flüstert Liliane Fender. »Was Elise damals passiert ist.«

»Das müssen Sie mir jetzt erklären«, fordert Völxen verwirrt, denn bis eben hat die Psychiaterin lediglich wortreich ihrer Empörung über das Vorgehen der Polizisten Luft gemacht, und Völxen ist noch gar nicht dazu gekommen, ihr überhaupt eine Frage zu stellen.

»Ich hatte mich mit meiner besten Freundin gestritten, warum, weiß ich nicht mehr. Aus Trotz und Langeweile kam es mir in den Sinn, mich mit Elise zum Schwimmen zu verabreden. Sie war schüchtern und etwas plump, die Außenseiterin in der Klasse.« Dr. Fender verzieht das Gesicht und lacht höhnisch auf. »Bestimmt war sie glücklich darüber, dass sich die allseits beliebte Liliane dazu herabließ, sich mit ihr abzugeben.«

Sie macht eine Pause, damit sich Hauptkommissar Völxen ausmalen kann, dass sie schon damals der Schwarm aller männlichen Mitschüler gewesen sein muss.

»Ausgerechnet an diesem Tag hatte ich mich wieder mit meiner Freundin versöhnt, und Elise … Ich hatte sie nicht vergessen, das wäre ja noch entschuldbar gewesen, nein, sie war mir einfach egal. Ich hielt es nicht für nötig, sie anzurufen und abzusagen.« Liliane Fenders Blick ist nun aus dem Fenster von Völxens Büro gerichtet. Sie legt die Fingerspitzen der linken Hand an ihre Schläfe, als hätte sie Migräne, und ihre Worte klingen, als führte sie ein Selbstgespräch: »Wie lange hat sie wohl vor dem Eingang des Schwimmbads gewartet, hat alberne Teenager kommen und gehen sehen? Wie traurig, wütend und enttäuscht muss sie gewesen sein, dass sie alle Warnungen und Verbote über Bord warf und einstieg, als dieser Strauch in seinem Wagen anhielt …«

»Woher wissen Sie das mit dem Wagen?«, unterbricht Völxen.

»Das stand damals in der Zeitung. Man hat sie vor dem Schwimmbad gesehen, sie sei angeblich in ein Auto gestiegen. Die einen sagten, es sei klein und rot gewesen, die anderen behaupteten, dass es groß und schwarz war.«

Völxen nickt. Was Augenzeugen angeht, kann auch er ein Lied singen. Heute früh hat er die Akte des alten Vermisstenfalls angefordert, aber sie hat noch nicht den Weg auf seinen Schreibtisch gefunden. »Wie ging es weiter?«

»Weiter? Na, sie war verschwunden. Täglich berichtete die Zeitung, die Polizei war in der Schule. Dann hieß es plötzlich, sie sei wieder da. Gott, haben wir uns scheußlich benommen, alle miteinander.«

»Wen meinen Sie damit?«

»Wir, die Mitschüler. Wir haben sie angestarrt wie ein Monster, denn natürlich haben wir geahnt, was mit ihr geschehen war, obwohl sie ja eisern gelogen und geschwiegen hat, auch vor der Polizei. Wir haben hinter ihrem Rücken über sie getuschelt, ein paar Jungs haben obszöne Gesten gemacht und ordinäre Ausdrücke gemurmelt, wenn sie vorbeilief. Auch ich war kein bisschen besser als die anderen. Elise hat dann immer öfter in der Schule gefehlt, und nach den Herbstferien ist sie nicht mehr wiedergekommen. Es hieß, ihr Vater habe um Versetzung gebeten. Aber ich konnte Elise nicht vergessen, und je älter ich wurde, desto öfter musste ich an sie denken und desto deutlicher wurde mir die Tragweite des damaligen Geschehens. Vor einem halben Jahr habe ich sie dann bei *Pro victim* getroffen. Sie hat so getan, als würde sie mich nicht kennen. Aber letzten Donnerstag war sie wieder da, und nach dem Vortrag habe ich sie einfach angesprochen und ihr gesagt, dass sie eine Therapie machen sollte.«

»Warum?«, fragt Völxen. »Sie konnten doch gar nicht wissen, wie es ihr inzwischen geht.«

Liliane Fender lächelt wissend und schüttelt dabei den Kopf, als hätte der Kommissar etwas besonders Törichtes gesagt. »Niemand wird mit solchen Dingen alleine fertig. Auch nicht im Laufe der Jahre. Man kann Erinnerungen verdrängen, aber das heißt nicht, dass sie einem nicht mehr schaden können. Dass Elise von selbst zu *Pro victim* gegangen ist, sogar zu meinen Vorträgen, das ist ein Zeichen, dass sie auf der Suche nach Hilfe ist.«

»Sie wollten also etwas gegen Ihr schlechtes Gewissen tun«, entschlüpft es dem Kommissar, den ihre Überheblichkeit reizt. Allerdings bereut er seine Worte sofort und denkt: Ich hätte besser Oda auf die Psychiaterin loslassen sollen. Aber die versucht in ihrem Büro die hartnäckig schweigende Elise Wenzel zu knacken, während Fernando und Jule auf den richterlichen Durchsuchungsbeschluss für Frau Wenzels Wohnung warten.

Doch Dr. Fender ist nicht beleidigt. »Ja, genau«, bestätigt sie. »Aber Elise hat mich einfach stehen lassen und ist gegangen. Daraufhin habe ich Frau Dilling ausgehorcht und erfahren, dass Elise mit ihrer Mutter in der Südstadt wohnt und im Zoo arbeitet. Dort habe ich sie gleich am nächsten Morgen besucht. Nach einigem Hin und Her hat sie eingewilligt, mit mir zu reden. Und zwar als Patientin, denn sie legte großen Wert auf meine Schweigepflicht. Vor allem ihre Mutter sollte nichts davon erfahren. Das war heute Vormittag. Und ich hatte sie fast so weit, mir alles zu erzählen, aber dann sind ja Ihre Beamten in mein Sprechzimmer geplatzt und haben die Waffen auf uns gerichtet. Das muss man sich mal vorstellen, das war wie in einem schlechten Film! Ich brauche Ihnen ja nicht zu sagen, dass sie damit alles verdorben haben.«

»Immerhin geht es um zwei Morde, und wir wähnten Sie in Gefahr«, verteidigt Völxen aufs Neue sein Personal.

»Sie denken doch nicht, dass Elise eine Mörderin ist? Warum sollte sie Irene Dilling erschießen und mir die Zunge schicken? Das glauben Sie doch nicht im Ernst?«

Völxen geht nicht darauf ein, sondern antwortet: »Ich glaube gar nichts. Für mich zählen Fakten. Also: Was hatte sie Ihnen bis zu diesem Zeitpunkt erzählt?«

Dr. Fender bläht die Flügel ihrer zarten Nase: »Nichts! Ich habe geredet. Über die Funktion des menschlichen Gehirns, über

Traumatherapien, über unsere Schulzeit. Ich habe mich bei ihr entschuldigt für mein damaliges Benehmen. Das hat sie akzeptiert. Dann habe ich ihr vor Augen gehalten, dass Strauch nur durch ihre Aussage im Gefängnis bleiben wird, dass sie nun die Fäden in der Hand hält. Sie hat dazu nur genickt und gefragt, was wäre, wenn er trotzdem herauskommen sollte. Und dann flog plötzlich die Tür gegen die Wand, und dieser …«

»Wir kennen den Rest«, wiegelt Völxen ab und denkt in einem Anflug von Sarkasmus: Wie rasch doch aus Liebenden Feinde werden. »Vielen Dank, Frau Dr. Fender, Sie haben uns sehr geholfen. Sie dürfen dann gehen«, sagt er abschließend rasch, ehe sich Frau Doktor erneut in Rage reden kann.

Elise Wenzel krallt sich am Beifahrersitz fest. »Wo sind wir hier, was wollen wir hier?« Ihre Stimme klingt heiser, es ist der erste Satz, den sie seit Stunden sagt.

Sie befinden sich in einer älteren, ruhigen Wohnsiedlung, der Wagen hält vor einem einstöckigen Haus mit Flachdach. Das Haus ist nur teilweise zu sehen, ins Kraut geschossene Holundersträucher schirmen es gegen Blicke von der Straße ab. Vor den Fenstern sind die Rollläden heruntergelassen.

Oda Kristensen stellt den Motor ab. »Die jetzigen Besitzer sind in Urlaub. Sonst hätten wir hineingehen können.«

Elise Wenzel schaut die Kommissarin an, als hätte sie ihr vorgeschlagen, eine Schlangengrube zu betreten. Dann stemmt sie sich gegen die Kopfstütze und schließt die Augen. Aber es nützt nichts. Plötzlich ist alles wieder da, ganz nah, ganz plastisch. Sie beginnt zu zittern, ihr Atem geht flach.

Am Anfang ist das leise Brutzeln der Neonleuchte. Mit dem Aufflackern des Lichts beginnt der Schrecken. Die plötzliche Helligkeit sticht in den Augen, sie hört das Zurückgleiten des eisernen Riegels, die Klinke wird gedrückt, die Türangeln knarren. Es folgen die Schritte auf der Treppe und ein Schatten, der im grellen Licht langsam Konturen annimmt. Sie ist ein Bündel aus Angst, und gleichzeitig froh, nicht mehr im Dunkeln allein zu sein. Sie weiß nicht, was schlimmer ist, die Panik, die sie bei seinem Erscheinen erfasst, oder die tiefe, existenzielle Angst jedes Mal danach, dass er nicht mehr zurückkommen wird. Nun beginnt das bange Lauern, was als Nächstes geschehen wird. Vielleicht hat sie Glück, vielleicht bedeutet das Licht, dass er etwas zu essen und zu trinken auf die Treppe stellt und sagt: »Zehn Minuten.« Dann weint sie vor Erleichterung und ist voller Dankbarkeit für das Essen und die paar Minuten Helligkeit für sich allein. Zu sehen gibt es nackte Betonwände, ein paar seltsame Röhren, die Matratze, den Stuhl, den Eimer. Und die Kleider, die er mitbringt und die sie abwechselnd tragen muss. Nie wieder in ihrem Leben wird sie ein Kleid tragen.

Zuweilen geschieht es, dass er auf der Treppe stehen bleibt, den eiskalten Wasserstrahl auf sie richtet und ihr ein Stück Seife zuwirft.

»Waschtag.«

Aber das ist erträglich im Vergleich zu dem, was geschieht, wenn er die zwölf Stufen herunterkommt.

»Sie sind sehr mutig«, sagt Oda.

Elise Wenzel öffnet die Augen und schaut die Frau, die da neben ihr sitzt, verwundert an. Eine seltsame Polizistin. Welche Kommissarin sagt schon zu einer Mordverdächtigen Sätze wie: »Niemand darf Ihnen verbieten zu reden, und niemand darf Ihnen sagen, wann sie reden sollen. Nicht Dr. Fender und nicht die Polizei. Das entscheiden Sie allein.«

»Ich? Warum?«, fragt Elise Wenzel ehrlich erstaunt. Noch nie hat sie jemand mutig genannt.

»Sie sind ihm entkommen. Dazu gehört Mut. Er hat sie bestimmt nicht freiwillig gehen lassen, oder?«

Elise schüttelt langsam den Kopf.

Nachdem er sie weggelegt hat wie ein benutztes Handtuch, lauscht sie den Schritten auf den Betonstufen hinterher. Zwölf Stufen, die Klinke, die Türangeln, das Geräusch der zufallenden Tür, Stahl auf Stahl. Das Licht geht aus und hinterlässt absolutes Dunkel. Es ist eine Dunkelheit, wie sie sie nie zuvor erlebt hat. Sie fühlt sich zäh an, und manchmal raubt sie ihr fast den Atem. Nun muss das Klicken des Riegels folgen. Sie horcht. Da ist nichts. Er hat den Riegel nicht vorgeschoben! Sie unterdrückt den Impuls, sofort die Treppen hinaufzukriechen. Nein, sie muss warten. Aber wie lange? Sie hat jedes Zeitgefühl verloren, hat keine Ahnung, ob es draußen Tag ist oder Nacht. Sie weiß auch nicht, wie viele Tage oder Wochen sie schon hier ist.

Um die Zeit irgendwie greifbar machen zu können, entschließt sie sich, drei Mal bis tausend zu zählen. Es ist ein Lotteriespiel. Vielleicht verlässt er ja nie das Haus, vielleicht steht er höhnisch feixend vor der Tür und wartet nur darauf, sie zu bestrafen. So wie am Anfang, als sie gegen das Verbot verstoßen und mit ihm geredet hat, und das eine Mal, als sie ihn gebissen hat. Danach hat er sie geschlagen, ihr die Matratze weggenommen, und sie hat so lange nichts zu essen und zu trinken bekommen, bis sie das Leder ihrer Sandalen zerkaut hat.

… neunhundertachtundneunzig, neunhundertneunundneunzig, tausend.

Sie steht von der Matratze auf, tastet sich die kalten Stufen hinauf und legt die Hand auf die Klinke.

Lieber Gott …

Das Wunder geschieht, die schwere Tür bewegt sich, Licht schneidet in das Dunkel, das Kreischen der Angeln erscheint ihr ohrenbetäubend laut. Ganz langsam drückt sie die Stahltür auf, ihr Herz schlägt so heftig, dass es schmerzt. Sie bekommt kaum Luft. Dann ist der Spalt breit genug, dass sie hindurchschlüpfen kann. Vor ihr liegen drei Stufen. Tageslicht fällt durch die Scheibe einer Tür. Ganz langsam öffnet sie sie. Ein Flur. Eine Garderobe ohne Kleider, zwei Bierkisten, ein paar Farbeimer. Die Wände sind mit einer verblassten Tapete aus braunen und grünen Streifen bekleidet, unter ihren bloßen Füßen spürt sie rissiges Linoleum. Rechts und links gehen je zwei Türen ab. Eine steht ein Stück offen. Sie hält die Luft an, lauscht. Alles ist still. Ist er fort? Schläft er? Oder ist das eine Falle? Eine Welle der Angst überspült sie, nimmt ihr den Atem. Wenn er sie hier entdeckt, dann ist das ihr Ende. Sie verspürt den Impuls, wieder zurück in den Keller zu schlüpfen.

Aber eine innere Stimme sagt ihr, dass sie es wagen muss, dass dies ihre einzige Chance ist. Da drüben, nur drei, vier Meter entfernt, liegt die Freiheit. Sie kann sie sehen hinter dem geriffelten Glas: ein tiefes Grün und ein verwaschenes Stück Himmel. Lautlos huscht sie über den Flur, erreicht die Haustür. Sie dreht an dem schmiedeeisernen Knauf, rutscht ab, ihre Hände sind schweißnass. Sie wischt sie an ihrem Kleid ab. Noch einmal.

Die Tür ist abgeschlossen. Verzweifelt dreht und rüttelt sie am Knauf. Sie schluchzt auf. Ihr Mut ist aufgebraucht. Sie taumelt gegen die Wand und rutscht entlang der Tapetenstreifen auf den Fußboden.

Es ist einer dieser Tage, wie es nur wenige gibt im Leben. So also schmeckt der Erfolg, denkt Boris Markstein, als er das Redaktionsgebäude verlässt, noch immer das süßsaure Lächeln der Kollegen vor Augen, mit dem sie ihm zu seinem Artikel im *Focus* gratulieren mussten. Er ist auf dem Weg nach ganz oben, das spürt er. Bald wird sein Name in allen großen Blättern zu lesen sein, er wird zu Talkshows eingeladen, er wird eine ernst zu nehmende Größe in der deutschen Medienlandschaft sein.

Und als ob der Tag noch nicht sonnig genug wäre – sogar im wahrsten Sinn des Wortes – kam heute Mittag auch noch dieser Anruf: »Wenn Sie wissen wollen, wozu dieser Strauch, über den Sie geschrieben haben, wirklich fähig ist, dann sollten Sie mit mir reden«, hat eine Frauenstimme gesagt, die irgendwie verstellt klang. Wie er das zu verstehen habe, hat Markstein gefragt.

»Sie sollten nicht nur mit den Tätern reden, sondern auch mit den Opfern«, sagte die Frau. Nein, ihren Namen würde sie nicht nennen, sie wolle anonym bleiben.

Während Markstein seinen offenen Mazda nach Linden steuert, sieht er im Geist schon die Schlagzeile vor sich: *Fall Strauch: Ein Opfer packt aus.* Die Frau hat ihn zum alten Friedhof auf dem Lindener Berg bestellt – »Um drei Uhr in der Nähe des Küchengartenpavillons!« Sie würde ihn dann schon finden.

Markstein parkt den Wagen vor dem Biergarten. Ein Bier wäre jetzt nicht übel. Aber alles zu seiner Zeit, sagt sich der Journalist. Und jetzt ist Jagdzeit. Ihm ist warm. Temperaturen wie im Hochsommer sind das, aber seinen langen Trenchcoat, der mit der Zeit zu seinem Markenzeichen geworden ist, zieht er nur ungern aus.

Die Anruferin hat ihn ermahnt, ohne einen Fotografen zu kommen, und Markstein hat zugestimmt. Allerdings hat er seine eigene digitale Spiegelreflexkamera dabei. Auch dass er schon eine halbe Stunde früher am verabredeten Ort ist, hat Methode. Vielleicht gelingt es ihm so, ein heimliches Foto von der Person zu schießen, quasi aus dem Hinterhalt.

Er schließt den Wagen ab und tritt in den kühlen Schatten der alten Bäume. Hier lässt es sich aushalten. Der sechs Hektar große Friedhof wird schon seit den Sechzigerjahren nicht mehr als solcher genutzt und ist inzwischen ein Park. Nur etwa hundertfünfzig Gedenksteine und Grabmäler mit Skulpturen stehen locker verteilt auf dem schattigen Rasen. Viele Steine sind grün bemoost, und ihre Inschrift ist nur noch sehr schwer lesbar. Normalerweise blühen um diese Jahreszeit hier Tausende von Blausternen, und es gibt sogar ein Scilla-Fest, doch vier Wochen Hitze und Trockenheit haben der Blüte in diesem Jahr ein vorzeitiges Ende bereitet. Macht nichts, sagt sich Markstein gut gelaunt, er ist ja nicht wegen der Botanik hier.

Ein junger Kerl zischt auf einem Fahrrad an ihm vorbei, sonst ist niemand unterwegs. Markstein spaziert die Wege entlang, wobei er sich ab und zu umsieht. Ein korpulenter Mann mit einem fetten Dackel kommt auf ihn zu, doch die beiden kehren um, nachdem der Dackel einen Haufen in den Efeu gesetzt hat.

Zehn Minuten vor drei taucht eine Frau auf. Sie trägt ein schwarzes Tuch um den Kopf und hält ihn gesenkt. Ein etwas theatralischer Auftritt, findet Markstein. Sie scheint es eilig zu haben. Markstein verschwindet hinter dem dicken Stamm einer Blutbuche und schießt ein paar Bilder. Dann steckt er die Kamera weg und tritt hinter dem Baumstamm hervor auf den Weg.

Die Frau scheint erschrocken zu sein, sie steht wie festgefroren da, die Hände in den Taschen ihrer Jacke. Markstein setzt ein

Begrüßungslächeln auf, das nicht erwidert wird. Im nächsten Moment blickt der Journalist in die Mündung einer Pistole und verspürt einen scharfen Schmerz in der Brust. Ungläubig schaut Markstein der Frau ins Gesicht, den Knall des Schusses noch in den Ohren. Diese zielt erneut mit der Waffe. Hundegebell wird laut und nähert sich. Die Frau lässt die Waffe sinken, dreht sich hastig um und rennt davon, während Boris Markstein langsam in sich zusammensinkt.

Denk nach, mahnt eine Stimme in ihr. Wenn die Tür abgeschlossen ist, dann bedeutet das, dass er nicht da ist. Nur nicht in Panik geraten.

Sie geht zurück und schaut vorsichtig in das Zimmer, dessen Tür halb offen steht. Eine Schrankwand, ein Fernseher, ein Sofa, ein Tisch… Teppichboden, Bierflaschen. Das Fenster wird von einer dicht gewebten Gardine verhüllt. Daneben befindet sich eine Glastür. Ein Pflaumenbaum wirft seinen Schatten auf die Terrasse, auf der das Unkraut durch die Ritzen der Waschbetonplatten wächst. Der Baum trägt leuchtend lila Früchte, ein paar davon liegen verfault am Boden.

Sie betätigt den Hebel der Terrassentür. Ein schnarrendes Geräusch in ihrem Rücken lässt sie vor Schreck erstarren. Er ist zurück! Er wird sie wieder einfangen wie ein fliehendes Tier. Das Schlagwerk einer Wanduhr setzt sich in Gang. Drei Uhr. Hastig hebelt sie die Terrassentür auf und stürzt hinaus ins Sonnenlicht. Harte Gräser bohren sich in ihre Fußsohlen, als sie auf dem ungepflegten Rasenviereck hin und her rennt wie ein kopfloses Huhn. Ein Lattenzaun und dahinter eine Thujenhecke bilden die Grenze des Gartens. Es ist nicht zu erkennen, was dahinter ist. Sie klettert dennoch über den Zaun und quetscht sich durch die grüne Mauer. Die weichen Zweige streichen über ihre Haut und sondern dabei einen frischen, herben Duft ab, der sie kurz an das Fichtennadelschaumbad denken lässt, das zu Hause im Bad steht. Ein Bad… Frische Laken, ein Bett…

Vor ihr liegt ein blau funkelndes Schwimmbecken. Ein Schwimmbecken, ausgerechnet!, durchfährt es sie. Warum ist

Liliane nicht zum Schwimmbad gekommen? Manchmal, in den langen, dunklen Stunden in ihrem Gefängnis, hat sie sich ausgemalt, dass Liliane woanders gefangen gehalten wird und dass ihr irgendwann die Flucht gelingen und sie kommen wird, um sie zu befreien.

Aber daran glaubt sie nun nicht mehr. Sie verspürt das überwältigende Bedürfnis, in dieses funkelnde Blau hineinzutauchen, sich zu reinigen oder gar für immer unter Wasser zu leben, wie ein Fisch oder ein Seehund. Im Gras neben dem Pool liegt Spielzeug: kleine Fahrräder, Bälle, ein Roller. Aus dem Haus tönt Geplärr und eine keifende Frauenstimme. Nein, hier kann sie nicht bleiben, und außerdem ist sie dem Ort des Schreckens noch viel zu nah. Sie muss weiter.

Hinterher weiß sie nicht mehr, wie viele Gärten sie durchquert hat, durch wie viele Hecken und Zäune sie geschlüpft ist. Irgendwann findet sie sich vor einem Haus mit heruntergelassenen Rollos wieder, und im hinteren Teil des eingewachsenen Grundstücks entdeckt sie ein verwittertes Gartenhaus. Drinnen lagern Gartengeräte, Farbeimer, Schläuche, ein Beil, Sägen, ein Hackstock. Es riecht nach Staub und Holz. Durch ein trübes Fenster fallen Sonnenstrahlen, in denen Staubpartikel tanzen. Sie setzt sich auf die morschen Bodendielen, lehnt den Rücken an den Hackstock, das Beil behält sie in den Händen. Die Sonne wärmt ihr Gesicht. Eine Fliege summt, von Ferne dringen Kinderstimmen zu ihr, irgendwo tuckert ein Rasenmäher, ab und zu jault ein Motorrad auf. Sie macht die Augen zu und versinkt im Klangteppich des Spätsommernachmittags. Langsam bekommt der Kloß aus Angst in ihrem Innern Risse, immer mehr Risse, bis er sich auflöst und der Hoffnung weicht. Hier wird sie warten, bis es dunkel ist, bis sie nach Hause kann. Sie lächelt. Sie ahnt noch nicht, dass dies für lange Zeit der glücklichste Moment sein wird.

Völxen versucht sich zu konzentrieren. Irgendetwas hatte Dr. Fender vorhin, im Zusammenhang mit Elise Wenzel, gesagt, über das er noch nachdenken wollte, aber dann hat er sich ablenken lassen von ihren Vorwürfen, und nun ist es wie aus seinem Gedächtnis gelöscht. Was war es, zum Teufel noch mal? Ich werde alt, mein Hirn ist wie ein Sieb … Aber gleich, gleich hab ich es. Es hatte was mit dem Zoo zu tun, oder nein, es war …

Das Telefon klingelt.

»Völxen!«

Es ist Staatsanwältin Eva Holzwarth: »Gerade waren die Gebrüder Druski, ihr Anwalt und ein Dolmetscher bei mir im Büro«, schnaubt sie erbost. »Die Quintessenz eines halbstündigen Palavers lautet: Die Brüder wollen in der Nacht des 14. Februar eine hilflos umherirrende Frau in der Walderseestraße bemerkt haben, und Engel, die sie nun einmal sind, haben sie die Frau in ihr Auto geladen und nach Hause gefahren.«

Völxen erstickt beinahe an einem saftigen Fluch, gepaart mit einer rassistischen Äußerung. »Schön, dass es noch Nächstenliebe unter den Menschen gibt«, knirscht er stattdessen und resümiert: »Damit können wir uns die DNA aus dem Wagen sonst wohin stecken.«

»Sie sagen es«, sagt Eva Holzwarth und legt grußlos auf.

»Mist, verfluchter!« Völxen haut so auf seinen Schreibtisch, dass die Teetasse und das DS-Modell einen Hüpfer machen.

Kaum hat der Kommissar seinen Geist wieder auf die zurückliegende Befragung von Dr. Fender gelenkt, klopft es an die Tür. Frau Cebulla legt ihrem Vorgesetzten den Durchsuchungsbeschluss für Elise Wenzels Wohnung auf den Schreibtisch.

»Was soll ich damit?«, raunzt Völxen übelst gelaunt. »Bringen Sie den Wisch zu Fernando. Er soll Frau Wedekin mitnehmen.«

Wortlos quietscht die Sekretärin auf ihren Kautschuksohlen zur Tür hinaus, die sich einen Tick lauter als sonst hinter ihr schließt. Doch nur Augenblicke später wird sie schon wieder aufgerissen.

»Was ist denn jetzt schon wieder, Herrgott noch mal!«

Richard Nowotny lässt das Gebrüll des Dezernatsleiters wie immer kalt. »Auf Markstein ist geschossen worden.«

»WAS?!«

»Auf Markstein ist geschossen worden«, wiederholt Nowotny ruhig. »Auf dem alten Friedhof am Lindener Berg.«

»Wann war das?«

»Vor ein paar Minuten. Um 14.54 Uhr ging der Notruf ein. Ein Spaziergänger hat den Schuss gehört und ihn gefunden.«

»Ist er tot?«

»Nein.«

Nun kommt Bewegung in den Kommissar, er umrundet seinen Schreibtisch und reißt seine Jacke vom Garderobenständer, während er fragt: »Hat jemand den Täter gesehen?«

»Nein.«

»Wo hat man ihn hingebracht?«

»Ins Siloah.«

Schon stürmt Völxen den Gang entlang, wobei er Frau Cebulla, die gerade aus Fernandos Büro kommt, fast über den Haufen rennt.

»Entschuldigung«, sagt diese schnippisch, aber Völxen kümmert sich nicht um sie, und auch nicht um Nowotny, der ihm hinterher ruft: »Aber die Sanis sagen, er sei nicht ansprechbar.«

Erst nach Sonnenuntergang wagt sie sich hinaus – hastend, abwartend, lauernd. In jedem Schatten glaubt sie ihren Verfolger zu sehen, jeder Autoscheinwerfer bedeutet maßlosen Schrecken, jedes Geräusch signalisiert das vermeintliche Ende ihrer Flucht.

Dann die Mienen ihrer Eltern, die von anfänglicher Erleichterung zusehends zu Masken der Missbilligung und des Vorwurfs versteinern.

Wie oft haben wir dir gesagt … Selber schuld. Schuld. Scham.

Das Schweigegelübde leistet sie nur allzu gerne. Sie kennt ohnehin niemanden, mit dem sie reden könnte. Sie fürchtet die Blicke der Mitschüler, das Flüstern hinter ihrem Rücken. Sie fühlt sich jedes Mal, als wäre sie nackt.

Der Umzug in die Stadt bringt zwar keine Erlösung, aber doch eine wohltuende Anonymität. Und dann, zwei Jahre danach – ihr Leben hat sich in ein Davor und ein Danach geteilt – hört sie die

Nachricht von seiner Verhaftung. Es ist eine Erleichterung, aber dennoch bleiben die Ängste.

Für den frühen Tod des Vaters macht ihre Mutter sie verantwortlich, auch wenn sie es nicht ausspricht. Erst die Stelle im Zoo, die Arbeit mit den Tieren, bringt Frieden, manchmal sogar Glücksmomente. Die Kollegen akzeptieren ihr Anderssein, ihre Distanziertheit. Ihr Dasein wird erträglich.

Aber auf einmal kommen ständig diese Berichte und Reportagen im Fernsehen und im Radio, und die Zeitungen sind voll von Dingen, die sie lieber vergessen will. Es fühlt sich an wie ein beständiges Kratzen an der Oberfläche eines bis dahin betäubten Geschwürs.

Noch immer wartet Oda schweigend ab. Wie lange sitzen sie hier schon, zehn Minuten, zwanzig? Aber ihr entgeht nicht, wie die junge Frau neben ihr allmählich wieder ruhiger atmet und den Blick nach draußen richtet.

Dann hebt sie die Hand, deutet auf das Haus und sagt: »Seltsam. Es ist so klein. So mickrig.«

»In der Erinnerung sind die Dinge oft größer. Das Haus wurde Ende der Siebziger gebaut, und der erste Besitzer meinte, einen Atombunker nötig zu haben.«

Sie braucht ein paar Momente, um diese Nachricht zu verdauen, dann sagt sie: »Ein Bunker. Deshalb.« Deshalb hatte er gesagt, sie könne schreien, so viel sie wolle, kein Laut würde nach draußen dringen. Abrupt dreht sie sich zu Oda um: »Wird er im Gefängnis bleiben, wenn ich aussage?«

Oda zuckt die Schultern. »Das kommt wohl unter anderem auf die Glaubwürdigkeit Ihrer Aussage an. Und Sie wissen ja: vor Gericht und auf hoher See… Sie müssen damit rechnen, dass die Verteidigung Sie als Lügnerin oder als Verrückte hinstellt und die Staatsanwaltschaft Sie fragen wird, warum Sie erst jetzt darüber reden.«

Elise Wenzel nickt. Zwei hektische rote Flecken haben sich auf ihren Wangen gebildet.

»Aber vielleicht haben wir Glück, und es findet sich da unten noch brauchbare DNA von…«

»Ich kann es beweisen«, stößt Elise hervor. »Ich habe ihn gebissen. Hier« – sie deutet auf die innere Seite ihres Oberarms – »Er hat tagelang einen Verband getragen. Vielleicht hat er eine Narbe.«

Oda lächelt. Dann startet sie den Wagen.

»Warum klingelst du?«, wundert sich Fernando.

»Weil die Mutter zu Hause sein könnte«, antwortet Jule.

»Sie wohnt mit ihrer Mutter zusammen?«

»Sag ich doch. Scheint keiner da zu sein«, stellt Jule nach dem zweiten Klingeln fest. »Willst du wieder deine Payback-Karte nehmen?«

»Einen Versuch ist's wert«, murmelt Fernando, aber dieses Mal widersteht das Schloss seinen Manipulationsversuchen.

»Und jetzt? Schlüsseldienst?«, fragt Jule.

»Geh mal einen Schritt zur Seite.«

Fernando nimmt Anlauf, soweit das auf dem Treppenabsatz möglich ist, dann wirft er sich mit Karacho gegen die Tür. Die bewegt sich zwar, aber sie springt nicht auf. Fernando reibt sich die Schulter. »Scheiße. Da muss ein fetter Riegel dahinter sein. Das hat man nun von diesen Kampagnen von wegen Einbruchssicherung.«

Eine junge Frau kommt die Treppe herunter.

»Was tun Sie da?«, fragt sie argwöhnisch.

Jule zeigt ihr rasch ihren Dienstausweis. »Kripo Hannover. Wir müssen dringend in diese Wohnung. Haben Sie vielleicht einen Schlüssel? Oder jemand anderer im Haus?«

»Ich? Nein. Die Wenzel ist viel zu misstrauisch, die würde niemandem einen Schlüssel geben.«

»Dann müssen wir Hilfe holen«, sagt Jule zu Fernando, dem diese Idee offensichtlich gar nicht behagt, denn er rümpft die Nase.

»Meinen Sie, ich könnte mal Ihren Balkon besichtigen?«, fragt er die junge Frau.

»Äh, ja, meinetwegen.«

»Fernando, wir sind im dritten Stock! Bist du Spiderman?«

»Wieso? Wachsen mir klebrige Fäden aus dem Hintern?«, versetzt dieser und folgt der hilfsbereiten Nachbarin die Treppe hinauf.

Auf dem Balkon müssen erst ein paar Oleanderkübel und ein Grill weggeräumt werden, dann beobachten die Dame des Hauses und ein Junge von etwa vier Jahren, wie sich Fernando über die seitliche Brüstung schwingt, an den Stäben des Eisengitters hinunterhangelt und für einen Moment lang ausgestreckt über der Südstadt baumelt, wie ein Kleidungsstück, das man zum Lüften aufgehängt hat. Dann holt er Schwung und landet auf dem Balkon der Wenzelschen Wohnung, wobei ein paar Geranientöpfe zu Bruch gehen.

»Das darfst du aber niemals nachmachen, Robin, versprichst du mir das?«, tönt von oben die besorgte Mutter.

Jule, die die Kletteraktion mit angehaltenem Atem von der Straße aus verfolgt hat, geht wieder ins Haus.

Oben angekommen, hört sie Fernando die Tür entriegeln, dann öffnet er mit galanter Geste. »Bitteschön, die Dame.«

»Du bist verrückt, weißt du das?«

»Die Balkontür war ein Klacks«, verkündet er ungefragt.

»Wo fangen wir an?« Jule streift sich die Latexhandschuhe über.

Fernando ist schon ins Wohnzimmer gegangen. Alles ist blitzsauber, und dennoch riecht es muffig. Die Nachmittagssonne scheint durch die gleichmäßig gefältelten Gardinen auf den Perserteppich mit den gekämmten Fransen.

»Ich würde sagen, hiermit«, Fernando deutet auf eine elektrische Schreibmaschine, die auf einem kleinen Sekretär steht. »Ich wette, die Typen entsprechen denen auf dem Umschlag, in dem die Zunge war.«

»Wetten genügt nicht«, sagt Jule. Sie nimmt einen Bogen Papier von dem Stapel neben der Maschine, spannt das Blatt ein und schreibt: *Fernando Rodriguez ist ein leichtsinniger Kletteraffe.* Dann steckt sie das Blatt in die Jackentasche. Leider können sie das Schriftbild nicht sofort vergleichen, denn der Umschlag befindet sich noch in der Kriminaltechnik.

»Jetzt brauchen wir nur noch eine Schriftprobe von Elise Wenzel, um sie mit dem Brief an Strauch zu vergleichen«, meint Jule und wühlt bereits in der Schublade des Sekretärs.

Unter dem strengen Blick des silbergerahmten Herrn Pastor auf dem Fernseher durchsucht Fernando derweil die Eichenschrankwand nach der Waffe, wobei er zu Jule sagt: »Weißt du, was mir nicht aus dem Kopf geht?«

»Liliane Fender?«, entfährt es Jule.

»Der war nicht gut«, sagt Fernando, mehr traurig als eingeschnappt.

»Entschuldige. Das war blöd von mir. Ich wusste nicht, dass es dir so nahgeht. Oda erwähnte nur …«

»Ach, Oda, dieser Eisblock. Was versteht die schon von *amor*?«

»War es dir wirklich so ernst?«, zweifelt Jule.

»Ach, ich weiß nicht«, sagt Fernando unwirsch, während er tonnenweise Nippes beiseiteschiebt. »Ich fühle mich so leer und so … ausgenutzt.«

»Du hast ihr doch nichts über die laufenden Ermittlungen verraten, oder?« So dumm kann doch kein Mann sein, hofft Jule.

»Nein, natürlich nicht«, versichert Fernando. »Das meine ich auch nicht damit. Ich fühle mich sexuell ausgebeutet. – Was gibt es denn da zu lachen?«

»Nichts, gar nichts«, gluckst Jule.

Fernando schweigt gekränkt und pfeffert eine Ladung Buchklublektüre auf den Fußboden.

»Ein bisschen mehr Respekt, das ist Literatur!«, mahnt Jule.

»Bist du sicher?«, entgegnet Fernando.

»Was ist es denn nun, das dir nicht mehr aus dem Kopf geht?«, nimmt Jule den Faden wieder auf.

»Bächles Sacktuch.«

»Was, bitteschön?«

»Bei der Obduktion von Offermann sprach Bächle von einem Taschentuch aus Stoff, mit dem der Mörder möglicherweise die Zunge festgehalten hat, um sie abzuschneiden. Und wer benutzt solche Tücher?«

»Ältere Damen«, sagt Jule, die sich im selben Moment den Anblick von Gertrud Wenzel im Türrahmen ins Gedächtnis ruft. Wie hat es der Barkeeper gleich noch mal ausgedrückt, als sie ihm Irene Dillings Foto zeigte? *Schärfere Züge und verhärmt.* War das nicht eine ziemlich gute Beschreibung von Elise Wenzels Mutter? Das graue Haar passt auch. Und das Phantombild, das nach Frau Schröders Angaben angefertigt wurde, hat zwar nicht allzu viel direkte Ähnlichkeit mit Gertrud Wenzel, dennoch gibt es die hohen Wangenknochen und die kleinen, tief liegenden Augen relativ gut wieder.

»Mein Gott, ich bin so dämlich!«, ruft Jule, und ihr Herz beginnt zu rasen. »Da drin ist ein Ordner mit Gehaltsabrechnungen. Gertrud Wenzel ist Altenpflegerin. Sie weiß also, wie man schwere Körper …«

Den Rest des Satzes verschluckt sie, denn sie hat ein Geräusch in ihrem Rücken gehört – ein Geräusch, das sie kennt und das entsteht, wenn der Schlitten einer Pistole zurückfährt.

»Sind Sie ein Angehöriger?«, fragt die Stationsschwester.

»Kripo Hannover.« Völxen weist sich aus. »Wird er denn durchkommen?«

»Das dürfen Sie mich nicht fragen. Wozu haben wir hier Ärzte? Und jetzt entschuldigen Sie mich, ich muss arbeiten.«

»Ich auch«, murmelt der Kommissar und betrachtet nachdenklich die Schwingtür, durch die immer wieder Menschen in grünen OP-Kitteln kommen oder gehen. Nein, es hat keinen Sinn, hier herumzulungern. Er muss wohl oder übel abwarten, bis Markstein operiert worden ist, und das kann er auch an einem angenehmeren Ort tun. Außerdem muss dringend der Zeuge vernommen werden, der Mann mit dem Hund, der den angeschossenen Reporter entdeckt hat. Vielleicht hat er sogar die Täterin gesehen. Aber auf jeden Fall wird Völxen veranlassen, dass Markstein während der nächsten Tage Personenschutz bekommt. Nicht, dass es diese Verrückte noch einmal probiert, womöglich hier, in der Klinik.

Keine voreiligen Schlüsse, Völxen, ermahnt sich der Kommissar. Noch wissen wir gar nichts. Es kann auch jemand anderer auf den Journalisten geschossen haben, ein Mann wie Markstein hat nicht nur Freunde. Andererseits – ein Zufall ist der Mordversuch genau an dem Tag, an dem sein Artikel über Strauch erscheint, wohl kaum. Derlei Gedanken in seinem Schädel hin und her wälzend, marschiert Völxen den Gang entlang. Dass Krankenhäuser immer so grässlich riechen müssen …

»Vorsicht bitte!« Ein Bett wird eilig über den Flur geschoben, dahinter folgt ein Pulk von Leuten. Der Kommissar macht Platz und wirft einen beiläufigen Blick auf den Patienten. Beinahe hätte er Boris Markstein nicht erkannt. Der trägt eine Haube über dem Haar, und sein Wieselgesicht ist so bleich und blutleer, dass es eher dem eines Vampirs ähnelt. Die Lider sind halb geschlossen, ein Schlauch ragt unter der Decke hervor, das Laken ist blutig.

Völxen nimmt die Verfolgung des Bettes auf. »Herr Markstein! Haben Sie den Täter erkannt?«

»Der antwortet nicht mehr«, sagt eine junge Frau aus der Betten-Eskorte. Sie trägt eine Weste in Signalfarbe mit der Aufschrift *Notarzt.*

»Ist er tot?«

»Sediert.«

»Seziert?!«

»Sediert. Er hat ein starkes Beruhigungsmittel bekommen.«

Ohnmächtig muss Völxen zusehen, wie Markstein hinter der Schwingtür verschwindet. Seine Kehle ist trocken. Der Anblick des Journalisten hat ihn mehr schockiert, als er sich eingestehen will.

Die Notärztin kommt wieder heraus. Völxen stellt sich ihr in den Weg. »Völxen, Polizeidirektion Hannover, wie steht es um ihn?«

»Die Lunge ist getroffen, aber er müsste es schaffen.«

»Waren Sie am Tatort?«

»Ja, ich war am Einsatzort und habe die Erstversorgung vorgenommen.«

»Hat er irgendwas gesagt?«

Sie überlegt. »Im Wagen hat er sich Sorgen um seinen Mantel gemacht und etwas von seinem Fotoapparat erzählt.«

»Wo sind seine Sachen?«

»Fragen Sie die Schwester im Stationsbüro.«

Nach einigem Hin und Her hält Völxen schließlich den Mantel von Boris Markstein und dessen Kamera in der Hand. Es ist ein ebenso edles wie kompliziertes Gerät, und es dauert ein paar Minuten, ehe Völxen es schafft, sich die letzten gespeicherten Bilder anzusehen. Aber dann überzieht ein grimmiges Lächeln sein Gesicht. Der gute Markstein. Drei unscharfe Bilder von einer Frau mit langer Jacke und einem Tuch um den Kopf, aufgenommen heute um 14.50 Uhr, wie die Zeitangabe in der unteren rechten Ecke des Bildes verrät. Aber das vierte ist schärfer. Zwar liegen die Augen der Frau im Schatten des Kopftuchs, aber den unteren Teil des Gesichts erkennt man recht deutlich. Der Mund, die Lippen … Sie haben Ähnlichkeit mit denen von Elise Wenzel, aber sie ist es nicht, kann es auch nicht sein, denn als diese Bilder aufgenommen wurden, befand sie sich in Odas Obhut. Und nun fällt Völxen auch wieder ein, was Dr. Fender gesagt hat und was ihm vorübergehend entfallen war: *Sie legte großen Wert auf meine Schweigepflicht. Vor allem ihre Mutter sollte nichts davon erfahren.*

»Das ist mit Sicherheit der schönste Gebissabdruck meiner Laufbahn. Und dann noch von jemand Lebendigem!«

Oda verdreht die Augen. Offenbar ein zwanghafter Flirter, dieser Westenberg.

Dr. Bächle hat heute frei, deshalb nimmt sein Assistent den Abdruck. Doch Elise scheint das schmierige Kompliment zu erfreuen, sie lächelt zögerlich. Offenbar bekommt sie nicht allzu oft Komplimente. Von wem auch, von ihren Pinguinen?

»Und, hat Ihre Tochter die Sektion gut verdaut?«, erkundigt sich Tim Westenberg.

»Danke«, sagt Oda kurz angebunden und lügt hinterher: »Sie hat jedenfalls ihrem Freund ganz begeistert davon erzählt.«

»Was soll nun mit dem Abdruck geschehen?«, will der Arzt wissen.

»Den dürfen Sie demnächst mit einer Bisswunde vergleichen«, erklärt Oda und bestellt zum Abschied die allerbesten Grüße an Dr. Bächle.

»Mach ich gern.« Im Türrahmen grinst der Arzt Oda und Elise jovial zu und fragt: »Frau Kommissarin, wissen Sie, was Orgasmus auf Schwäbisch heißt?«

»Nein«, bekennt Oda.

»Jetzetle!«, sagt der junge Arzt und lacht so laut über seinen Witz, dass es über den ganzen Flur schallt.

»Den werde ich Bächle erzählen!«, droht Oda.

»Der ist doch von ihm«, entgegnet Westenberg.

Kopfschüttelnd verlässt Oda das Institut, Elise Wenzel folgt ihr still.

»Wie fühlen Sie sich?«, fragt Oda auf dem Weg zum Parkplatz.

Elise nickt. »Ganz gut.«

»Wie war das eigentlich, nachdem Sie wieder nach Hause gekommen sind?«, fragt Oda.

»Furchtbar«, antwortet Elise Wenzel unumwunden. »In der Schule …«

»Ich meine Ihre Eltern, wie haben die reagiert?«

»Natürlich waren sie froh, dass ich wieder da war.«

»Haben Sie Ihnen erzählt, was geschehen ist?«

Die junge Frau schüttelt den Kopf.

»Warum nicht?«, wundert sich Oda. »Sie müssen Sie doch mit Fragen bedrängt haben.«

Elise Wenzel geht schweigend weiter, unwillkürlich sind ihre Schritte schneller und größer geworden.

»Sie haben sich schuldig gefühlt und haben sich geschämt, nicht wahr?«

Elise nickt. Sie sind vor dem Dienst-Audi angekommen. Die junge Frau senkt den Kopf und umklammert ihre Handtasche.

»Wo war eigentlich Ihre Mutter an dem Abend, als Offermann getötet wurde?«, erkundigt sich Oda möglichst beiläufig.

»Bei der Arbeit, im Stephansstift.«

»Das ist ein Altenheim, oder?«

»Ja. Sie ist dort Leiterin einer Pflegegruppe.«

»Und wo war sie am Samstagmorgen?«

»Auch dort.«

»Und Sie waren zu Hause?«

»Ja.«

»Sie hatten keinen Dienst im Zoo?«

»Nein.«

»Das lässt sich ja nachprüfen«, meint Oda leichthin.

Elise Wenzel ist rot geworden. »Nein, warten Sie! Ich habe mich geirrt. Meine Mutter war am Samstag auch zu Hause. Wir haben zusammen gefrühstückt. Ja, so war es.«

»Na, dann ist ja alles bestens«, freut sich Oda. »Dann haben Sie ja ein Alibi. Warum haben Sie das nicht gleich gesagt?«

Elise Wenzel zuckt die Schultern.

»Wie heißt Ihre Mutter?«, will Oda wissen.

»Gertrud.«

Oda öffnet die Beifahrertür. »Soll ich Sie jetzt nach Hause bringen?«

»Ich darf nach Hause? Bin ich denn nicht mehr verdächtig?«

»Aber nein. Jetzt, wo Sie ein Alibi haben.«

»Kann ich auch sofort gehen? Ich möchte noch ein bisschen laufen. Es ist ja nicht weit.«

»Aber sicher«, sagt Oda. »Wir bleiben in Kontakt wegen Ihrer Aussage vor der Staatsanwaltschaft, ja? Meine Nummer haben Sie?«

»Ja, ja«, versichert Elise Wenzel und eilt davon.

Oda schaut ihr nach, zückt dabei ihr Mobiltelefon und wählt Völxens Nummer.

»Was ist?« Der Hauptkommissar klingt gehetzt.

»Wir brauchen einen Haftbefehl für Gertrud Wenzel«, sagt Oda ohne Vorrede.

»Was du nicht sagst«, lautet Völxens kryptische Antwort.

»Frau Wenzel, erinnern Sie sich noch an mich? Jule Wedekin von der Polizeidirektion Hannover, und das ist Oberkommissar Fernando Rodriguez. Wir ermitteln in den Mordfällen Offermann und Dilling. Wir haben einen richterlichen Durchsuchungsbefehl.«

Jule hat die Worte so sachlich wie möglich vorgetragen, ganz so, als würde sie den Pistolenlauf, der abwechselnd auf sie und ihren Kollegen gerichtet ist, nicht wahrnehmen.

Die Pupillen der Frau zucken nervös zwischen Fernando und Jule hin und her.

Fernandos Handy spielt *Hells Bells.* Völxen. Der will bestimmt wissen, ob wir schon was gefunden haben. Der Kommissar macht Anstalten, unter seine Jacke zu greifen, wo sich nicht nur das Handy, sondern auch die Dienstwaffe befindet, aber sein Vorhaben wird durchschaut.

»Nehmen Sie die Hände hoch!«, gellt die Stimme der Frau durch den Raum. »Was wollen Sie von uns? Warum können Sie uns nicht in Ruhe lassen?«

»Frau Wenzel, legen Sie die Waffe weg, das hat doch keinen Sinn«, sagt Fernando, der zögernd die Hände auf Schulterhöhe hebt.

Die Angesprochene ignoriert die Aufforderung. »Wo ist meine Tochter?«

Fernandos Telefon ist verstummt.

»Bei uns im Dezernat«, antwortet Jule, deren Handy nun klingelt.

»Die Hände weg!«, mahnt Frau Wenzel erneut.

»Es ist vorbei«, sagt Jule. »Elise hat uns alles erzählt.«

»Das hat sie nicht«, widerspricht Gertrud Wenzel und sieht Jule hasserfüllt an. »Weil es nichts zu erzählen gibt.«

Jule deutet mit dem Kopf auf das Bild auf dem Fernseher. »Ist das Ihr Mann?«

»Allerdings.«

»Er war Pastor, nicht wahr?«

»Was tut das zur Sache?«

»Wie hat Ihr Mann reagiert, als Elise wieder aufgetaucht ist?«

Frau Wenzel presst die Lippen zusammen.

Reden, denkt Jule. Wir müssen sie ablenken, bis sie einen Moment nicht aufpasst. Bloß nicht die Nerven verlieren, befiehlt sie sich und spürt ihren eigenen Herzschlag beim Anblick des Pistolenlaufs. Ganz ruhig bleiben, die Angst nicht hochkommen lassen!

Nun meldet sich Fernando zu Wort: »Woher haben Sie die Waffe, Frau Wenzel?«

Dieses Thema scheint unverfänglicher zu sein. Sie erklärt: »Sie hat einem Bewohner des Altenheims gehört, in dem ich arbeite. Ich habe sie gefunden und behalten, als er verstorben ist und das Zimmer geräumt wurde. Es hat nie jemand danach gefragt.«

»Warum haben Sie die Waffe behalten, wovor hatten Sie Angst?«, fragt Jule.

Darauf antwortet Gertrud Wenzel nicht.

»Mit dieser Waffe haben Sie Dr. Offermann und Irene Dilling getötet, das lässt sich beweisen«, sagt Fernando.

»Bei Dr. Offermann waren Sie noch vorsichtig«, fährt Jule fort, als Frau Wenzel hartnäckig schweigt. »Sie haben ihm in der Dunkelheit aufgelauert, sind ihm gefolgt, bis zu einer einsamen Stelle. Es war leichter, als Sie gedacht haben, nicht wahr, ein Leben auszulöschen. Und bei Frau Dilling waren Sie schon frecher. Es war riskant, sie am hellen Tag zu erschießen, aber Frau Dilling war nachts gewöhnlich nicht allein unterwegs. Und es ist ja gut gegangen. Bis auf den Zeugen, der Sie hat weggehen sehen …«

Noch immer hält Frau Wenzel die Pistole mit beiden ausgestreckten Armen vor sich.

Lange hält sie das nicht mehr durch, spekuliert Jule. So ein Ding hat ein ordentliches Gewicht. Sie wechselt das Thema: »Elise hat während der vergangenen Monate diese einschlägigen Berichte im Fernsehen gesehen, nicht wahr? Das hat sie aus dem Gleichgewicht gebracht. Haben Sie den Fernseher einfach ausgemacht und die Zeitung abbestellt?«

Je länger Jule diese steinerne Miene mit den böse blitzenden

Augen und dem verkniffenen Mund betrachtet, desto deutlicher kann sie sich das Leben von Elise Wenzel ausmalen. Ob diese Frau da überhaupt lächeln kann?

»Haben Sie nie darüber nachgedacht, was in Elise vorgeht, wenn dieser Strauch entlassen wird?«

»Ich weiß nicht, was Sie meinen«, behauptet Gertrud Wenzel. Ihre Pupillen flitzen unruhig hin und her. Sie hat die Ellbogen nun zum Körper herangezogen, wodurch sich die Waffe leichter halten lässt.

»Hat Elise Ihnen erzählt, dass sie zu *Pro victim* gegangen ist?«, fragt Jule.

Schweigen.

»Oder haben Sie ihr nachspioniert?«, ergänzt Fernando.

»Halten Sie doch den Mund!«, fährt Frau Wenzel beide an.

Jule geht einen Schritt auf Frau Wenzel zu und schaut ihr in die harten Augen. »Das alles war doch nicht Elises Schuld. Sie ist doch das Opfer! Ist Ihnen klar, dass Sie Ihr das Leben erst richtig zur Hölle gemacht haben, all die Jahre?«

»Wer sagt das? Elise?«, Frau Wenzels Stimme klingt schrill. Drohend richtet sie die Pistole auf Jule.

»Das kann sich jeder ausmalen, Frau Wenzel. Mussten Sie Dr. Offermann ermorden, nur weil er ausgesprochen hat, wofür Sie sich geschämt haben? Und die arme Frau Dilling, die Menschen wie Ihrer Tochter helfen wollte. Glauben Sie mir, die wäre froh gewesen, wenn sie damals ihr Kind lebend zurückbekommen hätte. Immer schön den Schein wahren – darum ging es Ihnen doch! Ihnen und Ihrem Mann, dem Herrn Seelsorger«, fügt Jule mit einem unüberhörbar hämischen Tonfall hinzu. Ihre Angst ist nun dem Zorn über diese Frau gewichen.

»Was erlauben Sie sich!«, keucht Frau Wenzel. Das Kreuz, das an einer dünnen Goldkette um den mageren Hals der aufrechten Protestantin hängt, hebt und senkt sich im Takt ihrer Erregung und ihrer unterdrückten Wut.

»Aber was war mit der Seele seiner Tochter?«, bohrt Jule weiter. »Wurde die auf dem Altar der Scham und der Scheinheiligkeit geopfert?«

»Lassen Sie gefälligst meinen Mann in Ruhe!«

Fernando, der Frau Wenzel abgelenkt wähnt, greift in seine Jacke.

»Hände weg!«, schreit die Frau Fernando an und richtet die Waffe auf ihn, um dann gleich wieder Jule anzusehen, die einfach weiterredet, als wäre nichts gewesen. Im Gegenteil, sie ist gerade erst so richtig in Fahrt gekommen: »Ein tolles Gefühl, so eine Waffe, nicht wahr? Man ist Herr über Leben und Tod. Und es ist so einfach. Viel einfacher als mit einem Messer. Obwohl Sie ja vor Blutvergießen nicht zurückschrecken. War das nicht ekelhaft, den Leichen die Zungen herauszuschneiden? Floss viel Blut, waren sie noch warm?«

Fernando hält den Atem an.

»Haben Sie befürchtet, dass Elise ihren eigenen Weg gehen wird, wenn sie erst einmal den Mut gefunden hat, über alles zu reden? Ja, schon möglich«, fährt Jule munter fort, »wer in Angst lebt, ist leichter zu beherrschen. Das hat uns ja der Klerus Jahrhunderte lang vorexerziert. Aber dann hat Ihre Tochter bei den Leuten von *Pro victim* die Hilfe gefunden, die Sie ihr verweigert haben.«

Fernando wird zusehends unruhiger. Sind das etwa die Deeskalationsstrategien, die sie den Anwärtern neuerdings beibringen? Oder denkt Jule, das da unter ihrer Nase sei eine Spielzeugpistole? Wäre nur Oda hier, wünscht sich Fernando inständig. Die würde sicher die richtigen Worte finden, anstatt diese Furie noch mehr zu provozieren.

»Haben Sie gewusst, dass Elise diesem Michael Strauch einen Brief ins Gefängnis geschrieben hat?«, fragt Jule nun.

Obwohl Frau Wenzel diese Frage nicht beantwortet, ist ihr die Überraschung deutlich anzusehen.

»Er liegt bei uns auf dem Dezernat. Stellen Sie sich vor: Sie verzeiht ihm darin.«

»Sie lügen«, zischt Frau Wenzel und zielt mit dem Lauf der Pistole wieder auf Jule.

»Und wer weiß, wenn sie erst einmal eine Therapie gemacht hätte, dann hätte sie womöglich erkannt, was *Sie* ihr angetan haben. War es das, wovor Sie sich in Wirklichkeit gefürchtet haben?«

»Sie sind ja verrückt!«

Der Meinung ist inzwischen auch Fernando, der die Szene mit noch immer erhobenen Händen und zunehmender Besorgnis beobachtet.

»Sie sind eine lausige Mutter, Frau Wenzel, Sie sollten sich schämen! Elise ist eine starke, wunderbare Frau. So eine Tochter verdienen Sie gar nicht.«

Frau Wenzel schnappt vor Empörung und Verblüffung nach Luft. »Seien Sie still«, presst sie hervor.

»Und ist Ihnen eigentlich klar, dass Sie die kleine Birte Lahm auf dem Gewissen haben?«, setzt Jule noch einen drauf.

»Wen?«, fragt Frau Wenzel irritiert.

»Das Mädchen, das Strauch ein Jahr danach umgebracht hat. Hätten Sie Ihre Tochter nicht zum Schweigen verdammt, würde das Mädchen heute noch leben. Es ist Ihre Schuld! Sie haben diese Familie zerstört, Sie sind ein egoistisches, bigottes Biest. In Wahrheit sind Sie kein bisschen besser als dieser Strauch. Man kann nur hoffen, dass Sie mit ihm zur Hölle fahren!«

Jule ist nun bis auf einen guten Meter an Frau Wenzel herangetreten. Die beiden fixieren einander, in Frau Wenzels Augen steht blanker Hass. Die Pistole in ihren Händen zittert. Fernando misst mit den Augen den Abstand zwischen sich und der Frau: gute drei Meter.

Er setzt gerade zum Sprung an, als vom Flur her eine sonore Stimme sagt: »Da hat sie völlig recht!«

Frau Wenzel fährt herum. Jule packt die Hand mit der Pistole und reißt den Arm nach oben. Ein Schuss kracht ohrenbetäubend durch den Raum, von der Decke spritzt Putz nach allen Seiten. Ein Fußfeger von Jule bringt Frau Wenzel aus dem Gleichgewicht. Im selben Moment stürzt sich mit einem Hechtsprung Fernando auf die Frau und bringt sie zu Fall. Die Pistole schlittert über den Teppich unter den Schreibtisch, wo Jule sie aufhebt. Fernando dreht Gertrud Wenzel die Arme auf den Rücken, während Hauptkommissar Völxen der Dame Handschellen anlegt. Dann hilft er ihr auf die Beine und klärt sie über ihre vorläufige Festnahme wegen des Verdachts auf zweifachen Mord und Mordversuch sowie über ihre Rechte auf.

Frau Wenzel sagt keinen Ton mehr.

»Fernando, schaff sie raus. Die Streife ist schon unten«, ordnet Völxen abschließend an.

Kommissar Rodriguez fasst die widerspenstige Frau Wenzel am Arm und führt sie aus der Wohnung. Beim Hinausgehen flüstert er Jule zu: »Das mit der Hölle war ein bisschen dick aufgetragen.«

Samstag, 28. April

Die Morgensonne scheint auf den Frühstückstisch, wo die Butter unbemerkt vor sich hin schmilzt. Veronika Kristensen ist in die Lektüre der *Hannoverschen Allgemeinen* vertieft.

Neuer Prozess gegen Michael. S.
Nach fast 17 Jahren hat sich eine junge Frau gemeldet, die im September 1990 drei Wochen lang in der Gewalt von Michael S. war. S., der diesen Tatvorwurf bislang leugnet, konnte durch die Narbe einer Bisswunde, die ihm sein damaliges Opfer beigebracht hat, überführt werden. Die damals 16-Jährige war von M. drei Wochen lang in dem unterirdischen Atombunker eines Gehrdener Bungalows gefangen gehalten worden. Nur durch eine Unachtsamkeit von S. gelang ihr die Flucht. Aus Scham hat die heute 33-Jährige jedoch jahrelang geschwiegen. Die Staatsanwaltschaft ermittelt nun erneut wegen Entführung, Freiheitsberaubung und sexuellen Missbrauchs gegen S. Damit ist laut Staatsanwältin Eva Holzwarth eine Entlassung aus der Haft für Michael S. in weite Ferne gerückt. S. wird in Kürze seine Strafe für Entführung, Missbrauch und Totschlag an der 16-jährigen Birte Lahm im August 1992 verbüßt haben und sollte möglicherweise auf freien Fuß gesetzt werden, da das Gericht seinerzeit keine Sicherungsverwahrung angeordnet hatte.
Gegenwärtig untersuchen Spezialisten des Landeskriminalamtes den Bunker auf DNA-Spuren von Täter und Opfer. Tragischerweise ermittelt die Staatsanwaltschaft zur selben Zeit gegen die Mutter des neu aufgetauchten Opfers, Frau Gertrud W. (57). Zur Last gelegt werden ihr die Ermor-

dung von Dr. Martin Offermann (62), Irene Dilling (54) und der Mordversuch an dem Journalisten Boris Markstein (38), sowie Störung der Totenruhe. (Frau W. soll beiden Opfern die Zunge abgeschnitten haben, wir berichteten.)
Markstein, der am vergangenen Dienstagnachmittag auf dem alten Lindener Friedhof von Gertrud W. angeschossen worden sein soll, befindet sich auf dem Weg der Besserung.
Zu den mutmaßlichen Motiven von Gertrud W. schweigen sich die Beamten um Hauptkommissar Bodo Völxen vom Dezernat für Todesermittlungen der Polizeidirektion Hannover aus. »Das herauszufinden ist Sache des Gerichts«, meint Völxen. Er freue sich lediglich, dass eine seiner Mitarbeiterinnen das Opfer von Michael S. überzeugen konnte, nach so vielen Jahren doch noch gegen diesen auszusagen.

»Hey, der meint dich«, strahlt Veronika ihre Mutter an. »Du bist so was wie eine Heldin. Wer weiß, wie vielen Mädchen dadurch das Leben gerettet wird, dass der Kerl jetzt im Knast bleibt.«

»Unzähligen«, bestätigt Oda hinter ihrer riesigen Milchkaffeetasse.

»Er hätte ruhig deinen Namen nennen können«, schmollt Veronika.

»Oh, nein«, protestiert Oda. »Ich habe keine Lust, mich mit irgendwelchen Spinnern herumzuschlagen. Als Polizistin bleibt man besser anonym.«

»Wegen der Sache mit dem Sarg …«, beginnt Veronika zögernd.

»Ja?« Ich habe es befürchtet, denkt Oda. Der Schuss ist sauber nach hinten losgegangen, die Obduktion hat alles nur noch schlimmer gemacht.

»Ich möchte jetzt doch keinen mehr«, verkündet Veronika.

»Ach, tatsächlich?«

»Ja. Die Idee war ein bisschen kindisch.«

»Und wer oder was hat dich zu dieser Einsicht gebracht, wenn ich fragen darf?«

»Ach, ich weiß nicht.« Sie wirft ihr pechschwarzes Haar zurück, wie immer, wenn sie verlegen ist, und schneidet ihr drittes Brötchen auf. »Als ich diese Frau da so liegen sah, auf dem Stahltisch, da habe ich auf einmal so ein komisches Gefühl gekriegt. Mir kam der Gedanke, dass das auch du sein könntest. Ich meine – bei deinem Beruf, da kann das doch jeden Tag passieren, oder?«

»Ganz so schlimm ist es auch wieder nicht. Ich weiß gar nicht, wann ich zum letzten Mal meine Waffe ziehen musste«, beruhigt Oda ihre Tochter.

»Das war so traurig, wie sie da lag. Sie wirkte so einsam.«

»Ich weiß, was du meinst«, lächelt Oda. »Du möchtest also keinen Sarg. Das ist schön«, sagt sie mit großer Erleichterung.

»Ich möchte einen Hund.«

Oda seufzt. Nichts im Leben ist umsonst, erkennt sie wieder einmal. Sie öffnet die Tür und geht in den Garten, wo sie sich einen Zigarillo ansteckt.

Jule hebt ihr Sektglas und lächelt. »Auf die Freiheit!«

Thomas prostet ihr zu. Um diverse Anlässe feierlich zu begehen, hat Jule ihren Nachbarn zum Sektfrühstück eingeladen. »Auf die Freiheit.«

Sie sitzen auf Jules Balkon unter dem nagelneuen Sonnenschirm.

»Wie bist du deinen Vater so schnell losgeworden?«, fragt Thomas.

»Eine Zeugin in einem Mordfall hat zufällig gerade eine schicke Wohnung in Waldhausen geerbt. Die hat sie ihm mit allem Drum und Dran vermietet. Das erspart ihm Ikea.«

»Aber er war doch ganz umgänglich«, grinst Thomas und beißt in ein Lachsbrötchen.

»Du kennst ihn nicht näher.«

»Warum hast du mir eigentlich nicht gleich gesagt, dass du bei der Polizei bist?«

»Weil die Leute dann immer so komisch reagieren. Siehe Frau Pühringer.« Jule grinst. »Die hofft wahrscheinlich noch immer auf deine baldige Inhaftierung. Hast du die Pflanzen verschwinden lassen?«

»Ja, hab ich. Danke für die Warnung. Sie waren sowieso vertrocknet, ich habe keinen sonderlich grünen Daumen.«

Es klingelt an der Tür.

»Das wird Fernando sein. Behandle ihn rücksichtsvoll, er hat zurzeit Liebeskummer«, erklärt Jule.

Sie öffnet die Tür. Im Hausflur stehen Fernando und eine junge Frau von exquisiter Schönheit: langes dunkles Haar, fast bis zu den Hüften, sanft blickende braune Augen, sinnlicher Schmollmund, edle Nase. Beide halten einen Motorradhelm in der Hand.

»Darf ich Elena mitbringen?«, fragt Fernando zur Begrüßung und streckt Jule eine Sektflasche entgegen.

»Ja, natürlich«, sagt Jule einigermaßen verblüfft.

Elena nickt ihr anmutig zu und haucht: »*Buenos días, Chule.*«

»Sie spricht leider kein Wort Deutsch«, erklärt Fernando, »da sie aus Buenos Aires kommt. Sie ist die Nichte von Alfonso und bleibt für ein paar Wochen zu Besuch.«

»Und wer ist Alfonso?«, erkundigt sich Jule, während sie ihre Gäste durch den Flur schleust und noch zwei Gläser holt.

»Ein Freund meiner Mutter. Netter Mann«, sagt Fernando.

»Pass nur auf, dass sich Thomas nicht an sie ranmacht«, flüstert Jule.

»Der kann doch gar kein Spanisch.«

»Für gewisse Dinge braucht man keine Worte.«

»Ein falscher Blick und ich werfe ihn vom Balkon«, knurrt Fernando, während es von draußen schallt: »Ah, der Herr Fußpfleger!«

Wenig später steht Jule in der Küche und ist gerade dabei, die zweite Sektflasche zu öffnen, als ein Geräusch an ihr Ohr dringt. Reglos verharrt sie über der Spüle. Da ist es wieder, dieses unheimliche, röhrende Geräusch.

»Soll ich dir helfen?«, fragt Thomas.

Erschrocken fährt Jule herum. »Hörst du das?«, flüstert sie.

»Ach, der Hirsch.« Thomas schaut auf die Uhr. »Die sind heute aber reichlich spät dran mit ihrer Samstagvormittagsnummer.«

»Wer sind die?«

»Na, die Pühringer und ihr Macker. Das ganze Haus nennt ihn nur den Hirsch. Sag bloß, du hast ihn noch nie gehört?«

Jule schüttelt ungläubig mit dem Kopf. Dieses kleine grauhaarige Männchen, das ihr ab und zu im Treppenhaus begegnet, soll solche Geräusche produzieren? Noch dazu mit der säuerlichen Frau Pühringer?

Fernando kommt in die Küche. »Kann Elena einen Orangen…« Er stutzt. »Himmel, was ist denn das? Da wackeln ja die Wände.«

»Liebe unter Senioren«, erklärt Jule. Und während Thomas verwundert beobachtet, wie sich Jule einem unerklärlichen Anfall von Heiterkeit hingibt, flieht Fernando bleich vor Entsetzen auf den Balkon.

Völxen öffnet die Tür des Transporters und klappt die Rampe herunter. »Los, raus mit dir!«

Amadeus hat sich in die hinterste Ecke des Hängers zurückgezogen und starrt sein Gegenüber misstrauisch an.

»Hör zu, du blödes Vieh! Ich habe mir extra vom Ortsbürgermeister den Hänger geliehen und dich zurückgeholt, für fast den doppelten Kaufpreis. Dafür erwarte ich ein bisschen Dankbarkeit. Also: raus jetzt!«

Der Schafbock rührt sich nicht.

Völxen geht zum Schuppen und kommt mit einem Strick in der Hand wieder.

Bei diesem Anblick senkt das Tier angriffslustig den Kopf und spurtet auf Völxen zu. Da ihm aus dem Transporter aber der Anlauf fehlt, ist sein Angriff nicht besonders wuchtig und auch nicht so schnell wie sonst. Ehe der Bock seine Hörner in Völxens Magengrube versenken kann, hat dieser, ohne darüber nachzudenken, die Faust gehoben und lässt sie auf den Schädel des Angreifers krachen. Dem Schafbock zieht es buchstäblich die Beine weg, er kommt zu Fall.

Völxen reibt sich die Handkante. »Tut mir leid«, murmelt er. »Aber du wolltest es ja nicht anders.«

Der Schafbock zuckt mit den Beinen und rappelt sich auf. Völxen legt ihm den Strick um den Hals. Amadeus schüttelt unwillig den Kopf, aber dann läuft er artig wie ein Hündchen neben Völxen die Rampe hinab und zum Tor der Weide.

»Na also«, murmelt Völxen, als er ihm den Strick abnimmt. »Wollen doch mal sehen, wer hier das Sagen hat.«

Um die eben errungene Position auf die Probe zu stellen, bleibt Völxen auf der Weide stehen. Der Schafbock tut, als würde er den Menschen nicht sehen und stolziert auf seinen kleinen Harem zu. Doris, Salomé, Angelina und Mathilde kommen herbei und beäugen ihren alten Freund. Es gibt ein kurzes Geblöke, dann grasen alle fünf friedlich.

Vom Nachbargrundstück nähert sich Jens Köpcke. »Moin, Völxen.«

»Moin.«

Die Männer nicken einander zu.

»Ganz schön warm, was?«

»Ja.« Völxen tritt an den Zaun.

»'n Herri?«

»Danke, zu früh«, lehnt Völxen ab.

»Hab gehört, du hast diese Verrückte festgenommen, diese Doppelmörderin.«

»Schnee von gestern«, winkt Völxen ab und verfolgt, wie der Hühnerbaron sein Herrenhäuser köpft und an die Lippen setzt.

»Der Bock ist wieder da«, stellt Köpcke nach einer Weile fest.

»Mhm.«

»Hat dir wohl keine Ruhe gelassen, was?«

»Nein.«

»Kenn ich. Man hat ja Verantwortung für so eine Kreatur.«

»Genau«, nickt Völxen und schielt durstig auf das Getränk seines Nachbarn.

Der streckt ihm wortlos die zweite Flasche hin.

Völxen öffnet sie am Zaunpfahl. Lauwarm schäumt das Pils über den Flaschenhals.

»Auf dein Wohl, Völxen!«

Vom Dorf her läuten die Kirchenglocken, die Sonne brennt vom stahlblauen Himmel, Grillen zirpen im hohen Gras, Vögel zwitschern um die Wette, ab und zu blökt ein Schaf. Für einen Augenblick ist die Welt perfekt.

»Wohlsein«, sagt Völxen und setzt die Flasche an.

»Völxen, Achtung! Der Bock …«

Danke

Das Schreiben dieses Romans wäre nicht möglich gewesen ohne die Hilfe von Experten aus verschiedenen Wissensgebieten.

Danken möchte ich Jörg Aehnlich vom LKA Niedersachsen, der meine dummen Fragen stets prompt und ausführlich beantwortet, und Rainer Herrmann vom Kriminaltechnischen Institut am Landeskriminalamt Niedersachsen für die Weitergabe seines Herrschaftswissens nebst diverser Anekdoten. Einblicke in die Praxis des Kripo-Alltags gewährten mir Kriminalhauptkommissar Matthias Sohnemann, Leiter des Dezernats für Todesermittlungen bei der Polizeidirektion Hannover (der kein Vorbild für »Völxen« ist), und Stefan Didam, Leiter der Kriminalfachinspektion 1, herzlichen Dank dafür.

Der Sprachwissenschaftler und Krimiautor Bodo Dringenberg war und ist ein steter und zuverlässiger Ansprechpartner in allen Angelegenheiten, die Hannover und seine Geschichte betreffen.

Meine Lektorin Katja Menzel vom Piper Verlag hat sich mit den Unzulänglichkeiten des Manuskripts herumgeschlagen und dem Text den nötigen Schliff verpasst.

Besonders erwähnen möchte ich meine Agentin Ingeborg Rose, die mich über lange Jahre begleitet und sich für mich eingesetzt hat und nun privatisiert.

Entschuldigen muss ich mich beim Gesangsverein Concordia Holtensen, dessen Leistungen im Buch nicht angemessen gewürdigt werden.

Und überhaupt … danke ich den Beteiligten unseres Hannoverschen Krimi-Stammtisches für den regen Gedankenaustausch, die Unterstützung und vor allem für den Spaß, den wir miteinander haben.

Quellen:

»Geschichte der Stadt Hannover«, herausgegeben von Klaus Mlynek und Waldemar R. Röhrbein, »Band 2 – Vom Beginn des 19. Jahrhunderts bis in die Gegenwart«, Schlütersche Verlagsanstalt, Hannover, 1994

»Handbuch der Forensischen Psychiatrie, Band 3 Psychiatrische Kriminalprognose und Kriminaltherapie«, herausgegeben von H.-L. Kröber, D. Dölling, N. Leygraf, H. Sass, Steinkopff Verlag, Darmstadt, 2006

Das frivole Lied von »Le zizi« entstammt dem zauberhaften Buch:
»Vive l'lamour! Vom Mythos der Liebe in Frankreich« von Jaqueline Cornille-Sword, Verlag trafo, Berlin, 2. Auflage 2005